大家文存
粤派评论丛书

刘斯奋集

刘斯奋 著

SPM 南方出版传媒
广东人民出版社
·广州·

本项目受广东省宣传文化发展专项资金资助出版

图书在版编目（CIP）数据

刘斯奋集 / 刘斯奋著．—广州：广东人民出版社，2018.1（2023.1重印）
（粤派批评丛书）
ISBN 978-7-218-12209-0

Ⅰ．①刘…　Ⅱ．①刘…　Ⅲ．①文艺评论—中国—当代—文集　Ⅳ．①I206.7-53

中国版本图书馆CIP数据核字（2017）第267434号

LIU SIFEN JI
刘斯奋集　　刘斯奋　著

出 版 人：肖风华

责任编辑：古海阳
装帧设计：张绮华
排　　版：广州市奔流文化传播有限公司
责任技编：吴彦斌　周星奎

出版发行：广东人民出版社
地　　址：广州市大沙头四马路10号（邮政编码：510199）
电　　话：（020）85716809（总编室）
传　　真：（020）83289585
网　　址：http://www.gdpph.com
印　　刷：三河市同力彩印有限公司
开　　本：787毫米×1092毫米　1/16
印　　张：21.5　　字　　数：330千
版　　次：2018年1月第1版
印　　次：2023年1月第2次印刷
定　　价：88.00元

如发现印装质量问题，影响阅读，请与出版社（020-85716808）联系调换。
售书热线：（020）87716172

总　序

近百年来中国文坛，“京派批评”“海派批评”以及20世纪80年代崛起的“闽派批评”已是大家公认的文学现象，但“粤派评论”却极少被人提起。事实上，不论从地域精神、文化气质，还是文脉的历史传承，抑或批评的影响力来看，“粤派评论”都有着独特精神气质和文化品格，有它的优势和辉煌。只不过，由于历史、现实、文化和地域的诸多原因，“粤派评论”一直被低估、忽视乃至遮蔽。有鉴于此，我们认为，以百年粤派文学以及美术、音乐、戏剧、影视等评论为切入点，出版一套“粤派评论丛书”，挖掘被历史和某种文化偏见所遮蔽的“粤派评论”的价值，彰显粤派文学与文化的独特内涵和深厚底蕴，不仅能更好地展示广东文艺评论的力量，让“粤派评论”发出更响亮的声音，而且有助于增强广东文化的自信，提升广东文化的影响力，促进区域文化的繁荣发展。

出版这套丛书，有厚实、充分的历史、现实、文化和地域等方面的依据。

第一，传统文化的影响。岭南文化明显不同于北方文化。如汉代以降以陈钦、陈元为代表的“经学”注释，便明显不同于北方“经学”的严密深邃与繁复，呈现出轻灵简易的特点，并因此被称为“简易之学”。六祖惠能则为佛学禅宗注进了日常化、世俗化的内涵。明代大儒陈白沙主张“学贵知疑”，强调独立思考，提倡较为自由开放的学风，逐渐形成一个有粤派特点的哲学学派。这种不同于北方的文化传统，势必对“粤派评论”的形成起到潜移默化的作用。

第二，文论传统的依据。“粤派评论”的起源可追溯到晚清，黄遵宪的“诗界革命”，梁启超的“小说界革命”的倡导，开创了一个时代的风潮，在全国产生了普泛的影响。上世纪二三十年代，黄药眠在《创造周刊》发表大量文艺大众化、诗歌民族化的文章，风行一时。钟敬文措意于民间文学，被视为中国民间文学的创始人。新中国建立后的“十七年”，“粤派评论”的代表人物有黄秋耘、萧殷、梁宗岱等人。新时期以来，“粤派评论”也涌现出不少在全国具有一定知名度的文艺评论家。如饶芃子、黄树森、黄修己、黄伟宗、洪子诚、刘斯奋、杨义、温儒敏、谢望新、李钟声、古远清、蒋述卓、陈平原、程文超、林岗、陈剑晖、郭小东、宋剑华、陈志红等，其阵容和影响力虽不及“京派批评”和“海派批评”，但其深厚力量堪比“闽派批评”，超越国内大多数地域的文艺评论阵营。如果视野和范围再开放拓展，加上饶宗颐、王起、黄天骥等老一辈学者的纯学术研究，则“粤派评论”更是蔚为壮观。

第三，地理环境的优势。从地理上看，广东占有沿海之利，在沟通世界方面具有得天独厚的优势；同时，广东处于边缘，这既是劣势也是优势。近现代以来，粤派学者在中西文化交汇的背景下，感受并接受多种文明带来的思想启迪。他们视野开阔，思维活跃，不安现状，积极进取，敢为人先，因此能走在时代变革的前列。黄遵宪、康有为、梁启超、孙中山等是这方面的代表人物。他们秉承中国学术的传统，又开创了“粤派评论”的先河。这种地缘、文化土壤的内在培植作用，在“粤派评论”的发展过程中是显而易见的。

“粤派评论”有属于自己的鲜明特点。

第一，中国现当代文学史写作，是“粤派评论”最为鲜亮的一道风景线。在这方面，“粤派评论”几乎占了文学史写作的半壁江山，而且处于前沿位置，有的甚至成为中国现当代文学史写作的高地。比如20世纪80年代，钱理群、陈平原、黄子平联合发表的著名论文《论二十世纪中国文学》，其中陈平原、黄子平均为粤人。洪子诚的《中国当代文学史》以方法先进、富于问题意识、善于整合中西传统资源和吸纳同时代前沿研究成果著称，它与陈思和的《中国当代文学史教程》被学界誉为中国现当代文学史的“南北双璧”。杨义的三卷本《中国现代小说史》是比较方法运用文学史写作的有效实践，该著材料扎实，眼光独到，分析文本有血有肉，堪与夏志清的《中国现代小说史》比肩。此外，温儒敏的《中国现代文学批评史》、黄修己的《中国现代文学发展史》、古远清的港台文学史写作，也都各具特色，体现出自己的史观、史识和史德。

第二，“粤派评论”注重文艺、文化评论的日常化、本土经验和实践性。粤派评论家追求发现创新，但不拒绝深刻宽厚；追求实证内敛，而不喜凌空高蹈；追求灵动圆融，而厌恶哗众取宠。这就体现了前瞻视野与务实批评的结合，经济文化与文艺批评的合流，全球眼光与岭南乡土文化挖掘的齐头并进，灵活敏锐与学问学理的相得益彰，多元开放与独立文化人格的互为表里。粤派评论家有自己的批评立场、批评观念，亦有自己的学术立足点和生长点。他们既面向时代和生活，感受文艺风潮的脉动，又高度重视审美中的文化积累和文化传承；既追求批评的理论性、学理性和体系建构，又强调批评的实践性，注重感性与诗性的个性呈现。

我们认为，建构“粤派评论”，不能沿袭传统的流派范畴与标准，它不是一种具有特定文化立场、一致追求趋向和自觉结社的理论阐释行动。它只是一个松散的、没有理论宣言与主张的群体。因此，没有必要纠结“粤派评论”究竟是一个学派，还是一个地域性的概念，但有一点可以肯定：“粤派评论”已是一个客观存在的文化实体，即虽具有地方身份标识，却不局限于一地之见的文艺理论家、批评家群体。

党的十九大报告指出，发展中国特色社会主义文化，就是以马克思主义为指导，坚守中华文化立场，立足当代中国现实，结合当今时代条件，发展面向现代化、面向世界、面向未来的，民族的科学的大众的社会主义文化，推动社会主义精神文明和物质文明协调发展。广东省委宣传部策划、组织、指导编纂出版“粤派评论丛书”，是贯彻落实十九大关于文化建设发展精神的一项重要举措，是讲好中国故事、传播中国声音、阐发中国精神、展现中国风貌的一次文化实践。我们坚信，扎根广东、辐射全国的“粤派评论”必将成为新时代坚定文化自信、实现中华民族伟大复兴路上其中一块最稳固的基石。

“粤派评论丛书”编辑委员会

作者近照

作者简介：

刘斯奋，1944年1月生，祖籍广东省中山市，1967年毕业于中山大学中文系，一级作家，历任广东省委宣传部副部长，第四、五、六届广东省文联主席，系中国作家协会会员、中国美术家协会会员、中国书法家协会会员。享受国务院特殊津贴。长期从事小说创作、学术研究以及绘画、书法创作。长篇历史小说《白门柳》获中国作家协会第四届茅盾文学奖，入编中国出版集团“二十世纪中国文库”和“中国新文学大系”。文化论文《朝阳文化、巨人精神与盛世传统》获广东省社会科学研究成果一等奖。美术作品《都市窗口》入选第十届全国美展，山水画作品《万岳朝宗》《藏春坞》被人民大会堂收藏。2014年在中国美术馆举办“贯通融会——刘斯奋书画诗文艺术展”。另出版《黄节诗选》《苏曼殊诗笺注》《陈寅恪晚年诗文及其他》《快活的蝙蝠》《刘斯奋诗译宋四家词选》《蝠堂集林》等著作十余种。2015年获广东省第二届文艺终身成就奖。

目 录

文 语

画　语

访　谈

序

——兼论应当提倡注重作品个性的文艺批评

承“粤派评论丛书”编委会盛情，将我纳作组稿的对象。但感谢之余，我却颇为踌躇。因为我与广东的文艺批评界虽然不能说全无关系，譬如在上世纪90年代，由于工作的需要，我也曾就广东的文艺状况比较集中地发表过一些看法，甚至牵头成立了全国第一个“文艺批评家协会”。不过也就仅此而已，因为当时我全力以赴的事情是把《白门柳》写完。后来小说完成，兴趣又转移到绘画方面，确实没有在文艺批评方面投入太多精力，就更谈不上有多么丰硕的成果了。现在忽然让我动手编这样一部“文集”，并且准备放在“名家文丛”的第二辑之内，姑勿论旁人会怎样想，我已经先自心中打起鼓来。不过再仔细一想，如果不以专门家自命，只是借此机会把过去多年来积累下的、除文艺创作之外的各种论说、体会、品评、随感甚至访谈等文字，分门别类整理出来，结为一集，于己，固然可以为回顾这一部分的文字生涯提供方便；于关心我的读者朋友，也未必全无消遣的价值。于是便答应了下来。

的确，在过去的大半辈子当中，我虽然一直在文化圈中打滚，但始终没能像大多数同行那样，在某个专业领域中沉潜下来，锲而不舍，追求到底。这固然与命运不给我如此安排有关；但我自己兴趣太杂，定力不足，旁骛甚多，恐怕也是重要的原因。结果就成了一只“似鸟非鸟，似兽非兽”的“蝙蝠”，在举凡感兴趣的领域，像古典诗词、小说创作、学术研究、绘画、书法等等，都插上一脚，而且在一段时间内，也确实劲头十足，全力以赴。但一旦完成了一件事，或者感到激情消退，才情耗尽，就掉首而去，投向另一个目标。也许，这是非职业化生存状态所养成的一种文化心理——摆脱了圈子内游戏规则的束缚，就只管随心所欲，率性而为。至于当与不当，幸与不幸，恐怕就只有留待日后去验证了。

不过，说到目前我自己的感受，则起码有一种收益，就是涉足的领域多了，使我对不同行当的表达方式和终极追求，有了更真切的认知。加上多年形成的习惯，在参与实践的同时，会自觉不自觉地从学理的层面进行思考。无疑，这些思考往往是浅表的、零碎的、片断的，甚至是不严谨的。但由于我不只是作为一个评论者，同时也是作为一个创作者在思考；而且还不仅是作为单一门类的作者，而是作为多个门类的作者进行融会贯通式的思考，因此与站在纯粹的专业评论立场的人相比，也许无形中会有更多的切入角度和视点，能提供一些“非标准化”的想法。

其实从目录中就可以发现：收入本书的文章分为“文语”“画语”和“访谈”三大类。首先“文语”类的内容就颇为庞杂，谈文艺思想的，谈岭南文化的，谈小说创作的，谈古典诗词的，谈道德伦理的都有；另外还有学术论争和史实考证的文章。而收入“画语”类的内容也并不单一，既有对美术创作的历史和现状的宏观思考，也有自身美术创作的经验总结，而更多的是就单个画家创作的点评。至于“访谈”类就更加宽泛了，从生平经历、理想追求、人生感悟，到各种有关文化和艺术的热点话题，都被究问到了，其中有些还不止一次。应该说，这确实不是一部学有专攻、自成体系的著述，但也许会是一批能帮助读者开阔思路和眼界的文章。至于具体的见解，都包含在各篇长短文章里了，因此也无须再来啰唆。现在我倒打算借余下的篇幅，谈谈当前文艺评论界一个值得引起重视的问题。这就是——

应当提倡注重作品个性的文艺批评。

之所以这样提出，道理其实是明摆着的，因为文艺作品作为人类的精神创造，其社会价值与物质生产有本质的不同。物质生产的目的很明确，就是为了满足人类生存与繁殖这一基本的、终极的需求。为了达到这个目的，必须不断地、最大限度地提高物质生产的数量与质量。而要提高生产效率，行之有效的办法就是尽可能找出各种物质的构成规律，从中归纳设计出一整套的共性指标和程序，然后按照这些指标和程序从事生产。在农业文明时代，由于社会组织的散漫和生产的个体化，物质世界规律的发现和标准化的推行面临种种阻力。生产效率的提高一直十分缓慢。直到进入工业文明时代，情形才有了质的改变。随着科学的划时代发现和技术不断进步，以及全体社会成员被纳入了以生产线为核心的改造和重组，生产效率才出现爆炸式的增长。就满足人类社会的物质需求而言，这无疑是一次伟大的飞跃，无论怎样肯定都不会过分。但是正如一切社会的巨大变动，都难免会有照顾不周以及失之偏颇之处，事实上，随着工业文明的全面推进，对于寻求共性的崇拜也达到了前所未有的程度。其结果，导致有意无意地混淆了物质生产与精神创造的本质区别，并将前者对共性的追求移加于后者。于是，活生生的精神创造，被“物”化为一具具供解剖用的“尸体”，使对文艺作品这种属于精神创造的研究，总体转向为寻找所谓“共同规律”；误以为文艺家也如同物质生产者一样，只要对这些“规律”加以掌握，就能像标准化的物质生产一样，成批地推出合格亮丽的作品。

结果，在这样一种思想主导下，文化传统中的文、史、哲、诗、书、画不分家的生存状态，便如同生产线分工一样，被人为地划分出严格的门类界限，甚至每一门类中还有更琐细的各种“专业”划分。而作为有机整体的文艺作品，则被分割成一个又一个无机的“部件”，如主题、情节、结构、人物、语言等等，确实都很细，也很全面，但唯独忽略了一个最重要的东西，那就是使作品的活起来的“灵魂”，以及使每个“灵魂”都绝不相同的作品的“个性”。

应当强调指出，人作为“万物之灵”，既是“物”，但又绝不仅仅是“物”。人之区别于其他动物，就在于人能从事精神的创造。而这种精神创造的潜在能力是多方面乃至无限的。过细地、严格地分工的结果，势必严重压抑创造潜能的充分发挥。同时，一部人类文化史早已证明：作为精神创造的文艺作品，其不朽价值之所以最终被认定，绝不在于它与其他作品有什么共同之处，而恰恰在于它的独创性，在于那种不可复制的品质。如果说，当今社会强调专业界限的区分和严守，已经导致文艺家立足的文化基础日形浅狭的话，那么文艺批评对作品个性研究的自觉的缺失，则导致文艺批评与创作实践严重脱节。一方面，这使文艺批评日益成为圈子中的自娱自乐；另一方面，也消解或干扰了作家对个性的追求和发挥。而文艺创作之所以普遍出现跟风化和平庸化，可以说与此不无关系。

鉴乎此，我认为应当大力提倡注重作家和作品的“个性”的文艺批评。

把重心转移到探讨——

1．作品在多大程度和哪些方面属于与众不同、不可复制的独一个？

2．这种整体或局部的独一无二，在文学（艺术）创作和文学（艺术）史的坐标上居于何种位置？有何意义和价值？

3．作品这种与众不同的“个性”，其产生是基于怎样的主、客观原因？

4．通过对一系列具体作品的深入分析研究，启示作家：只有自觉地、坚定不移地凭借自身独有的先天禀赋，扬长避短地调动生活和文化的积累，最大限度发挥原创能力，才有可能创作出独一无二的、真正有价值的作品。

当然，这样说，并不是要排斥共性的研究。事实上，共性与个性作为一种辩证的存在，从来都是文艺研究要同时面对的。只是共性的研究主要属于文艺理论的范畴。作为研究者，自然离不开文艺理论宏观指导，但是文艺批评的对象却是微观的、具体的。因此不管以什么文艺理论做指导，一旦面对具体的作家作品，都必须把揭示其个性特征置于研究的首位，否则便混淆了文艺批评与文艺理论的不同功能，文艺批评也失去了其存在的意义和价值。这恐怕也是没有疑问的。

刘斯奋

2017年5月于羊城蝠堂

文　语

朝阳文化、巨人精神与盛世传统

——关于社会主义新文化建设的几点思考

当人类即将告别20世纪，踏入21世纪之际，放眼神州大地，一幅激动人心的壮丽图景正越来越清晰地展现在我们的面前——对于中国人来说，实现祖国的富强，民族的振兴，已经不再是可望而不可即的梦想，而是成为每一个人都能真切地感受到、触摸到的活生生的现实。

事情确实如此，当由历史性的党的十一届三中全会所开创的社会主义建设新局面，经过16年的改革开放，成功地使被十年动乱弄得精疲力竭的中国社会，发生了翻天覆地的巨变，并以辉煌的成就和勃发的生机使举世为之惊讶的今天，恐怕已经没有人怀疑，占世界人口五分之一的中华民族，正比以往的任何时候都更加接近自己的宏伟目标。

这是一种不可逆转的发展趋势，这是一个呼唤非凡作为的时代。面对如此波澜壮阔的历史运动，作为民族精神载体的文化，应当怎么办？也就是说，处于文明面临质的飞跃的时期，文化应当如何调整自身的价值取向和行动模式，才能适应时代发展的要求，并承担起历史所赋予的使命？这个问题，正越来越迫切地摆到了我们的面前。

这个问题之所以迫切，并不仅仅是因为随着经济领域改革的深化和开放的扩大，作为上层建筑的文化，已经无法再固守原有的生存方式和生产方式，而必须追随建立社会主义市场经济体制的大方向，通过深化体制的改革来重新获得强健的活力。

这个问题之所以迫切，还因为随着现代化进程加速推移，固有的一套文化观念和文化思想已经显得越来越不适应大幅度发展了的时代，同样面临着必须变革的历史课题。而且，这是比体制改革更深层次的变革，它将直接关系到我们的文化界能否强有力地承担起开创和建设未来的重任；同时也会对体制改革的方向产生深远的影响。

当前在文化界，一个不能回避的事实是：面对随着经济大潮的涌动而变得越来越纷纭复杂的文化景观，不少人感到难以适应，迷惑茫然，疑惧重重，甚至悲观消极，随波逐流。因而在最需要我们承担重任，把握机遇，主导潮流，开拓进取的时刻，未能表现出应有的坚强信念和主动精神。之所以会出现这样的情况，其中相当重要一个原因，恐怕就是由于对文化观念和文化思想方面的变革尚缺乏自觉的、明晰的、充分的认识的缘故。因此，重视这个问题，并通过深入的研究和讨论，以求得一个比较明确的概念，对于进一步深化文化领域的改革，调动和发挥广大文化界人士的积极性，同心同德开创社会主义文化建设的新局面，无疑有着现实的迫切性。本文尝试从文化性质、文化精神和文化传统三个方面提出一些不成熟的看法，以就教于方家识者。

朝阳文化

在探讨文化领域的变革时，必须明确一个大前提，这就是：在现阶段，我们建设社会主义的总目标，是要在中国实现现代化。这样一个课题，之所以会成为我们当前为之奋斗的总目标，原因很简单，就是因为长期以来，中国社会一直在农业文明的谷地中踯躅徘徊，赶上世界发展的潮流，乃至向更高的目标前进，必须首先完成对工业文明“高地”的攀登。

农业文明与工业文明，是两种既有着历史的联系，又有着质的区别的文明类型，而从农业文明向工业文明的演进，则是人类文明史的一场伟大的革命，一次质的飞跃。纵观世界发展的历史和现状，为了在地球上生存、立足和发展，各个国家、各个民族，毫不例外都必须或早或迟经历这一演进。

事实上，对于中国来说，现代化的课题并不是今天才提出来的，早在19世纪初叶，当工业革命在欧洲蓬勃掀起的时候，向现代化社会迈进的历史课题，同样已经摆到了古老的中华帝国面前。但由于种种原因，中华民族当时却未能跟上历史前行的步伐。从那时起，又过了150多年，在经受了种种失败、屈辱、苦难和曲折，付出了巨大的代价和牺牲，进行了不屈不挠的抗争和探索之后，我们才逐步踏上了现代化的成功之路。

当然，由于时代不同，国情不同，在解决现代化这一课题的过程中，不同国家所选择的道路和模式也各不相同，例如起步较早的欧美各国，采取的是资本主义的发展模式；而曾经是半殖民地半封建社会的中国，在几经尝试和失败，证明资本主义的道路走不通之后，最终选择了社会主义的道路。实践证明，这是一种正确的选择。由毛泽东等老一辈革命家开创的现代化事业，目前正在建设有中国特色社会主义理论下，取得扎扎实实的进展；中国社会正加速摆脱传统的农业文明模式，向现代工业文明的模式大步跨进。

这样一种伟大的历史性飞跃，毫无疑问，必然会对文化的存在和发展产生深刻的影响，并对文化观念和文化思想提出崭新的要求。事实上，形成、发展、成熟于农业文明时代的文化，不管是在外国还是中国，也不管是历史短暂，还是多么悠长久远、成就辉煌，毕竟是服从并服务于当时那种经济发展水平和当时那个社会的发展阶段的。作为传统，它的影响将长期存在，其优秀部分也将永远受到珍视、继承和发扬。但就整体本质而言，这种文化已经无法适应时代的发展，更不可能作为主体，继续承担工业时代文化建设的崭新使命。因此，建设一种适应工业文明时代要求的文化，就成为摆在我们面前的任务。应当看到，就文化发展的客观规律而言，随着现代化进程的推进，逐步摆脱农业文明模式的桎梏，向工业文明的模式转化这样一种过程，势所必然要发生，这一点，是不以人的意志为转移的。可以这样说，目前在中国，这样一个过程已经开始，它的端倪已经随处可见。只不过，作为世代生活于农业文明占主导地位的社会之中，并受传统的农业文化长期哺育熏陶的中国文化人，心目中的历史情结分外牢固。不少人对于即将逝去的农业文明那一片看似仍旧无限美好的"夕阳"，有着过多的陶醉和留恋；因而对于正越来越强有力地显现出来的新型文化曙光，变得有点目光迟钝，甚至不以为然罢了。

其实，像这样一些方兴未艾的文化现象，是很值得我们重视和思索的——

市场经济的法则对于文化的杠杆作用正在加强，从而有力地改变着文化原有的生态环境和生存方式。虽然它在一个时期内，使思想准备上不足、实践上缺乏经验的文化人，陷入前所未遇的困境，感到惶恐不安；但是"大锅饭"、"铁饭碗"、人才积压、机制僵化、效率低下等严重束缚文化生产力的弊端受到了极大的冲击。从坚持社会效益优先的正确原则出发，国家虽然加强了宏观调控，对部分高档次的文化品种实行保护政策，但过去那种一切都由国家大包大揽的时代已经一去不复返。

随着经济的增长，人民群众生活水平的提高，人们对文化娱乐的需求也日益热烈。通俗文化和消费型文化正以不可遏制之势迅速勃兴，并且占据了很大一部分市场。无疑，由此也出现了一批思想庸俗、格调低下之作，一些文化垃圾也乘机沉渣泛起。对此，有关部门正在切实加强引导和管理。但是与此同时，通俗文化和消费型文化作为高雅文化的重要补充，它们在今天的文化大格局中应有的地位和作用，也越来越为人们所认识，并得到肯定。

在文艺创作中，那种背负着传统的因袭重担，咀嚼着千年不变的悲欢，对中国人的命运发出一声声绝望哀号的作品，对于广大读者和观众的吸引力正在减弱；而体现务实、进取、昂扬、乐观精神的作品，以及历尽磨难，自强不息，最终获得成功的人物，特别是现实生活中的成功人物，正在日益成为广大群众所喜爱的主角。

被目为“高雅艺术”中的相当一部分，面对着读者和观众欣赏习惯和审美趣味的改变，为了生存和发展，也为了跟上时代的潮流，开始主动或被迫地对自身进行改革，并由此出现新的面貌和品种。

民族文化的传统和遗产，在经历了被认为是造成中国贫穷落后的罪恶之源，因而备受抨击和批判，甚至全盘否定的暗淡岁月之后，到如今，其优秀辉煌的方面正重新凸现出来，被人视为胜利和成功的精神原动力和民族的光荣标志，受到越来越多的赞扬和保护。

随着国门的打开，各种对外交流的活跃和频繁，中国人极大地开阔了眼界和心胸，对于外来文化的认识也日益趋于客观和全面，妄自尊大或自惭形秽的心态，正在受到扬弃；借鉴、吸收一切优秀的外来文化，以促进自身的发展，已经越来越成为人们的共识和行动。

电子革命和信息革命，使电视、录音、录像、组合音响、激光唱视盘以及电脑等，纷纷进入寻常百姓家，因而从根本上改变着文化的生产方式和传播方式。应运而生的文化产业，正推动着文化走出作坊式的生产时代，成为流水线上滚滚而出的产品。文化也从少数人才有条件享受的“奢侈品”，越来越变为普及行远的大众的盛宴。

以上所列举的种种，自然远不是变化的全部，但仅从这样一些比较突出的现象，我们也不难发现，在文化领域中，一种强有力的变革要求正在出现。而这种变革所呼唤的，则是一种适应社会主义市场经济体制，充满活力，勇于通过竞争来开拓局面，求得生存和发展的文化。

是一种朝气蓬勃，奋发进取，乐观昂扬，对人生充满热爱，对国家、民族和人类的前途充满信心的文化。

是一种承认社会的每一个阶层、每一个成员，都有权利分享人类文明的成果，并以最大限度满足人民群众日益增长的文化需要为指归的文化。

是一种有着博大胸怀和视野，不仅关注局部，同时也关注整体；不仅关注中国，同时也关注世界；不仅关注现在，同时也关注未来；既不放弃神圣的原则，又具有最大的包容性和宽容精神的文化。

是一种对于社会变化发展和科学技术的进步抱有充分的敏感和热情，经常保持关注，并通过对自身的改造和革新，主动、积极地作出回应，力求做到与时共进，与世俱新的文化。

很显然，在这种生气勃勃的文化面前，一切小生产者的因循守旧，赞美贫穷，否定物欲，消极悲观，唯我独尊，孤芳自赏，抱残守缺，知足常乐的传统文化心态，以及宣扬这种心态的文化产品，都变得越来越黯然失色，并且最终为社会所抛弃。

的确，正如中国社会正在进入的工业文明时代，是一个有着远大前程的全新时代一样；眼前的这种文化变革的趋势，也预兆一种朝阳文化正在展现曙光。

这种文化之所以是一种朝阳文化，是因为她体现了从农业文明向工业文明飞跃的时代要求，符合社会进步的需要。尽管她仍在发育成长之中，尽管像一切新事物一样，她在各方面都远未成熟完善。同有着悠久历史的农业文明的文化相比，无论是根基的深厚，经验的丰富，成果的辉煌，在相当一个时期内，恐怕还不占优势，但是，历史却注定她必然要取代前者的地位，成为中国文化的主流。

面对这种朝阳文化的勃兴，是张开双手，满怀喜悦地迎接她；还是背过脸，无视她的召唤？是以巨大的热忱，积极的参与，去帮助她成长壮大；还是由于她的稚嫩和难免的过失而报以冷漠的态度、轻蔑的目光？是义无反顾地向着朝阳文化的曙光大步走去，还是继续在夕阳文化的余晖中踯躅徘徊？历史，正等待着我们作出回应！

巨人精神

文化是民族和社会精神的载体。文化精神则是民族精神和社会精神的集中体现，是后者的一种升华。

纵观人类社会发展的历史，正如民族和社会精神总是反映并影响着社会盛衰一样，凡是社会走向兴盛，它的文化精神就必然趋于强大；凡是社会走向没落，它的文化精神就必然趋于萎缩。

反而言之也一样，一种强大的文化精神，必然有利于推动社会走向兴盛；一种萎靡不振的文化精神，往往是社会停滞不前和走向没落的催化剂。

例证是俯拾皆是的。

譬如，在中国，处于农业文明顶峰时期的汉朝和唐朝，文化精神无疑是强大的。那个时候，我们的民族不仅有着把中国的文化传播到疆域之外任何一个可以达到的角落的勃勃雄心，而且有吸纳一切有用的外来文化的宽阔胸怀。然而，到了农业文明的后期，这种文化精神就明显地萎缩了。宋名理学、八股科举、文字狱，加上闭关锁国，终于伴随着中国社会坠入了苦难屈辱的深渊。

又譬如，在欧洲，当经院神学蛮横地扼杀着科学家和理性的时候，整个社会就陷入了战祸连绵、迫害不断的黑暗中世纪。直到文艺复兴时代，人文精神的呐喊变得震天动地，社会才重新出现希望的曙光。

恩格斯曾经把文艺复兴时代称为“一个需要巨人而且产生了巨人”的“巨人时代”。事实上，一部人类的文化史，就是由于有这样的人作为中坚柱石，才得以高高地支撑起来，他们的名字之所以历千百劫却仍熠熠生辉，受到后人的景仰。就是由于他们曾经以先知先觉的敏感和坚韧不拔的努力，为人类的文明进步作出了贡献。而他们当年所倡导和开创的精神，至今仍然作为一股不灭之火，鼓舞着人类向更高的目标迈进。因此，对于一切有责任感、有抱负的文化人来说，阻止文化精神的萎缩，全力推动它走向强大，就成了不容推卸的义务。而当他们毅然承担起这种义务的时候，也就真正实现了他们作为文化人的社会价值和历史价值。

当然，在人类历史的长河上，并不是任何时代的文化人都有这样的幸运。社会的停滞不前、政治的黑暗腐败、时局的混乱动荡，曾经使多少空有才华和抱负的文化人发出生不逢时之叹，而又使多少矢志不渝的求索者寂寞终生！是的，一个长期和平环境，一个专心从事建设的时代，这在中国历史上是不多的，在鸦片战争以来的150年间，则还从来没有过。如果有的话，也就是由十一届三中全会开创的、我们有幸适逢其会的这个时代。

这是一个中国社会走向兴盛，中华民族走向振兴的时代。为了无愧于这个时代，为了迎接已经露出曙光的朝阳文化，需要提倡一种巨人式的、强大的文化精神。

理由是显而易见的——

因为我们所从事的是前无古人的伟大事业。没有这样一种巨人式的高瞻远瞩的开阔眼界和包罗万有的宽广胸怀，就不可能始终如一地朝着既定的目标前进。

因为我们所面对的，是一个风云变幻，充满激烈竞争的国际环境。没有这样一种巨人式的对祖国和民族的坚定信念，以及自信、自主、自强的精神，就不可能在世界上昂然立足，并赢得别的国家、别的民族的尊重。

因为我们面前的路还很长，还会遇到种种预想得到或预想不到的艰难险阻，甚至还有可能出现某种挫折。没有巨人式的压倒一切的勇气和信心，没有百折不挠的毅力，就无法成功地开辟通向理想高峰的道路。

因为我们周围还有许多丑恶腐朽的现象——金钱至上、违法犯罪、挥霍浪费、贪污腐败正毒化我们的社会风气，危害我们的事业。没有这种巨人式的顶天立地的耿耿正气，疾恶如仇的铮铮铁骨，就不可能战而胜之，驱而除之。

我们需要这种巨人精神，还因为我们自己身上还存在着种种习惯势力的影响。对农业文明时代过时落后观念的追怀眷恋，对西方思想文化的膜拜盲从，还有形无形地束缚、影响着我们的头脑，成为我们的负累。没有立足于改革开放的现实和中国国情的高度自觉，没有弃旧图新的非凡勇气，就不能解放思想，轻装前进。

凡此种种，都指向一个归宿——我们时代所需要张扬的巨人精神，乃是一种深深根植于中国现实，与人民大众的情绪和意愿息息相关的精神；是一种敢于正视矛盾，直面人生，并通过不屈不挠的艰苦努力，去实现崇高的理想的精神；是一种具有无比丰富生动的内涵和纷繁奇丽色彩的精神。一言以蔽之，也就是人类历史上每当进入大变革、大创造、大发展时代都必然会出现，并最终成为主流的那种精神。它既与只具有消解作用，而毫无建设功能的“侏儒精神”“痞子精神”“阿Q精神”直接对立；也与曾经在中国文坛上肆虐多年，对中国的文化造成巨大破坏的那种“三突出”“高大全”式的“虚夸精神”，毫无共通之处。

毋庸讳言，当前在文化界，这种巨人精神还不能说已经形成强大的主流。过去一个时期内，不少人对于急剧变化的时代潮流显得思想准备不足，在纷繁复杂的社会现象面前感到迷惑茫然，不知所措。因而，当社会正需要我们挺身而出，运用文化精神的力量，承担起促进社会变革的使命的时候，一部分人却作出了显然是消极的、放弃社会责任心的反应——

例如，有的文化人，面对市场经济的汹涌大潮，不是从实现社会进步的历史要求出发，把它升华为一种理想，并从这样的高度出发积极参与，推动其健康发展；而是迷失了自己作为文化人的职责与操守，昏昏然与世沉浮，成为金钱的俘虏和奴隶。

也有的文化人，虽然不肯屈从于金钱的压力与诱惑，但对扭转这种风气又自感无能为力，对参与市场经济大潮尤其有一种本能的恐惧和抗拒。他们于无奈之余干脆以精神贵族自居，躲进象牙塔中去孤芳自赏，终日以悲天悯人的目光去俯视正为摆脱贫困和落后而顽强奋进的芸芸众生。

还有的文化人，虽然不想成为象牙之塔的遁世者，但又不愿从自身的创作思想和创作方法去寻找作品失去市场的原因，他们或者一味愤世嫉俗地指责读者和观众文化素质下降，或者转而凭借大量引进毫无进步意义可言的性描写，来刺激读者的感观，试图以此重新挽回已经失落的“轰动效应”。

更有的文化人，干脆变得什么都不在乎。他们的作品公然以玩世不恭的态度，把一切被人视为神圣观念和有价值的东西，统统放到哈哈镜面前，尽情地加以挖苦和嘲弄。

如果说，在社会和文化处于新旧体制、新旧观念转型的大变动时期，出现上述种种情形，是可以理解的，而且往往是不能避免的话，那么，过深过久地沉溺于这种状态，以致无法自拔，却不能不令人忧虑。因为如此一来，我们的文化就势必会同当代中国社会的发展主潮、同亿万民众奋然前行的步伐，产生越来越严重要的脱节，甚至背离；文化界就会由于自身的迷误，而坐失创造不朽功业的历史机遇，到头来，我们留给这段历史的，将是一片令我们子孙后代难以索解的、黯然无光的苍白！

值得庆幸的是，一种新的趋势已经开始出现——自从党中央大力倡导弘扬主旋律，提倡多样化以来，越来越多有责任感、有才华的文化人正在认真地进行反思，从国家、民族的大业和文化人的终极价值出发，努力调整自己的立足点，并积极行动起来。无论是戏剧、电影、电视，还是音乐、美术、舞蹈，以及文学创作，一批贴近现实生活，勇于创新，充溢着巨人精神的佳作开始相继出现。这股强健的、生气勃勃的旋风，正有力激荡着文化界前些年那种萎靡不振的状态。虽然真正形成波澜壮阔的大潮还要假以时日，但这种势头已经变得越来越明显。

可以预言，巨人精神终将成为我们时代文化的主流，因为在中国，愿意把自己的存在价值和历史价值，同国家的命运、民族的命运紧密地结合在一起的文化人，毕竟是绝大多数。

愿巨人精神进一步发扬光大！

盛世传统

一种文化的形成、存在和发展，总是离不开来自两方面的制约和推动，一个方面是现实，另一个方面则是传统。

现实的中国，无疑有着如日方中的灿烂前程。而同时，作为世界上硕果仅存的文明古国，她还是有着久远而强大的文化传统。

之所以说这种文化传统久远，是因为作为世界文明源头的四种最古老文明，有三种早已先后衰亡；唯独中华文明经历了长达五千多年的岁月，非但没有衰亡，甚至也没有中断过。

之所以说这种文化传统强大，是因为中国在其历史悠久的农业文明时代中，不仅曾经在经济发展方面走在世界的前头，而且在文化的创造方面也有着堪称世界第一流的辉煌建树；并在此过程中，形成了自身的鲜明特质。事实上，中华文化的融合力和同化力，在世界诸文明中是无与伦比的。从来只有别的文化被她所融合的例子，而没有发生过她被其他文化所同化的情形。

正因如此，这种文化传统在绝大多数中国人心目中的地位，不管是自觉，还是不自觉，一直都十分崇高而且牢固。尽管自鸦片战争以来的150年间，不断有人试图割断这个传统，彻底否定中国传统，鼓吹全盘西化，但是始终没有成功（事实上也不会成功）。相反，随着近年来亚洲，特别是东亚地区经济的腾飞，以自身的传统为自豪这一点，不论是邻近各国，还是中国，都正越来越成为大多数人的共识。因此，中国的文化人，必须十分珍惜自己的文化传统，重视并继承自己的文化传统。如果不是这样，就会脱离中国的实际，脱离人民大众。

当然，我们为自己的文化传统自豪，强调要珍惜和继承传统，就总体而言，有一点应当很明确，这就是并非由于我们有什么好古之癖，或者虚荣心需要满足，才去这样做，而是因为今天是从昨天走过来的。今天的中国，是历史中国的继续和发展。过去数千年中所积累形成的民族品格和历史智慧，正在而且必将继续为中国在世界范围内的成功和崛起，提供深厚的社会文化基础和永不枯竭的精神源泉。如果离开了今天，离开了促进现代化建设，离开了现实民族振兴的大业，所谓继承传统，就失去了目的和意义。

从这样的认识出发来考察问题，那么就会发现，在长达数千年的文化传统中，并不是任何一个阶段，任何一个传统都值得我们继承的。在这里，姑且把精华和糟粕这么一个需要细致区分，因而容易引起争论的问题暂且放下不谈，光从大的方面来看，在农业文明的不同历史发展阶段，同是我们民族的文化，其精神的内涵和表现就存在着明显的差异。

譬如说汉朝和唐朝，经济蓬勃发展，国力蒸蒸日上，是中华文明居于世界领先地位的辉煌时代，也是我国农业文明的“朝阳时代”。那个时候，雄强、博大、开拓、进取就相应成为当时文化精神的普遍特质。无论是辞赋、文章、诗歌，还是美术、音乐、书法，都处处表现出一种泱泱大国的雍容气度，一种昂扬奋发的勃勃生机。所谓文必秦汉，诗必盛唐，长期以来成为后来的文学之士们称羡不已，却无法追步的最高境界。

又譬如鸦片战争前后的清朝，我国的农业文明已经从鼎盛的高峰跌落黑暗的深谷。随着中国对世界影响力的严重萎缩，整个社会、整个民族开始了长达百年的屈辱、苦难的旅程，雄强、博大、开拓、进取的精神，便从文化时尚中彻底消失，代之而起的，是对贫穷、落后、苦难、屈辱的悲凉咏叹和自我麻醉。而且，由于这类作品就是时代的社会情绪在文化上的反映，颇能满足人们的宣泄需要，因而受到广泛的欢迎。清朝末年所盛行一时的狎邪小说、公案小说和黑幕小说，就是这种文化心态的典型表现。

如此一来，在我们面前就出现了两种传统：一种是汉、唐时代农业文明处于高峰阶段的传统，我们不妨称之为“盛世传统”；一种是以积弱的南宋为转折点，经历元、明，到清朝末年达到极点的、农业文明彻底没落阶段的传统，我们不妨称之为“衰世传统”或“末世传统”。前者，无疑是中华民族精神的一种最健康、最辉煌的发挥；而后者，则是这种精神日渐萎缩，终于陷入绝望困境的苦痛呻吟。

当然，所谓文化传统，发展到今天，是由上述两个方面合成的，缺少了哪一个方面，我们的传统都会变得不完整。而且，这也只是就整体主流来划分。事实上，在农业文明走向衰落的过程中，在中华民族艰难竭蹶的岁月里，反侵略、反压迫、反封建的顽强呼号始终没有消失过，而且还涌现了一批不朽的杰作。只不过，这类作品在当时却不属于文化的主流；相反，它们作为末世文化风尚的对立物，还受到那个时代主流文化的排斥和压制，以致无法获得自由的、充分的发展。事实上，在我国的文学史上，小说和戏剧，作为明、清时期的文学代表，举得出来的优秀作品数量实在不太多，远不能与汉之赋、唐之诗、宋之词相比。而且，即便是这一类在精神内涵上，与盛世传统、与今天有着某种内在联系的优秀之作，也往往带有被当时的主流文化摧残、扭曲的烙印。

因此，现在值得研究的是，为了完成建设当代文化的课题，就整体和主流而言，我们应当着重继承什么样的文化传统？是着重继承盛世传统，还是着重继承末世传统？答案恐怕是不言而喻的。因为如果我们承认，当前的中国，已经不是鸦片战争前后，任由西方列强宰割瓜分时代的中国，也不是军阀混战、民不聊生、山河沦丧、国难深重时代的中国，也不是在“三座大山”重压下辗转呻吟的那个中国；而是成功地完成了政治革命，实现了民族的独立自主，目前已经全面转向经济建设，并通过保持社会的长期稳定，努力实现经济崛起的中国，是一个正在从农业文明向工业文明跨进的中国。尽管目前她还比较落后还有着种种不尽如人意的地方，但是她正在以令世界震惊的速度向着繁荣富强大步迈进，她的前途充满希望。那么，就不能不同意，对于文化来说，以雄强、博大、开拓、进取为特征的盛世传统，应当成为我们理所当然的选择。

然而，当前的文化界，却远不是所有人都意识到这一点，末世传统的强大影响，凭借其时代距离接近和运行惯性，还很大程度上束缚着人们的头脑。

在相当一个时期以来，我们的小说、电影、电视、戏剧、美术不是颇为盛行表现贫穷、落后、苦难、愚昧一类的题材，以及悲凉、绝望、颓废、寂灭一类的情绪吗？我们的不少作家艺术家不是认为只有这样一些东西才具有审美价值，才值得花费心血去加以表现吗？我们的文艺批评界，不是也同样把是否写这一类题材，表现这一类所谓“世纪末意识”，作为一部作品是否具有所谓深度和力度的标准吗？不是认为只有这种作品才是真正的艺术，才可能流传久远吗？

无疑，我们的社会里确实仍存在种种贫穷、落后、苦难、愚昧的现象，文艺作品加以反映和揭示，以引起人们的注意和改进，是完全正当和必要的。但是如果让这种揭示，仅仅停留和局限于暴露、展览甚至欣赏猎奇；如果把是否表现这些东西，作为评判作品价值高低的主要标准，并由此排斥和鄙视另一方面的东西，就很值得研究了。因为在当今中国，没落沉沦和悲观绝望已经不再是社会生活的主流。恰恰相反，当前中国社会生活的主流是：数以亿万计的中国人民，为改变贫穷落后的命运，正在进行不屈不挠的努力，并且取得了举世公认的成功。这是一种何等波澜壮阔的历史运动！而在此过程中，我们的人民所表现出来的进取心和创造力又是何等辉煌，何等灿烂！如果对此视而不见，如果对这十余年间，中国社会的巨大进步漠然置之，如果不承认这是更加值得文学艺术努力表现的题材，如果仍旧沉迷陶醉于末世纪传统的文化心态中，坚持已经被时代潮流所超越的审美观念和评价标准，对于文化人来说，将是一种历史的失误。

以雄强、博大、开拓、进取为特征的文化，果真是没有价值，不能流传久远吗？当然不是。汉、唐文化早就以其永恒的魅力和无与伦比的价值作出了证明。而欧洲文艺复兴时代的文化，也有着类似的鲜明特征，它同样成为人类文化的一个不朽的高峰。

事实上，在当今中国，沿袭末世传统已经成为导致文艺创作陷入危机的一个重要原因。如果说，在拨乱反正的初期，这一类作品由于适应了群众宣泄对十年动乱的积愤的需要，因而一度产生过轰动效应的话，那么改革开放到了今天，我们人民群众已经再也不满足于对落后和愚昧进行消极的揭露和控诉，他们要走向新生活，赢得新生活。他们所期待于文艺的，是给予他们一种新的精神力量，是启示他们如何面对生活的矛盾，迎接现实的挑战，去实现梦寐以求的理想。但是，沿袭末世传统的作品不能提供这些东西。所以，它们越来越受到群众的冷淡与疏远，就是势所必然的结果。相反，从近年来在读者和观众中引起轰动效应的电影、电视剧以及其他文艺作品来看，不回避现实矛盾和问题，但是却洋溢着强烈的进取精神，对生活和未来充满希望与信心，正成为其中相当一部分作品的共同特征。也就是说，它们自觉不自觉地都继承和发扬了我国历史上的盛世传统。这种现象，值得我们认真研究和深思。

无疑，目前也存在着另外一种情形：有些作家艺术家面对文艺的困境，试图通过摆脱民族传统来寻求出路。以此为取向，他们醉心于西方的“现代主义”“后现代主义”的试验，认为那是“最当代的”“最世界的”“最潮流的”。无疑，现代主义和后现代主义作为西方的一种影响颇大的文化思潮，自有其产生的社会根源和时代根源。它在表达方式和表现手法上的某些探索和突破，也未尝不可以借鉴吸取。面对这种客观的文化存在，有一些人从事探索和试验本来未可厚非，而且也是有必要的。但是仍然应当指出：当前的中国社会，还在全力以赴地为实现现代化而奋斗，还远未进入后现代的阶段，更何况还有一个文化的国情差异。如果把西方的这股文化思潮看作是中国文化发展的方向与未来，并由此导致脱离中国现实，否认自身的传统，显然是一种迷误。事实上，只要深入考察，就会发现：这些年国内不少以此为标榜的作品，虽然借用了现代主义或后现代主义的外壳，但其精神实质和所持的价值标准，仍旧没有超出农业文明的固有氾畴。就更别说，这种以西方文化为中心的取向，对于一个中国的文化人来说，是否属于明智的、有志气的选择了。

是的，如果说，我们的祖先，在农业文明时代创造了汉朝和唐朝那样的“朝阳文化”，从而有力地证明了中华民族是一个具有非凡创造力的民族；那么，作为他们的传人，处身于今天这个时代，就没有理由继续固守末世传统那一套过时的文化价值观念，而不毅然拿出开一代新风的大胆识大气魄，去努力继承和发扬盛世传统，迎接现代工业文明的到来。既然工业文明时代，是又一个考验中国民族创造力的崭新时代，作为当代中国的文化人，就没有理由不紧紧拥抱“巨人精神”，满怀信心地站在时代潮流的前头，最充分地发挥出自身的创造潜能，去攀登足以与我们杰出的祖先前后相辉映的文明高峰！

1995年

原载《南方日报》

批评标准与广东文学

——在1994年广东文学创作座谈会上的一次发言

我们作家，都是搞创作、搞形象思维的。如果谈到理论问题，总觉得不是我们的事情，那些是理论家、评论家的事情，跟我们关系不是很大。我本人也是搞创作的，但我自己觉得如果有些理论问题不搞清楚，思想不是那么明确，模模糊糊，对创作是不利的。特别是我们广东的创作，怎么形成自身的特点，形成广东的群体意识、总体形象？我觉得首先在理论上、思想上要弄清楚一些问题。文学不是要评奖吗？评奖就要有评奖标准，这就涉及理论的问题。理论问题，我觉得很重要，它不是空洞的，实际上是跟作家的创作有直接的关系的。

我原来是搞文学创作的，跟文学界联系多一点。现在工作迫使我不光了解文学创作，整个文艺战线都要了解。经过这一年多的接触，我觉得，有人说广东没有什么，文学不太行，文艺也不太行，文化是沙漠式的文化。这是一种不明情况的误解，应该说，广东文艺的发展不是那么平衡，有强项也有弱项，比如说电视剧，这应该是我们广东的一个强项。从当年的《公关小姐》到后来的《外来妹》，还有《商界》，一直到现在的《情满珠江》，这些电视剧已经使全国的电视界、评论界刮目相看，认为广东的电视剧在全国是跟上海、北京鼎足而立，这话当然有鼓励成分。不过，说《情满珠江》“两老”都满意——老同志满意、老百姓满意——却是事实。至今为止，据统计，《情满珠江》在全国收视的人已达四亿，这是不容易的。所以，电视剧是我们广东的强项，还有戏剧创作也是比较强的项目。去年广东艺术节粤剧推出了两出历史戏，一出是《花蕊夫人》，一出是《伦文叙传奇》。北京的肖甲、丁杨忠等戏曲名家看了以后，觉得这两个戏达到了全国一流水平。肖甲是当年《沙家浜》的导演，专门写一篇很长的文章对这个戏充分肯定，不光肯定它的剧本，也肯定它的演出，说我们广东粤剧二团的演员阵容实在强大。文学界可能不大看粤剧，我以前也有点偏见，看得比较少。看了这两出戏，那感觉是大不一样。它的剧本编得好，特别是《花蕊夫人》，已经脱离了粤剧原来的那种比较单一化的、程式化的，忠奸分明的表现方式，开始用现代观念来创作粤剧，它的主题是一种多元化的主题，不同层次的观众可以找到各自的欣赏点，达到雅俗共赏的效果。演员的演技也达到一种很高的境界，此外还有强项，比如说话剧《泥巴人》是现代题材的，讲两对年轻人、四个除夕，都在一起过，一个除夕一场戏。这个戏在全国拿到了七个大奖。在北京的大专院校演出，学生们看得热泪盈眶，很感人。又如交响乐，去年举行的全国首届指挥大赛，把从全国挑出来的指挥精英们都集中在广州比赛，就由我们广州交响乐团承担演奏任务，这不是简单的。那些指挥家都是很有水平的，演奏的曲子都不同，演奏队伍都要表现出他们的风格，表现他们处理的细微地方，没有相当水平那是不能承担的，但是广州乐团圆满地完成了任务。所以老指挥家李德伦来这里一再讲，两年前看广州乐团还不行，但这次来水平提高得非常明显。他说这交响乐水平除了北京、上海就是广东了，如此等等，确实我们广东的文艺是有它的强项，相对来说，目前文学方面在全国还不太受关注，那么是什么原因呢？是不是我们的作家不努力呢？当然，由于市场经济商品大潮的冲击，也确有一些作家不安心创作，吃苦精神不够，但是不少作家还是认真创作的，而且他们的水平并不低。因为文学是一切文艺的基础，电视剧、戏剧还有其他，基础也是文学，那怎么能说我们的水平低呢？如果我们的水平真的是低，那搞其他门类，恐怕强项也出不来了。所以说，水平不见得就那么低，有相当一部分作家正努力创作，为什么在全国总是形不成大的影响，总是被说成不大行。我一直在琢磨这个事情。

这是一个什么问题呢？就是我们文艺批评的标准问题。不同时代、不同时期的标准恐怕是不一样的，而这种不一样，又是同当时的社会生活进程紧密相关的。远的不说，自从1840年鸦片战争以后，中华民族从一个本来很荣耀、很自负的殿堂上掉下来了，变成半封建半殖民地，整个社会陷入一个苦难的深渊，中国人民老是受压迫、受欺凌，在这种状况下，文学更多的是表现我们民族的这种被压迫、被欺凌、贫穷落后的沉重苦难。这些东西在当时来说那是有它产生的必然性和必要性，因为那时候需要揭露社会的不合理，鞭挞当时民族中落后的腐朽的东西以唤醒群众，很自然地那样一种文学艺术就产生那样一种文学批评标准。其实那样一种标准也不是鸦片战争之后才有。封建社会后期，整个社会出现停滞不前，社会的矛盾积聚越来越多，看不清前途看不见希望。这样一种氛围使我们的文学家们都有所感受，文学家的心灵是最敏感的，对社会氛围、时代气息都很敏感地感受到，这自然会在创作里面表现出来。实际上，在封建社会后期已经产生了“诗穷而后工”这么一种标准。什么诗才叫好？写贫穷，写叹老嗟悲，专门写不幸和苦难等等，这才算是好。如果你事业成功了，生活富有了，诗是注定写不好的。但穷而后工这种标准，不是我们中华民族从一开始就有的。汉唐盛世，泱泱大国，当时的文艺就崇尚博大、华美、雄强、进取，到了封建社会后期才有了“诗穷而后工”之说。到了鸦片战争以后就更进一步加强，并深深渗入了社会的观感，渗入了作家的创作，渗入了文学评论。不知不觉，它已经成为一种强大的传统观念、一种定势。到了1949年，新民主主义革命成功了，新中国建立了，把“三座大山”推倒了，把帝国主义赶跑了，中华民族终于在政治上重新实现了独立自主。这个时候，整个民族的心情毫无疑问非常振奋，也非常高昂，民族自尊心、自信心空前提高。这在1949年建国以后表现得非常明显，整个文学都是这样的调子，我觉得这是个很大的变革，也是历史发展的一种必然。事实上，也确实因此涌现出一批直到今天看来，仍然足以激动人心的优秀之作。那么问题出在什么地方呢？问题出在我们这个变革，我们这个民族的复兴，当时只完成了政治上的复兴，只是政治上实现了独立自主，我们经济上还没有真正搞起来，我们经济上的独立自主，经济上的重新崛起，这个任务，在相当长一段时间里，还在摸索阶段，同时走了不少曲折的弯路。“大跃进”、人民公社等等，使我们中华民族在完成了政治上崛起的同时，想要完成经济上崛起的这么一个任务，受到了一再的挫折。结果把工作重心越来越转向政治，越搞越“左”，越来越脱离中国社会的实际，变成了以阶级斗争为纲，变成了“三突出”，搞到最后酿成了“文化大革命”这场灾难，不光是我们社会的灾难，对文学也是一场灾难。这么一场灾难，到了打倒“四人帮”，拨乱反正，政治上拨乱反正，文学、文化上也拨乱反正，就把这套东西彻底否定了。这之后，我们的文学、文艺标准是什么？靠什么来支撑文艺的评论、文艺的创作？问题就出在这里。本来，早在1979年《在中国文艺工作者第四次代表大会的祝辞》中，邓小平同志就明确提出“我们的文艺，应当在描写和培养社会主义新人方面付出更大的努力，取得更丰硕的成果”这样一个历史性的任务，并作了精辟的阐述。但是当时处于拨乱反正，清算“四人帮”的时期，“文化大革命”给人民群众带来许多苦难，并且延误了我们祖国现代化建设的进程，延误了中华民族在经济上的崛起，使我们跟外部世界差距不是缩小了，而是拉大了，国家的贫穷、落后变得更加触目，更加令人揪心。当时，人民群众十分关注这一点，我们的作家艺术家也把主要的注意力和创作热情投放于这一点，所以当时出现的作品基本上是这一类的作品，而且引起一个又一个的轰动效应。这有它的历史阶段的必然性，这类作品也自有它的认识价值和审美价值。问题在于，这种创作“强势”后来就变成了一种惯性，大有越演越烈之势；再加上盛行于封建社会后期的、“诗穷而后工”的这种后农业社会的文艺批评标准，本来就影响深远，于是更使文学界的许多同行沉迷陶醉，乐此不疲。直到现在，这个标准竟成了一个至高无上的标准。评价一部文学作品，首先总是看它够不够深沉、有没有忧患意识、是不是写了苦难。这是一个标准。另外还有一个标准，就是打开国门以后，西方文学最新思潮的东西、最时髦的东西进来了，这个就是现代派的东西。因为我们觉得自己落后了，要向世界学习，最时髦的东西把它抓过来，认为它最先进、最好。哪怕是西方社会进入后工业社会、后工业时代，后现代派的东西，也成为最好的东西。我们搞文学的都知道，文学、戏剧、美术等现代派的东西曾经风行一时。那么这两个标准就成为我们文学界的支撑点，一个是苦难深沉，一个是现代派的东西。至少现在，我想这种观念还是相当普遍的，不少文艺界人士还没有认真看出来有什么问题。但是这两个标准都同当前中国社会进程是脱节的，当今的中国既不是后农业社会，也不是后工业社会，我们是新兴的工业社会，我们现在正在向工业化道路迈进，我们正在实现现代化，与当今的西方不同，与旧时代的中国也不同。所以这两个标准，同当前的中国社会进程是脱节的。而这么一脱节，我们文学界又不能清醒地认识到这一点，所以，就使我们的文学艺术跟广大读者、广大观众的期待越来越远，所以就出现了文艺的滑坡，掉到谷底，书籍卖不出去，演出没人看。最明显地表现按后农业社会的思想方法去创作而最终没落的，莫过于最近引起社会议论纷纷的那几部作品。应该说，这些作家都是有才华的，也都写出了不少好作品，引起过社会的轰动。但是他们的创作方法、创作思想，基本上是后农业社会的那套，基本上是小农经济、小农意识那套。而那个东西在拨乱反正时期以及后来的一个时期，改革开放还在中国刚刚开始，而且各地发展不平衡，群众心理也不平衡，需要一种宣泄的时候，它正是迎合了当时的那种社会心理，所以引起了轰动，产生了比较大的影响。但是随着我们整个社会往前走，社会生活逐步发展，群众的欣赏心理、欣赏习惯、欣赏趣味都在发生变化。群众已经不再需要仅仅停留在发泄、哀叹、消极诉求的阶段，他们需要的是一种新的精神力量去支撑他们面对现实生活的挑战，支持他们去克服和超越生活中各种各样的矛盾，去实现他们的理想。但是根植于小农经济、后农业社会的创作思想和创作方法，不能满足他们的这种渴望。所以，到了后来，这些作家的轰动效应，已经是越来越弱，读者的反应越来越淡漠。但是，我们的作家又不甘于这种寂寞，还是想引起轰动效应。怎么办？他们拿出了办法，就是在作品里面大量引进性描写，用这个办法来重新引起轰动效应，也果然引起了轰动效应。但是我们要问一句，如果把这些小说里的性描写全部拿掉，他的小说能不能引起轰动效应？能不能够像现在的销路那么广？一个作家如果要走到这一步，我想就宣告着他的创作思想和方法走到了末路。那么反过来看我们广东的电视剧，看《公关小姐》也好，《外来妹》也好，或者《情满珠江》，也许不能说这都是些什么了不起的精品，也许艺术上还不是那么精致甚至是比较粗糙，也许作者对生活的深层的思考还不够，但是这些作品却获得广大观众的欢迎，吸引了四亿人次去看。为什么？就因为这些作品，它在思想上或精神上向我们的人民群众提供了一种支柱，群众通过这个作品学习怎么样去面对现实生活，怎么样去面对他们遇到的各种矛盾，怎么样去实现他们的理想，正因为这些作品在精神上提供了这么强大的力量，尽管它不用任何性描写，但是照样引起轰动，照样能吸引观众。所以我想，从这样一种现象出发，我就想到要怎样发挥我们广东的优势、怎样建立一种新的标准。如果硬要我们去迎合后农业时代或者后工业时代的标准，我觉得广东的作家是非常为难的，不知怎么办才好。要写苦难深沉吧，你怎么写得过他们呢？我们写不过他们，因为我们的生活不是那样子的生活，我们的心态也不是那样的心态；对于后工业时代的标准也一样。如果非得去迎合、迁就那样的一种标准，我们就变得只能够模仿，在这模仿的过程中，就变成邯郸学步，到头来连自己怎么走都不会了。所以，如果继续用那种尺度来衡量我们广东的创作，我们的作品就难免会被认为“不合标准”，不被认同。那么我们广东恐怕就永远被认为没有“文学”了。

为此我想，我们广东作者确实要好好研究一下，琢磨一下，究竟现在需要什么样的东西？我想确实应该树立一种新的文学批评标准，也就是说既不是后农业社会也不是后工业社会的，是新兴工业社会的一种文学批评标准。这样子，才能给我们广东文学恰当的定位，才能使我们广东的作家有一个明确的努力目标，同样才能够为我们广东文学争取一种公平的、正确的评价。当然，要做到这一点，不是那么容易的。但是应当看到，现在我们国家正在从计划经济向社会主义市场经济过渡，这是经济体制的一个很大的转型。经济体制的转型，必然要引发其他领域的转型，也包括我们文学领域的转型。现在我们这一代人正处于文化转型的阶段。与时代进程脱节的文化观念和文学批评标准，不管它现在看起来是多么有力量，多么不可动摇，实际上现实生活将会迫使他们改变，将会迫使他们要抛弃这样一种标准。虽然在转型的过程中，在一段时间里，文化优势、观念优势，会在传统的一边。这在历史上也有很多例子印证。五四时期，新文学运动兴起，也是文化的大转型，当时，文学上的优势在什么地方呢？文学上占据优势的，就是那些写桐城派古文、同光体旧诗的老先生们，在写这些古诗文方面，他们的技巧是非常高的，也是琢磨得非常精细的。在古文古诗的领域里面，他们的技巧细致，比唐诗宋词描写得还精巧。但是他们超不过唐诗宋词，因为他们精神上不再是个巨人，而是一个侏儒。当时他们何尝看得起胡适、陈独秀、鲁迅这帮人，新诗比起旧诗算什么？写什么“黄包车在前面走，后面跟着一条狗”这样也叫诗？但是历史并没有因此使这些桐城派古文、同光体旧诗继续辉煌。新文学运动一起，很快地，他们的荣耀就一去不复返，历史所肯定的恰恰就是那些当时被传统文坛看不起的、处在萌芽状态的新的文化心态和文学形态。当然，当前的文化转型同五四时期不能类比，但原理是一样的。我们广东改革开放先行一步，经济上取得了举世瞩目的成就，我们的文学家、艺术家们也应该有这个雄心壮志，也应该更加明确看到广东现在的社会进程、生活进程、观念进程，也是走在全国前头的。由于这一点，广东应该能够在文学方面创作出从全国来说别具一格的东西。有一个很有趣的现象，广东的电视剧，形成了一种南国的风格，她所描写的，总体来说都是比较昂扬的、向上的、有希望的、比较明朗的风格。其他地方的观众看了，觉得这才是广东。如果你把广东写得沉重、深沉，那观众不接受，说这不是广东。如果内地拍电视剧，拍他们的现实生活，拍成广东这个模式呢，他们可能也不接受，认为我们这里不是这样的。无形中，广东现在状态的生活，成为了中国人的一个梦。你不能打破这个梦，广东的今天也就是他们的明天，这是一种理想。我现在要明确地说，提倡广东特色，搞广东的东西，写广东的现实生活。我们并不是抱着狭隘的地域之见来看待这个问题，不是仅仅由于我们是广东人，在广东工作，所以我们就极力鼓吹广东的东西，如果这样做，我觉得是没有意义的，甚至是可笑的。我们现在提倡这一点，不过是看到广东在目前，至少在一段时间里面，确实在经济上、现实生活进程上、观念上是走在全国的前头的。而通过创作去体现这一点，归根结底，不过是对推动全国文化转型做出自己应有的一份努力。我们是站在整个国家和民族历史进程里面看待广东的文化形态的意义。也许我们的提倡被接受了以后，最后真正开出繁花、结出丰硕成果不一定在广东，也许还是要回到北方去，跟中国深厚的文化传统结合起来，才能够产生真正代表我们时代的民族最高水平的世界性作品。这不要紧，广东文化的意义、价值从来也是在这里，我们并不想充当什么中心，我们只是想尽我们自己的一份力量，只是想使我们的作家有一个明确的努力方向，明确我们能起什么作用。能够做到这一点，也就是有了它的历史意义、历史价值。基于这样的想法，我想，今后我们的文学活动，应该有一种更明晰的目标和策略，譬如通过我们的评奖活动，通过其他方面的活动，把我们的新的文学批评标准树立起来。我们可以按照这种标准来评我们的文学，符合这个标准的我们就优先地评；不符合这个标准的，有控制地评。我们即将成立一个文艺评论家协会，我们的第一个议题，也许就是关于我们这个时代的文艺、文学批评标准的讨论。大家顺着这个目标去干，才能真正树立起广东文学的形象，才能在全国显出我们的特色。当然，这样说并不是规定只允许这么一种标准，也并没有强求大家一定按照这个标准去做。我们可以而且应该做到更宽容，容许其他方面的尝试，容许用其他创作方法去创作。好的作品我们同样加以肯定。但是我们还寄希望一切有识之士一道为这个目标来努力，我们也将对这样一个目标，赋予更多的关注、扶持。

1994年4月15日

《广东电视剧珍品集成》总序

自上世纪80年代以来，广东作为中国改革开放的前沿地带和试验区，经济实现高速发展，文化建设也日新月异。其他门类且不论，作为异军突起的一个品种，广东在电视剧的制作方面可谓一鸣惊人——受香港电视节目的贴近刺激挤压，广东的广大影视工作者为了生存和竞争，奋力冲破固有观念的束缚，遵照党关于文艺工作的“二为”方向和“双百”方针，发扬务实、兼容、开放、进取的岭南文化精神，努力学习，大胆探索，扬长避短，精心制作，先后推出了《公关小姐》《外来妹》《情满珠江》《英雄无悔》《和平年代》《钢铁是怎样炼成的》等一大批贴近现实生活、把握时代脉搏的电视剧精品。这批作品生活新鲜、观念开放、心态积极、风格明快，迅速走红大江南北，在广大观众中引起强烈反响，并一次又一次地登上中宣部精神文明建设“五个一工程”奖、全国电视飞天奖、金鹰奖等国家级奖台。不仅如此，电视剧的成功突破，还极大地激励了其他文艺门类，经过十余年的共同奋斗，一度颇受讥议的广东文化形象终于为之一新；当初那个看似乏善可陈的所谓“沙漠”，已经以其空前繁荣的景观为各方所乐道。

然而，这也就引出了一个的话题：这种效应能否恒久保持，成为广东电视剧乃至整个文艺界别继续发展，实现全面成熟繁荣的基础和动力？抑或只是灵光乍现，而终归于沉寂？尤其必须看到，像电视剧一类的视听产品，带有很强的流行元素，嬗递更迭的频率更快。常见的情形是：一部电视剧播完，观众以至业界、学界讨论回味一阵之后，即掉首不顾，转而追逐新的剧集。从消费角度而言，这也无可厚非，但是，从社会文化建设的角度来看，则并不如此。因为文化是一种积累，是一代代创作者、欣赏者、批评者共同心血的积淀，既须有“承”，更要能“传”，方能充分彰显其价值与意义。上述的电视剧集，毫无疑问是广东实现现代化进程的一种形象反映，同时又是广东文化建设历程的一种成功记录，如果在这些剧集播完后就被弃之如敝屣，任其散失泯灭，那么我们凭什么来推动广东影视创作与文化建设，凭什么供后人研究、继承？这又如何能不重蹈广东文化“只重实用不重积累”的历史覆辙？

正是有虑及此，曾经身历此次“文化突围”的若干有心人士乃发一宏愿，决定从改革开放以来，广东创作摄制的众多电视剧作品中精选出一批优秀之作，包括剧本、制作历程、理论研讨文章三大部分，加以重新整理，汇集成编，付梓出版。第一辑入选的年限为1978—2002年。全书分三大卷，第一卷为广东省有关部门组织摄制的作品，第二卷为广州市有关部门组织摄制的作品，第三卷为深圳市有关部门组织摄制的作品。这无疑只是一个开头，而不是结束。我们把继续汇编的期望寄托给与我们有着同样心愿的后来者。

留心中国文化学术的人都知道，远自元代以还，戏曲作为新兴的文艺样式曾经盛极一时，但是囿于时代的偏见，却一直以其俚俗粗浅，数百年间不入学界视野。直到近代，著名学者王国维以新观点新视角新方法加以审视，元曲才得以作为一代文学之胜，在史传中占据重要一席；而中国古代戏曲研究，也才赫然成为从者云集的“显学”。然而，古代的演出形态已经远去，如果没有文本的留存，所谓研究恐怕根本无法开展。人类的文明就是一种历史的积淀，今之视昔犹后之视今，当后人想了解我们、研究我们今日的某种文化状况，如果没有文本的留存，如果没有今日影视研究界提供学术史的起点，恐怕同样有捕风捉影，无从着手的尴尬。改革开放以来，广东在政治、经济等方面的改革、探索和成就已经成为重要的研究对象，其研究将对中国的未来发展产生深远影响；同样，反映这种探索足迹与辉煌的影视文化作品，也没有理由不成为影视界与学术界的关注和研究对象。更何况，广东要想建设与经济高度发展相匹配的繁荣文化，这种学术的积累与氛围的营造，也自有一种史的意义在。

那么，这套《广东电视剧珍品集成》的编辑出版，应当是值得做的一件事。不知文化界同人方家及广大读者是否也作如是观？

2002年9月

东方就是东方

我本人不论从哪方面来说都是边缘人。搞创作是个业余的，对理论有点兴趣也同样是业余的。所以根本谈不上什么研究，只能就工作实践的过程中想到的一些问题，提出来就教于诸位。最近我一直在思考这么三个问题。

一是如何继承与发扬中国的文化传统。这是个耳熟能详的老问题。我们必须继承与发扬中国的文化传统，这是没有疑问的。但究竟继承发扬什么我一直想不清楚，因为世界进入近代以后，中国传统文化由高位文化转变为低位文化，西方文化则上升为高位文化。这种转换是非常深刻的历史性转换。在这个转换过程中，中国原有的一套价值观念、文化观念受到强烈的冲击，而且越来越呈现土崩瓦解的势头。比如说我国明末清初，中原文化是高位文化，“四夷”的文化是低位文化。满族进来以后，要求中原民众剃头、留辫子、改变服饰，引起了中原人民的激烈反抗。很多人都要保持所谓大汉衣冠，宁死也不肯剃发留辫。从本质看，这是对中原文化这种高位文化的自豪感和捍卫。但到了近代以后，洋鬼子从来没有强迫你割掉辫子，理成像他们一样的头，但是中国人却自觉地从发饰到衣服加以效仿。还有用、住、行方面也是如此。这是就物质方面而言。在精神方面，原来的那套三纲五常、三从四德等道德规范和价值观念也受到猛烈的冲击。到现在，我想三纲五常、三从四德尽管还有其遗毒在，但已是江河日下。在这种情况下，我们说坚持中国文化传统究竟坚持什么，还有什么是值得我们始终不渝地坚持的，始终没有弄清。我请教过好多人都说不清楚，口号有一句，但具体内容并没有弄清楚。这个问题我想提出来，请教于大家。当然也有人提出中国的中庸之道，天人合一，新儒家的一套东西，并引起了热烈讨论，但到底行不行得通？远远还没有达成共识。（刘注：这个问题已初步解决，可参看另一篇拙文《道器之辨与文化自信心的重建》）

我觉得这个问题很重要，如果不弄清楚，对我们中国的整个文化将来的发展走向都有影响，变成只有口号，没有具体的内容和清醒的判断把握。其结果，很可能就会在糊里糊涂中被处于高位的西方文化“同化”掉，成为对方的附庸，进而危及民族的地位和生存。这绝非杞人忧天，危言耸听；相反，类似的情形在历史上是屡见不鲜的。

第二个问题（本来第一个问题未解决，第二个问题很难谈）是东方艺术应发扬什么样的优势，才能在最高的层次上与西方艺术分庭抗礼？我说的是最高层次，并不排除其他层次上的接纳和移植。所谓最高层次，也就是说在质的层次上区分两种文化、两种艺术。分野在什么地方？近百年来，西风东渐，文学、美术、舞蹈，还有戏剧、音乐等受到西方极大的影响。凭借其强大的经济优势、军事优势、政治优势，西方文化也得以进入。中华民族是很骄傲的民族，只有在其军事失败、经济失败、政治失败的时候，痛感原来的一套不行，才会把外面的一套移植过来。否则，中华民族绝不会接受西方的这套东西。近百年历史皆是如此，这种进入，毫无疑问对原来中国的艺术、东方的艺术有很大的影响，使得一些艺术形式从形式到内容都发生了很大的改变，也极大地丰富了东方艺术的面貌，结出了很多成果。但这里面始终有个问题，这两种不同源的文化总有最根本的、最高层次上的东西。中国文化作为东方文化的代表，我想我们中国文化、中国的艺术家如果不思考这个问题，也是会失去我们努力的方向，也只有跟着他们走。现实主义来了，我们搞现实主义；印象主义来了，我们搞印象主义；立体主义来了，搞立体主义；后现代主义来了，我们搞后现代主义。只能永远跟着他们走，但是不是只有永远跟着他们走呢？我倒觉得不一定是这样，因为实际上现在如洪水般涌入的西方文化，总体来说还是近代科技发展起来这批艺术的力量最强大。西方艺术发展到近代，在近代科技产生了以后，它的艺术才发生了剧变，比如它的透视方法的，也不是西方艺术与生俱来的。它是到了15世纪才发明这种透视方法的，也就是我们明代的时候西方才发明这种透视方法的。它是随科学的观念发展起来而产生的。比如说印象派绘画，光与色的设置那么丰富，也是与现代科技发展起来的光谱分析、摄影术很有关系。包括小说的结构，西方作家很善于结构长篇的小说，特别是多卷本这样复杂的结构把握组织的能力，也跟他们近代工业社会的体系性思维、大工业思维息息相关，他们是从小受到熏陶和锻炼的。西方艺术是与其近代科技进步紧密结合起来的艺术。这种结合创造了很多奇峰突起、名作如林的辉煌景观。但是值得指出的是，科技发展的结果又有意无意地把他们的艺术逼到狭路上去。摄影出现以后，电影、电视出现以后，电脑出现以后，传统的艺术被压迫到越来越狭小的位置。比如说一幅花了几年时间画出来的写实主义绘画，摄影用一分钟、一秒钟就能把同样的内容拍下来，电脑可以把各种奇形怪状的画面在其内部任意合成。近年来，不少运用西洋技法从事创作的画家已经放弃写生，改而运用摄影机来收集素材乃至直接接着照片来画。又比如电影、电视出现了，小说再仔细的描写还是不如电影、电视的表现那么具体、灵活。因此，小说阅读的人越来越少，电影、电视就蒸蒸日上。而更新的情况是：电脑技术的迅猛发展又正在对电影、电视产生越来越大的冲击。在这种情况下，艺术家已越来越被逼上悬崖，于是，有不少人就从传统的具象转向抽象、转向从东方艺术和原始艺术去寻找灵感，试图摆脱摄影和电脑的压迫。现在不少西方绘画走平面节奏的路线，不再用立体的画法。走以简驭繁，再不是一味求繁求细的路子。现代派的小说也是用平面叙事的方法，根本不再搞立体塑造了，它是被压迫以后而发生的转向。我想，搞平面节奏，不搞立体节奏；搞以简驭繁，不搞以繁入简，这两点恰恰是我们中国东方艺术最拿手的东西。我们传统的绘画，本来就是搞平面节奏，不搞立体节奏。我们把握物质的意象从来就是以简驭繁的，不在光和色上下那么大的工夫。我们传统的诗歌、戏剧乃至小说也表现出以简驭繁地把握生活的鲜明倾向，抽象的手法应是东方文化最高层次的东西。另外，还有一点，就是东方文化建立在中国的中庸之道、温柔敦厚的诗教上面的审美理想。西方的绘画画杀头、流血、灾难，中国画从来不画这些东西。当然在诗歌、小说和戏曲中，也表现流血和灾难，但表现的方式和从中体现的价值观和审美趣味则仍旧与“怨而不怒，哀而不伤”的诗教是一致的。这是中国传统的儒家审美观的具体体现。这个问题我想我们也是应该关注的。总而言之，我想说的是：东方艺术，自有其在源远流长的传统中积淀下来的优势和长处，值得认真思考和总结，从而确定我们的走向。

第三个问题，我们的文艺理论、文艺批评怎样才能走出唯科学主义的误区，真正地按文艺自身的特点和规律进行研究。所谓唯科学主义，是指近代西方往往把精神产品的生产与物质产品的生产混为一谈。用研究物质生产和物质世界的方法去研究精神世界。当然，仔细划分有很多变种，不过总体来说至少存在三点：

其一是科学研究往往是透过个体来寻找共性。找出共性之后就可以进行复制。找出共同规律就可以编制一系列数据，可以生产出一模一样的物质产品。精神产品强调的恰恰是个性，而不是共性。如果我们的文艺理论和批评全是研究共性的东西，这种研究对艺术创作能够具有多大的推动作用？我觉得是存在问题的。研究科技发展要共性，研究文艺发展则要个性。凡是大师都是摆脱现成的观念束缚，摆脱现成的技巧，摆脱现成的审美模式，创作出新的观念模式和审美模式，这样艺术才得以发展。相反，个性一旦变成共性，成为竞相模仿，陈陈相因，不管技巧多么高明，艺术的生命力也就丧失了。所以我觉得，我们的文艺研究应更加注重个性的研究，研究个性在艺术创作中的作用和实现的方式、途径等等，只有这样，才抓住了艺术发展的关键。

其二是运用尸体解剖的方式对文艺作品进行批评。就像把一个活生生的人进行鼻子、眼睛、嘴巴、耳朵、心、肺逐一分离那样，对文艺作品也需分割成若干块，逐一加以评析。分析了半天好像说清楚了，但对推动作家的创作没有多大作用。如果作家这样从事创作，是没有办法把作品创作出来的。以我的经验，比如阅读诗歌评论，我认为中国传统诗话的评点式批评，讲究形象比喻，点到即止，虽然简略，反而颇有启发力与激发力，可以帮你举一反三，把你的想象力和领悟力激发起来。如果给我规定主题怎么表现，词句怎么运用，意境怎么构成，就变成不会写了。总之我觉得精神产品有其特殊的规律，不是说你能把这东西分解清楚就能创作。精神产品生产有另外一种规律。

其三是物质生产是越新越好，有了汽车就不再坐马车牛车了，有了电梯不再爬楼梯了，有了空调就不再用芭蕉扇了。那些旧东西都只好进入博物馆。但是精神产品不是这样，古代人类生产出来的精神产品照样发出永不磨灭的光芒，对后人的精神世界永远起着作用。《诗经》还是《诗经》，《楚辞》还是《楚辞》，“床前明月光”还是“床前明月光”，不会因为它是旧的就失去了价值，跟物质产品是完全两回事，无需一味前赶。现在一些搞现代艺术的人热衷于追求艺术史的地位，而不去追求艺术本体的地位。反正我把小便池搁在展览厅内，我是第一个，你就得记我一笔。至于有没有艺术本体价值，他们则不注重。他们一味标新立异，认为艺术产品越新越奇越好，其实文艺作品只有越经得起时间和历史的长期考验才越有价值，跟物质产品并不一样，所以我想我们的文艺评论，这种唯科学主义的影响是要摒弃的。我们应该从其中走出来，真正按照艺术发展的特点和精神活动的规律进行研究，这样对文艺创作发展的推动才更有帮助一些。最近我看到一些论文，讲及中国古代文论的现代转换。我想，很多人接触到这个问题了。其实人类的一切东西都是从经验开始的。发展到一定阶段，某些经验的东西可以理性化，提升到理论；某些还无法提升到理论。无法提升到理论层次的东西往往被认为是不科学，说不清楚，没有价值。然而，我们实事求是地说，既然能够起作用，为什么我们硬要说它是没价值的呢？只不过，我们人类思想发展还没有达到把这种经验提升为理性认识而已。

1998年12月

《今文选》总序

2010年1月，刘斯奋、刘斯翰、陈志红、陈艳冰、金岱、徐南铁、蒋述卓、谭运长等八位广东学者，联名在《羊城晚报》和《粤海风》杂志上发表《岭南宣言——关于救治当前学风文风的呼吁》。

文如下：

文风腐败正在侵蚀民族文化的肌体！

拜金主义正在吞噬知识界的灵魂！

学统崩摧，文脉衰颓，已到了几难振拔的境地！

我等几名广东学人，秉承岭南先贤“学贵自得”“学以致用”的精神，向全国思想界、学术界、文学界的有识之士发出强烈呼吁：

挺身而出，端正学风，改造文风，担负起中华文化复兴的使命！

当前文风积弊之深重，可谓怵目寒心，兹举数端——

一曰以艰深文饰浅陋。一个可以简捷明白说出的意思，偏要故意弄得隐晦曲折；并无真知灼见，却满篇生搬硬套的外来名词术语，加上颠三倒四的“语法”，让读者头昏目眩，如堕五里雾中。这种“下决心不让人看懂”的文风，其影响之恶劣，为祸之巨烈，可谓亘古以来所仅见。

二曰以抄袭冒充研究。不去下苦功深入钻研，只从现成资料或别人的文章中东剪一段，西抄一节，改头换面，颠倒次序，拼凑起来，便堂而皇之地称为科研成果。一旦蒙混过关，名利到手，便窃幸得计，乐此不疲。为学如此，可谓不知人间有“羞耻”二字。

三曰以繁琐支撑空洞。将一个常识性的论题放大又放大，分割又分割，叠床架屋，堆砌引文，美其名曰：追根溯源，一网打尽。实则不过是借助大量杂碎材料，以遮掩其判断力的匮乏和思想的空洞。打肿脸充胖子，借以吓人。

四曰以模式扼杀创造。把国外自然科学论文的若干规矩，变本加厉、生搬硬套到人文社会科学中来，形成固定格式。其可笑者，如规定论文引用文献的数量，其中又规定洋文献土文献各半，即可见一斑。按照这种模式，只要将一批现成的结论，加上一堆废话，像机械制造那样，填充到模具里去，就成了学术成果。在这种模式统制下，独创之见遭到扼杀，论述简明反受排斥。其荒谬悖理，较之古代科举八股文有过之而无不及。

五曰以矫情代替真情，以低俗排挤高尚。明明对生活麻木不仁，远离老百姓痛痒，了无真情实感，却偏要故作深沉，发大感慨。不以真善美导乎先路，反以假恶丑颠倒众生。为吸引眼球，不惜肢解文法，灭裂文字。词语尘下，意识卑鄙。弃起码之廉耻，视高尚为仇敌，有如污浊横流，是可忍，孰不可忍。

以上种种流毒深广的文风，实在不能再继续下去了！

任其泛滥，无数学人文士宝贵的生命和才智，将在伪学术、劣文学怪圈中被消磨殆尽，成为浑浑噩噩的牺牲品！

更有甚者——

将严重损害中华民族的创造力，使中华文化堕入虚妄、空洞、琐碎、矫饰、卑下的危险境地！

面对严重的危机，改造文风刻不容缓！

我们主张——

一、提倡经世致用，反对脱离实际。

二、提倡真知灼见，反对言之无物。

三、提倡真情高尚，反对矫情低俗。

四、提倡简洁明快，反对晦涩繁琐。

五、提倡精研独创，反对蹈袭拼凑。

自古以来，文章分“有用”之文和“无用”之文，我们并不一概反对“无用之文”，但即使“无用之文”，也应该切戒浮靡，作者要有起码的责任感与使命感。这样，文章的风骨和作者的自尊才有所依托。总之，为文必须认真、诚敬，决不可苟且、敷衍。

态度决定一切，为文者态度认真、诚敬，文章就必定说真话、说自己的话。有真思想、真性情，文章便内容充实，令人读之感发兴起，如对良师益友。

“言之无文，行而不远”。为文当然需要文采，讲究修辞。但过分的枝蔓，既遮蔽真情的表达，也妨碍读者的接受。特别在当前，更有必要提倡简洁明快，我们甚至宁可“裸奔”——素面朝天，至少真我还在！

当今文风败坏，根源在于见利忘义。当体制为一种文风提供利益的时候，便会自然而然形成一套可供投机取巧的模式，令大批学人文士身陷其中。

必须彻底打破这种“模式＋量化”的评价体制。这一套体制，从根本上混淆了精神创造和物质生产的区别。流弊所及，使文坛混同官场，学术变成“生意”，将泡沫视为繁荣，以数量取代质量。结果为伪学术、劣文学提供“有理合法”的土壤，使腐败文风得以大行其道。

改造文风，说到底还要从学人文士的人格修养入手。

韩愈在古文运动中提倡“养气”。我们今天的文风问题，归根到底就是学人文士们泄了“气”。

孟子说“养吾浩然之气”，以达致“富贵不能淫，贫贱不能移，威武不能屈”，体现了中华民族文化精神的核心价值，也是中华文明历千百劫而不断重生复振的气脉所系。

一个半世纪以来，中华传统文化受到西方挑战，自身发生了重大调整，但是，中华文化的基本气脉不能断！知识界的责任与使命、尊严和自信不能丢！

噫戏！凡我有志之士，振作，集结，奋起！
以我们的浩然之气，
支撑起中华文化的伟大复兴！

《岭南宣言》发表后，曾经在社会上引起广泛的反响。

如果说，《岭南宣言》是“破”，是对当下文风存在的问题提出批评，并阐明自己的主张。那么，作为“立”的方面，我们觉得，还应当通过选文的方式，向全社会推荐优秀的语文范本，以推动良好文风的复归与发展。

事实上，百年以来，我们的文化先辈在民族危亡之际，提出废除文言，推行白话，并身体力行，筚路蓝缕，披荆斩棘。他们的主张和行动得到社会广泛热烈的响应。经过近百年一代又一代人的实践推行，可以说成果丰硕，佳作如林，异彩纷呈，蔚为大观，显示出我中华文明的强大生命力和创造力。这些经历时间检验仍光芒不减、历久常新的文章，是我们民族文化的宝贵财富；这些文章所形成的个性突出，风格鲜明，生动活泼，要言不烦，一针见血的优良文风，永远值得我们学习、继承和发扬光大。

基于这样的认识，《今文选》的编纂，就是以近百年来白话文的成果为主要对象，以内容充实，识见超卓，文笔严谨，辞情并茂作为入选标准，突出作品的独立审美价值。目的在于从文章写作的角度向读者展示百年以来，白话文运动在除文学创作之外的其他各种文体中，其发展的状况以及所达到的水平。同时，出于对近代以来中国文体的承传性和整体存在考虑，在选题中也顾及同时期的文言文作品。

文章入选的范围从1840年鸦片战争前后开始，直到20世纪末的各类文体。共分十个类别：

1. 人文——人文学科如哲学、史学、文学领域的评论文字。
2. 社会——社会科学如社会学、人类学、经济学领域的评论文字。
3. 论争——政治、社会、文化等领域的论战、争鸣文字。
4. 时评——著名报社、报人创作，对时事发表的社论、评论。
5. 译作——译介外国作品的篇什。
6. 艺谭——包括各艺术门类如美术、书法、音乐、电影等的艺术评论和漫谈。

7. 序跋——包括序言、导言、跋言、卷首语、后记等。

8. 品鉴——对收藏的艺术品进行欣赏、品评、记录、谈论的文字。

9. 近代政论——1840年至1919年以前政治领域的有关论述，包括宣言、檄文等。

10. 文言文——为“现代文言文”，即五四以后的文言文。

至于文学作品（如小说、诗歌、剧本等），白话文运动以来无疑取得丰硕的成果，但是考虑到此前已出版过多种选本，因此不纳入本文选之列。

入编的选题按类分为十卷，主编刘斯奋、副主编刘斯翰。各卷编纂由王虹昭、区鉷、刘斯翰、刘卫国、张均、张维、陈永正、陈初越、陈艳冰、陈淑梅、徐南铁、徐晋如、黄统荣、梁基永、谭运长（按姓氏笔画排列）诸先生以独自或联袂的方式分任。其他参与编选工作的人士，于各卷中分别标明。

《今文选》每卷内容的构成为：（1）前言；（2）入选文章；（3）作者简介；（4）文章评点。其中文章评点因文体特点、选家个性不同而各施其法，不作统一规范，以彰显自由活泼之文风。

百年之间所积累的文章数量异常巨大，要做到完整无缺地搜罗、通读，固然是不可能之事。即使是试图部分这样做，也远远超出我们的能力。因此，我们从来就没有将近百年的好文章“一网打尽”的妄想，而充其量只能努力做到凡是收入本文选的，都必须是好的或比较好的作品。所谓“管窥蠡测”。倘能臻此目标于万一，于愿已足。

当然，由于我们的眼光和水平所限，也由于文章之为物，从来就不存在可以“量化”的什么标准，再加上白话文本身还处于不断发展和成熟的过程中，对于什么是好文章，入选本文选的是否都是或者就是好文章，也肯定会有不同看法。那么，就姑且以此作为“引玉之砖”，以待更加成熟、完善的选本出现吧！

最后，还要对关心和支持过本书编纂的《中国社会科学报》编辑部、广东当代文艺研究所和“天涯社区”网站，表达我们的谢意。

2013年1月

我们是否还需要文学理论?

早在上个世纪80年代初，中国的社会开始急剧的转型那阵子，由于旧的原则和教条面临瓦解，而新的秩序和规范尚未确立，因此社会生活的各个方面都呈现出一种紧张、焦虑、混乱乃至迷茫。不过就文学界而言，价值失范的状况似乎相对来得晚一点。事实上，当经济和社会生活转型在80年代最紧张、最激烈的时候，文学却出现了相对说来创作较为繁荣，价值秩序较为稳定的状态。而到了90年代，当经济和社会领域的激烈交锋基本上尘埃落定，市场经济的框架和方向逐步显现，社会转型发展到一个新的阶段的时候，文学领域的矛盾和冲突才真正爆发出来。在此后较长的一段时间里，对文学领域价值失范的担忧，成为文学界起劲谈论的话题。这，大概就是人们通常所说的“经济和文化艺术发展不平衡”吧。

文学价值失范的一个重要表现，就是文学理论体系的瓦解。其实，我们原先通行的文学理论体系，在七八十年代以后就不断受到调整和修正，一系列趋于僵化的观念、范畴、表述，如文学和政治、文学作品内容和形式、文艺批评的思想和艺术标准的关系等问题，得到清理。文学自身的内在规律和特点，受到重视。但总的说来，文学理论还在一边调整一边发挥作用，其基本体系没有出现本质上的瓦解。在大学文科教学中通行的文艺理论教科书，使用的还是原先的本子，一些明显不符合时代发展和文学规律的问题，在教学者的实践中得到提出和说明。同时，文学评论工作者使用的术语和方法，虽有许多创新，基本上还可以被通行的文学理论体系所容纳，而这种评论也还能够对文学创作的实践进行解释、发挥作用。可以说，在上世纪80年代，文学理论体系依然存在，只是不再是那么僵化、那么封闭，变得更加灵活和开放而已。当时文学领域出现的某种相对的繁荣和秩序，也许与此有关。

然而，到了90年代，文学价值失范所带来的焦虑和混乱可以说到了相当严重的程度。大学文科教学的教师，基本上不再使用原先的文学理论教科书，而代之为由国外众多形形色色的理论或在中国古代文论的基础上拼凑而成的讲义。文学评论出现了对于创作实践的“失语”，不再能够加以解释和发挥作用。而与此同时出现的又有所谓的“众声喧哗”现象，即评论者使用的观念和术语基本上脱离了文学理论，变得自由而随意，没有原则，没有规范，成为一种“话语狂欢”。创作实践也同样是“话语狂欢”，即创作者各自按照自己的感受和动机进行创作，各自寻找评论家的“表扬”，甚至通过媒体和网络组织和策划大规模的炒作。有趣的是，这种途径对于作家的成功及成名，似乎来得更快、更广泛。没有人按照文学理论的观念和方法进行评论和创作，文学理论体系已经瓦解，并逐渐从社会生活甚至写作实践中消失。

起初，对于这种文学价值失范的现象，文学工作者表现出明显的不安和焦虑，各种有关的发言和讨论层出不穷，甚至也有人直接提出重建文学理论体系的必要性和紧迫性问题。当然，也有人将其视为与社会转型相应的文学转型期间必然出现的一个过程，期待着随着社会和经济新秩序的确立，文学价值也将出现新的规范，旧的文学理论体系被新的文学理论体系所代替。但是，随着经济和社会转型的逐步完成，市场经济原则成为一统天下的主流话语，对于文学价值失范的各种不安和焦虑的声音却自行消失了。如今，人们似乎完全接受了文学价值失范的事实，不再认为这是一个问题，学界中不再讨论文学理论对于文学创作和评论的意义。这时候，如果有人呼吁建设新的文学理论体系，反倒会被视为观念保守或不合时宜。这究竟是为什么呢？

应当说，后转型期社会的一个标志，就是市场经济原则的最终确立。目前，这一原则甚至深入到人们的精神生活和文化精神产品的创作和生产领域。其结果就是使文学的核心价值即审美价值边缘化。而这又直接导致文学价值的边缘化。既然文学价值已经不再是社会生活的中心价值之一，文学价值失范问题也就不再被视为必须解决的当务之急。

事实上，后转型期的中国社会，在文学创作领域和文学评价系统已经出现许多新的形式，如在城市文化基础上急剧发展和膨胀起来的传媒形式、网络形式，等等。这些形式对文学审美核心价值的认知与传统有着很大的距离，却在市场经济原则之下成为主流文化。在经历了文学价值失范最初的不安和焦虑之后，文学创作者不管自愿也好，被迫也好，都必须面对这个已经成为社会现实的新“家园”。而且，不少人发现通过与势力空前强大的、无孔不入的传媒合谋，其作品甚至能够得到更广泛、“更高”的欣赏和评价，并获得更大的经济利益。由于有了这一新的再生产的动机和动力，因此他们不再焦虑，也不再将文学本体价值失范看作一个问题。

至于文学评论本身，自从“话语狂欢”的自由状态成为潮流之后，它也逐步找到了新的表达方式，就是同样以市场经济原则为依归，走向传媒化、社会活动化、组织策划化，有的甚至成为作者的经纪人。不仅如此，传媒节目的主持人、记者直接进入到文学评论者的队伍之中，从事文学作品的发布、欣赏、评价，甚至对创作实践加以引导。当然，对于这样的文学评论来说，文学价值失范的状态，恰恰给予了它们得其所哉的施为空间。

最根本的变化还发生在最尖端的文学研究领域：从上世纪90年代开始，国外最先进的后现代文化理论全面引入，文学研究者趋之若鹜，而文学的边缘化，文化研究代替文学研究，文化理论代替文学理论，被认为是一个世纪以来的国际潮流。于是，文学价值失范所引致的不安和焦虑，逐渐被全球化和与国际接轨的激动和欣喜所取代了。正因为如此，谈论文学理论和文学理论体系建设，被认为是缺乏当代性的表现。

其实，从某种意义上说，后转型社会在文学领域出现的这些新现象，似乎正预示着某种新的规范和秩序的方向。在这里，传统意义上文学的审美价值不再是不可动摇的核心，而文学作品应被当作一种文化现象进行研究。文学评论与传媒和经济力量结合在一起，对文学创作发生作用。文学创作实践不再遵循纯粹的审美原则，而市场化的审美趣味和文化时尚成为新的规范。这一切是否意味着一种新的文学理论体系的构建基础正在发育形成呢？

在我看来，文学价值失范，旧的文学理论体系的瓦解，并不意味着我们从此不再需要文学理论。文学领域出现的任何新的事实，也许都是走向新的秩序和规范的一小步。而新的文学理论体系的最终确立，才是实质性的一大步。随着时势的推移，这个课题或迟或早都会被再度提出来。当然，社会必须建立一个开放的审美价值体系，才能将新的文学事实包容进来。而文学理论如何从目前的文学创作和文学评论实践中提升出自己的观念、方法、范畴和术语体系，是其能否重新发挥实践效力的关键。在这个过程中，从西方引进的文化研究理论，中国古代文论对民族传统审美理想的独特表述，甚至包括传媒理论和城市文化批评在内的各种思想资源，也许都具有重要的参考价值。

原载《文艺报》2004年9月

在2014年首届世界华文文学大会上的发言

1840年鸦片战争以来的150多年，是中国历史的大变局。这个变局从短时段来看，是西方列强用坚船利炮轰开了中国的门户，使中华民族面临前所未有的危机。不过，就长时段而言，则是一次文明的涅槃，是已经落后于世界的中国农业文明，凭借鸦片战争的契机，向先进工业文明开始艰苦卓绝的转进。这种文明转进，除了在经济、政治、军事引发一系列变革之外，文化也无法置身其外。五四运动前后，掀起了一场席卷全国的新文化运动，就是这种演变的结果。作为新文化运动的最重要事件之一，则是白话文勃兴，并最终取代文言文成为主要的通行文体。这种转变，无疑有其深刻的社会历史根源，并非仅仅由于当时一批提倡者，发表了一通现在看来不免过于偏激的言论所能实现的。事实上，仅仅过了一百年，新兴的白话文就因为适应中国从传统农业文明向现代工业文明的转进、文化向社会大众的普及和东西方日益密切交流的需要，迅速大行其道，成为一股不可阻挡的历史潮流。尽管时至今日，白话文还处于继续发展的阶段，还远未成熟，甚至还出现某些低俗化的现象，但是，无论是诗歌、小说，还是散文，都已经成了白话文的天下，却是不争的事实。

总的来说，近百年来华人写作主动积极向西方学习，加上引进和推行西方教育方法和体系的结果，的确彻底地打破了中国文化的原有格局，改变了许多传统的观念，极大地开阔中国人的视野，也丰富了中国文化的内涵。这一点是不能否认，也不应抹杀的。

当然，如此规模巨大而且深刻的一场变革，既不可能一帆风顺，也不可能没有失误。特别是就文化来说，其中的成败得失，仍旧有许多问题值得我们反思。就白话文的写作而言，检视近百年来的成果，不难发现，时至今日，虽然也产生了一些优秀的文艺作品，出现过若干具有影响力的艺术家，但真正杰出的作品，那种充分地体现一个时代的精神诉求，并经得起历史的检验，能够让生活在不同时代、不同地域的人们都能从中获得丰富的审美享受、深刻思想启迪以及前进力量的作品还属于极少数。即使有些作品能轰动一时，其实并不意味着就是“高峰”，它的轰动效应，往往只是由于适应了某个时期人们的欣赏心理，引起了共鸣，等到人们的心态、认识改变了，效应随之消失，甚至很快被人遗忘。这在古今中外的艺术史上可以说屡见不鲜。另外，杰出作品也不是靠鼓吹炒作就能造就的。历史公平而且严正，是什么层次，最终还会落回那个层次，这是不以炒作者的意志为转移的必然规律。更别说那些假冒伪劣的东西，最终只会作为垃圾被抛弃掉。因此，从整体来说，与古代的辉煌成果相比，现代白话文的写作目前还处于初级阶段，还远算不上巨匠辈出，名作如林的高峰时代。当然，这并不能成为我们放弃努力的理由。中国的以及全世界的华人艺术家有责任，也有志气通过一代又一代人的艰苦努力，去开创无愧于我们杰出的前人的又一个文化高峰时代。从历史经验看，文艺的盛衰，是与民族的盛衰相伴随的。在今天来说，则可以预期：随着民族全面复兴的实现，文艺也必定会迎来繁荣鼎盛的高峰。不过在此之前，还有相当长的路要走。

为了促进这个时代的到来，在回顾近百年华文写作之路的基础上，我想提出两点思考与各位共同探讨：一是提倡反俗复雅，二是回归诗教传统。

先说反俗复雅。开启于一百年前的白话文运动，固然有其历史的必然性和巨大功绩，但毋庸讳言，对传统文言文过于彻底的排斥和摒弃，却使华文写作走上了一条舍雅求俗、弃精取粗之路。正如有学者所指出的，“在一百年当中，中国文学作为语言现象，是一个不断俗化、不断把文学语言降低为现实语言的流程”。白话，作为一种民间的流行语言，在具有天然活泼的生命力的同时，也具有不少粗鄙、恶俗，甚至暴力的表述倾向。白话文运动在胜利推进的同时，也为这种语言暴力打开了放纵之门。事实上，在某个特殊的历史阶段，这种暴力化、粗鄙化甚至发展到了骇人的状态，端庄的举止、高雅的谈吐、优美的文辞成为批判对象，美德遭到践踏，人格日趋卑下。暴力语言与暴力行为结合，曾经给全社会带来巨大的劫难。推行市场经济以后，政治化的狂热暂时消退，随之而起的拜金热潮又驱使文化转向媚俗。流行文化成了主流文化，80年代昙花一现的审美觉醒和精神超越的需求已荡然无存，大量的垃圾文字如垃圾食品那样毒害着民众。在网络时代，点击率成了衡量文字的最高标准。网上流传的文字，低俗化的倾向尤为严重，闹嚷嚷的痞子式的狂欢，没来由的语言群殴，黄段子、灰段子、黑段子的热击，荧幕充斥着大量的污言秽语，连学者、教授的微博争辩，也粗野得如同泼妇骂街，古人那种即使绝交也口不出恶言的风范，于今再也不复见了。语言的堕落，也就是文化精神的堕落，这也直接、间接地对华文写作产生不容忽视的影响，并蔓延到题材的选择、表达的方式和价值的判断。这不能不引起我们深重的忧虑和高度的警觉。为此，我觉得华文写作的同仁们有必要呼唤一种“反俗复雅”的写作风气。大力提倡向古今中外的经典作品学习，大力继承和推崇“尚雅”的传统，以抵御和反击当前泛滥肆虐的恶俗潮流，否则只会延误我们为之奋斗献身的事业。

第二点，我认为当前的华文写作，不管诗歌、小说、散文，乃至一切其他艺术，都必须认真解决和始终坚守住中华民族传统的审美理想。一个民族的审美理想，是一个民族的文化制高点。只有站在制高点上，才能真正与别人分庭抗礼。中华民族传统的审美理想就是孔子从中庸之道出发所提出的“诗教”，其中的“温柔敦厚”观念被后世运用到文艺创作及批评领域中，成为中国古代文学的重要的审美原则。例如写诗，中国传统观念认为，太愤怒或太悲伤时都不适宜作诗。太愤怒，会“失之大怒其辞躁”；而悲伤过度，则会撕心裂肺，写出来的诗都不会好。所以主张“长歌当哭须在痛定之后”。这与以执着的宗教信仰为基础的西方文化有很大不同，西方艺术主张愤怒出诗人，以激情之极度发挥，揭示之穷尽形相，表现之繁复淋漓为最高境界。用一个不尽贴切的比喻来说，就是中国文化是“包子”文化，什么都包在里面；而西方文化则是“比萨”文化，什么都摆在表面。这是两种截然不同的审美理想。

孔子的中庸之道，简单概括有三点：一是在差异中寻求平衡，避免“过”与“不及”；二是“用中”，即孔子总结的“执其两端，用其中于民”；三是“中和”。“诗教”的审美追求就是表现在含蓄的情感表达方式及中和之美上。《礼记·中庸》里认为：喜怒哀乐之情尚未表现出来时，谓之为“中”；表现出来后又能顺应自然，符合节度，则为“和”。中，是天下的根本；和，是天下人追求的最高理想。若能达到不偏不倚、尽善尽美的中和之境，天地就会各得其所，万物也会生生不息。“中”与“和”在这里成了宇宙的最高秩序与法则，因此把握住了“中和”，也就把握住了道。这种观念在审美表现上，则是推崇“温柔敦厚”，注重含蓄内敛，怨而不怒，哀而不伤，乐而不淫，以理节情。这是中国人经历了数千年的发展实践之后所形成的审美理想。它在精神内涵和表现形式两个方面，造就了中华传统文化艺术的独特风貌和韵味，并以其精深博大居于人类文化殿堂的前列，散发着恒久的魅力。

我认为当今的华文写作——其实其他艺术品种也同样，在经历了一百多年与外界的交汇融合之后，有必要重新明确自身的定位，在艺术表现的独特性上与西方乃至其他国家民族的写作拉开距离。而只有认识并守住我们自身的传统审美理想，才能使我们的作品显得眼光独到，别具襟怀，与他者大异其趣，才会在世界范围内重新赢得应有的尊重和地位。

中庸的审美理想是人类艺术的高端追求

生存与繁殖是人类一切社会行为，包括文学艺术创作在内的最初出发点和终极归宿。例证是显而易见的—— 一切民族的语言、音乐、民歌、舞蹈，乃至美术，追溯其原始形态，都无不与其生存与繁殖的需求相联系。这似乎已无须论列。事实上，即使人类社会发展到今天，其各种行为尽管被裹上五花八门乃至自欺欺人的包装，但如果一直“剥蕉至心”，则仍旧脱离不开生存和繁殖这一本能需求。

同样显而易见的是，人类想获得生存与繁殖的理想环境，最重要的就是实现天（宇宙）、地（地球）、人（包括各种生物）的和谐相处。而和谐相处，就是万物在宇宙的力场中各安其位，各得其所，不偏不倚，不过不激，圆融通洽，周而复始。然而，这样一种局面其实又是无法长久维持的。由于万事万物处在不断运动的状态中，当因此而产生并积累下来的各种能量，饱和到一定的临界点，就会打破既有的平衡，和谐也就转变为矛盾和冲突。因此，所谓“和谐”，永远只能是一种相对和暂时的状态。

虽然如此，但不等于人类不应为实现，并尽可能长久维持这样一种状态而努力。因为这样一种状态，毕竟是人类生存与繁殖的一种最理想环境。事实上，千百年来，世界上不同种族、不同国家的人们一直在反复摸索，提出过各种各样的解决之道。这其中，最明智的应当是同时考虑到事物发展不平衡的绝对性和平衡的相对性，从而提出一种能够兼顾二者的互动和变化的把握方法。而这，恐怕就是由中国人最早提出来的中庸之道。

所谓中庸之道的“中庸”一词，出自记述孔子及其弟子言行的《论语》。孔子说：“中庸之为德也，其至矣乎，民鲜久矣。”意思是说，中庸作为一种美德，是最高的境界了，但是普通的老百姓缺乏这种美德已经很久了。

这是“中庸”的最早表述。后来孔子后裔子思撰有《中庸》篇，经秦代学者修改整理，收入《小戴礼记》中。到了宋代，因学者程颢兄弟和朱熹等人对中庸之道的极力推崇，《中庸》遂成为自宋至清历代的经典教材。中庸之道由此深入人心，演化为中国文化的一个重要传统。中庸之道的主要思想就是主张：人在处理与外界的关系时应当把握“执其中”的原则。所谓“中”，就是凡事不要太过分，但也不要达不到；而“庸”，就是指一种平凡不争的状态。根本要求就是在事物的两个极端之间选取或者把握一个中道，并在实际行动中随时随地加以贯彻。

之所以说这种观念兼顾了事物发展不平衡的绝对性和平衡的相对性，是因为它既承认事物会经常发生偏离“中”，即失去平衡的情形，同时又明确提出“执其中”，即回复相对平衡的行动要求。这是一种动态地把握掌控事物发展的思想，与中国经典哲学《易》中的变易观念可谓互为表里，相辅相成；而与其他民族基于宗教教义衍生出来的永恒固定的绝对理念大相径庭。

如果说，中庸之道是中国的一种源远流长的哲学思想的话，那么体现在文学艺术创作方面，它与孔子秉持的“乐而不淫，哀而不伤”审美标准，以及由此形成的“温柔敦厚”诗教无疑是同质同构，一脉相承的。其根本都是强调无论是构筑意境，还是表达情绪都应当“执其中”，认为过犹不及，主张“长歌当哭须在痛定之后”，以免“失之大怒其辞躁”。这种审美理想，在数千年间，深刻地影响着中国历代文艺家的思想和创作，并成为评判作品成就高下的公认标准。

应当指出，中庸之道并非消极无为之道，恰恰相反，它是一种积极、行动之道。只不过它追求的是通过努力使事物归于相对的平衡，而不是加剧或屈从于不平衡。这较之狂飙突进或因循守旧，更需要深远的目光和更强大的定力。同理，传统诗教中的温柔敦厚，也并非不能怨，不能哀，不能乐，不能怒，而是要求往而能复，放而能收，最终复归于“中”的节制。因为怨、哀、乐、怒作为人类情感的一种必需的宣泄，其实是人与外部环境相互作用所导致的结果。它归根结底是天、地、人所处状态的一种体现。只有控制在一定的“度”以内，即相对平衡状态内，这种怨、哀、乐、怒才不至于危害人类的生存与繁殖。如果超越了“度”的约束，相对平衡无法维持，和谐也就遭到破坏，这无疑不利于人类生存与繁殖的终极需求。这应当就是根植于中国尚用文化基础之上的温柔敦厚诗教，对美的功能的本质认识和要求，也是中庸之道在文学艺术中的贯彻和体现。如果我们承认生存与繁殖是人类一切行为，包括文学艺术在内的最根本的出发点，那么作为中国传统文化核心之一的中庸之道审美理想，也理所当然地应该成为衡量人类文学艺术的重要标杆。

《白门柳》的追述与其他

《文学评论》约我就《白门柳》谈谈创作体会。这使我感谢之余，踌躇了许久。因为一来，小说只出版了两部，第三部仍在创作之中，似乎还不到进行“总结”的时候；二来，我总觉得，作品一经面世，评判的权力也就同时交到读者的手中。作者王婆卖瓜地自说自道一番，如果不是信心不足的话，恐怕也多少有低估了读者的判断力之嫌。不过后来又想，如果不是意在护短与文饰，只是把创作中的一些初衷和追求如实托出，以便于方家和读者在阅读作品时加以对照和验证，从而揭示出主客观是如何永恒地处于不吻合之中。这对于探索文学创作的规律，促使作者明了自身的局限和改进的必要，也未必没有好处。

关于创作意图

我从事《白门柳》（白门，南京的别称，因该处古有白下门，故名）的创作，说来有点偶然。记得那是1981年的春天，我赴广西南宁出席一个学术会议。在西江的轮船上，认识了同是赴会的邢富沅。当时他还是中国文联出版公司的编辑，承他鼓励并约稿，使我萌生了创作历史小说的念头。但是以什么为题材？当时并没有明确。事后经过反复考虑，才决定把明末清初活跃于江南地区的一群著名的文化人，作为未来小说的主角。之所以如此选择，主要是基于以下想法：一，被称为“东林、复社名士”的这群文化人，以及同他们有着特殊关系的所谓“秦淮（其实不纯然是秦淮）名妓”们的遗闻逸事，数百年来一直脍炙人口，备受关注，颇为奇异地散发着经久不衰的历史和文化的魅力。这对于小说创作而言，无疑是一个好题目。二，明末清初正是朝代更替，社会矛盾总爆发的时期，各种社会势力和思想的对立冲突空前尖锐，又异常复杂。局势的变化转换十分急剧，人性的暴露和展示也因之更为充分彻底。这与小说艺术应当高度集中的写作要求正好一致。三，我国自明代以后，由于通俗小说的兴盛（宋代虽已产生话本小说，可惜现存仅二三十篇，而且描写比较简单），使得当时的生活氛围以及日常衣、食、住、行等各个方面的细枝末节，特别是当时的家常口语，都得以大量地、具体生动地保存下来，足资参考利用，从而使今天的作者试图通过小说为历史“存真”，成为可能。当然，此外还有一个并非不重要的原因，那就是长期以来，我自己对这段历史一直很感兴趣。

题材确定了之后，照例便面临如何处理的问题。明末清初这一段历史内容相当丰富——农民起义、清兵入关、明朝覆亡、社党交争、复明运动、儿女情怨……不同的作者可以有不同的兴趣热点，即便是写江南的名士名妓们，着眼点也仍旧可以各不相同。譬如孔尚任的《桃花扇》，就主要着意抒写所谓兴亡遗恨。至于另一些作品，则每每关情于这一题材的人事沧桑与香艳奇情。但是我觉得，仅仅为了演述历史而去写历史小说，固然不是我的目的，而作为一个当代人，对于历史上的王朝更替，似乎很难也不必再怀有孤臣孽子般的兴亡之感；至于唏嘘低回于特定时代产物的名士名妓们的悲欢离合，也未免有点过于“多情”。如果决定写这段历史，就应当着力去寻找和表现那些代表积极方面的、能够体现人类理想和社会进步的东西。就当时那场使中国社会付出了惨重代价的巨变而论，如果说也曾产生过某种质的意义上的历史进步的话，那么恐怕既不是爱新觉罗氏的入主中国，也不是功败垂成的农民起义，而是以顾炎武、黄宗羲、王夫之为代表的我国早期民主思想的诞生。事实上，顾、黄、王的思想，不仅在当时是一种划时代的飞跃，而且它对封建制度的无情批判，在被清朝统治者摧残、禁锢了二百多年之后，仍旧以鸦片战争为契机，最终破关而出，为康有为、梁启超的变法，乃至孙中山、章太炎等人的革命提供了宝贵的精神支援。因此，这无疑是明末清初值得大书一笔的思想事变。如果办得到的话，在文学作品中应当作为专题加以表现。正是基于这样的冲动，我决定把《白门柳》的创作立意规定为：通过描写明末清初著名思想家黄宗羲以及其他具有变革色彩的士大夫知识分子，在“天崩地解”式的社会巨变中所走过的坎坷曲折道路，来揭示我国17世纪早期民主思想产生的社会历史根源。

作为文学创作，这样一种立意也许不失为新颖，但所面临的难度也显而易见。最突出的问题是：一，如何根据当时社会生活各个方面的原始材料，找出其与早期民主思想的联系方式？二，如何使早期民主思想发生发展的抽象轨迹，获得形象的、活生生的展示？时至今日，我决不敢说已经解决了这两个问题，但确实也作了一些探索和努力。简而言之，就是对素材的选择时，不仅着眼于它的形象性和生动性，同时还从哲学、社会科学的层次加以审视，注重它是否具备与“思想”联系的内涵；而在情节的设计和矛盾的推进时，也不仅满足于对人性和人物命运的充分展示，而且把新思想的产生作为最终的表现目的。譬如，小说用了不少篇幅描写“君子”营垒内部，在对待阉党余孽阮大铖的问题上，在如何参政、干政的问题上的歧见和纷争，其着眼点就不仅在于区分是非曲直和忠奸邪正，还在于揭示以革新朝政为职志的东林、复社运动无可挽回的衰落。而这种衰落，则是黄宗羲等人抛弃旧的模式而转向新的思想方向和行动方向的起点。又譬如，我还用相当多的篇幅描写了短命的弘光小朝廷从建立到覆亡的过程，着眼点同样不仅仅止于揭示“窝里斗”的恶果，还在于写出江南这么一个商品经济相对发达的地区，以“存天理，灭人欲”为标榜的宋明理学，面对统治集团内部的利欲横流，如何归于失效和破产；而封建统治思想支柱的这种崩析，则是早期民主思想作为救治社会的新方案，终于脱颖而出的直接动因。再譬如，我在小说中写了不少明末江南地区的民情习俗、市井风情，同样不是纯粹为了点缀场景氛围，而是意在展示处于萌芽状态的资本主义因素，怎样渗透在社会生活当中；而这种生活土壤，则是哺育新思想的温床。不仅如此，甚至我在写到名士、名妓们的种种风流韵事时，也是把它作为那个变异中的社会的畸形现象来表现，如此等等。当然，这样说并不等于我在创作过程中只关心思想，而忽视了形象的重要作用。正相反，我始终认为，文学作品的根本任务是写人，表现人。这就决定了它必须通过形象来说话。一定的立意虽然是必不可少的，它充其量只能作为一种内核而存在。生活形象本身有其巨大的张力，作者不应该人为地去制约它，局限它。事实上，我始终是把真实地写出明末清初那一代知识分子的历史命运作为总体任务。因为只有全力做到这一点，早期民主思想的产生才会获得丰满的、令人信服的体现。

关于主要人物的思考

作为一部多卷本的长篇小说，《白门柳》写了不少人物，全书完成之后，估计会达到上百之多。不过，贯穿始终的主角，其实只是三组人物，即钱谦益和柳如是，冒辟疆和董小宛，以及黄宗羲（至于阮大铖和马士英，以及在第三部中出现的洪承畴，则是作为他们的对立面，分别进出于情节发展的不同阶段中）。主要人物的这种安排设置，是出于两个方面的考虑：其一，作为历史人物，他们在当时确实曾经共同生活在一个相对集中的地区，并且确实存在和发生过种种联系和纠葛，从而有利于按照原有的历史轨迹，构成具有足够时空跨度的矛盾冲突。其二，这三组人物由于处境不同，性格不同，价值取向不同，因而所走的道路也不相同。而这种不同在他们那个阶层当中，又有其各自的代表性。通过集中地描写他们，可以比较完整地揭示这一阶层的历史面貌，同时多侧面地展现当时社会巨变。

不过，按照这样的考虑来确定了主要人物之后，我与其说花费了很大的工夫对他们逐一进行设计和构想，毋宁说始终只是力求尽可能如实地写出他们。因为历史小说不同于其他小说，内中的人物（个别虚构者除外）不管主要也好，次要也好，他们生平事迹，好坏善恶，乃至脾气性情，音容笑貌，都已经详略不等地记录在历史材料中，不需要也不应该再凭空地加以设计。对于作者来说，重要的是能否真实地写出他们，而且我始终相信现实主义创作方法的特殊功能，它能够引导我对人物的发掘达到意想不到的深度和广度。事实上，当我这样做时，我甚至有意识地摒除主观的好恶，而尽全力去表现特定的历史条件下，在各不相同的社会地位、文化修养、生活处境、利益关系之中活动着的人性，而把褒贬和评判的权力让给读者。因此，如果说我对人物也曾有过思考的话，那么这种思考是在创作的过程中逐步完成的。我只是在回过头去看的时候，他们才变得清晰起来。

钱谦益，这无疑是个复杂的人物。他的复杂性与其说主要是天生的性格使然，不如说更大程度上是环境强烈影响的结果。他一方面深受儒家思想浸淫，是一位文化层次很高的封建官僚；另一方面又长期生活在商品经济相对发达的江南地区，是一个受到市民意识潜移默化的大地主。这两种价值取向不同的观念，使他的心灵深处经常交织着“义”与“利”的激烈冲突，并且强有力地制约着他的思想和行为。因此，当道义之念占上风时，他会在早期甘冒杀身之祸而同阉党势力对抗，成为东林派的中坚分子；会充当复社的后台而受到士林的拥戴；还会在江南拥立新君时，挺身而出奔走策划；甚至在全书结束时，毅然重归复明运动的营垒。而当利欲之念占上风时，他又会置当时的社会道德规范于不顾，公然迎娶柳如是；会为了达成起用复官的政治交易，阴谋为阉党余孽阮大铖翻案；会为了保住乌纱帽，向政敌马士英等人摇尾乞怜；还会为了身家性命，无耻地积极参与向清兵献城投降。应当说，这样一种双重性格，并不仅仅为钱谦益所独有。在当时的江南名士群中，不管是忠也罢，奸也罢，正也罢，反也罢，细细推究起来，都或多或少具有这种特性，只是具体的表现不同而已。正是在这一点上，钱谦益显示出了他的典型意义。

柳如是，作为一个出身微贱而又强烈地希望改变自身地位的风尘女子，她的市民式价值取向也是显而易见的。在从良的希望几度破灭之后，毅然投入比她年长35岁的钱谦益怀抱，无论辩护者怎样渲染她对后者学识才情的仰慕，也无法掩盖这一主动行为的强烈功利目的。不过，这与其说是可鄙的，毋宁说更值得同情。因为就实质而言，这只不过是对命运的一种抗争。何况其反抗之强烈和对封建礼法的冒渎，实在远过于同代妇女之上。这不仅表现在她不惜断然牺牲正常的男女情爱，表现在她对钱谦益的成功控制，表现在她对钱家权力的攘夺，而且还表现在她对荣耀的渴求归于幻灭时，甚至不惜一死以殉；最后，又是由于她的推动，使钱谦益重新投入反清阵营。这是一个身上有着某种新因素的复杂女性。她不仅受到今人的欣赏，而且即使在明清那样的封建时代，对她的评价也并非一边倒的诋毁，原因恐怕正在于此。

冒辟疆，出身高贵，才华艳发，仪容俊美，名满士林。这是一位翩翩佳公子，可惜生于混浊的乱世，从而注定了他不可能有美好的命运。他是高傲的，因而无论是在社会交往中，还是在家庭生活里，都难免落落寡合，义务的承担多于温情的享受。他又是软弱的，因而空有济世宏愿而不能作义无反顾的奋飞。更致命的缺陷是他根本不理解民众，更不可能投身于民众之中。因此他虽然苦持节志，拒不与征服者合作，却找不到改变局势的任何出路。于是独善其身就成了他唯一的选择，但种种竭蹶和辛酸也由此而来。在明清之际那个天崩地解的时代，很有一批知识人士属于这种类型。地位和生活的急剧跌落正反映了当时的陵谷沧桑。

董小宛，作为风尘弱女，她同样冀望通过从良来改变自身的命运。但与柳如是不同，她始终执著于对爱情理想的追求。为此，她虔诚地拜伏于封建礼教脚下，矢志把自己改造成为一名恪守闺范的淑女，以此求得接纳和宽容。表面上，她取得了成功，但实际上却彻底失败了。在冒家，她充其量是一件玩物，一种摆设，一名奴仆。她全力维护家庭，家庭却始终把她视为异类；她把整副身心都奉献给丈夫，却一直得不到丈夫的真正爱情。只是在心灵和肉体深受损害而终致过早夭亡之后，才换得良心发现的丈夫一纸哀感的忏悔。而这，其实又是那个时代多少痴心女子的共同悲剧！冒、董姻缘长期以来一直被套上理想化的光环，而为人们所津津乐道。如今还其历史的真相，并非为了耸动视听，而是在于揭破封建礼教的冷酷和残忍。

黄宗羲，同样生活在江南这么一个商品意识相对浓厚的地区，但与名士群体中的其他人相比，他的性格看起来却“单纯”得多，利欲之念似乎未能侵蚀他的心灵。就行动准则而言，他更接近于虔诚的正统儒家信徒。但是他的反叛也同样令人瞠目结舌——对封建制度的强烈质疑和愤怒批判，使他发出振聋发聩的惊世之论。究其原因，是由于他属于“思想型”的人物，视发现和坚持真理为人生意义的最高体现。与钱谦益等“生活型”的人物不同，他是从天下万民的宏观角度去拷问现实，进而发现利欲的内在合理性。因此他能够把这种观念升华为一种理想，而脱略其原始的、往往是粗鄙的外壳。毫无疑问，固执而且时带偏激，是这位人物的一大性格特征。但恐怕这也是许多思想家的通病。过于通达随和，充其量只能是一位实践家而已。

以上几位人物，是属于维系全书，贯穿始终的最主要角色。此外还有一些人物如陈贞慧、周镳、侯方域、方以智、阮大铖、马士英，以及第三部中出现的洪承畴等，在书中虽然也占有相当分量，但由于他们只集中活动于某一情节发展阶段中，而或先或后地又退出了中心场景，所以都算不上主要人物，就不再一一在此论列了。

关于第三部的构想

我从1981年开始从事《白门柳》的创作。一晃眼看13年过去了，说来惭愧，时至今日只完成出版了两部，即《夕阳芳草》和《秋露危城》。至于第三部《鸡鸣风雨》，目前仍在创作之中。进展之所以如此缓慢，原因无他，一是才思蹇滞，反复颇多；二是觉得既然要写，就尽可能花点力气写好它，不敢操之过急，以致误己误人。此外，就是进入第三部之后，我担负的本职工作突然增加，写作只能靠业余时间见缝插针地进行，就越加拖延了下来。

现在，第三部已经完成了将近二分之一，还剩下一半多，依然任重道远。不过理清脉络，盘旋蓄势等最困难的阶段已经打发过去，估计这剩下的部分进展会快起来。如果没有大的意外干扰，明年底以前应该能够完成。

关于这第三部所写的内容，自然离不开当时的历史进程。具体地说，就是清兵的大举南下和江南民众的反抗斗争。事实上，作为社会巨变的又一重大关节，这一段不能也不应予以省略。而且，就艺术表现而言，小说发展到这里也需要变换视角，再起波澜。如果说，第二部集中描写弘光小朝廷的内部恶斗，那么，转移到更广阔场景上去写军事抗争和民间浩劫，也正好为读者提供了新的兴奋点。不过，作为全书的结穴收束，这一部还面临着一个至关重要的任务，就是必须对前面列举的那些主要人物的命运，作出最终的交代。也就是说，要使读者对他们——无论是作为历史人物还是艺术形象，都有一个相对完整的概念。这件事说难不难，说容易其实也并不容易。加上我写作的习惯一向是顾前不顾后——只管前头怎么写，对于后面如何发展，基本上不去理会，而任凭它按人物情节的发展逻辑自行推进。明白一点说，就是边写边想，边想边写，甚至对于材料的收集和分析，也是在写作的过程中同步进行。小说前两部都是这样完成的，因此，对于这最后一部如何收束，当初并没有明确的方案。也曾设想以黄宗羲抗清失败，归隐家中，撰写《明夷待访录》，向封建主义发起批判作为全书的结束。但后来又觉得这样安排，“主题”是够鲜明突出了，却失之于过分刻意和显露，未必就佳；加上人物自身的“造反”，这一情节已经在第二部结束时提前出现，于是只能放弃。至于另外的设想，例如以钱谦益之死以及柳如是的自杀（也就是所谓钱府家难）作结，就情节而言也许不失为曲折紧张，人物结局的交代也足够彻底。但那件事发生距南京陷落的20年后，未免实在扯得太远。虽说艺术允许虚构，但为了写小说的方便，硬让两位历史名人“减寿”一二十年，我却缺乏这种勇气——就这样，我被这个问题绊住了。有相当一段时间都无从下笔。

碰到这种情形，只好回过头来研究材料。我国著名历史学家陈寅恪先生的晚年名著《柳如是别传》，我是经常研读的。这部皇皇八十万言的学术专著，运用乾嘉学派的严密考证方法，从大量的晚明史籍中钩沉抉隐，揭露出一个几近湮灭的重大秘密，这就是在当时的江南地区，除了史有明载的大规模武装反抗外，还存在着一个反清的地下组织。它由不甘心屈服的前明旧官、社会名流、市井义士乃至闺阁妇女组成。他们策划于暗室，奔走于城乡，联络反清力量，传送重要情报，营救被囚人士，策反明朝降将，做了许多困难而又危险的工作，唯其如此，在反清斗争归于失败后，这种情况便被严加掩盖，禁绝外传，因而一直不为外人所知。据陈先生的考证，在这些人物中就包括钱谦益、柳如是、黄宗羲、沈士柱、余怀、冒襄等。特别是钱谦益，陈先生经过反复考证后认为：此公在弘光政权崩溃时，虽然参与了献城投降，但由于后悔失节，加上对清朝统治的不满，而主要是由于柳如是的大力推动，终于重新投向反清复明的阵营。这一重要的学术发现，如果说对于我塑造钱谦益的形象，曾经提供了丰富的启示的话，那么当我再度深入思考之后，就进一步发觉，钱氏的这一转变，还可以成为全书的收束。我是这样想的：就人物命运而言，黄宗羲在第二部的末尾，由于身陷牢狱而极度悲愤，终于发出那一番惊世骇俗的反封建宣言，实际上已经达到了他最光辉的顶点。接下来的活动只是一种延续和补充。而冒襄和董小宛，在第三部中作为乱世的难民，在经历了种种艰危，终于回到故里之后，由于既不肯与清朝合作，又没有勇气投身抗清事业，于是以遗民之身清贫自守，也就成了他终其一生的结局。如果再把钱谦益这一桩公案料理完毕，那么三组主要人物的最终结局就算都作了明确交代。此外，还有一个并非不重要的原因，就是这些事情都发生在顺治五年（1648）以前，时间跨度不大，在描写上不需要作过多的省略和跳跃，因而有利于全书既定风格的保持。

这样考虑清楚之后，第三部的基本脉络也就大体出来了：在时间安排上，我让它紧接第二部，先从北京写起，写清朝入主后那里的大体情形，然后集中展示降清的汉官们为了逃避剃发之辱所进行的一场软弱的抗争，目的是由此引出清朝悍然向全国颁行剃发令。而这一蛮横的命令，又成了引发各地大规模反抗的直接导火线。接下来，才重新折回江南，写冒襄挈家逃难，写黄宗羲投军抗清，写钱谦益以降官之身赴北京陛见。意在通过三组人物的分写，展示当时社会大动乱大破坏的图景。与此同时，带出洪承畴作为前明降官同他们之间错综复杂的斗争。再下来，就写黄宗羲武装抗清失败，逃入四明山；冒襄历尽艰辛，带领家人回到如皋家中：钱谦益离京南归，与留守南京的柳如是相见。到了小说的后半部分，就集中描写钱谦益因黄毓祺“谋反”案受牵连，被捕入狱，柳如是在反清秘密组织的帮助下全力营救，而南明鲁王政权鉴于洪承畴的存在对义军威胁极大，决定施行反间计；同时密令黄宗羲前往南京，协助营救钱谦益，并劝说钱氏反正。最后全书以洪承畴获准离任北返和钱谦益决心回归反清阵营而结束。

以上便是正在创作中的第三部的大致走向。应当说，其中的基本情节都有历史依据，当然也不排除某些艺术的虚构，例如黄宗羲奉命策反钱谦益就属于此类。不过，他们之间有着秘密联系，则仍旧是事实。未了，也许还应当说明的是，第三部取名《鸡鸣风雨》是用的《诗经》中“风雨如晦，鸡鸣不已，既见君子，云胡不喜”的句意，当日的时势确实是“风雨如晦”，山河变色。以“君子”自许的这些士人们，经历了国破家亡的九死一生之后，又重新走到了一起，恐怕各自必有着悲喜交集的无穷感慨吧？虽然历史最终没有给他们安排更加光明的前途，但作为一种深沉的遗恨和惨痛教训，相信仍旧会给后人留下一些有益的启示。如果能做到这一点，恐怕就是他们，同时也是作者的莫大欣慰了。

关于对历史小说创作的一点见解

这个题目不大好回答。倒不是不能说出点什么来，而是因为这类问题从来都属于仁者见仁，智者见智。更何况如今是个艺术多元化的时代，身为作者而侈言怎样写才成，怎样写不成，恐怕注定要讨不了好去。不过，完全不回答似乎也有失恭敬，那么就姑妄言之吧。

我的见解不多，只有三点：

第一，希望写得更“真实”一点。“历史小说”这四个字中“历史”与“小说”各占一半。光有“历史”而无“小说”，固然不成；光有“小说”而无“历史”，同样令人遗憾。正确处理好这二者的关系，实际上就是正确处理好生活真实与艺术真实的关系问题。以我“僵化保守”的眼光看来，正如一部现代题材的小说，除非写到舞台演戏，否则里面的人物就不宜发言则满口之乎者也，衣冠则乌纱直裰，出门则乘马坐轿，行礼则下跪叩头。同样，写历史小说，如果其中的人物满口现代语言，满脑袋现代思想，正值父丧而依旧上京赶考，造访友人而邀其妻妾共语，谒见长（平）辈而直呼其名，皇帝未死而称其谥号，如此等等，虽然作者认为可以不受“小节”所拘束，或者以为今天的读者蒙昧可欺，我却始终不敢苟同。至于对历史事件和历史人物的处理，就更加应当谨慎，如果认为艺术允许虚构，就可以随心所欲地把正面人物写成反面人物，或者把千秋罪恶美化为不世奇功。这对于古人固然是一种罪过，对于今人也是一种不负责任的态度。要医治这种毛病，除了加强钻研，提高学养之外，恐怕别无他法，如果偏要反其道而行之，或者也可以快意一时，却终究难逃识者和后世之讥。

第二，希望站得更“高”一些。在现代题材的小说创作中，对于人和事的强烈道德褒贬，往往是寄寓作者的创作激情，进而唤起读者深切共鸣的有效手段。但对于历史小说来说，由于时空距离所形成的古今道德观念的差异，却使作者在进行褒贬时，往往陷于进退失据的困境——既不能以今天的道德标准去要求古人，又不能牺牲今人的道德立场去迁就古代的标准。而道德激情的这种犹疑和失落，则直接导致了作品的平庸。事实上，时至今日，不少众口宣扬的老故事，其中所标榜的忠奸善恶标准，实际是经不起深入推敲的。为了摆脱这种困境，作者不妨让自己的激情来一个超越和转移，从以道德价值为附体，转向以认识价值和审美价值为附体，更自觉地从历史中看到人类前行的艰苦而壮丽的历程，更自觉地从历史中发现文化之美。而在此过程中，激发起强烈的创作冲动，并以这种激情去打动读者。这无疑是一种立足更高的视角，对作者的要求也更高，但克服平庸的出路恐怕也正在于此。

第三，希望展示得更加“丰富”一点。历史小说并不等同于历史教科书。这一点恐怕不会有什么争议。但对于二者的区别，如果仅仅理解为小说应该更加形象、生动和允许虚构想象，恐怕还是远远不够的。我以为，二者的区别还在于教科书以交代事件为目的，而小说则应该致力于再现当时的生活。对于历史小说来说，一定的事件无疑是必不可少的，但更加需要的是教科书所没有提供的那些部分，也即是能够使当时的生活变得具体起来、丰富起来、鲜活起来的种种细枝末节。做到这一点的难度不在于作者缺乏想象力，而在于缺乏想象的依据。结果虚假不实和干瘪萎缩便成了通病。事实上，有关日常生活的记载在史籍中是最缺乏、最粗略、最不完整的。但是我仍旧建议同行们不惮其烦，反复搜求，以期使我们笔下的历史生活气息，浓厚得有如一幅幅《清明上河图》。

1994年7月

附注：写此文时，第三部《鸡鸣风雨》尚在创作中。文中谈到的一些构想后来已发生较大的变化，这里是作为曾经有过的想法予以保留，以存其真。

《白门柳》跋

一

校改完最后一个字，对着即将送出的稿子，终于长长地舒出一口气。因为这意味着，长达16个年头的一段创作旅程，总算有始有终地结束了。这16年——从37岁到53岁，应该属于人的一生中精力最旺盛，也许还是创造力最强的一段岁月。在我而言，虽然不能说全部，但起码大部分都交付给这部长篇历史小说——《白门柳》三部曲的创作了。在眼下这一刻，3月的和风不凉不热地吹拂到身上来，蒙上一层薄翳的淡淡阳光，在阳台外的绿树丛中弄影。我在电脑前坐下，准备写这篇《跋》的时候，首先涌上心来的是一种深切的庆幸，庆幸生逢一个太平的时世，使我在如此长跨度的岁月里，得以始终保有着一个虽有间歇，却基本上持续不断的创作环境，一种从容沉着的著述心态。而对于文艺创作，尤其是多卷本长篇创作来说，这种环境和心态应当是十分必要的，远的不说，起码自鸦片战争以来的150多年间，恐怕还没有过。虽然未经一一细考，不过我总想，那样一种动荡时世，必定使得好些具备这种能力、才华和抱负的作者无法施展，终至赍志以殁，抱憾终天。

不知道是否由于我的小说竟不自量力地也试图跻身于多卷本之列，而打算再现的那一段历史，恰恰又是一段充满着动荡、战乱、苦难和死亡的可怕历史，因而此刻我的这种感慨就特别强烈一些?

二

我的小说所试图再现的那段历史，确实属于中国封建时代的一个天崩地解的乱世。它正值明清两个朝代更迭的当口，阶级矛盾、民族矛盾、统治集团内部的矛盾都空前激化；再加上新旧观念的对立和激荡，不同文化的冲突与融合，交织成一幅色彩斑斓、惊心动魄的图景。其中邪恶与正义，征服与反抗，卑鄙与崇高，腐朽与新生，绝望与追求，野心与情欲，把这一时期形形色色的人性，展现得极其充分，又异常彻底。应当说，这样一个时代，远不能只由一部作品来表现，也绝不是一部作品所能包容得了的。因此，我所选择的，也仅仅是其中一个横切面。即从当时的知识分子，也就是所谓“士”的阶层来揳入，试图通过他们在这一时期所走过的坎坷曲折的道路，从一个侧面记录历史的一些足印，揭示某种发展线索。我是这样考虑的：就17世纪中叶那一场使中国社会付出了惨重代价的巨变而论，如果说，也曾产生过某种质的意义上的历史进步的话，那么恐怕既不是爱新觉罗氏的入主中国，也不是功败垂成的农民起义，而是在“士”的这一阶层中，催生出了以黄宗羲、顾炎武、王夫之为代表的我国早期的民主思想。这种思想，不仅在当时是一种划时代的飞跃，而且它对封建制度无情的、系统的批判，在被清朝统治者摧残、禁锢了200多年之后，仍旧以鸦片战争为契机，最终破关而出，而为康有为、梁启超的变法，乃至孙中山、章太炎等人的革命提供了宝贵的精神支援。一部作品，如果打算去寻找和表现那些代表积极方面的、能够体现人类理想和社会进步的事物的话，那么在我看来，这似乎是一种合适的选择。

三

当然，小说毕竟是小说，光决定了立意还仅仅是有了一个出发点，要形象地加以表现，还必须有情节和人物。《白门柳》三部曲长达130万字，其实只写了三年间的事情——明朝覆亡前夕的崇祯十五年三月到当年的十二月；李自成农民军攻入北京之后，南明弘光政权在南京建立及其崩溃的崇祯十七年四月到次年的五月；以及同年六月到次年的五月，南明鲁王政权在浙东建立到全线溃败。我之所以把时空跨度作如此的紧缩，固然是由于这三年当中，社会的变动极其急剧，对立的各方短兵相接，矛盾冲突异常尖锐激烈，十分符合艺术创作必须高度集中的要求；同时也因为与之相关的主要人物的性格、行为、思想和面目，在此期间也暴露得最为充分而彻底，不但可以追溯其来龙，而且能够预兆其去脉。就完成人物的塑造而言，已具备了足够的运作空间。

此外，小说写到的有名有姓的人物虽然上百，这些人物在书中所占的位置轻重各不相同，但贯穿全书始终的核心人物其实只是五位——钱谦益和柳如是、冒襄和董小宛，以及黄宗羲。五位人物当中，钱、冒、黄分别属于“士”这一阶层里三种不同的类型，各有其普遍的代表性；柳、董则分属“名妓”这一特殊社会群体中的两种性格、追求各异的女性。当然，作为这群人的对立面，小说还以相当篇幅写到权奸马士英、阮大铖，以及降清明臣洪承畴，他们应该也属于第一层次的重要人物。

四

随着近年来历史小说创作的繁荣，“什么是历史小说”的话题也再度引起人们的兴趣。但是这其实是一个相当复杂难有定论的问题。由于不同的作者对这一概念的内涵和外延理解不同，特别是所持的哲学、历史观念各异，因此甚至连展开对话恐怕也有困难。当然，其实也不必着急，大可以继续各自实践，让读者和时间来进行验证。

不过，就我本人而言，却有自己所遵循的准则。在众多的主义和品类中，我更倾心于现实主义的创作样式。也许这是因为我更愿意让自己的作品承担起传播历史的媒介作用，更希望让读者能够通过我的作品去多少了解人类前行的艰苦而壮丽的历程，去多少感受到其中所蕴含的文化之美。而要做到这一点，我的办法就是尽可能忠实地去再现历史，哪怕这是永远也不可能真正实现的主观愿望。为此，我在创作中，始终遵循严格的考证，大至主要的历史事件，小至人物性格言行，都力求书必有据。就连一些具体情节，也是在确实于史无稽，而艺术处理上又十分需要的情况下，才凭借虚构的手段。也许有人会认为这种“戴着镣铐的跳舞”未免过于自讨苦吃，但是我却觉得这正是弥补生活体验欠缺的最好办法。而且，只要善于挖掘和挪展，它较之向壁虚构更能收事半功倍之效。

当然，强调尽可能忠实地去再现历史，如果理解为仅仅是指忠实地、形象地再现历史的事件和人物，我觉得，那还是远远不够的。事实上，作为社会生活的形象反映的文学作品，与以记录和解释进程为目的的教科书相比，与以普及历史知识为任务的通俗读物相比，应当具备大得多的容量，为读者提供远较事件（或人物）的运动过程丰富得多的东西。据我的理解，这些东西就是当时社会生活各个方面当中，那些貌似琐细却具有认识价值和审美价值的表现形式。如果把一部成功之作比喻为一架春意盎然的繁花，那么人物塑造的部分自然属于主体——花朵，而基本的历史事件恐怕算是起支撑作用的架子。只有经过作者以独特的审美眼光和敏锐的思想触角加以筛选和探究过的社会生活诸形态，才是扶持着花朵使之仪态万方的绿叶繁枝。这是作者显示其思想素养和艺术创造力的又一重要方面，也是使作品显得内涵丰厚、婀娜多姿的有效手段。因此，我在创作中，不仅十分注意历史事件本身的表现，而且尤其注意事件以外的历史生活的表现；不仅致力研究历史事件档案中记载了的东西，同时也力图旁及历史事件档案中所没有记载的东西。尽可能把目光放得广一些，笔势放得开一些，举凡当时社会生活的各个方面，如政治、经济、军事、文化、哲学、宗教、体育、建筑、习俗、礼仪、烹饪、科技、教育、法制、灾异等等，我都视为使作品的枝叶变得丰满繁茂的重要材料，并把它们充分调动起来为创作服务。当然，这绝不等于实行知识展览和材料拼凑。我的追求始终是：设法做到在上述平凡的社会生活诸形态中，发现具有美学价值的那种“不平凡”，也就是“道人人眼中所有，写人人笔下所无”，并使之有机地糅合在艺术的总体描写之中。不过，追求是一回事，能否做到又是另一回事。这就只能留待读者去评判了。

五

小说创作，基本上是一种个体劳动。短篇如此，长篇也是如此。而长篇创作，特别是多卷本的创作，由于耗费时间的漫长和遭遇险阻的众多，尤其属于一种孤独的“长征”。在这个旅程中，来自各方面的支持、爱护和鼓励，对于作者来说，无疑是至为重要和十分宝贵的。时至今日，回过头去，我深深感到在以往16年的漫长岁月中，如果没有许多前辈、上级和朋友们的支持和帮助——他们或者为我提供了必不可少的创作条件，或者为编审书稿付出了心血，或者通过各种方式使作者那经常陷于艰辛而疲惫的心受到抚慰和温暖，获得克服困难的力量，坚定前行的信心——那么这部小说是肯定无法得以最后完成的。值此机会，我谨向真诚地关怀过这部书的陈越平、林江、黄浩、于幼军；邢富沅、宋文郁、陈浩增、李硕儒、孙雁行、蔚江、骆军；黄秋耘、刘斯翰、饶芃子、蔡葵、黄树森、陈永正、高风、谷守女、陈国凯、徐俊西、李树政、林墉、林雨纯、林建法、陈志红、程文超、王晓吟、陈锦荣、张维，以及其他未能一一具列的人士，表示由衷的谢意！

最后，我还要特别深切地感谢我的妻子叶红。是她在漫长的岁月中，做出了忘我的牺牲和奉献，我才得以在这个南国的美好春日里，终于如释重负地写下以上的话。

1997年3月13日

“特殊政策”与《白门柳》

陈越平同志是我的老前辈、老领导。虽然在他担任广东省委宣传部部长期间，我只是部里的一名普通干部，对他说不上有多少接触和了解。但是，在支持我从事长篇小说《白门柳》的创作这件事上，却体现了他与众不同的眼光与胸怀，使我永生难忘。

事情是这样的：1980年春天，我作为宣传部张江明副部长的随行人员，赴广西桂平参加“太平天国学术讨论会”，在行经西江的船上，经王晓吟介绍，认识了中国文联出版公司的编辑邢富沅，一路上谈史论文，颇为投契。末了，他提出让我写一部历史小说，篇幅和题材都由我自己决定。我自幼受家庭熏陶，对中国传统文化情有独钟，后来又就读于中山大学中文系，从事文学创作一直是我的一个梦。受到正式约稿，自然极大地激发起我的创作冲动。回来之后，经过一番考虑，决定以明末清初那一段天崩地解的历史为背景，以江南地区一群有改革思想的知识分子为主角，通过他们所走过的坎坷曲折道路，来揭示我国早期民主思想产生的社会历史根源。把构想报给出版社之后，得到了认可，我就开始动手创作。但是我很快就发现，由于在宣传部工作，每天必须按时上下班，写作只能利用业余时间进行，而我的写作计划又相当庞大，如果不集中精力全力以赴，是根本无法完成的；更别说一心二用的结果，也必定会影响本职工作了。面对这种两难困境，我当时想到的唯一办法就是调离宣传部，到一个可以从事创作或研究的单位。当时广东省社会科学院正筹办文学研究所。于是我就向部里打了一个报告，说明原委，申请调到那里工作。回想起来，我这样做其实是颇有一点“冒险”的。因为当时十年动乱结束不久，百废待兴，而越平同志又是原则性很强的人。在此之前，他就曾在会上颇为严肃地批评过一些打算“另谋高就”的同事，说宣传部不是旅店，想来就来，想走就走。那么，我是否也会落得想做“旅客”之嫌呢？这样忐忑不安地等了几天之后，时任副部长的林江同志把我找去，记得也没有绕什么弯子，就直截了当地对我说：“你的报告部长会上研究过了，认为目前部里能写点东西的人不是多了，而是还不够。因此你就不要调走了。至于小说创作的事，我们觉得也应该支持。越平同志说，就给你一个特殊政策：允许你不用每天坐班，部里有需要你参与的工作，就通知你回来做，平日就在家写你的小说。”

当时林江同志虽然再没有多说什么，但是我却很明白这个“特殊政策”的给予，在宣传部这样的正规单位是多么不容易，如果不是出于对一个年轻人的关爱和扶持，如果没有一种独到的眼光和气度，是不可能如此决定的。事实上，正是由于越平同志当初的这个决定，并在后来长达16年岁月里，林江、黄浩，还有于幼军等几任部长也“萧规曹随”，始终对我的创作给予相当的关照，《白门柳》才可以善始善终地完成。

因为这个缘故，我在写作的过程中，一直强烈意识到这部小说完成得如何，已经不仅仅是我个人的事情，也关系到越平同志和几位后任部长当初的决定是否得当的问题，所以不敢有丝毫懈怠之心，而是竭尽全力去把它写好。最后，总算稍可告慰的是，这部三卷本小说分别获得广东省第二、第四、第六届鲁迅文艺奖，并于1997年获得了中国作家协会第四届茅盾文学奖和国家图书提名奖。

在广东省委宣传部为《白门柳》举行的祝贺会上，越平同志与吴南生、欧阳山等老前辈也出席了。我自然很希望他能说上几句勉励的话。但他表示从领导岗位退下来之后，就给自己定下一条：不再在公开场合发表讲话，所以这次也不能破例。这在我而言，无疑是一种遗憾。不过事后，原中南局宣传部部长王匡的女儿、我的老同学王晓吟告诉我，有一次，越平同志与她谈到当初那个“特殊政策”时，曾经说道：“如果是锥子，即使放在布囊之中，也会脱颖而出的。”那么看来，他对我所交出的答卷，还算是满意的。这才使我放下心中的一块石头。

从那以后又过了15 年。去年，越平同志不幸离我们而去了。现在回忆往事，我依旧对他充满感激之情。不过，他当年那个“特殊政策”，恐怕已经远超出了我与《白门柳》的范围，将会留给后人更多的启示。

2013年2月3日

陈寅恪晚年诗文及其他

序

自从陈寅恪先生在“文化大革命”十年动乱中不幸逝世以来，海内外纪念和研究他的文章和著作很是不少，或伤悼师友，或评析学人，深情卓识之作所在多有。就海外的研究而言，像汪荣祖先生的《史家陈寅恪传》，便是一部态度谨严、持论平允的力作。当然，在目前已出版的有关陈寅恪的各种著述中，由于各人理解的不同，见地的差异，也并不是没有争议的。这本属十分正常的现象。事实上，不同意见的争论，只会有利于推进研究，以达于真知，而不是相反。何况，无论见解如何歧异，只要争议的双方都对陈寅恪先生怀有真诚的感情，而且具有探求真理的共同愿望，便没有理由担心最后不能达于统一。即使暂时无法统一，也不要紧，还可以继续讨论，或者把问题搁置一下，各自加深研究，待到有了新发现后，再来讨论不迟。

就是基于这样的认识，我决定把去年（1984）以来所写的两篇同余英时先生商榷的文章拿来结集出版。余先生是海外学术界中研究陈寅恪较早之一人，远在50年代末期，他就写出了《陈寅恪论再生缘书后》的文章，在“全无其他任何资料可凭”的情况下，大胆推断该书：“实以写‘兴亡遗恨’为主旨，个人之感怀身世，犹其次焉者矣!”在当时海内外学人中，颇引起过一些议论。不过，此后20多年间，余先生也就没有再写这方面的文章。直到近几年，他才“重理前绪”，在香港《明报月刊》上接连发表了《陈寅恪的学术精神和晚年心境》《陈寅恪晚年诗文释证》两篇长文，进一步发挥他的“兴亡遗恨”说，宣言陈寅恪对1949年中国大陆政权的易手，充满着明末遗民式的悲愁苦恨。为了支撑这个立论，余先生还提出了“暗码系统”说，认为陈寅恪的晚年诗文中，存在着一套独特的、与众不同的“暗码系统”，要真正理解陈先生的意思，必须运用“侦破”手段才行。对于余先生这一套说法，我无疑是不敢苟同的。这倒不仅仅是因为早在20多年前，陈先生还健在的时候，就曾明确表示过，余先生当时的说法是“有意挑拨”，并在1964年所写的《论再生缘校补记后序》中，以“所南心史，固非吴井之藏”一语，公开作了澄清。我不敢苟同余先生的说法，还因为当我本着深入探讨的目的，运用余先生所指示的一套，到陈先生的晚年诗文中寻求印证时，却发现全然不是那么一回事。这就令人十分不安。因为陈先生已逝世多年，不可能再起而为自己辩护，何况余先生在文中又极为自信，言之凿凿，简直断不容别人有怀疑的余地。万一读者不察，相信了他的说法，陈先生在世人心目中的形象，就会被蒙上虚假不实的尘垢，这是十分不妥的。所以我才不揣谫陋，在余先生刊出《陈寅恪的学术精神和晚年心境》之后，勉力草成《也谈陈寅恪的晚年心境》一文，向余先生提出商榷。接着，在读到余先生的续作《陈寅恪晚年诗文释证》以及附录《古典与今典之间》后，又写了《陈寅恪晚年心境的再商榷》，对余先生仍坚持的一些论点，以及他的那个“暗码系统”说进一步提出质疑。这两篇文章，自然包含了我研究陈寅恪晚年诗文的一些心得。但是我却无意像余先生那样，宣称它们已是“万无一失”，读者可以“放心大胆”地深信不疑，而是认为仍然可以讨论的，如果余先生能提出有说服力的论据的话。

为着帮助读者把握这一场论辩的实质，我愿意在这里把双方的基本分歧归纳说明一下：

其一，到底是把陈寅恪当成某种单纯的、固有的观念的化身，还是承认他作为一位正直的学者，不仅具有尊重事实的美德，而且也有着作为“人”的种种复杂性？看来，余先生是主张前者而排斥后者的。因为他把全部注意力都放在寻找陈先生的“心境”同中共当时某些政策和做法相抵触上面，而根本不考虑在另一些问题上（例如消弭战乱、消除社会积弊，以及民族自主自强等），二者是否也存在着某种共通共存的基础？他只对陈先生那些“不利于共产党”的言辞深感兴趣，而对那些流露好感的作品则十分避忌，对陈先生最终认同于大陆政权尤其无法接受。此外，他还把陈先生作品中的一切愁苦之辞都归结于政治，而完全无视陈先生作为一位残疾之人的独特心境等等。由于余先生在观念上存在着这种功利主义的偏见，所以在研究中就很难作出冷静、客观的分析，而不能不一再陷于判断失误。例如他对《庚寅广州七夕》《庚寅广州中秋作》等诗，对“十年国庆共欢腾”的联语，对《诗存》中许多意思显豁、心境开朗之作的那些“释证”，以及他硬把陈先生自1955年起出任政协常委一事，说成只是官方的宣传，不可相信等等，就是显证。而我的看法恰恰相反。我认为，陈先生作为生活在社会巨变当中的一位正直的学者，他的思想呈现出种种复杂矛盾的现象是十分正常的。他可以在某些问题上对中共的做法表示不满，提出批评，但并不妨碍他在另一些问题上抱有好感，加以肯定。他可能由于对中共缺乏接触和了解，从而在政权更替的初期表现出这样或那样的疑惧和不安，但并不妨碍当他有了一定的接触和了解之后，逐步解除了疑惧，安心下来（即使在这时，也仍然会对一些事情感到不理解，情绪有所波动）。至于到了对新政权接触日多，了解日深之后，他就更会在政治上认同的前提下，对他认为是不正确的那些政策和做法，给予更多的针砭。这一切，都是完全可以理解的，也是合乎陈先生晚年思想发展的逻辑的。只有理解并承认这种复杂性，由此出发去考察和研究陈先生的晚年诗文，才有可能得出合乎实际的结论。

其二，存不存在陈寅恪先生重新转向国民党的问题。对此，余先生的答案是肯定的。他断言：尽管在1949年10月以前，陈先生对国民党已经“失望到了极点”，但是到了大半年后的1950年七夕，却由于他已经“领略到中共极权统治下的‘透骨新凉’”，和听到不少有关清算斗争的“销魂故事”，因而“对国共两党的感情发生转变”，成了一个类似明末遗民傅青主那样的孤臣孽子，并像被清朝列入《贰臣传》的钱谦益那样，对自己当初没有投奔台湾而悔恨终生。余先生这样说的立论依据就是陈先生在1950年所写的《庚寅广州七夕》《庚寅广州中秋作》，以及那首“望海”诗，再加上他从《柳如是别传》中摘出的几条“按语”。这些论据到底能否成立，我在文章中已经作了详细的分剖，这里不再重复。但是不妨指出，余先生把陈先生对国共两党态度发生转变的时间放在1950年，即中共进入广州仅仅半年之际，于情于理都缺乏可信度（详见拙文《再商榷》）。不过这其实是有苦衷的。因为尽管在1950年七夕之前，陈先生在诗作中曾经对新政权多次表现出疑虑不安，而在1950年之后，对中共政策的批评针砭也屡见不鲜，但是唯独找不到一首能说明陈先生重新转向国民党的诗作。大约正是在这种无可奈何的情况下，余先生才把眼光集中到1950年的几首诗上，并认为找到最有力的“证据”。然而可惜这只是他的误解。随着那几首诗和《别传》中几段“按语”的最终辩明，这第二点的是与非也就一目了然了。

其三，在陈寅恪的诗文中是否存在着独特的“暗码系统”？这个问题，我在《再商榷》一文中亦已作了详细的分析，结论是否定的。这里只想补充一点，就是如果真有所谓“暗码系统”的存在，那么它的运用原则必然是：愈是事涉重大，不便或不敢明说，才愈需要运用“暗码”的方式来表达；反之则不然。这应当是没有疑问的，否则“暗码系统”就失去存在的意义。然而，用这个原则去考察陈先生的诗作及余先生的“释证”，我却发现了十分奇怪的情形。例如，《癸巳六月十六夜月食时广州苦热再次前韵》：“墨儒名法道阴阳，闭口休谈作哑羊。屯戍尚闻连狈水，文章惟是颂陶唐……”这是批评大陆当时实行极左的文化政策，“百家争鸣”只是空话；而且只许歌颂，不许暴露和批评。其中第三句还牵涉到朝鲜战争。又如《闻歌》：“江安淮晏海澄波，共唱梁州乐世歌。座客善讴君莫讶，主人端要和声多。”这是不满中共当时片面宣传“大好形势”，掩盖矛盾和问题。以上两首诗都属于大触时忌一类。但是却明白晓畅，根本没有运用“暗码”来作“掩护”。相反，被余先生言之凿凿地指为是运用“暗码”的“北归端恐待来生”和“天上素娥原有党”等句，则只不过是说“今生不能回北京去了”和“讥刺”新谷莺是中共党员（按余先生的说法）而已——都不是什么了不得的话。这就使事情变得无法理解，仿佛陈先生运用“暗码”的原则同“暗码”固有的作用正相反似的。只此一端，也不难判断所谓“存在着暗码系统”云云，到底有多少可信的根据。

以上是我同余先生讨论陈先生晚年诗文的几点主要分歧。当然，我们的分歧远不止这些，只是由于为了使讨论更集中，无暇一一涉及。我希望，通过前一段时间的辩难，以上的几个主要问题会变得比较清楚一点。不过，我仍想说明，同余先生论辩，是一件颇为费事的工作。因为他为了自圆其说，每每违背旧体诗写作的基本规律，或者对原作进行断章取义的肢解割裂，或者将典故加以随心所欲的曲解，或者远远离开诗句内容所规定的范围，进行漫无边际的推论引申，试图通过不断扩大所谓“循环圈”来寻找根据，而毫不理会时空的差异变化。因此，要把所有纰缪之处一一辩明，必须把讨论范围成倍地扩大。这就绝不是区区一两篇文章所能容纳的。不过，相信只要把基本问题辩清楚以后，广大读者自能举一反三地去作出判断，所以也无须再行啰唆。至于余先生，我只希望他不因我未将全部歧见一一列出，便又误解我“毕竟肯承认”他“所解陈诗大部分是正确的”，那就不胜欣幸了。

最后，附带说一句，余先生在他的答辩文章中，一开始就把我封为“大陆官方学术界”的代言人，说我的文章“基本上是为了表示政治立场、观点和态度而写的”。我很荣幸受到如此“抬举”，只可惜我尚无此种资格。不过无论如何，我仍然得佩服余先生论战方法的巧妙。因为这样一来，我在读者眼中就成了十足的“政治工具”，我的一切文章自然就成了毫不足信的“政治宣传”，简直可以“不攻自破”；相反，余先生则由于及时宣布了他们的立场“不是政治”的，似乎也就成了理所当然的“真理的化身”。然而，学术上的是非果真可以如此解决么？即使余先生这样认为，又未免“不智”了。我倒主张双方本着对逝者，也对生者负责的态度，通过严肃认真的讨论，使我们对陈寅恪晚年心境的认识，逐步臻于真知。质诸余英时先生，不知以为然否？

也谈陈寅恪先生的晚年心境

近日检视《明报月刊》，于1983年出版的1月号和2月号两期内，看到余英时先生撰写的《陈寅恪的学术精神和晚年心境》一文。陈寅恪先生是中国当代著名的史学家，自从他于1969年在祖国大陆逝世之后，十余年间，海内外很有一些悼念回忆他的文章，但认真深入地研究和论述他的著作尚不多见。所以余先生此文立即引起我很大的兴趣。然而，结果使我不但十分失望，而且产生极大疑惑。

且申说如下：

首先，余先生所谈论的是陈寅恪先生的“晚年”心境，那么，其时间范围自然主要是指1949年陈先生决意留居祖国大陆，到1969年他逝世那一段光阴。在这20年当中，祖国大陆在对待知识分子的问题上，确有许多错误。其要者，前期如1957年的“反右”，后期如1966年的“文化大革命”，还有形形色色的运动、斗争，都造成了程度不同的恶果。陈寅恪先生作为一位学者，对其当年身历目睹之事，有所不满和非议，是完全可以理解、无足深怪的。假若余英时先生是从这么一个角度出发，如实地探讨陈寅恪的晚年心境，那么，对于了解这位史学大师的生平和思想，可以很有帮助。然而，余先生在论及陈寅恪先生上述的“心境”的同时，却一而再、再而三地把国民党政权牵扯进来，谈论陈寅恪先生对国民党政权在大陆的覆灭如何充满伤悼，对自己当初没有逃离大陆如何后悔不已，又如何像明末遗民拒不仕清那样坚持为国民党政权“守节”；又及日夜盼望台湾的国民党能卷土重来，盼不到时又如何借著书立说来寄托哀感等等。在余先生笔下，陈寅恪先生成为一个钱牧斋式的人物。一个因为未能“扈跸”又未能“殉节”，从而对国民党政权充满愧悔和眷恋的孤臣孽子。

在这里，余先生运用了一个逻辑：在他看来，包括陈寅恪先生在内的中国广大知识分子，一旦境遇欠佳，或是个人的事业和目标遭到挫折，或因受到不公平的对待，对中共政权的政策、做法有所不满或非议，就必然会怀念国民党的统治，把希望寄托于国民党的卷土重来。这难道就是中国知识分子的形象，这难道就是陈寅恪先生的形象？这个逻辑是难以成立的。

中国文化界不少知名人士在过去相当一段时期内饱受政治运动的冲击，吃了不少苦头，若用余先生的话是：“一有机会，必逃无疑。”但何以在出国探亲或访问期间，他们会坚决谢绝海外亲友劝其留居的邀请，毫不犹豫地返回国内？陈寅恪先生作为一位精研历史，能“通古今之变”的学者，无论其个人立身处世的态度准则如何，有一点可以断言，就是他对于历史发展的大势和个人于国家民族的责任这两点上的认识，绝不会同大多数中国知识分子相距太远。事实上，1949年蒋老先生逃离中国大陆之际，陈先生坚决拒绝傅斯年的一再催请和某些亲友的劝说，不肯“逃”离广州，最足以说明问题。可是余英时先生却对陈先生的“晚年心境”大表“怜悯和叹息”，把陈寅恪先生说成是胸无定见，徘徊歧路，在其最后20年间，为自己的“不死不降不走”而整天生活在惭愧和悔恨当中的“胜国遗老”，实在是对陈寅恪先生殊为不敬。

余先生也许会说，他是有根据的，根据就是陈寅恪先生晚年所作的那些诗文。我们只就余先生所罗列的那些所谓“证据”复查一下，看看陈寅恪先生是不是如此这般的一个人。

在陈寅恪先生晚年所写的诗中，确有一部分是针对中共当时的一些错误的政策和过火的做法而发的，其中表达了他正当的怨怼和忧虑。但是，有所针砭是一回事，把自己的命运同什么联系在一起又是另一回事。这也可以说是我国诗歌创作的一个源远流长的传统。事实上，就陈寅恪先生晚年的诗作而观，也绝非如余先生所声称的，只是一片灰暗悲愁，没有丝毫明朗喜悦的色彩，尤其得不出陈先生苦苦怀念国民党政权，盼望台湾能反攻大陆的结论。

余先生极力渲染陈寅恪先生“对国民党的失败不胜惋惜”，“心情十分沉痛”。他特别举出了两首诗作为论据，一首是《己丑夏日》：

绿阴长夏亦何为，消得收抨败局棋。自我失之终可惜，使公至此早皆知。群儿只搏今朝醉，故老空余后死悲。玉石昆冈同一烬，劫灰遗恨话当时。

另一首是《青鸟》：

青鸟传书海外来，玉笺千版费编裁。可怜汉主求仙意，只博胡僧话劫灰。无酱台城应有愧，未秋团扇已先哀。兴亡自古寻常事，如此兴亡得几回。

从表面看，这两首诗均以咏叹出之，感慨深沉，对国民党的失败，确乎没有“幸灾乐祸之意”。然而，也仅仅是如此而已。第一首诗的确是写国民党政权的崩溃。大抵因为诗中有“终可惜”的字样，余先生便认为必定是写国民党政权“可惜”无疑。殊不知此诗上面用了一个“自我失之”的典故，下面接了一句“使公至此早皆知”的冷嘲，便已点明作者的命意恰恰相反。

“自我失之”一语，见于《南史》卷五十三《梁武帝诸子传》：“及（侯）景背盟复围城，城陷，（萧）确排闼人启。时武帝方寝，确曰：‘城已陷矣。’帝曰：‘犹可一战不？’对曰：‘人心不可。臣向格战不禁，缒下仅得至此。’武帝叹曰：‘自我得之，自我失之，亦复何恨。幸不累子孙。’”

梁武帝晚年昏庸无能，举措乖张，民心丧尽，史家绝无好评，陈先生是绝不肯矜惜的。但何以他又发出“终可惜”之叹呢？这里就必须稍稍联系国民党的历史来看——本来，国民党在孙中山先生的领导下，对中国革命曾经做出过重要的贡献，受到民众的拥护和支持。其后却国事大坏，造成国民党政权的总崩溃。陈寅恪先生是“通古今之变”的历史学家，可以说他早就预见到蒋氏如此收场。“使公至此早皆知”这一句是对于蒋氏所作所为严于斧钺的贬斥。“群儿只搏今朝醉”句明显是斥责国民党官僚的贪污腐败、醉生梦死，足以把所谓“哀矜”之说彻底否定掉。在这里，陈先生所感到“终可惜”只是孙中山先生所开创的事业，竟被如此葬送；连当初追随中山先生革命的民国“故老”们，也身不由己地落得个遗恨终生！这真是一场“玉石俱焚”的大悲剧。诗的意思就是如此，作者的褒贬本极分明。何况用梁武帝的典故，就有极大的否定含义。

至于《青鸟》一诗，余先生说它是有感于1949年秋美国政府发表《白皮书》而作，这是不错的，但结束两句，乃是作者点睛之笔，至为重要。余先生却避而不谈。笔者姑且代为诠释：“兴亡自古寻常事”——就“兴亡”这点而已，陈寅恪先生对于国民党政权的崩溃只看做寻常之事，并不特别加以重视。但是，“如此兴亡得几回”——像国民党政权这样子垮台（一心一意倚靠美国，而最终为美国抛弃），倒也是历史上罕见的。对此，陈寅恪先生的心情也许确如余先生所言，是“十分沉痛”的，不过这种沉痛之中也含有极大的贬斥含义。

余先生作为论据的另一个不能成立的说法，是说1949年前夕陈寅恪先生之所以没有“逃离大陆”，“是不能也，非不为也”，过后很快就追悔莫及，并为此抱憾终生。

关于这件事，陈寅恪先生自己曾经作过清楚的说明：“当广州尚未解放时，伪中央研究院历史语言研究所所长傅斯年多次来电催往台湾，我坚决不去。至于香港，是英帝国主义殖民地，殖民地的生活是我平生所鄙视的，所以我也不去香港，愿留在国内。”（见《陈寅恪先生编年事辑》，第137页）事情本来十分清楚，余先生也承认“陈先生不肯离开大陆确非虚语”。但是他仍然要从陈先生诗文的夹缝当中寻找出“事实并非如此”的“可疑”影迹，那便是以下这首诗：

题与晓莹结婚廿三年纪念合影时辛卯（按：即1951年）秋寄寓广州也

短檐高屋总违时，相逐南飞绕一枝。照面共惊三世改，齐眉微惜十年迟。买山巢许宁能隐，浮海宣尼未易师。赖得黄花慰愁寂，秋来犹作艳阳姿。

据余先生说："此诗特别提到了孔子'乘桴浮于海'之语正指两年前的旧事。'未易师'者，是不能也，非不为也。"而其所以"不能"之故，是由于"意态消沉和避秦无地"，"事后必然深服陈夫人在（坚欲去台北）这件大事上判断比他正确"。作为支撑这种说法的证据，余先生又举出了另外一首诗：

庚寅（1950年）广州七夕

岭树遮楼暗碧霄，柳州今夕倍无谬。金瓯已缺云边月，银汉犹通海上潮。领略新凉惊骨透，流传故事总魂销。人间自误佳期了，更有佳期莫怨遥。

余先生说，此诗表明了陈先生已"深深地领略到"共产党统治下生活的"其中滋味"，并说："他所领略的是何种透骨的'新凉'，而当时流传的又是那类惊心动魄的'故事'，读者自可想像得之。此外如海上潮通、佳期自误等语也都有所指，值得细细玩味。"

其实，说陈先生之所以坚决不去台北，是由于"意态消沉和避秦无地"，这样推测缺乏事实根据。余先生在他的文章中津津乐道于陈寅恪先生所写的《论高祖称臣于突厥事》一文，说这是"针对毛泽东向苏联'一面倒'的政策而发"。姑勿论陈文原意是否如此，此文写于1951年春，比之上面引的第一首诗还早半年。如果陈先生的"意态"确如余先生所说的那样"消沉"，似乎他之所以留在大陆，就是为着等死的话，又何来这种干预政治的兴趣？更何况他本是——用余先生的话来说——“始终与现实政治无直接关系”的学人。事实上，陈先生当年之所以坚决留在大陆不走，既不是什么“意态消沉”，更不是什么“避秦无地”，以世界之大，当时他即使不想去台湾和香港，也完全有别的地方可去。以他在世界学术界当中的声望，安定优裕的生活当不难致。他这种心境，也许余先生确实很难理解。在这种情况下，以余先生自己的“心境”，去揣度陈先生的“心境”，必然是南其辕而北其辙。笔者还可再举证陈先生的一首诗，即1950年春写的《庚寅人日》，其中两句云：

黄鹞鲁连羞有国，白头摩诘尚余家。

在这里，陈先生把当年那批借口“不帝秦”而远走高飞的“鲁连”们讥之为“羞有国”；而自己则与他们不同，决意留下，因为他的“家”就在大陆。联系上面所引述的陈先生的自我说明，他之所以认为孔子那种“乘桴浮于海”的想法“未易师”，从而拒绝去国，到底出于什么样的“心境”，是由于“不能”还是“不为”，就更加清楚不过了。

至于《庚寅广州七夕》那首诗，其实完全是怀念陈夫人唐筼女士的。钱宾四先生的《师友杂忆》说，1949年唐筼女士因去留问题与陈先生发生严重争执，曾打算独自去香港，后于九龙车站被一友人截回。此事钱先生系得自传闻，尚未尽完全。据笔者向当时接近陈家的人了解，结果唐筼女士还是去了香港，借寓于香港大学文学院院长马鉴先生家里。后来因为陈先生仍坚持不往，唐筼女士才又返回广州。弄清了这个事实，那么《庚寅广州七夕》一诗就不待解而明：所谓“云边月缺”“海上潮通”“新凉透骨”“销魂故事”（按：指牛女双星之故事）等等，无非都是对陈夫人的思念语。相反，若照余先生的解释寻绎下去，那么结束二句就显得十分奇怪——“人间自误佳期了，更有佳期莫怨遥。”莫以陈先生的史识，竟然会认为国民党政权很快就能卷土重来么？

余先生的“论据”之三，是断言陈寅恪先生虽然“不得已”留在大陆，但是却像当年明末遗民那样，始终坚持为国民党政权守节，对中共政权充满敌意，既不“靠拢”，更不“认同”。笔者倒想先引证几个重要的事实：

其一，1954年，陈先生接受中华人民共和国科学院哲学社会科学部之聘，担任该部的委员，直至逝世。

其二，1955年起，陈先生接受中国人民政治协商会议的推选，历任该会议第三届、第四届全国委员会的常务委员，直至逝世。

其三，陈先生还担任中华人民共和国中央文史研究馆副馆长之职，直至逝世。

其四，1959年10月1日，陈先生于收听了中华人民共和国主席刘少奇在国庆大会上发表的讲话后，曾贴出一联于宅门云："六亿人民齐跃进，十年国庆共欢腾。"

对于以上这些事实，余先生也许仍免不了诸多挑剔，但那个绝不"靠拢""认同"之说，却是无法成立的。

在中华人民共和国建立之初，陈先生由于知识分子狷介孤高的性格，他在本身的出处问题上是有过踌躇的。所谓以"野老"自居，以屈子自况，都是这种心理的反映。但是，说陈先生绝无"靠拢""认同"中共政权之意，却决非事实。最明显的证据便是1950年写的《庚寅广州中秋作》，诗云：

秦时明月满神州，独对婵娟发古愁。影底山河初换世，天涯节物又惊秋。吴刚斤斧徒闻说，庾信钱刀苦未求。欲上高寒问今夕，人间惆怅雪盈头。

此诗前四句其义易明。五、六两句，上句是写病，谓自己双目失明，虽有吴刚斫桂，亦难见月色；下句是说经济拮据，故有苦未从商之叹。结束二句最堪注意，是化用苏轼《水调歌头·明月几时有》一词句意，其中明白表示打算到首都北京去的想法，只是由于想到自己雪已盈头，非复少壮，才又踌躇起来。由此可见，陈先生当时非但拒绝"乘桴浮于海"，相反还颇欲"乘风归去"。如果他真像余先生所说的，对中共政权充满敌意的话，那么，这又将如何解释呢？

其实，1949年之后的20年中，陈先生的心境也并非如余先生所渲染的，是"愈来愈沉重"，仅就目前的《诗存》来看，其中也不乏心境开朗之作，例如：

晴雪映朝霞，相依守岁华。莫言天地闭，春色已交加。

（《癸巳（1953年）除夕题晓莹画梅》）

杂花生树语莺儿，三月江南正此时。访古偶过苏小小，和词还涉李师师。护摩北斗非无相，名胜西湖总是诗。闻说称觞初八十，更欣吾道未凌夷。

（《遥祝少滨世先生八十生日即次自述诗原韵》）

育长回影更多姿，金锁初除欲语时。今夕闻歌还一笑，岭南春好落花迟。

（《庚子（1960年）春张君秋来广州演〈状元媒〉新剧时有人于台前摄影戏作一诗》）

歌动重楼映海光，病夫乘兴亦看场。今宵春与人同暖，倍觉承平意味长。

（《1962年3月29夕广州京剧团新谷莺诸君来中山大学清唱追感六年前旧事乃赋七绝三首以记之》）

像这样心境明朗、意思显豁之作，《诗存》中还可以找到一些，此不具引。用客观、公正的眼光来看问题，应当承认，陈先生的晚年心境既有烦恼忧愁的时候，也有舒畅欢悦的时候；不管是欢畅还是忧烦，无非是以为正直的知识分子心境的坦率流露，与台湾的国民党攀不上关系。恐怕这才是实事求是的判断。

辨清了以上几点之后，那么对于余先生作为一大发现的所谓《论再生缘》和《柳如是别传》二书，都是陈寅恪先生借古讽今，抒发当前的“兴亡遗恨”和个人身世之感的“寄情之作”这一说法，就难以令人同意了。笔者不打算分别就这两部著作一一给予辨正，因为那样篇幅未免过长，而且著作虽是两部，问题却只有一个。余先生此文着重谈的是《柳如是别传》，笔者也姑且就此书略抒所见。

余先生断言《柳如是别传》一书是"寄情之作"的根据之一，是1963年此书初稿草成时陈先生曾感慨二律，其第二首结语曰：

> 明清痛史新兼旧，好事何人共讨论。

余先生问："他（陈先生）自己已点明了书中兴亡的两重性，试问明清痛史是三百余年前的旧事，尚何'新'之可言乎？"其实余先生恐怕是把诗中"明清痛史"一词的意思领会错了。此"痛史"之"史"者，乃史籍之谓也，非历史现象之谓也。所谓"旧史"，是指过去记述明清史实之著作；所谓"新史"是指陈先生本人之著作，也就是《柳如是别传》。盖《柳如是别传》一书，系陈先生穷十年之功，精心结构的一部力作，其于纷纭散漫之明清史料中，钩隐发微不遗余力，足可当一部"新痛史"而无愧。又，明清之旧史中，对钱牧斋其人大率持否定批判之态度；而陈先生是书，乃在为钱氏辩诬洗冤（此立意陈先生曾经反复说明，且本诗之第六句亦有"著书今与洗烦冤"之语），此又"新""旧"之别者二。至于下句"何人共讨论"云云，亦无非是"重与细论文"之意。若按余先生之解释，所谓明清之"新痛史"即系指中共之取代国民党，则此两段历史从内容到形式均绝不相类。岂止比拟不伦，抑而强词夺理了。

余先生断言《柳如是别传》是"寄情之作"的根据之二，是认为因为明清之际的历史，"还间接涉及台湾问题的远源，所以处处都不免引起陈先生的切身感慨"。也就是说，陈先生是为了表达对台湾的国民党的向往才来撰写《柳如是别传》的。

陈先生在讨论明清争夺东北一隅之后，说了这么一段话：

> 噫！三百五十年间，明清国祚俱斩，辽海之事变愈奇，长安棋局未终，樵者之斧柯早烂矣。（《柳如是别传》下册，第982页）

于是余先生判曰："辽海之事变愈奇，即指韩战后的新局面，这是他当初所意想不到的历史发展。'长安棋局未终'一语尤可玩味，这显然和他在一九四八（按：‘八’为‘九’之误）年‘消得收枰败局棋’的判断大有出入了。”

其实，只要稍知历史，都会知道，东北一隅自明清之际成为争夺重点之后，还发生过多次纷争。1894年之中日甲午战争、1895年的俄德法三国干涉还辽、1896年之中俄密约、1898年的旅大租地条约、1902年的交收东三省条约以及拒俄运动、1904年之日俄战争等，均属于清室“国祚未斩”前发生的事；其“国祚已斩”之后，也还继续发生了1915年的中日“二十一条”，1917年至1918年之“西原借款”、《蓝辛—石井协定》和中日军事协定、1928年的皇姑屯事件、1931年之“九一八”事变和其后伪满洲国事件，还有余先生文中也提到的那个“雅尔达秘议”等等。很清楚，陈先生那个“辽海之事变愈奇”的感慨，是包括这一系列历史事变在内的，甚至还包括对自1960年起已渐见端倪之中苏交恶的形势的历史估计，而绝不仅仅限于“韩战”而已。陈先生之“长安棋局未终’二语，也无非是指围绕东北地区之国际形势而言，绝无寄希望于台湾之意。

据吴宓所抄陈先生《庚辰暮春重庆夜归》诗后附注云：“寅恪赴渝，出席中央研究院会议，寓俞大维妹夫宅。已而某公宴请中央研究院到会诸先生，寅恪于座中初次见某公，深觉其人不足有为……”（见《陈寅恪先生编年事辑》，第116页）

陈先生此诗写于1940年，附注中之“某公”即蒋介石。如果说，早在蒋氏在中国大陆君临一切之时，陈先生就已看出“其人不足有为”，那么，又怎能设想，当历史的发展已经证明陈先生的预见完全正确时，陈先生反而会对他之“有为”寄予希望?

在《柳如是别传》一书中，陈先生于讨论郑成功踞台湾的问题之后，有如下一段议论：

> 郑氏父子之兴起，非仅由武力，而经济方面，即当时中国与外洋通商贸易之关系有以致之。明南都倾覆，延平一系犹能继续朱氏之残余，几达四十年之久，绝非偶然。自飞黄大木父子之后，闽海东南之地，至今三百余年，虽累经人事迁易，然实以一隅系全国之

轻重。治史之君子，溯源追始，究世变之所由，不可不于此点注意及之也。（中册，第727页）

这段话又使余先生敏感地判曰："这里所说的当然不仅是历史上的台湾，因为他明言'闽海东南之地，至今……实以一隅系全国之轻重'。而且由于这一隅之地已成为国际经济系统中的一环，问题就变得更为复杂了。"又说，这是一段说得"十分露骨"的话。笔者再三推敲了陈先生上面的那段议论，实在看不出有何"露骨"之处。因为，对陈先生那番议论的理解最多只能是：台湾之所以能与大陆长期分立而独自生存，经济方面的因素是一个重要的原因。不仅郑氏父子当年是如此，今日之台湾也是如此。但因为台湾又是中国不可分割的一部分，而且战略位置重要，所以绝对不能设想大陆的中央政府会容忍分立局面的长期存在，到一定时候必定要加以解决。这就会导致国内、国际关系的一系列演变，世界政治的种种新局面亦由此而展开。所以陈先生特别提醒"治史之君子"要注意这个问题。事实上，目前国内外政局的现状，已经证明了陈先生的预测。对此，我们除了钦佩陈先生确有良史之才外，实在品味不出余先生所极力暗示的那种"露骨"的东西。

至于余先生还根据《柳如是别传》中说道，直至顺治十八年（1661）之后，柳如是仍留居常熟城外之芙蓉庄，没有跟随钱谦益移居城内一事，认为这"是否有政治涵义，殊难证实"。（按：明末遗民拒不入城以明志，其实是常见现象）从而判定陈先生在此是故意借强调钱、柳二人对复明运动信心的差距，来暗喻自己与唐筼女士在台湾反攻大陆问题上之判断不同，并以"迟疑怯懦""深自谴责"云云。本文既然有了上面的一系列分剖，读者已可判断，就无须再唠叨了。

本文开头说过，在陈寅恪先生晚年的诗作中确有一部分是针对中共当时所推行的一些错误政策而发的，这类作品，余先生都详细引述了。不过，也不见得全都解释正确。其中仍多有穿凿附会之处，试举一例，即《丙申五月六十七岁生日，晓莹于市楼置酒，赋此奉谢》那首中的两句：

平生所学惟余骨，晚岁为诗笑乱头。

余先生说，此二句“不仅对仗不工，意义不明，而且文字几可谓不通。什么叫做‘平生所学惟余骨’，难道其中全无血肉？‘笑乱头’三字则根本不知所云，且不必说‘笑’字如何能与‘惟’字属对了”。接着，余先生又根据他所看到的“流传到海外”的“复印本”，此联之异文作“平生所学供埋骨，岁晚为诗欠斫头”。于是便结论说：“《柳如是别传》中的‘惟余骨’‘笑乱头’是中共官方的改笔，故拙劣得至于不通。”其实，同一首诗有不同的两个版本，本属十分平常。《柳如是别传》是陈先生生前几经修改才定稿的，他完全有权力对自己的诗加以最后改定，丝毫用不着大惊小怪，无数诗人都是如此。至于说“惟余骨”云云，是中共官方的改笔，假若真是如此，那么中共官方何以又会允许在《诗存》中，仍然保留此诗另一稿的原貌？莫非有意向余先生“提供材料”么？其实，“惟余骨”“笑乱头”自通。“惟余骨”无非是谓作者自从双目失明，许多旧时所读之书因不能时时温习，已日渐淡忘；又不能更多读新书以丰富充实之。时到今日，仅余骨干而已。此语也非陈先生杜撰，唐人陆龟蒙《杂讽》诗九首之八，便有“岂无中林士，贯穿学问骨”之句。至于“笑乱头”，更非僻典。《晋书·陶侃传》云：“君子当正其衣冠，摄其威仪，何有乱头养望，自谓宏达耶？”又《世说新语·容止》：“裴令公有俊容仪，脱冠冕，粗服乱头皆好，时人以为玉人。”至于以粗服乱头形容写诗，可见于王国维之《人间词话》：“王嫱、西施，天下美妇人也。严妆佳，淡妆亦佳，粗服乱头，不掩国色。飞卿，严妆也；端己，淡妆也；后主则粗服乱头矣。”以上都非难得罕见之书。如果余先生在下笔之前，能花点工夫去查一查，也许就不会判出这样武断得可笑的“冤案”来了。

陈寅恪晚年心境的再商榷

拙文《也谈陈寅恪先生的晚年心境》在《明报月刊》1984年8月号刊出后，旋于10月号及11月号上，读到余英时先生的长篇答辩文章《陈寅恪晚年心境新证》。说起来，当初促使我写那篇商榷文章的主要动因，是不同意余先生把陈寅恪描绘成为一个钱牧斋式的人物，一个因为未能“扈跸”又未能“殉节”，从而对国民党政权充满愧悔和眷恋的孤臣孽子。现在余先生已经正式澄清，他所持的“不是政治的观点”，“《晚年心境》并不是给国民党涂脂抹粉的文字”，也“并不含蕴他（指陈寅恪）曾经向国民党政权‘认同’或‘靠拢’过”这层内容，尤其没有“说他（指陈寅恪）必然有国民党可以‘卷土重来’的意思”。这一申明，确实解除了我相当一部分的疑惑。余先生如果及早明白说出这一点，或者当初不是把文章做得那么宛曲巧妙，使《晚年心境》“从表面看”，仍然“有利于国民党而不利于共产党”的话，那么，我也许确实“大可不必花那么多的篇幅去重复”他“已经说过的话”。

我这样说，余先生也许立刻又会给我套上“根本不能承认世界上会有一种超越政治（或超越‘阶级’）的观点”的“帽子”，表示要“存而不论”了。其实，余先生可以放心，笔者丝毫也不反对从文化和历史的角度去研究评判一个人物，相反，我认为那是一种好方法。问题在于，当余先生这样说了之后，也应当真正这么去做才行。如果口头上宣称“超越政治”，实际却处处着眼于政治；口头上宣称陈先生只是“广义的文化遗民”，实际上却把他同历史上那些著名的政治遗民等类，那就使人很难捉摸余先生的真正立场到底是什么。也许这属于“可以理解”的写某一类文章的“心法”，所以也确实无妨暂且“存而不论”。不过，在最近的这篇《新证》中，余先生又提出了一种辩辞，说他的那个“有利于国民党而不利于共产党”的结论，是“被证据逼出来的”，连他自已也感到“非常意外”。这就是说，尽管在他以往的论述中，明显地存在宣言和实际做法互相矛盾的情形，但是余先生概不负责，责任应当由提供“证据”的陈先生去负。这真是强有力的指证，足以使我深自警醒，从而以更虚心和认真的态度去研读余先生的驳论和他提出的“第一手材料”。然而，很惶恐，我竟又一次感到了“失望”。我发现，对于我在《也谈》一文中所提出的不同意见，除了《己丑夏口》和《青鸟》两诗被余先生理解为“重复他已经说过的话”，因而一笔带过之外，关于《柳如是别传》当中的那几段按语，本来是作为该书是“政治忏悔”之作的有力“证据”而被余先生提出来的，我曾对之一一表示了异议。但余先生也完全略而不答，却仍旧坚持着前说。这就使人捉摸不透：到底是余先生认为那些旧“证据”依然管用呢，还是另有新“证据”呢？不过，在余先生作出解答之前，我尽管感到失望，这个问题也只好同样“存而不论”。

除开了以上两部分，那么余先生在“解释”陈先生为什么不离开大陆和“指出”陈先生在1949年以后对国共两党的态度发生转变这一核心性论题的主要依据，我看来看去，就剩下1950年陈先生所写的几首诗。对此，余先生倒没有吝惜笔墨，而是作了洋洋洒洒的阐述和辩答，坚执前说。既然如此，我们也不妨再来讨论一下这些诗，看看它们作为“证据”是否站得住脚。解决了这个问题之后，我们还将回过头研究一下余先生的那个“暗码系统”说，从更广泛的角度，对余先生的解诗方法提出质疑。我认为，这后一个问题更重要，一旦讨论清楚了，许许多多问题也迎刃而解了。

现在，先来谈谈陈先生在1950年所写的那几首诗——

第一，关于《庚寅广州七夕》。我在《也谈》中曾经指出，这首诗是为怀念当时赴港居留的陈夫人而作的，与所谓“领略到极权政治的滋味”“后悔没有及早谋身远去”根本牵扯不上。余先生在驳论中一方面承认我关于陈夫人当年曾去香港的说法是“可信的”，但另一方面却坚持说这首诗同怀念陈夫人无关。他的理由是：陈夫人的香港之行是1949年的事，而庚寅则是1950年，陈夫人不可能在香港居留这么久；何况，“中共是1949年10月间进入广州的，陈夫人无论如何也必须在此前回去了”。他由此推断“庚寅七夕陈先生夫妇明明同在广州”，而我由于“竟完全忘记了时间问题”，所以关于此诗是怀念陈夫人之作的说法便“不攻自破了”。其实，我并没有忘记时间问题，而是余先生误了我的意思。我在《也谈》一文中引用了钱宾四先生关于陈夫人打算赴港的传说之后，是这样说的：“此事钱先生系得自传闻，尚未尽完全，据笔者向当时接近陈家的人了解，结果唐筼女士还是去了香港。”我这个“结果……还是去了”的意思，并不是指1949年中共进入广州前夕那一次，而是指那一次没有去成之后，到了1950年夏秋之际，陈夫人还是去了香港。这一点，我当时没有特别加以说明，因为在我的意识中，陈夫人1949年的那次行动，无非是一时负气之举，既然已被友人“坚邀其返”，自无立即又出走之理，这似乎是不言而喻的。我没有说钱先生听到的传闻“不准确”，只说是“未尽完全”，便是这个意思。但是，结果仍旧造成了余先生的误解，这证明我原先的行文不够清楚，我愿意在此加以澄清。明确了这一个“时间问题”之后，也许余先生还会提出另一个“时间问题”，那就是1950年，广州分明已经置于中共的管辖之下，陈夫人怎么还能随便去香港呢？这其实很容易回答。因为50年代初期在穗、港两地生活过的人大都会记得一个事实——虽然中共于1949年10月进入了广州，但直到1951年2月以前，穗、港交通仍一如其旧，人们可以自由出入，除购车船票外，并不需要办理任何出入境手续。1951年春后，来往者才需要经过批准，但无非是例行手续，并不严格。至于进一步封关，那要迟到1952年。这是有案可查的。所以陈夫人于1950年到香港小住，在当时来说是十分平常的事情，并不如余先生所想象的那样不可思议。而陈先生于此时写诗怀念她，也完全合乎情理，绝无难解不通之处。弄清了以上这些背景，也就不难明白，我的说法并没有因为“忘记了时间问题”而“不攻自破”。它是符合事实的。

此外，顺带补充一点：“领略新凉惊骨透”一语，其实自有来历。陈简斋《雨》诗云，“一凉恩到骨，四壁事多违”；又《游董园》：“一凉天地德，物我俱犹夷。”逮及南宋，此语更成窠臼，如许涉斋《喜雨次韵翁常之》“雷雨急生凉，天恩觉沦肌”，许梅屋《谢陈宗之》“城南昨夜闻秋雨，又拜新凉到骨恩”等均是。毫无疑问，“领略新凉惊骨透”一语，正是由此化出。而同样清楚的是，上列各例中，此语均作称谢致感用。所以陈先生这句诗，也绝不能理解为“领略到极权政治的滋味”，相反，正确的理解应当是“不意共产党待我如此宽厚”。其中着一“惊”字，虽然颇有出于意料之意，但“透骨新凉”并非贬语则甚明。此与下一句“流传故事总魂销”正好互相呼应。前者说此地可居，后者说远离可念，都是着意于“催归”。所以接下去的“人间已误佳期了，更有佳期莫怨遥”，便意足神完，顺理成章。这样理解，应当是确切无疑。相反，如果按余先生的解释，正如我在《也谈》中指出的，结末两句便只能理解为陈先生估计国民党很快就能卷土重来，显然是难以令人信服的。事实上，1950年中共政权才刚刚建立，正忙于稳定人心，恢复经济。当时中共军队进城后纪律之好，是举世公认的。至于那些有可能被余先生视为“暴政”的种种措施，如“镇反”“土改”之类，这时均未曾开始实行，陈先生根本无从“领略”其中“滋味”。如果一定要说陈先生当时听到了什么令他“凉彻骨髓”的“销魂故事”，那么最可骇可叹的，恐怕还是经历了“金圆券”之祸和海珠桥被炸之后广州那一片残破景象，以及来自台湾的轰炸机那“惊雷破柱报新年”（《庚寅元夕用东坡韵》）式的空袭吧？其实，余先生既然承认“陈先生在1949年前后对国民党已失望到了极点，对共产党倒似乎是在无可奈何之中采取一种观望的态度”，那么，陈先生在“观望”的过程中，对共产党流露出某种好感，也就算不得什么“大逆不道”的事。又何必如此不能容忍，非彻底加以抹杀不可呢!

第二，关于《庚寅广州中秋作》一诗，因为诗中有“吴刚斤斧徒闻说”一句，余先生便又硬说这是暗指共产党的“暴政”，殊不知此语系从杜甫的名句“斫却月中桂，清光应更多”中化出，专指诛锄邪恶而言。句中那位手持斤斧的吴刚，乃系褒美的对象。盖陈先生此诗写于中秋，其时月色圆满，清光正多，恰似月中丹桂被吴刚斫去一般，而自己却因目盲难见，所以有“徒闻说”之叹。这是面上一层的意思。至于深一层之意，则无疑指“山河换世”之前那种贪官污吏横行，流氓兵匪肆虐，社会百弊丛生的景况，随着政权易手而被彻底荡涤，使人心目为之一豁，其情形也恰如“月桂斫而清光多”。但陈先生同样以目疾之故，只能限于耳闻，而无法亲见。应当说，这种心情，同“领略新凉惊骨透”正相一致。事实上，中共进城初期，对社会积弊清除之力在当时是人所共见，有口皆碑的。陈先生对此日有所闻，遂致好感，正是情理之中的事。笺释至此，我得向余先生表示感谢。因为当初我下笔匆忙，对陈先生这句诗的理解还只停留在面上的一层，是余先生坚持应有内在的一层意思。不过他解作陈先生对“吴刚斤斧的厉害”表示厌恨，却同此语的出典，以及“中秋”的诗题未免风马牛不相及。而且“厉害”“可怕”云云，也是他的自我发明，在陈诗中固无此暗示，于用典上亦无可资凭借的出处。这才促使我对照当时广州政局的实际状况反复寻味，终于恍然而悟。否则陈先生诗中的深微之旨，便会由于我的大意而被埋没了。至于该诗结末两句：“欲上高寒问今夕，人间惆怅雪盈头”，我在《也谈》中曾说，这是化用苏轼《水调歌头·明月几时有》的词意，流露了他当时有“乘风归去”，返回北京的想法。这本来也是显而易见的。可是余先生大不以为然，认为这两句的意思是“要责问‘青天’（按：余先生说，‘高寒’是‘青天’的代语，而‘青天’即‘碧海青天’，即‘青天白日’，即国民党政权）怎么会弄到‘今夕’这种情况（按：指‘山河换世’‘节物惊秋’）”。看来，这已经牵涉到如何正确认识旧诗用典的规律问题了。只是为了说服余先生，我竟不得不在此谈论这类基本常识问题，却未免有失恭敬，所以只打算简单指出一点：旧诗中之所以要用典，就本质而言，无非是想使有限的篇幅包含更多的内容。因此做法上总是只撷取典故中的关键数字纳入诗中，而熟悉典故的读者便能通过这些“提示”，领会作者所要表达的意思。因为这种意思是完全凭借典故来传递的，所以它绝对不能脱离典故的原有内容，否则读者便无从领会。这是最基本的一条原则（当然还有种种活用和变化，但都以不致产生误解为限）。因此，如果陈先生要表达的，确实是余先生那个“责问‘青天’怎么会弄到‘今夕’这种情况”的意思，那么他就不能，也不会用苏轼《水调歌头》的典故。因为苏轼那首词根本不包含这么一种意思。他完全可以也必然会用另外的典故，例如屈原的《离骚》《天问》之类。现在陈先生没有用屈原或别的典故，而偏偏用了苏轼的《水调歌头》，那么他打算传达给读者的，就只能是“明月几时有？把酒问青天，不知天上宫阙，今夕是何年？我欲乘风归去，又恐琼楼玉宇，高处不胜寒，起舞弄清影，何似在人间”这么一种意思。这本来是极为简单明了，根本用不着争论的。可是余先生却要撇开典故的固有含义去另辟新解，那只能是强词夺理，欺骗一下外行人罢了。其实，说陈先生有北归的考虑，绝非笔者无中生有。在同年所作的《庚寅人日》中，陈先生便明确提到：“催归北客心终怯”。这个“心终怯”，便是考虑的结果，如果根本不考虑，就无所谓“终”。至于视广州为异乡，以京华为故里的诗句，更是比比皆是。如果把这些情况联系起来考察，问题就更容易理解了。

第三，让我们再来谈谈下面这一首诗：

> 不生不死最堪伤，犹说扶余海外王。同入兴亡烦恼梦，霜红一枕已沧桑。
>
> （《霜红龛集望海诗云“一灯续日月不寐照烦恼不生不死间如何为怀抱”感题其后》）

陈先生这首诗，我在《也谈》中没有提及，但是余先生却极感兴趣，他在《释证》和《新证》两文中都花了不少篇幅，罗列了许多材料来进行笺释，力图证明陈先生对于国民党政权退守台湾，同当年明末遗民们对于南明政权退守台湾，二者的感情和期望都是相同的，以此作为所谓“陈先生对国共两党感情发生转变”的有力“证据”。不错，这首诗的确是有感于这两段历史的某种近似的现象而写的。同时，还无疑是针对朝鲜战争爆发后，国民党的反攻大陆宣传甚嚣尘上而发的。那么，陈先生的态度又如何呢？是否像余先生所极力宣称的那样，做起了同明末遗民傅青主、张苍水等人一模一样的“梦”来了呢？不妨这样说，如果这首诗光有前面三句，那么余先生或成为“赢家”了。可惜的是，它一共有四句。余先生全力以赴地“释证”前三句，却根本无视第四句的存在。但陈先生的态度和立场，恰恰就集中地体现在第四句上——“霜红一枕已沧桑”！“霜红”指“霜红龛”——傅青主的龛名，“一枕”犹言“一梦”，暗喻明末遗民的反清复明事业。这句诗直译就是：从傅青主等人当年为反清复明而积极奔走而最终失败，到今天——1950年，社会生活和历史条件都已经发生了沧海桑田式的巨大变化了！那么陈先生这样说，又是什么意思呢？原来在清朝建立之初，尽管中国大陆已为满洲贵族渐次征服，但民心未附，动乱时作。反清复明势力仍然得到民众的广泛支持和拥护。就在傅青主写作此诗时的1659年（顺治十六年）6月，东南沿海一带还发生了声势浩大的郑（成功）、张（煌言）联师北伐，以数十万大军围困金陵达两个月之事。不仅大江南北为之震动，就连远在北京的清廷也恐慌起来，竟有“东还”之想。后来郑氏因部署失当致败，退守金、厦之间，不久更到了台湾。虽然如此，但大陆的广大民众仍一心指望南明政权能卷土重来，再睹汉宫威仪。所以张苍水在《上延平王书》中，才会恳切劝说郑氏：“殿下诚能因僵尸之思归，乘士民之思乱，回旗北指，百万雄师可的，百深名城可下矣。”这是明末清初的情形。可是，1950年的情形完全不同。国民党是在大陆搞得天怒人怨，民心丧尽之后，被逼退守台湾的。当时大陆上，根本不存在清朝初年那种士民思乱、义军四起，大规模武装反抗不断发生的情形；相反却是政局稳定，举国同心。当时中共敢以新立之国，出兵参加朝鲜战争，而无后顾之忧，便是明证。在这种判若沧桑的形势下，台湾国民党政权及其追随者，竟然做起明末遗民们那种“烦恼之梦”，试图卷土重来，诚可谓不知世变。陈先生正是有感于此，才发出“霜红一枕已沧桑”的当头棒喝。此诗的立意本是如此，可以说相当清楚明了。但自称不戴“有色眼镜”的余先生对于至关重要的第四句竟然视若无睹。这样，哪怕他把前三句琢磨得再透，有关材料引证得再多，结果仍不免于失之毫厘谬以千里，这是很可惋惜的。

释证至此，我们便不难发现，上面三首诗，其感情趋向是一致的，都体现了陈先生对时局的新看法。而这些看法，又是同他经过大半年的“观望”，对新政权逐步产生了信心这种情况相一致的（当然，这并不妨碍他在一些次要的例如宣传、文化之类的问题上，对新政权有所针砭；甚至也不排除他会出现某些突如其来的心境波动）。事实上，此后一年多的时间里，在陈先生的笔下，便一再出现了像“夫妻贫贱寻常事，乱世能全未可嗟”“从今饱吃南州饭，稳和陶诗昼闭门”“余年若可长如此，何物人间更欲求”等情绪比较安定的诗句。其时正是朝鲜战争激烈进行的时期，也是台湾国民党政权及其追随者们的“烦恼梦”做得最起劲的时期，如果说陈先生与他们是站在同一立场（或者如余先生所说的“韩战之后，他的想法开始转变了”）的话，那么上述诗句又将怎样解释呢？其实，余先生只要冷静地想一想，就会发觉，从1949年10月到1950年七夕，时间才仅仅过了半年多一点，在那段时间里，中共所实行的政策，对于包括陈先生这类知识分子在内的广大民众而言，并无难以接受之处，宣称陈先生在如此短暂的时间内，就已经认清所谓共产党的“极权政治”，思想从而产生了一百八十度的转变，不仅彻底否定了当初他那么坚决地留在大陆不走的决定，而且居然对仅仅半年前还与他“没有关系”，并且令他“失望到极点”的国民党政权，产生出孤臣孽子般的眷恋之情，甚至希望与之“重约佳期”“重温好梦”。这种热心得过了分的描述，揆诸陈先生的学识为人，难道是可信的吗？

至于当初陈先生留在大陆不走的原因，到底是出于余先生所说的“意态消沉”和“避秦无地”，还是我所认为的“爱国心”？这个问题其实早在1955年，就由陈先生以具体的行动作了回答，我在《也谈》中曾经提到：“1955年起，陈先生接受中国人民政治协商会议的推选，历任该会议第三届、第四届全国委员会的常务委员，直至逝世。”政协，众所周知，乃系统战的政治组织，那么，用余先生的话来说，“毕生与实际政治绝缘”的陈先生又何以会同意参加，并就任“常委”之职呢？原来，全国政协向陈先生发出邀请时，他起初确曾表示过谢绝之意，但就在此时（8月10日），广东省举行了一次高等院校的教职员工集会，中共的华南分局首脑陶铸到会讲话，其中特别提到陈先生，说他是个好人，是爱国的知识分子。因为他不去台湾，蒋介石请他去他都不去，这就是爱国行动。这番话传到陈先生耳朵去之后几天，陈先生便托人向中山大学的领导人冯乃超表示：同意接受全国政协委员之职，并请冯转告北京。笔者并不认为非得留在国内才算爱国，但作为个案来研究，这件事的经过曲折却无可置疑地表明，陈先生是完全同意而且十分重视说他留在大陆是“爱国行动”这一评价的。在这样的事实面前，余先生如果还要固执己见，诸多妄测，就未免对逝者太不尊重了。

理清了以上两桩“公案”之后，下面，我们就可以集中精力来讨论一下余先生那个“‘暗码系统’说”了。

首先，我愿意明确地说，在陈先生的诗作中，根本不存在什么“暗码系统”。所谓“暗码系统”纯粹是余先生臆造出来的，以便于对陈先生的诗进行随心所欲的曲解的一种欺人之谈。本来，要谈清楚这个问题，还真有点儿费事。因为正如余先生自己说的，他虽然在前几篇文章中“随处有所点明，但都语焉不详”。幸而他随后又写了一篇《古典与今典之间》，对这个问题作了“较有系统的说明”。这就给讨论提供了很大的方便。现在，我们就以这篇文章为主要依据，看看余先生的“暗码系统”说，到底是怎么一回事。

余先生这篇文章的前半部分，主要谈的是如何“以局部解全体”和“以全体解局部”的问题，这是袭用德国19世纪阐释学的说法，近似于佛经所谓“一解”与“一切解”的原则。只是余先生又拉出黄梨洲与戴东原的话来类比，却未免不切。但这属题外话，不妨从略。细按余先生这部分的意思，无非是说应当知人论世和尽可能充分地据有材料。这本是历来解诗的通则，没有什么可争论。问题只在于能否真正做到这两点和功夫做得到家不到家。到目前为止，我与余先生的争论，不少都属于此类。但这一部分并不牵涉所谓“暗码”问题，事实上余先生也没有以之归入“暗码系统”之内，因此可以不必再论。如今需要讨论的是余先生在文章的后半部分所提出的，属于“暗码系统”的四点，即：1. 所谓“借用历史来暗示一己当身的遭遇”问题；2. 所谓“于字句中暗藏有关人物姓氏”的问题；3. 所谓“诗中具有明暗双重古典”的问题；4. 所谓“诗中的自注必有深旨”的问题。

现在先来讨论第一个问题。

在《柳如是别传》一书中，陈先生于讨论钱牧斋《杜诗笺注》和朱鹤龄（长孺）《杜诗辑注》时曾经说过这么一段话：

> 细绎牧斋所作之长笺，皆借李唐时事，以暗指明代时事，并极其用心抒写己身在明末政治蜕变中所处之环境。实为古典今典同用之妙文。长孺以其与少陵原作无甚关系，概从删削，殊失牧斋笺注的微旨。

据此，余先生便认为："它表面上是谈钱注杜诗，而其实正是向读者郑重透露他自己笺释钱柳姻缘诗的隐情。"于是断言"《别传》一方面写钱柳，一方面讲他和陈夫人的关系"。并宣称这样理解，是"万无一失"的。余先生的这种推断，确实十分"大胆"，而且从逻辑来看，似乎也颇为雄辩。不过，当我们遵照余先生的指导，拿着这个"暗码"去"破解"陈先生的著作时，问题立即就来了。正如陈先生自己介绍，《柳如是别传》是"专考证河东君之本末，而取牧斋事迹之有关者附之"，全书共八十余万言，从笺释的范围来说，"起自初访半野堂前之一段因缘，迄于殉家难后之附带事件。并详述河东君与陈卧子（子龙）、程孟阳（嘉燧）、谢象三（三宾）、宋辕文（征舆）、李存我（待问）等之关系"。（《柳如是别传》，第4页）如果说这部著作是一方面写钱柳，一方面讲陈先生及其夫人唐女士的关系，那么以上这些书中所"详述"的内容自然必须包括在内。这是毫无疑问的。否则，如果把占全书百分之九十九以上的内容都排除在外，只取其中一点进行比附，然后据此得出结论说，全书的用意就是如此，那么就绝不是"万无一失"的科学研究，只不过是"百无一是"的附会穿凿和罗织构陷罢了。然而，要是把上述内容包括在内，那么请恕笔者愚钝，虽经反复推究参详，也实在"破解"不出所谓"初访半野堂前之一段因缘"到底何所指，所谓"殉家难后之附带事件"又何所指，特别是被陈先生视为得意之笔的有关河东君与陈、程、谢、宋、李等人之关系的笺证，到底又有何需要暗示的"隐情"？既然余先生言之凿凿地说："《别传》一方面写钱柳，一方面讲他（按：指陈先生）和陈夫人的关系"，那么也许他还掌握着什么“第一手的材料”吧？我恳切地期待着余先生尽快予以公布，以解除大家的疑惑。而在此之前，我却不得不遗憾地指出，余先生为了把文章做得“有利于国民党而不利于共产党”，已经弄到近乎朝陈先生和唐筼女士泼污水的地步了。

事实上，余先生试图用陈先生讨论钱、朱两家注杜诗的那一段话来作为他曲解《柳如是别传》一书的依据，是完全站不住脚的。因为只要认真查阅一下钱氏的《杜诗笺注》，就会发现，那基本上是一个注本，偏重于对词语典故的考订；只在仅占全集五十分之一的二三十首（题）诗后面，才附有笺语。而这些笺语的内容，除一二难以确认外，绝大部分都同钱氏的生平遭际联系得起来。因此，陈先生才得出“牧斋所作之长笺，皆借李唐时事，以暗指明代时事，并极其用心抒写己身在明末政治蜕变中所处之环境”这么一个结论。请注意：陈先生的这个判断在钱氏的绝大部分笺语中都是可以得到印证的，它与余先生那种攻其一点（只抓住“辛丑逼除，牧斋自白茆港移居城内，而河东君仍留居芙蓉庄”一事，进行“莫须有”的比附），不及其余的办法完全不同。正是在这一重大区别上，泾渭分明地划出了严谨的治学方法同穿凿附会哗众取宠的界线。余先生想把两者混为一谈，为自己的立论张本，其难以令人信服是显而易见的。

至于第二点，即所谓“于字句中暗藏有关人物姓氏”的问题，由于陈先生曾经说过：“明末人作诗词，往往喜闲本人或对方，或有关之他人姓氏，明著或暗藏于字句之中。斯殆当时的风气如此，后来不甚多见者也。”（《柳如是别传》，第17页）余先生便立即“放心大胆”地用这个办法去读陈先生的诗，结果又产生了一连串“匪夷所思”的解释，例如说“十年国庆共欢腾”是指“共”产党欢腾，“共唱梁州乐世歌”是指“共”产党唱歌，“飘堕人间共断肠”也是“共”产党断肠。“难暖罗衾梦未成”是指俄“罗”斯梦未成。此外还有“林花”是指斯大“林”之花，“大罗云外事”是指俄“罗”斯以“外”的事，甚至连仅仅出现“云外”二字也是此意等等，不一而足。余先生还声称，这是用陈先生的“原则”来读陈先生本人的诗，因此“决无穿凿附会的嫌疑”。然而，只要我们把陈先生所举的例子同余先生的实际运用仔细比较一下，便会立即发现，两者是根本不同的。因为陈先生所说的诗句中暗藏有关人物的姓氏，仅仅是就诗句中所出现的字眼而言，而当这一字眼作为人物姓氏来理解时，它的意义是孤立和静止的，与上下文并不发生意思上的联系。例如陈先生举出柳如是诗中“越歌聊感鄂君舟”“春前柳欲窥青眼”“年年河水向东流”等句，分藏“柳河东君”四字，其中“君舟”便不能解作河东“君”之舟，“柳欲”也不能解作“柳”如是欲，“河水向东流”更不能解作“河”东君之水向河“东”君流。又如陈先生说“此去柳花如梦里，向来烟月是愁端。画堂消息何人晓”以及“珍重君家兰桂室，东风取次一凭栏”等句，分藏“柳如是河东君”六字，其原则也是一样。这在古典诗歌创作中是河先例可循的，如南宋张玉田《声声慢》词题吴梦窗遗笔，其中“浑疑夜窗梦蝶”一句，便暗藏“梦窗”二字，又《琐窗寒》词悼王碧山，其中“断碧分山”，亦隐藏“碧山”二字。在修辞学上，这可以归入“嵌字”一类，至于余先生的那种解诗办法，除了在历代的文字狱档案中可以找出不少类似的先例外，恐怕很难归入修辞学的范围。这也许是余先生的独得之秘，然而却绝不是陈先生的原则。因为按照陈先生的原则，那么不管读者是否觉察句中有嵌字，都不会影响对整首诗的正确理解。余先生则不然，他把破译句中的嵌字作为理解整首诗的关键，而这个“破译”又毫无规律可言，那么就变成可以随意指定，任意曲解。二者的根本区别，就在这里。这样说，如果尚有疑问的话，那么还可以举出《论再生缘》中录引的那首《蒙自南湖作》为证。陈先生在“北归端恐待来生”一句后，加有按语说：“十六年前作此诗，居中竟有‘端生’之名，‘岂是蚤为今日谶耶？’噫!”这是陈先生正式认可自己的诗句中藏有人名的唯一例子，可以看得很清楚，在嵌字的方式上同他所举证的钱、柳等人的同类诗作完全一致，也是与句意本身无涉。余先生竟说他的那一套方法是坚持了陈先生的原则，实在未免过于“放心大胆”了一点。

至于第三、第四个问题，就更为简单。所谓“诗中具有明暗双重古典”，这在旧体诗中并非什么特异罕见的手法，学识赡富的作者往往喜为之。如近代龚定庵《己亥杂诗》“汉代神仙玉作堂”一句，便暗含《汉书·李寻传》“臣随众贤待诏，久污玉堂之署”，及《汉书·谷永传》“抑损椒房玉堂之盛宠”这两重古典。前者指官署，后者指嬖妾之舍。又如民初黄节先生作《三月三十日与裁甫过崇效寺看牡丹多已披谢》诗，其中有“浪费驮金走马才”之句，表面上是用李贺《牡丹种曲》“走马驮金斸春草”之典，其实又暗含黄金台之典。前者指牡丹，后者喻自己。这些都是随手拈来的例子，而作者均非“遗民”。把这种较为含蓄的表现手法说成是“不能随便扩大运用”的独特暗码，无非是故神其说，经不起推敲印证的。其实，“弦箭文章”那首诗，一望而知是针对大批判运动而发的，绝无隐晦曲折之处。至于“巨公”一语是指中共的某大员，还是指毛泽东，只有程度上的差别，并没有改变诗的内容实质。余先生固然可以指出另一个典故的存在，但是却无法确证陈先生本意便是如此。因为“弦箭文章”一语，明显含有受命于人，不得不尔之意。此与毛泽东的身份、为人均不相称。至于说“受命于马列主义”云云，显属胡攀强解。盖马列主义系一思想方式，若谓在某一思想方式指导下所为之文，也算“弦箭文章”的话，那么天地间便没有不是“弦箭文章”的文章了。该典之意，岂如是乎？余先生欲为惊人之笔，只怕反而坠入迷途。此外，关于那个“自注必有深旨”的问题，更纯粹是余先生误解（或曲解）陈先生的笺语而制造出来的。因为陈先生认为“必有深旨”的“自注”是专指钱牧斋《柳如是过访山堂，枉诗见赠，语特庄雅。辄次来韵奉答》这首诗，根本不存在把这一判断看成是普遍规律的意思。此点陈先生本来已经说得很明白：“牧斋不于此诗其他诸句，著明所用《西京杂记》《云豁友议》《维摩拮经》《柳氏传》之典故，转独于第四及第七八等句不惮烦劳，特安蛇足。岂河东君或程松园未读《李翰林集》及《玉台新咏》耶？”正因为存在着这种有悖常理的情形，所以陈先生才说：“由是观之，牧斋的自注，必有深旨，非浅人粗读（按：此为陈先生自谦之辞）所能尽解也。”值得注意的是，陈先生在这里一方面说明他感到此诗之“自注必有深旨”的原因（实际上否定了胡乱怀疑的做法），另一方面仍以未能尽解，决定存而不论，从而体现了严谨的治学态度。可是余先生的把“自注必有深旨”这一特殊判断加以普遍化、规律化，以便于对诗作进行毫无根据的猜测，这显然是违背陈先生的本意的。事实上陈先生的诗作有自注的不少，余先生至今除了指1954年《无题》诗末句、《论再生缘》中“北归端恐待来生”句，以及“天上素娥原有党”等三处注语为别有“深旨”外，其余均无从指认。何况即使是上举三处注语，余先生的说法也大可怀疑。例如“北归端恐待来生”那句，余先生说：“案语的真正对象则是全句。他（按：指陈先生）是说十六年前那一句诗竟成谶语，今生是再也不‘北归’了。”但这个意思，在句面上不是已经讲得明明白白了么？当时陈先生并未北归，他在文章中重录这首诗，即使不作任何暗示，读者也会引起联想，又何必拐弯抹角，再来“暗示”一番呢？相反，句中暗藏“端生”二字，倒是必须注明，否则读者很难发现。可见此注绝不同于“不惮劳烦，特安蛇足”之类，而是非有不可，正常得很。硬要说它有什么“深旨”，而这“深旨”其实又是句面上明摆着的东西，这种“释证”，岂非有点滑稽吗？又如“天上素娥原有党”那句，道理也是一样。余先生说，陈先生自注的深旨是“因新谷莺是中共党员而发，其意正存讥刺”，这岂非又是句面上已经明明白白地写出来了么？又何必再加自注呢？《吴宓日记》曾说：“钱诗如不注引原句，则读者将谓此句为妄谈政治。”也证明情形正是如此。但是陈先生却特意注明：“钱受之中秋玩月诗云：天上素娥亦有党。”如果说这里面有什么“深旨”的话，那就只能是恐怕世上有些像余先生这样的读者会产生误解，所以预为排除。事实上，听新谷莺唱戏乃陈先生暮年赖以自娱的一大乐事，愉悦之情每见于诗，其于新谷莺只有好感。若谓陈先生一方面以听对方的戏自娱，一方面却极力讽刺挖苦对方，这岂非连起码的为人道德也没有了吗？这种“深旨”，真亏余先生能理解得来，构想得来。

至于《无题》那首的自注，我不否认，也许确有余先生所说的那层意思。这也没有什么可奇怪的，因为正如我在《也谈》一文中说过，陈先生晚年的诗作中，确有一部分是针对中共当时的一些错误政策和做法而发的，其中表达了他正当的怨怼和忧虑。我写这篇文章的目的，也并不是打算改变这一判断。我只是不同意余先生研究问题时的那种自称超脱其实并不超脱的立场、观点和态度，以及他借以释证陈先生诗作的那一套“独特”的“侦破”方法。因为其结果是把许多根本不属于此类的诗作也罗织了进来，把许多根本不属于陈先生的意思硬塞给陈先生，从而严重地歪曲了这位著名学者的形象，也不利于对这位史学家的真正研究。正如钱柳姻缘诗的释证始终坚持了乾嘉学派的严谨作风一样，陈先生在诗歌创作方面也是恪守旧诗的传统规律的。这两方面都不存在什么特殊的、与众不同的“暗码系统”。尽管他也会弄点“文人狡狯”，但只是偶一为之，绝不能看成是一种普遍的现象，尤其不能怀着这种先入之见去研究陈先生的诗，以及其他著作。否则便会看朱成碧，自迷心目，失去了冷静地、细致地、实事求是地分析问题的能力，陷入自相矛盾、破绽百出的境地而不自知。这一种认识，通过上面的讨论，我想已经比较清楚了。此外，我还想说明，陈先生晚年，始因目疾失明，继而又骨折伤足。这种不幸，对于他的心境无疑是有相当影响的，研究陈先生这一时期的诗文，如果不考虑这个方面的因素，而把一切愁苦之辞全部归结于政治，那也是不符合实际的，不过这已经是另一篇文章所讨论的范围了。

跋

承出版社的好意，让我把近年来写的两篇关于陈寅恪先生晚年心境的讨论文章，拿来结集出版。我就这个问题所发表的意见，本来也准备暂告一段落了。但是，当集子编成之后，又从《明报月刊》1985年10月号上，读到了余英时的《弦箭文章那日休》一文（以下简称《弦箭》）。作者郑重声明，他是为了表示对我的“同情和尊重”才写的。所以，如果完全不予回答，就未免“礼数”有亏；但倘若真的为此再写一篇文章，又实在没有这种价值和必要。因此，只好借跋的篇幅，再略略说上几句——

只要是稍为细心的读者都不难发现，余先生的《弦箭》，如同他的上一篇文章《陈寅恪晚年心境新证》一样，对于我在驳论中所提出的一系列实质性论点，都无法作出哪怕像样一点的回答；但是，却令人惊异地大力宣称他已经得到了全面的胜利，而把我的文章说成“完全没有发生任何客观的说服力”。当然，尽管这种说法未免过于自信，但是，正如人们无法禁止台湾的国民党政权宣称它代表全中国一样，笔者也无法禁止余先生这样做。只是，为了帮助读者对余先生的“胜利”作出准确的估价，我却想在这里提出几个问题：

一、我在《也谈》中曾提出《庚寅广州七夕》中“人间自误佳期了，更有佳期莫怨遥”（这与“领略新凉惊骨透”一语是互相联系的）二句明显是对陈夫人的催归语，因此全诗的主旨亦灼然可见。这个问题，余先生回答了么？

二、我在《也谈》中曾提出《庚寅广州中秋作》中“欲上高寒问今夕，人间惆怅雪盈头”二句是化用苏轼《水调歌头》词的典故，流露出他有返回北京的想法。在《再商榷》中，从旧体诗的用典规律来进一步论证此点。余先生回答了么？

三、我在《也谈》中曾对余先生在《陈寅恪的学术精神和晚年心境》一文中，作为《柳如是别传》是陈先生的“政治忏悔”之作的有力证据，而举出来的两句诗（“明清痛史新兼旧，好事何人共讨论”）和两段关键性的按语，曾一一提出了驳正，实际上也就是从基本的立论依据上推翻了余先生的说法。对此，余先生回答了么？

四、我在《再商榷》中曾引证宋人的诗句多处，来说明陈先生“领略新凉惊骨透”一语之所本。这本是古今解诗的通则。只要客观地看问题，恐怕谁也不会否定二者的联系。可是余先生却以不合其需要而大摇其头，说这是什么“古韵转通”“牵藤扯瓜”。只是，他似乎忘记了，他在解释陈先生的“老去应逃后死羞”（《春尽病起》）一句时，竟扯到钱牧斋的“苦恨孤臣一死迟”（两句只有一“死”字相同）。恐怕那才真正是“平仄通押”和捕风捉影吧!

五、我在《再商榷》中，曾就陈夫人赴港的时间问题作了澄清，并举出1952年以前穗港交通的历史档案说明陈夫人于1950年赴港小住是十分平常的事。余先生对此无法否定，却“牵藤扯瓜”地举出他个人的一次特殊经历，来“百分之百地断定陈夫人不可能在1950年的阴历‘七夕’之前再只身来香港”；并说陈夫人如果要赴港，必须经过“有计划的长时间预谋”，才能获得港英当局的批准。这样来自圆其说，余先生难道不觉得已经不太像在做学问，以及距离事实太远了吗？

顺便补充一句，笔者从来没有说过，陈夫人此次赴港的目的“是在逼陈先生去台湾”。正如在没有发现其他足资印证或反证材料之前，我对钱宾四先生的说法采取存而不论的态度一样，对于陈夫人此次赴港的目的，也因没有任何材料可以证实余先生的说法（相反，陈先生的一位女儿倒说过，陈夫人赴港是为了买东西），所以笔者也绝不敢苟同。

六、我在《再商榷》中曾提出，余先生在释解陈先生的《霜红龛望海》诗时，故意对关键性的第四句“霜红一枕已沧桑”忽略不解，借以歪曲全诗的立意。余先生在《弦箭》中不得不承认，这句是指“‘兴亡梦’也不免要落空”。但是又硬说做“兴亡梦”的是陈先生本人。姑勿论余先生在这里把陈先生比作傅青主，同他过去反复声明“陈先生不是政治遗民”的论点，如何统一得起来，即就陈先生本身而论，如果他对于国民党政权果真是那么感情深厚的话，一年前，他就不会坚决拒绝去台湾了。其实，做“兴亡梦”的是谁，该诗的开头两句已经明确点出，就是陨处于台湾、“不生不死”地苟延岁月的国民党政权。因此，这第四句确实至关重要，直有当头棒喝之慨。余先生试图把它埋没在对于前三句所作的那些不厌其烦的引证（远远超过“六七百字”）中，是无论如何办不到的。

七、我在《再商榷》中，曾经对余先生的“暗码系统”说提出全面的质疑，其中所举的四大点，都是余先生作为重大的研究成果和立论的根本依据，在《古典与今典之间》一文中，白纸黑字地公布于世的，我已一一加以驳正，认为根本不能成立。余先生在《弦箭》中对此不能答一词，却顾左右而言他地空谈一通文学创作中是存在“暗码”的，还说什么这是“常识”问题。在这里，我只想提醒一句，余先生不是十分重视所谓“个案”研究的么？那就请他先来解决《古典与今典之间》这个“个案”，然后再去弄清他的研究方法同“文学常识”之间的联系不迟。

从以上列举的七点可以看得很清楚，余先生在这样一种情况下，就迫不及待地宣称他已经获得了“全面胜利”，其勇气固然令人佩服，只不过离事实可就的确远了一点。我总觉得，“吾生也有涯，而知也无涯”，如果能够把态度放得更虚心一点、更实事求是一点，而修正已经站不住脚的论点的勇气更足一点，那么，对于陈寅恪先生晚年心境的研究，是不是会更有好处？

最后，还应当澄清余先生强加于我的一点，即他在《弦箭》中说，我“强调陈先生始终是拥护共产党、感激毛主席的”，“说陈先生自一九四九年十月起便积极地拥护中共政权，并且对中共‘感恩”不已”。我实在不知道我在什么时候、在哪一篇文章中说过这样的话？读者应当看得很清楚，我同余先生的争论，就政治方面而言，直到今天为止仍然仅仅限于不同意余先生把陈寅恪描绘成为一位钱牧斋式的胜国遗老、一名国民党政权的孤臣孽子。关于他对中共政权的态度，我只是如实地分析了其中的复杂性，即既有赞成认同的一面，也有批评和不满的一面，而随着中共政策在各个时期的不同和变化，他的态度也相应地显出差异。如果客观公平地看问题，应当承认，这种分析是大体符合实际的。至于余先生一口咬定我不是一个“个人”，而是中共的一个“部门”，试图用政治上的归类来解决学术上的是非，这种“战法”，却的确令人不敢恭维。说实在，同余先生论辩，似乎还不至于只有中共的“部门”才有资格，更无须“兴师动众”。这一点，余先生又未免过分自信了。不过，区区一支秃笔，竟让余先生产生“某个部门”的错觉，则笔者倒真有点“受宠若惊”了。

1985年12月

注：陈寅恪《论再生缘校补记后序》云：“论再生缘一文乃颓龄戏笔，疏误可笑。然传播中外，议论纷纭。因而发见新材料，有为前所未知者，自应补正。兹辑为一编，附载简末，亦可别行。至于原文，悉仍其旧，不复改易，盖以存著作之初旨也。噫！所南心史，固非吴井之藏。孙盛阳秋，同是辽东之本。点佛弟之额粉，久已先干。裹王娘之脚条，长则更臭。知我罪我，请俟来世。”篇末之两组骈语，从行文来看，第一组是前文之注脚，后一组是感慨之发挥。其中“所南心史，固非吴井之藏”是对“传播中外，议论纷纭”之答复，意谓《论再生缘》虽亦属有所感而发的“心史”，但与藏于“吴井”中，以寄托遗民哀感的那一种“心史”实不相同（对此，汪荣祖先生《史家陈寅恪传》所论甚详，当为确解；而余先生解作“《论再生缘》既已‘传播中外，议论纷纭’，它当然不再是‘吴井之藏’了”却未免牵强。因为如果是这么个意思，“固非”一词就必须改作“已非”或“非复”才切当。盖“固非”者，“本来就不是”之谓，怎么好解作“不再是”呢）。“孙盛阳秋，同是辽东之本”即是“……至于原文，悉仍其旧，不复改易”之意，不烦缕述。至于“点佛弟之额粉，久已先干”，也不是如余先生所解释的，指“他（陈寅恪）额上的粉已经干了，而走了的人还没有如约归来”。陈先生在这里借用《杂宝藏经》中“佛在迦罗卫国，入城乞食，到难陀舍，会值难陀与妇作粉香涂眉间。闻佛至门中，欲出外看。妇共要言，出看如来，使我额上粉未干顷，便还入来”一典，乃着眼于“要言”二字，用意其实仍在《论再生缘》一书——1962年春，胡乔木访陈寅恪于中山大学，谈及文集出版事，陈先生慨叹：“盖棺有期，出版无日。”当时胡乔木曾有过“出版有期，盖棺尚远”之允诺。但直至陈先生写《补记后序》的1964年底，此允诺仍未能兑现。故而陈先生于此特致感慨，正是题中应有之义。最后“裹王娘之脚条，长则更臭”，是对其本人著作的自谦自嘲之辞。因无异议，故不复论。

岭南文化纵横谈

发展观与多元论：换一种标准看地域文化

关于岭南文化的问题，近年来已经讨论得不少。这对于深入认识广东，无疑是有益的。探讨也逐步趋于深入。但毋庸讳言，时至今日，作为一种地域文化，岭南文化仍旧受到一些人的质疑，觉得在中华文化的总体格局中，很难给予它明确的定位，就更别说多么高的评价了。虽然这种质疑在广东近年所取得的巨大进步面前显得越来越苍白无力，但作为一种观念，却似乎根深蒂固，这到底是什么缘故呢？

其一，其实不仅是岭南文化，同样的质疑也存在于其他地域文化中，只不过这些年广东名声在外。因此，关于岭南文化的话题也就更加令人感兴趣罢了。其二，之所以出现这种传统观感和现实地位的错位，并不完全是由于质疑者对广东怀有什么偏见，而是有着更深层次的原因，说到底，就是持什么样的观念来评判文化的问题。事实上，文化作为人类社会的产物，和其他事物一样，它的生成、存在和变化发展，是受一定的时间和空间制约的。就时间而言，人类社会发展的阶段性，生产力和生产关系的一再飞跃，决定了文化的格局不会是静止的、恒定的。由此引申，评判文化就要相应有一个变化的观点，一个发展的观点。另一方面，就空间而言，不同地域的存在，不同生成环境的存在，决定了文化的格局也不可能是纯粹的、齐一的。由此引申，那么评判文化还要相应有一个多元的观点、包容的观点。

但是，在古代中国，由于历史所形成的发展优势，从而形成了一种一元的、静止的文化评判观念。曾经在很长的岁月里，不但以世界中心自居，而且把自身的一套文化视为至高无上的文明标志，认为只有自己才有资格称之为“人”，而将持不同于中国文化价值观的地区一律称为“四夷”，把在那里生活的人看成是未经教化的“虎狼禽兽”。这种唯我独尊的文化标准，在中国人心目中曾经根深蒂固。直到进入近代，经历了一百多年的深痛巨创，才发生了重大改变。现在我们终于明白并承认：尽管我们的文化在世界上曾经长期处于领先的地位，但后来却严重地落后了；而且我们的文化也并不是唯一的文化，世界上还存在着各种不同传统和性质的，但同样应当受到尊重的文化。这无疑是认识上一个巨大的进步。

相反，当今世界范围内却出现了一种值得深思的情形。过去长期被欧洲大陆人看不起、被认为没有文化的美国，经过两百多年的迅猛发展，终于变成唯一的超级大国，到今天，它却认为自己的文化是世界上至高无上的文化，并试图用强硬的方式和手段向全球推行它的价值观，结果遭到激烈的反抗，引发了亨廷顿当年所预言的“文明的冲突”。对于这种唯我独尊的文化霸权思想，美国与西方的文化学者也多有批判。与此形成鲜明对照的是，当代的中国对于世界各种不同文化的个性与价值抱有充分的认识与尊重，在国际交往中倡导和谐、多元的理念，从而获得越来越广泛的好评。这使我受到启发，对待世界各民族不同的文化，固然应当用发展的和多元的观念作为评判的出发点；同样，在对待我们自身文化的内部构成时，恐怕也需要如此。如果是用一元的、静止的文化标准来衡量包括岭南文化在内的地域文化，就难免出现脱节与错位；但如果改而用多元的、发展的文化标准来审视，思路也许就会开阔得多。

问题在于，直到目前，在对待自身内部的地域文化的问题上，不少国人却似乎还缺乏这种自觉，仍旧习惯于用单一、正统的观念作为评判的标准。当然，这里面的原因，说来相当复杂。除了仍然受传统的思维方式支配之外，一个重要的原因可能在于：世界各民族文化之间的不同，较之本民族内部各种地域文化之间的不同，相对说来，前者的区别更为明显，表现为本质上的不同；而同一民族内部的各种地域文化，则基本上是同质的，既同根又同源，其主要方面无疑为共性。因此之故，其个性就更容易被有意无意地忽视、歧视甚至排斥。

但是，正如一母所生的不同儿女，地域文化既有共性也有个性，有的共性多一些，有的个性明显一些。地域文化和它所隶属的文化体系之间，既是统一的，也具有相对的独立性，不能因为其与文化母体相比，表现出若干变异，就认为“没文化”，这显然不是一种多元的、发展的观点。事实上，恰恰是地域文化在相对独立存在和发展中所产生的这种变异，使它所隶属的文化体系得到不断充实和丰富。而且，一个时期对文化体系贡献较小的地域文化，在另一个时期的贡献却可能很大，这种情形，从中华文明在不同历史阶段和地域中所发挥的作用，可以得到充分印证。所以只有彻底摆脱一元、静止的传统习惯思维，用多元的、发展的观念来审视中华文化，才能理解其无比丰富性和持久的生命力，才会秉持一种包容、平等、客观的态度去对待地域文化，才能真正认识其价值、得失和贡献。

“杂交”：岭南文化的生成

具体谈到岭南文化，我们不妨先稍稍梳理一下其形成的脉络。岭南古称岭表、岭外，是指中国五岭以南，包括今广东、广西、海南等在内的广泛地区。五岭（亦称南岭）山脉位于今广东省北部和湖南、江西两省之间以及广西的东北部。古代交通不便，而岭南山高林密，猛兽、毒蛇、蚊虫群出，加之气候恶劣，多发疟疾、伤寒等地方性疾病，因此岭南地区与岭北的中原地区长期处于隔绝状态。直到唐代，岭南仍被视为“南蛮”化外之地、瘴疠病毒之乡，令岭北的中原人望而却步。其实岭南地区禀赋得天独厚的自然条件，热带、亚热带气候，日照长，阳光充足，夏长冬短，受海洋暖风气流的调节，雨量充沛，这有利于农作物和各种热带、亚热带水果、花卉等经济作物的生长。区内最大的河流——珠江，其干流自云南乌蒙山地发源，经贵州、广西，自西向东流入广东，在广东称为西江，与境内源自江西的东江、源自湖南的北江形成纵横交错的珠江水系。珠江流入广东省南部出海，入海口支流稠密，河网广布，冲积为珠江三角洲平原。珠江三角洲土地肥沃，水产丰富，乃天然的“鱼米之乡”，又是工商、贸易繁华之地。岭南地区河流众多，终年不封冻、不断流，水力资源丰足，水上交通发达。在广东省境内，自东向西，海岸线长达8400公里，同时，南海诸岛特别是海南岛、广西境内也有漫长海岸线，因此有人称岭南文化为“水文化”“蓝色文明”等等，与中原内陆文化、“黄色文明”比较，具有自身鲜明的特色。

岭南地区的远古文化最早可追溯至13万年前马坝人、柳江人的文化遗址，而后又有具有母系氏族社会特征的西樵山文化遗址、具有新石器晚期和父系氏族社会特征的石峡文化遗址等考古发现。岭南古代文化，先秦时期主要为当地百越族人创造的，以蛇图腾、断发文身习俗和干栏式巢居建筑等为特征的原生态文化。秦代统一岭南，设南海、桂林、象三郡，向岭南地区屯兵移民，并在今广西兴安开辟灵渠，联系湘江水系和珠江水系，使岭南开始接受中原文化影响。此外这一地区最早接受外来文化影响，佛教、伊斯兰教、基督教都是从此地登陆的，特别是近代以来与西方文化的交流，更是开风气之先。大致说来，岭南文化的形成是一个“杂交”的过程，主要有三个源头：一是古代百越族，即当地土著居民创造的原生态文化，如前面说到的断发文身与干栏式建筑等，这个源头在今天还可依稀见到。如断发文身，是当时长期在水上生产生活的土著居民的原生态文化，包括喜赤身裸体、生食水产等，半个世纪前还在珠江三角洲一带水上生活的疍家，就保留着很浓的这种气息，而岭南人不重衣着，偏爱赤脚、赤膊等，大概多少也与此有关。第二个源头就是中原文化的决定性影响，由历史上几次大规模移民所形成，这是我们今天所说岭南文化的根源和主体部分，岭南文化对于中国传统文化的贡献，也主要体现在这里。第三个源头，就是来自西洋、南洋，甚至包括非洲、美洲等地的异域文化影响。对这一源头人们以往说得较少，对其意义认识也不算深入。人们大多还是从文化交流方面来看岭南文化与外国文化的关系的，其实这里也包含着接受影响与融合的内涵，各种不同性质、不同形态的异域文化因素，成为岭南文化的有机构成。这是决定岭南文化鲜明个性的一个非常重要的因素，而岭南文化对于中国传统文化现代化进程的特殊贡献，很大程度上应归功于此。岭南文化由这么三个源头“杂交”形成，这是非常独特的，也为其他地域文化所少有。

当然，三个源头中，比较起来，第二个源头，即中原文化的影响是决定性的。以前人们谈岭南文化时，偏爱着重谈百越族的原生态文化，认为这是其本根。应该说，这固然是岭南文化最初的起源，但是其根本性的本质，还是中原文化决定的。这道理，正如我们说到美国文化时，应把欧洲文化，而不是印第安文化视作其根本一样，尽管印第安人创造的文化事实上是美国文化最早的起源。

岭南的文化，大致说来，秦汉之交恒山郡真定县（今河北正定县）人赵佗一度割据岭南立国，称南越武帝，定都番禺（今广州），是百越原生态文化与中原文化兼容交汇的一个繁荣时期。到两晋南北朝，岭南地区迎来一次中原移民高潮，带来地域文化和中原文化的进一步融合、发展。唐代张九龄开辟南岭驿道，岭南岭北建立陆上交通，交流日趋频繁，文化融合更加深入和广泛。在此之前，岭南文化的发展基本上还是被动地接受中原文化的影响，而到了唐代，岭南人的独特创造开始反过来对中原文化的发展作出影响和贡献，其标志就是惠能确立的佛教南派禅宗。到了两宋时期，中原地区再向岭南大规模移民，以南岭脚下的珠玑巷为据点，再广泛迁入岭南各地。由此岭南文化与中原文化的融合基本完成，作为中华传统文化有机构成的岭南文化基本成形。到了明代，终于出现了为中华传统思想文化作出重要贡献的“白沙学派”（又称“江门学派”）。岭南江门人陈献章（陈白沙）创立的“心学”，上承程朱理学，下启陆（九渊）王（阳明）心学，成为中国文化思想史上的重要人物。明朝末年又有中原向岭南地区的大规模移民，自此岭南和中原各地成为一体，岭南地区人才辈出，文化创造不断，难分岭南岭北。

以上是从历史的纵向发展来说，如果从横向的构成来考察，中原文化对岭南文化的决定性影响，大概涉及三个方面。一是本地王朝政治，如秦汉之交赵佗的南越国、五代十国时的南汉刘氏王朝。这些偏安岭南的小王朝，麻雀虽小五脏俱全，有从中原引入的成套的典章制度与政治文化，而南越的赵氏与南汉的刘氏都是中原人。第二个因素是贬官文化，许多声名显赫的文人士大夫被贬斥、流放到岭南地区，他们一方面带来成熟的中原文化，另一方面又通过其全国性影响，将岭南地区的风土人情介绍到全国各地。这些贬官，就广东来说，最著名的莫过韩愈与苏轼。韩愈在潮州当了八个月刺史，潮州境内的一江一山从此名为韩江、韩山，所以后人说他“赢得江山尽姓韩”。贬官文化对于潮州的影响如此深入，以至于据说在潮州话中包含有一种“文人读书音”，就是当时被贬到当地的文官清晨读书时候的语调与节奏。而苏东坡的“不辞长作岭南人”的名句，更使人们对岭南有了新的认识。第三方面的因素，是流亡王朝政治，具体地说就是南宋抗元与南明抗清的流亡政权。当时南宋与南明将皇家政治"搬迁"到岭南地区来了，既带来成熟的典章制度与礼仪、文化，也带来大量的文官与士卒，对岭南人特别是岭南上流社会的影响之深入，如春风化雨。这三种因素，以及在此背景下的中原向岭南地区的移民，就形成了岭南文化的本质与主体部分。

从以上岭南文化形成的历史可以看出它的几个特点。一是内涵丰富，就是前面说到的"杂交"，既有土著的原生态文化，更有正统的中原文化，也有各种驳杂的异域文化。二是个性鲜明，与其他地域文化相比，岭南文化的个性显然是相对突出的，这是因为其土著文化非常独特，同时又因为大量吸收、融合了异域文化，所以看上去显得与中原正统文化大不相同；就算其中受中原文化决定的部分，也发生了较大的流变，所以说岭南文化个性鲜明，而共性之中也包含着个性。还有一个特点，就是因为它是"杂交"生成的，所以生命力很顽强，适应性很广泛。

务实、进取、包容：个性、价值、不足

说到"文化杂交"，真是很有点意思。以前人们说一个人也好，说一种文化也好，是比较看重纯粹性的。人的血统纯粹，就意味着身份高贵。相反，血统混杂，来源不纯，所谓"杂种"的，几乎就是卑贱的同义词。这种意识在历史上可说是根深蒂固，直到今天，如刚才讲到的一些欧洲大陆人看不起美国人，可能也就存在着鄙视其血统不纯的原因。美国文化就是"杂交"的产物了，它本质上是欧洲的，但显然不是纯粹的欧洲血统。美洲的印第安文化、非洲的黑人文化，还有犹太文化、阿拉伯文化、亚洲文化等等，各种来源都有，可说相当驳杂。但美国文化的活力，也正在于此。今天的基因科学已经证明，"杂交"其实是一种生命优势，近亲繁殖反而是有缺陷的，所以对文化上的这种"杂交"，大概也要重新评价了。我们前面说过，文化标准是发展、变化的，一个时代有一个时代的标准，对于"杂交"认识的变化，也是一个生动的例子。

一般地讲，凡是"杂交"生成的，个性就特别突出。说人"杂种"，就

包含着说他野性足、个性特别张扬的意思，不像正统的那么老实、守规矩。岭南文化是“杂交”的产物，所以其个性也十分鲜明。对此我曾用三句短话来概括：不拘一格，不定一尊，不守一隅。不拘一格，是指岭南人禀性十分务实，做人做事，没有太多条条框框，判断是非、决定取舍时特别注重实效，并且善于审时度势，权衡利弊，及时做出调整。当时中原人在交通十分落后的情况下，远涉千山万水，移民到岭南来，说到底就是为了谋生，为了寻找新的活路，这就决定了他们必须打破一成不变的旧有观念、放弃循规蹈矩的生存方式，想方设法适应新的环境，以图在激烈的生存竞争中站稳脚跟。另外，不断涌入的外来移民往往来自不同地域，再加上大量土著居民，观念和习俗的差异使彼此的关系变得格外复杂，也只有用不拘一格的心态，才能互相适应，相处共存。

不定一尊，指的是一种多元和包容的心态。我们说岭南文化是“杂交”生成的，本身就是多元的产物，这就导致它天然地具有包容性。我身边一些朋友经常讲到对广州这个城市的感受，最强烈的一点就是说其博大，包容性强，似乎什么人都可以在此找到适合自己的生存环境和生活方式。广州的这种城市文化，大概就是缘于岭南文化的多元构成。不过，中国幅员辽阔，中国文化本身就包含着众多的地域文化，所以说博大、包容，也应该说是正统的传统文化的性质之一了，为什么说包容也同样属于岭南文化的个性呢？

当然，岭南文化隶属于中国文化，岭南文化的包容本身就体现出中国文化的包容，这是岭南文化“个性之中的共性”。不过，岭南文化在包容性这一点上，还是有自身鲜明的特点。其中最突出的是这种包容性不是一种居高临下式的仁慈与恩赐，而更多地体现为一种横向的平民意识。说来这与其移民历史颇有关系。就当时来说，所谓移民，说到底，绝大多数都是出于各种原因不得不远走他乡的“落难者”，而对于土著居民来说，他们又是毫无根基的“外来者”，因此谁也不比谁更优越、更显贵一些，于是自然就得用一种较为平等谦和的态度来处理彼此的关系了。事实上，移民离乡别井到了岭南，原有的一切都不复存在，也不被承认，一切都得从头开始。你想站稳脚跟，就得自力更生。而由于远离政治权力中心，门阀等级的防范限制相对薄弱，只要有真本事，也就容易有出头之日。在这种生存环境下，加上海外贸易的发展，民间的依附心理也随之淡化，相反催生出一种较普遍的平民意识和自立意识。至于岭南文化的第三种个性，就是不守一隅。为了生存和发展，不惜经常变换生活的环境和方式。这可以说也是一种典型的移民心态——当年离开故土，就是因为不肯固守一隅，坐以待毙。因此为了活得更好，不断转换方式也是理所当然的事。如果在岭南活得不顺心，他们就干脆跑到海外去。

不拘一格的务实、不定一尊的包容、不守一隅的进取，岭南文化的这几大个性，是这地方的历史条件决定的，特别是其移民历史，可以说与此有着直接的关系。同时我想，这与岭南地区的地理、气候等自然条件，大约也有关系。例如，地处边陲，远离政治中心，礼法教条约束相对松弛，物质欲望得以放纵，从而形成文化的强烈务实性；气候温暖，物产丰饶，百姓的活路较多，活法各异，形成文化的包容性；地广人稀，迁徙容易，加上濒临大海，对外交流便利，就自然不守一隅，形成进取的个性；等等。现在，我们可以对岭南文化的个性价值作一评价了。我们说换一种标准看地域文化，就是要尊重地域文化的个性，认识其价值与意义。而我们又说岭南文化是“杂交”生成的，而“杂交”是一种生命优势。那么，岭南文化的价值与优长之处，体现在哪里呢？

当时从中原南来的移民，大概是中国人中最富有冒险精神，最能够吃苦耐劳，对物质的追求最强烈、执着，同时最酷爱自由、最没有恋土思想的一群了。上面说的这许多“最”，应该说都是有价值的，这可以看作是岭南文化的某种天然的价值，因为岭南文化的主体与本质部分，就是由这些人创造的。我想，对岭南文化的个性价值可以简单地作这么一个概括：一是由务实的个性决定的竞争力，二是由其进取的个性决定的创造力，三是由包容的个性决定的亲和力。先说岭南文化的竞争力。所谓竞争，归根结底就是实力的较量。而实力的形成，不能靠空谈，而必须脚踏实地地不懈努力，一步一步积累成果，充实壮大自己；也不能死守过时的教条，而要善于从实际出发及时调整行动的方式方法。岭南人特别务实，对实际效益的追求十分明确和执着，灵活机动地应对障碍，克服困难，达到目的。厌恶不切实际的空洞说教，尤其不会把时间花费在无谓的争论上。当然，这也就抓住了竞争的本质，抓住了使自己立于不败之地的根本。

历史上，以儒家学说为正统的中国文化为了压制物欲，平息竞争，特别强调重义轻利的“君子之道”和不可改变的“祖宗家法”，这在闭关锁国的大一统时代也许还行得通，但到了近代，面对世界范围的群雄争霸，这种过时的礼教就成为束缚思想、限制行动的绳索枷锁，就连曾国藩这样的人物，在同西方列强谈判时也居然大摆谦谦君子的风度，被对方得寸进尺，结果大吃其亏。从这点上说，岭南文化务实的个性，可以调整传统文化的某些偏颇，这是岭南文化所能发挥的积极作用之一。

现在再说文化的创造力。我们知道，中国的文化传统是十分绵长、成熟的，这也就容易形成一种运作惯性。相反，新的发明、发现、改革、创新，往往举步维艰，进展缓慢。例如做学问，人们常常满足于阐释经典，却较少因应现实的需要提出标新立异的看法。与此有所不同的是，岭南人总是愿意做“第一个吃螃蟹”的人，民间说“头啖汤”最甜，也是个进取、开拓、尝新的意思。当年的移民不远万里，到岭南来寻求新生活，面对全新的环境，需要不断探索，大胆尝试，奋力进取。这种传统就决定了岭南人本性中有一种敢于冒险的精神，我国文化史上的伟大人物，产生在其他地域的较多是“集大成者”，而岭南的文化巨子，往往都以“开风气之先”著名。如禅宗六祖惠能，就是使西来佛教成功地中国化的人物。而明代大儒陈白沙，也是破除了对理学的尊崇，发展出自身的心学。特别是近代以来，康有为、梁启超、孙中山等人，无一不是开全国风气之先的人物。此外，岭南人还创造了许多个“第一”，如第一个现代公司，第一家新闻报刊，第一所新式学校，第一个电影家，第一个摄影家，等等。还有如黄埔军校，对现代历史的贡献更是直接而巨大。到了今天，改革开放以后，岭南人民的观念变革、制度创新等文化创造，为社会主义市场经济建设和中国的现代化进程的贡献更是有目共睹。

不久前，报纸刊登一个消息，说最近公布的全国知识产权注册数量，广东省居于全国第一。其实广东的文化与科技、教育水平，显然是排不到全国第一的，而知识产权第一，似乎也可作为岭南文化创造力强的一个例子。

至于说到岭南文化的亲和力，我想大家的感受会更加明显一些，正如不少朋友经常感受到广州这座城市的包容性一样。这里自古没有传统意义的高门望族，等级观念远不如岭北内地浓厚，人们的精神气质，也是不卑不亢，不讲究出身，也不太重师承和来历，信奉平等精神。平民化、大众化色彩极强。对于人也好，文化也好，天然地没有门槛，谁都很容易进来，进来以后凭自己的本事立足。所以这环境能够吸引众多人才前来施展身手，而各种各样的文化，也总是最先从这里登陆。这就是亲和力了。

以上这些都是岭南文化的个性价值，也是岭南文化可以对于中国文化做出的贡献。不过我们还应该更加深入地探讨一下岭南文化的个性：这种个性价值很明显，然而是否也存在着不足呢？比如讲到亲和力，在肯定其平民意识的时候，我觉得其实也不能回避这问题的另一面，就是精英意识不足。岭南这地方，好比一片阳光灿烂的沃土，最适合来自各方的种子普遍发芽，草木自由生长。不过，岭南人对于“参天大树”却似乎有一种天然的排斥心态，似乎担心它遮蔽了阳光，剥夺了众多草木的生长权利。因此，对于自己的名家大师也不大热心加以造就和推崇；一些成熟的文化成果，也缺乏有力的保护、宣扬和开发。这就是精英意识不足，是与其优点同样明显的缺陷了。

事实也的确如此。前面讲到的岭南的许多“第一”，都是在岭南土地上开花，却在别的地方结果的。如广东人最早“发明”了电影，电影厂却是在上海建起来并成为电影业中心的。当年陈白沙在京城成名，梁启超也是要在离开岭南以后才获得最大的成就。这些，大概就与岭南文化精英意识不足有关。同样，讲到文化创造力，也存在着问题的另一面。就是岭南文化往往表现为感觉敏锐，反应迅速，勇于尝试，善于出新，开风气的爆发力好；然而，往往耐力不足，定力、持久力不够，这使得发明创造难以做到根深叶茂。历史上的岭南，文化巨子不时出现，却从来没有出现群星璀璨或众星拱月的局面，往往是某个大人物突兀而起，却看不到一个深厚的文化渊源和长盛不衰的流派，大约就和这一缺陷有关。

讲到务实、竞争力，其实也存在问题的另一面。人们常讲广东人“会生孩子不会起名字”，这的确体现了彻底务实、不慕虚名的特点，实际上却不完全是个好事。例如由此导致的不重视思想理论层面的总结和提升，对高层次文化的价值和作用认识普遍不足，缺乏敬畏之心和自觉的追求。岭南人普遍有种小富即安的思想，往往满足于浅尝辄止，抱负不够宏大，不愿下大力气大工夫把事业做深做透。岭南人特别务实，固然是一种优长。可是当实力发展到一定时候，需要有深厚的思想文化底蕴去支撑高远的理想与目标时，这种个性就成为局限了。

岭南文化对于当代文化建设的启示

现在我们可以对本文的讨论作一个总结：岭南文化是一种具有鲜明个性的地域文化。这种个性是由岭南地区独特的自然条件与历史条件，以及以中原移民为主体的岭南人的精神气质所决定的。岭南文化的个性，主要表现为务实、进取、包容，并以竞争力、创造力、亲和力等特殊的价值，在中华文化中发挥着积极的作用。以发展的、多元的观点看待岭南文化，我们就能更清楚地认识到这一点。

其实，不光是岭南文化。中国幅员辽阔，民族众多，俗语说“百里不同风，千里不同俗”，不同地域自然条件、历史条件和人文气质的差异，就形成了性质不同、形态各异的地域文化。应该说，包括少数民族文化在内的各种地域文化，都是中国文化的组成部分，既丰富和发展了中国文化的内涵，也是中国文化在不同地域的具体体现。它们与岭南文化一样，都以其独特的内容和方式为中国文化的丰富发展做出贡献。

因此，今天我们在这里讨论岭南文化，还有另一层意义，就是由此引发出对其他地域文化的新关注。那么，像以下一些感悟，对当代文化建设来说应当是不无益处的：

第一，要用新的标准，新的眼光看待地域文化，舍弃一元的、静止的传统文化意识，运用发展的眼光与多元的观点，全面审视和充分认识地域文化的个性和价值。

第二，地域文化各有长处与不足，地域文化不应妄自尊大，坐井观天，更不应以自身的地域传统为标准，贬低排斥对方，而是要自觉地相互学习借鉴，取长补短，改造和发展自身，努力使自身跟上中华文化和世界文化的发展潮流。

第三，要营造一种氛围，让各地域文化有充分的发展空间。只有当这一点实现之后，地域文化的个性与活力才能充分显示出来，才有利于我们充分整合和调动各地域文化的积极因素，促进中华文化进一步繁荣和发展，最终实现民族的伟大复兴。

2007年“五一”劳动节

《广东百年图录》序

鸦片战争以来的一个半世纪，无疑是中国有史以来变化最为急遽、最为激烈，同时也是最为深刻的时代。一个有着数千年灿烂文明的古老民族，一个曾经高傲地睥睨着周围世界的“中心之国”，几乎一夜之间，就从貌似富足和强盛的荣耀顶峰坍塌下来，成为西方列强砧板上一块任人宰割的肥肉。从此，各种前所未遇的屈辱、苦难、贫穷和血泪伴随着中华民族，开始了长达百年的坎坷旅程。

这是一个古老而骄傲的民族所遭遇的历史宿命；同时更重要的，这是被一种更为先进的文明所击败的结果。

不仅如此，在这次高岸为谷、深谷为陵式的沧桑巨变中，强暴与撑拒、征服与反抗、灭绝与挣扎，固然在整整一个世纪当中，成为辗转呻吟于中国大地的一场没完没了的噩梦。然而与此同时，作为痛定思痛之后的反思，则催生了一波又一波的求索、借鉴、学习、试验，掀起了一场又一场义无反顾的决裂、变革和重构，并最终以令全世界刮目相看的成功，显示了中华民族的勇气、智慧与才能，以及中华文明惊人的生命力。

由于历史急剧转折所造成的错位，广东，这个在农业文明全盛时代的迟到地区，凭借地处沿海，加上传统的政治思想文化相对疏于控制，得以较早接触外来事物和外来观念。到了鸦片战争一声炮响，它更被猛然推到了中国近代史发端的位置。随着时势的推移，工业文明凭借西方列强坚船利炮的长驱直入，急剧而强烈地刺激着广东的民众，特别是知识界的敏感分子。直逼眉睫的生存危机，促使他们本能地作出回应。作为中华民族的一部分，他们在整个近现代以及当代中的思想、行动和目标无疑表现出强烈的民族共性。这一点已经为一个半世纪以来的历史所证明，无须一一论列。在这里，使我们感兴趣的是，在作出共性回应的同时，岭南文化这一地域背景，在支配近代以来广东人的思想行动时，表现出什么样的特色？发挥了什么样的作用？

据近年来学术界的研究，岭南文化的特色可以归纳为务实、兼容、开放、进取——当然还可以有所加减，但这个归纳大致不差。如果用这八个字来梳理近代以来广东民众及其先知先觉分子的思想和行动，那么一个鲜明的特色就会凸显出来。这就是：面对外来的、显然更为先进的工业文明，哪怕当它与西方帝国主义势力结合在一起时，显得如此蛮横可恶、冷酷无情，但是广东的民众及其知识界并没有采取闭目塞听、固步自封的狭隘排斥态度。而是在为捍卫民族的尊严与利益奋起抗争的同时，从务实的文化性格出发，敏锐地看到这种外来文明的先进性。进而以开放兼容的心态，积极地接纳、引进、模仿、学习。而随着冲突和接触的深入，这种引进和学习迅速扩展到经济、军事、政治、文化各个方面。于是乎，中国近代史在广东从一开始就形成了两条鲜明而粗大的脉络，一条是积极投身反抗西方列强侵略，推翻专制王朝统治，以及后来的由中国共产党领导的新民主主义和社会主义的革命运动；另一条是积极向先进的工业文明学习，推动中国现代化进程的行动。正因如此，近百年来，广东才会在成为鸦片战争、维新变法、辛亥革命、北伐战争、广州起义策源地的同时，出现中国最早的民族资本近代工业和企业、最早的一批留学生、最早的近代新闻报刊、最早的西医、最早的电影人，制造出中国最早的照相机、最早的飞机等；才会在造就林则徐、洪秀全、邓世昌、康有为、孙中山、叶剑英的同时，产生洪仁玕、梁廷枏、容闳、黄宽、陈启源、郑观应、黄遵宪、梁启超、邹伯奇、詹天佑、冯如等一批中国近代思想文化经济科技的先驱，他们敢于正视自身的落后，但决不打算永远落后，可以暂时吃亏，但决不打算永远吃亏。面对强大和先进于自己的对手，广东民众及其先进分子抱着敢于较量——努力学习——再较量——再学习——再较量的积极进取观念和开放兼容心态，一步步地变革自身，发展自身，最终在中国共产党的领导下步上了社会主义的富强之路。可以说，近一个半世纪以来，构成广东独特社会景观的这种文化底蕴，一直延伸到今天的改革开放时期，成为广东得以先行一步，迅速腾飞的重要原因。

这种认识，自然并非什么发明之见，可以说，已经见诸不少研究文字。

但是就大多数读者而言，包括笔者在内，对于广东近百年的了解，所凭借的也就主要是文字的叙述（有些著作附载一点图片，但也十分有限），历史上那些令人眼花缭乱的场景、妍媸异态的人物，以及五花八门的用具器皿衣着建筑等等，由于缺乏形象资料，只能凭借想象来补充，结果总存着一种若明若暗、似是而非的遗憾。现在广东省立中山图书馆以其建馆九十年间收集珍藏的丰富历史图片，集多位专家的才智，费数年之心力编辑成《广东百年图录》，使近一个半世纪以来的广东历史，得以全面地、形象地、直观地展示在读者面前，实在令人有一种茅塞顿开、心目一豁的惊喜。披览之余，我们不仅可以得到一种文字描述无法替代的充实和满足，尤其可以更加深切地感受近百年广东历史的两条发展脉络。的确，广东是这样走过来的，中国是这样走过来的。欣逢中华民族走向全面复兴的今日，面对加入WTO的新形势，面对外来文化的大举进入，回顾往昔，瞻望前程，这本图录的问世，无疑会进一步给我们提供有益的启示。

2002年9月12日

近代广东何以能“异军突起”

——从广东精神谈起

地处五岭之南的广东，虽然早自秦朝一统天下的年代起，就已经成为中国一个以“南海”命名的郡。但是，由于远离当时的政治经济文化中心，并且隔着颇难逾越的崇山峻岭之故，在其后很长的岁月里，却一直被视为蛮荒之地。事实也是如此，在整个农耕文明时代，尽管广东也不断发展，但一直到清代初期，广东不要说无法与中原、江南这些发达的地区相比，甚至也远落后于邻近的湖南和江西。这一点，只要看一看从宋代到明代，光是江西，就曾涌现出王安石、欧阳修、黄庭坚、朱熹、杨万里、宋应星、汤显祖等一大批著名人物，便不难窥见其背后的经济文化发展状况。的确，在中国的古代，广东是一块相对后进的地区。

然而，当世界进入19世纪中叶，情况却发生了令人意想不到的变化。广东由于拥有广州这个当时唯一的对外通商口岸，首先受到工业文明风潮和西方列强坚船利炮的双重鼓荡和夹击，社会的方方面面，包括经济、政治、军事、文化，乃至民众的日常生活，都开始发生裂变。尽管这种变化在其初始阶段，并不完全是自觉和主动的，但无可否认，却具有开启中国近代史的意义。而随着时间的推移，由此萌生的各种新鲜事物、发生的各种前所未闻的事件，包括其先知先觉人物的一系列思想、言论和行动，便以各种方式和渠道不断向内地传播辐射，在全国引起强烈的关注和影响。同样以人物为例，这一时期的广东，破天荒地出现了洪秀全、容闳、郑观应、黄遵宪、邓世昌、康有为、詹天佑、梁启超、孙中山等具有全国影响的人物。这些人物的成批涌现，无疑同样是广东社会发展的一个集中反映。它显示着广东从此由农业文明时代的后发地区，一跃而成为中国工业文明的出发点，开始在启蒙和实践两个方面，发挥着引领时代潮流的作用。

这确实是一次异军突起，而且是一次具有划时代意义的异军突起。因为在中国以往的历史上，尽管也不止一次发生过异军突起的情形，包括江南地区取代中原成为全国经济、文化乃至政治中心那样重大的变迁，但都无一不是发生于农耕文明的范畴之内；而出现在广东的这一次，却体现了中国从传统的农耕文明向新兴的工业文明突破的历史要求，是文明的一次质的飞跃，无论是思想观念、生产方式还是社会治理方法等方面都面临根本性改造，就其深刻程度而言，是以往那些变迁所不能比拟的。

那么，这样一种历史使命，为何会首先落到广东这片土地上，使之在中国近代史上扮演异军突起的角色？要回答这个问题，无疑可以也必须从多个方面进行探究，而其中绕不开的一点，则是它与广东精神的一种内在联系。

说到精神，无疑是一切社会变革的首要条件。它产生于一定的经济发展土壤，又反过来推动和引领社会的变革。广东地处五岭以南。这个地区的文化大致说来，是由三个源头“杂交”形成。首先是当地百越族人创造的以蛇图腾、断发文身习俗和干栏式巢居建筑等为特征的原生态文化；其次是纳入全国大一统版图之后的两千多年间，通过历代的驻兵和移民，源源不绝地输入的中原先进文化；三是作为海上丝绸之路的发源地，来自西洋、南洋，甚至非洲、美洲等地的异域文化。当然，三个源头中，中原文化长期以来作为一种先进的高位文化，其渗透力和同化力之强自不待言；而最终成为主流，也是理所当然的事。不过尽管如此，作为一种居于南海之滨，并由几个源头杂交融合而成的文化，广东在中国文化的大格局中是颇为独特的，为内陆单一型文化所少有。其内涵可以说更为多样，个性更为独特，生命力更加顽强，适应性也更加广泛。也正因如此，当西方文明强力进入时，与中国的其他地区往往是深闭固拒相比，广东人却有着不同的态度。而正是这种态度，最终使广东在中国近代化的道路上率先迈出了第一步。

那么广东人的精神表现在哪里呢？首先，较之中国其他地区，广东人的禀性可以说更加务实；做人做事，不盲目迷信条条框框；判断是非、决定取舍时特别注重实效，并且善于审时度势，权衡利弊，及时做出调整。当时中原人在交通十分落后的情况下，远涉千山万水，移民到岭南来，说到底就是为了谋生，为了寻找新的活路，这就决定了他们必须打破一成不变的旧有观念，放弃循规蹈矩的生存方式，想方设法适应新的环境，以图在激烈的生存竞争中站稳脚跟。另外，不断涌入的外来移民往往来自不同地域，再加上大量土著居民，观念和习俗的差异使彼此的关系变得格外复杂，也只有秉持不拘一格的心态，才能互相适应，相处共存。

其次，广东精神里还有一种与生俱来的多元和包容的心态。这源于岭南文化是“杂交”生成的，本身就是多元的产物，因此导致它天然地具有包容性。而且这种包容性不是一种居高临下式的仁慈与恩赐，而更多地体现为一种横向的平民意识。说来这与其移民历史也颇有关系。就当时来说，所谓移民，说到底，绝大多数都是出于各种原因不得不远走他乡的“落难者”，而对于土著居民来说，他们又是毫无根基的“外来者”，因此谁也不比谁更优越、更显贵一些，于是自然就得用一种较为平等谦和的态度来处理彼此的关系了。事实上，移民离乡别井到了岭南，原有的一切都不复存在，也不被承认，一切都得从头开始。你想站稳脚跟，就得自力更生。而由于远离政治权力中心，门阀等级的防范限制相对薄弱，只要有真本事，也就容易有出头之日。在这种生存环境下，加上海外贸易的发展，民间的依附心理也随之淡化，相反催生出一种较普遍的平民意识和自立意识。

至于岭南精神的第三个特点，就是不保守，愿意尝试和冒险。为了生存和发展，不惜经常变换生活的环境和方式。这可以说也是一种典型的移民心态——当年离开故土，就是因为不肯固守一隅，坐以待毙。因此为了活得更好，不断转换方式也是理所当然的事。如果岭南活得不顺心，他们就干脆跑到海外去。

当我们明确了强烈的务实、包容和进取的精神这几大特点后，回过头来看广东人在近代以来的表现，就不难发现，广东能在这个历史的大转折关头异军突起，并不是偶然的。事实上，近代化即现代化。在生产力方面，是指以现代工业、科学和技术为推动力，实现从农业社会的家庭作坊式生产，向现代大工业分工的生产方式转化；在经济生活方面，实现从以农业为重心向以商业为重心的转化，努力发展近代资本主义市场经济；在思想观念方面，则是争取自由、民主、科学。而要实现这种变革，从当时中国的社会实际出发，最主要则是从以下几个方面进行突破：改变对商业行为的鄙视，促使市场经济的发育；打破对科学技术的恐惧，促使落后的生产方式向先进的生产方式转化；冲破三从四德、三纲五常的观念束缚，提倡民主和自由，促使传统的宗法社会向现代社会转型；此外，联系到中国当时的国际处境，还必须完成反抗侵略，争取民族独立这一十分重要的课题。

从以上几大历史任务来看，可以说，在历经世事沧桑所积淀下来的广东精神里，已经较充分地蕴含着实现突破的原动力。例如对于发展商品经济，在内地还普遍实行重农抑商时，远处岭南的广东，商业氛围就已在蓬勃滋长。特别是对外贸易，起码远自唐代起，就基本没有间断过。直到清代十三行之设，广州更成了全国唯一的对外通商口岸。这对民众心理的影响无疑是广泛和深远的。而重商精神，则是近代化的很重要的催生条件。

又如在接纳先进的科学技术方面，当时清朝统治者推崇程朱理学，主张“存天理，灭人欲”，排斥所谓“奇技淫巧”，科学技术的发展长期得不到重视，极大地阻碍了生产力的提高和突破。而广东，作为南北中外杂处的移民地区，社会风气有着更强的务实性。当时的移民，之所以冒着千难万险到岭南来找活路，就是出于对现世生活的强烈、执着追求。对他们来说，最有吸引力的不是空洞的说教，而是能实实在在提高他们生活质量的方法。因此，他们对于一切有利于提高生产力的新科学新技术，有着一种天然的热情。这同样为进入近代社会准备了心理条件。

至于近代化所要求的自由和民主，也与广东文化的平民精神有共通之处。广东自古没有传统意义的高门望族，等级观念远不如岭北内地浓厚。人们的精神气质，也是不卑不亢，不讲究出身，也不太重师承和来历，信奉平等精神。广东社会平民化、大众化的色彩极强，对于人也好，文化也好，天然地没有门槛，谁都很容易进来，进来以后凭自己的本事立足；好比一片阳光灿烂的沃土，最适合来自各方的种子普遍发芽，草木自由生长。广东人甚至对“参天大树”有一种天然的排斥心态，似乎担心它遮蔽了阳光，剥夺了众多草木的生长权利。这样一种深入骨髓的平民特质，同样为近代社会的生成提供了天然的土壤。

最后，还要说到反抗侵略，争取民族解放的课题。这在广东精神里同样有着深厚的传统。作为历代中原移民的最后退守地之一，广东精神中有一股公认的雄直之气。无论是宋末元初，还是明末清初，广东都是把反抗民族压迫坚持到最后的地方之一。而鸦片战争首先在广东打响，同样证明了这一点。

基于以上分析，也就毫不奇怪，在中国进入近代以后，广东在政治、经济、文化、军事等方面出现一种全方位的井喷现象。除了前面说到的那一大批具有全国影响的人物之外，还出现了《资政新篇》这样最早提出的完整的资本主义建国方略；出现了四批留美幼童中，广东籍占百分之八十的盛况；出现了第一间采用先进机械生产的民营资本企业、第一批新式买办和现代公司，并提出“商战”的战略性思想；还涌现出第一批从事现代技术研究的科学家、第一批学习西洋技法的画家、第一家新闻报刊、第一所新式学校、第一个电影家、第一个摄影家；等等。与此同时，广东还成为戊戌变法、辛亥革命、国共合作的策源地，其中黄埔军校的创立，对现代历史的贡献更是直接而巨大。至此，广东确实无可争议地成为一支突起的“异军”。也正是由于沿袭了这个传统，直到上个世纪七八十年代，中国实行新历史时期的改革开放以后，广东在经济发展方式和生活观念变革、制度创新等方面才会继续发挥务实、求真、包容，以及敢闯敢试的创新精神，义无反顾，奋身先行，为社会主义市场经济建设和中国的现代化进程做出同样是有目共睹的贡献。

2014年9月，原载《同舟共进》

《新旧交融——清末民初画报中的广东》序

成立于1912年的广东省立中山图书馆，积百年的孜孜营求，搜罗累积，已成为岭南的一大文化库藏。其中除了巨量的图书典籍之外，尤可称道的，是保存了一大批岭南地区，特别是广东本省的历史文献资料。由于自鸦片战争开始，地处南海之滨的广东，在西方列强坚船利炮和工业文明风潮的双重夹击鼓荡下，被一下子推到近代史开端的最前沿。社会的方方面面，包括经济、政治、军事、文化，乃至民众的日常生活，都开始发生裂变，尽管这种变化在其初始阶段，并不完全是自觉和主动的，但无可否认，它具有划时代的质的意义。而随着时间的推移，当由此萌生的各种新鲜事物、发生的各种前所未闻的事件，包括其先知先觉人物的一系列思想、言论和行动，以各种方式和渠道不断向内地传播辐射，在全国引起强烈的关注和影响时，广东也就由农业文明时代的后发地区，一跃而成为中国工业文明的出发点，开始在启蒙和实践两个方面，发挥着引领时代潮流的作用。

如果说，广东在中国近代史上有着举足轻重的地位的话，那么，全面地、充分地、深入地发掘和掌握这一时期极其丰富、有着鲜明的时代和地域特色的文献资料，加以介绍和推广，无论是对于深化对中国现代化道路的认识，还是提升广东文化建设的自信心，都有着显而易见的重要意义。事实上，这已经越来越成为学术界和社会的共识，对近代广东的研究也日益成为一门显学，呈现出可喜的发展势头。而身处其中的广东省立中山图书馆，可以说功不可没。作为全省典藏最丰富的机构，她一方面对外发挥资源保障的功能，积极为研究者和读者提供服务；另一方面，她还动员组织内部的学术力量，从事馆存文献的整理和研究，并推出了一批有分量的成果。其中，最令人瞩目的当属成书于十年前的《广东百年图录》。该书皇皇两巨帙，收入近四千张有代表性的图片，是编者穷五年之功，从馆藏数万张原始资料和上百万册文献资料中精选出来的；并在深入梳理、严格考证的基础上撰写了说明文字。这种以图像的方式全方位展示百年广东的做法，极大满足了读者形象地了解广东历史的渴求，也为研究者提供重要参考，无疑具有传世的价值。

今年，适逢广东省立中山图书馆建馆一百周年。为了纪念这个重要日子，该馆开展了一系列活动。其中很重要的一项，就是继续十年前的思路——从清末民初画报中选取反映广东社会新闻百态的图画近两千幅，每幅一页，配上编者新拟的标题和说明文字，定名为《旧报新闻——清末民初画报中的广东》，结集出版，使之与《广东百年图录》成为前后辉映的双璧。这无疑又是一个嘉惠读者的盛举。

说起来，作为新闻传播的一种载体，诞生于19世纪后期的中国近代画报和稍早出现的近代报纸一样，都是工业文明传入后的产物。迨及20世纪头一二十年，由于新闻摄影尚属高不可攀，图画的制作一直是以手绘加石印的方式完成的。这一时期的画报也因此呈现出一种特殊而别致的面貌。其中最有代表性的是上海的《点石斋画报》。至于广东，则有潘达微、高剑父、何剑士、陈垣等人于1905年创办的《时事画报》，以及同时的《赏奇画报》等。这一时期的画报，就图像的真实性而言，虽然不能同后来的摄影画报相比，但是却开创了近代报刊以图像解读新闻的新理念。因此一纸风行，大受欢迎。就当时来说，无疑在启发民智，传播新风，反抗侵略和压迫，以及鼓吹革命方面，发挥过不可替代的历史功能；而到了今天，凭借这些生动的图画，我们却有幸得以直观地感受19世纪末、20世纪初妍媸异态的人世冷暖，时尚变迁，风潮起伏，从中获得一种比单纯文字更为鲜活的满足。鉴于这一段岁月的新闻图像，恰恰是现存摄影图片中最为薄弱，甚至付之阙如的，因此就填补空白而言，这批资料也弥足珍贵。至于从美术发展史的角度看，这种时事绘画的表现手法相对于传统的绘画而言，同样是一种创新。那么对它的整理出版，就更多了一重意义。

对于中国的新闻出版史，我素无研究，更谈不上有什么心得。也许由于在《广东百年图录》出版时，我曾应编者之命，写过一篇《序》，因此他们就一客不烦二主，让我继续效劳。我不敢推托，只好勉为其难写上这么几句，借以对为此书的编成付出艰辛劳动的人士，表达我作为一个读者的感谢和敬意。

2012年10月16日于羊城蝠堂

《没有围墙的博物馆》序

越秀区委宣传部派员送来书稿，先看书名，就觉得不错。博物馆而没有围墙，给人一种空间开阔、时间深邃的感觉。越秀区是老广州城的所在地，正是这个城市两千年时空的凝聚之所。

说起来，我在广州生活了将近60年，也可以说是个老市民了。回想当初随父亲从香港来到刚刚解放的广州，那时我才五六岁，初到异地，对于无论是珠江长堤早晚的潮汐，抑或是越秀山镇海楼上的远眺，都怀着一种陌生、好奇之感。后来，随着由小学而中学，而大学，对这个城市日渐熟稔，也逐渐累积起作为一个“广州人”的认同感。毕业分配到海南的五年间，对她更不免“魂牵梦萦”，写于当时的一组《城居杂咏》小诗可以为证：

日暖晾衫天，小巷丽如绣。云暗雨忽来，窗窗出素手。
高楼若崇峦，苔深破一角。夏雨浸天棚，飞街旋成瀑。
道旁白兰花，夜来香欲喷。零落不终朝，都上女工鬓。
暮扇不生凉，移榻欲逃暑。梦觉骑楼风，脉脉不成雨。

现在那些“80后”的年轻人，对于当日广州市民的这些生活情趣，已经越离越远。但像我们这一辈人，在由衷地感慨中国和广州的城市发展一日千里之余，心底仍然保存着那相对贫乏，又别有姿态的如梦光影。

过往的人生离不开记忆。对于一个人是如此，对于一个城市又何尝不是如此？南越王墓和南越王宫的考古发现，向世人揭开了广州城呱呱坠地的一幕；北京路上南汉、宋、元、明、清五朝的古街道遗迹和宋代“双阙楼”遗址，昭示了广州城商埠繁华兴盛的既往，而与今日名动海内外的商都美誉互相辉映；光孝寺、六榕塔、三元宫和怀圣寺光塔、圣心大教堂石室，则彰显着广州城多元并兼、丰富悠久的宗教文化传统；万木草堂、中山图书馆、知用中学、南园诗社和黄花岗、中山纪念堂、东较场、咨议局，则展示了广州城在中国近代史上风云煊赫的篇章……

这些从书稿中随手拈来的内容，已足见出越秀区在广州城史上占有着核心的地位。她就是广州城的一个“没有围墙的博物馆”，而本书则是这个“博物馆”的导游手册。

我愿意向读者推荐本书。因为这实在是一本写得相当之好的“导游手册”。不但图文并茂，而且资料翔实、文笔优美。在读图时代的今天，《映象广州》的设计顺理成章，黑白照片更具历史感和沧桑感，据说，大多数人的梦境也是以黑白居多。从“手册”的角度来看，这些老照片又是一批极好的“导游”路标，可以供游客现场“印证”，并且在指顾之间，引领他们在一刹那穿越时空、游走今古。

尤其值得一提的，是本书资料的运用与文笔的驱遣。介绍一件故物，可以有许多资料，但篇幅有限，如何取舍？于此，本书采取了场景与特写相结合的办法，除了一般介绍之外，又挑出重点，作专门选介，这就使全书节奏鲜明，而无平铺直叙之弊。其中具有专业深度的介绍，即使在我这样的老市民读来，在耳熟能详之余，仍然时有所得，感觉眼前忽亮，兴味偏饶。但是，这些具足专业的资料，却并不令人望而生畏，拒人千里，这就全赖本书写作的优美文笔。举个例子，在介绍广州古城墙的一节中，是这样开头的：

> 在鼎鼎大名的古城中游走，古老的城墙，是我们追溯往事的线索。
>
> 南京的明城墙，是朱元璋定都南京的产物和象征。北京的明城墙，让人们念念不忘的是皇城根儿下回荡着的纯正的京腔京韵。从崇文门至城东南角楼一线，绵延1.5公里，已经成为北京古城的标志。西安的明西城墙，从洪武三年（1370）完工，历时八年，奠定了当时西安城墙的基本形制和规模。
>
> 绝少人知道，在广州也有这么一段古老的明城墙。

它隐身在越秀公园的深处，在高耸的镇海楼下静静驻守。古老的榕树，在它斑驳的身躯上盘根错节。茂密的树阴，为它遮住了这个夏天最后的几缕艳阳，墙根下是悠然而过散步的市民，还有人在踢毽子、下棋、跳舞……

长约200米的它，只是现存广州明城墙的一段。如果从天空俯瞰，你会发现，东起小北（今小北花圈）、西迄大北（过去北大门，今日盘福路）、横贯越秀山，这逶迤的古城墙总长有一千多米，只不过，它在茂密的丛林深处断断续续，很难把我们的视线串起来罢了。

你看，它远从南京、北京、西安的明城墙说起，绕了一个大圈子，这才落到广州的明城墙上来，却又词锋婉转，由历史叙述一变而为风景描绘，并且由地上拉到天空，将近景细描化为远观俯瞰……一段广州城的明代古城墙，就像是具有生命一般，在读者眼中活了起来。笔致的灵动，文思的跳荡，不仅显示出作者惨淡经营的匠心，更包含着作者对广州的款款深情。本书基本上就是这样一种既具知识和趣味性，又具抒情的美文性写成。浏览书稿，我不禁悠然想起父亲的《唐诗小札》，它也正是具有知识性、趣味性和文笔优美的长处。当时担任中南局宣传部部长的王匡先生在序文中说：“真正通俗化了的东西，它无论在知识方面或者品德方面，都能扎扎实实地给人以有益的帮助。……真正通俗的东西，一定是普及行远，平易近人，面貌可亲的。”我觉得，把这评语移用于本书，也很合适。感谢越秀区委宣传部，为广州城，为广州的市民，以及一切关心广州的过去和未来的人们，编写了这样一本将可普及行远的“导游手册”。

最后，我想以一个广州老市民的身份，祝愿越秀区在未来的发展中，继续维护好广州城的这个“没有围墙的博物馆”，为后代子孙守住这根。

2008年端午前三日于蝠堂

《岭南长歌》序

大约两年前，叶铁真女士向我谈及，打算将她父亲叶广良（黄良）先生生前的撰述收集整理，编辑出版，并嘱我到时为之作序。广良先生是我的前辈兼父执。他的文章我从小就爱读，并留下深刻印象，只是阅读范围有限，常以未能一睹全豹为憾。现在得知终于有这样的机会，我顿时生出一种先睹为快的兴奋与急切，至于写序，倒属其次了。

不过，那之后又过了许多日子，却一直没有下文。也曾探询过一两次，都未得要领，慢慢也就把心思放淡了。直到前几天，铁真小妹（她常称我刘大哥）忽然把厚厚一本排印稿送到我家里来。我惊喜之余，匆匆翻阅了一下，这才恍然明白，过去这两年，并非耽搁，而是编成这样一部书，原来颇不容易。因为叶老生前所写的文章虽然都不长，但是数量甚夥，而且于数十年间不定期地散见于多种报刊，要全部收集起来，分门别类进行编辑，没有相当时间确实难克其功。现在终于得以完成，可以想见铁真小妹在繁重的本职工作之外，付出了多么巨大的辛劳和心血。由此也令人真切地感受到她与广良先生深厚的父女之情。

取名《岭南长歌》的这部书，收录的是广良先生用“黄良”的笔名所发表的文史随笔，所写的全部都是关于岭南地区的人和事。就时间跨度而言，上自秦末汉初赵佗称王南越，下至人民共和国建立之后的岁月，绵延两千年；就记录的内容来看，举凡政治、经济、军事、文化、教育、卫生、体育、宗教以及风土、民情、习俗、节庆、物产、衣着、饮食、居屋、出行、名胜、古迹、文物等等，可以说色色皆备，无所不包。翻开书卷，品读着一篇篇短小精悍的文章，就像进入了千门万户的岭南历史大观园。而作者就像一位久历沧桑、深谙世事的长者，又像一位见识广博、学养渊深的导师，向你如数家珍，娓娓道来，一一指点解说。而我们则通过这一番颇有点目不暇接，却依然轻松有趣的游览，对这片生于斯、长于斯，或者工作于斯、旅行于斯的土地，顿时有了一种更清晰的印象，更深入的了解，更全面的把握，更动心的寻索。这不能不说是一种令人陶醉的心灵经历。

无疑，作为广良先生的遗作，这些随笔大都写于上一个世纪中叶。但是，作为文史随笔，所记录的内容并不会过时。而且由于当时研究界的风气大体尚称淡泊，远不似当今这样浮躁，加上广良先生治学一贯以严谨认真著称，在广泛搜集材料的基础上，遇到问题都不惮烦劳，躬自实地踏勘考证。因此较之目前许多半路出家、仓促成篇的同类书籍，《岭南长歌》显然更加值得信赖。

广良先生生前并不是什么大名人，虽然在他们那一代的广东文化人大都知道他，好些人还与他保持着良好的友谊，而对他数十年如一日，埋头于岭南地方文史研究的精神和学术功力，都怀有一份敬意。但是，与当时风云际会的人物相比，他无疑属于不求闻达那一群。然而，历史是公平的，飞舞一时的狂沙浮尘，总会被岁月淘汰净尽，只有用踏实勤恳的劳作铸炼出来的心血结晶，才会使后人觉得弥足珍贵。这部《岭南长歌》就是一个证明。

2010年7月15日于羊城蝠堂

广东音乐与岭南文化

首先得说明，我并非音乐界中人。虽然我出生成长于岭南，广东音乐从小便在耳中磨出了老茧，但我对它却完全说不上有多少研究。由于《光明讲坛》盛情邀约，却之不恭，只得勉为其难。说得不对或外行之处，还望方家识者教正包涵。

提起广东音乐，相信很多人便会立即想起《步步高》的旋律。那欢快昂扬、节节攀升的节奏，使我们的情绪不由自主地兴奋活跃起来，沉浸于一种乐观祥和，积极向上的氛围里。其实不只是《步步高》，其他一些广东音乐如《赛龙夺锦》《平湖秋月》《旱天雷》《雨打芭蕉》等，都无一例外已经成为广大民众耳熟能详，喜闻乐见的作品。

说来有点不可思议，广东音乐作为孕育生长于岭南，而且主要是珠江三角洲的一种地方色彩很强的音乐，过去一百年间，在没有任何政治背景和经济力量推动的情况下，竟然能够飞越五岭，远渡重洋，在全国乃至海外迅速传播开来，征服了无数听众。这不能不说是中国近代音乐史上一个传奇。那么，广东音乐是怎样发展起来的？它有一些什么特点？它为何会广受欢迎，对我们又有什么启示？下面结合有关专家的研究和个人的思考，试作一些回顾与探讨。

百年之间　蜚声中外

来源于民间的文化艺术品种，在其孕育生成之初，由于属于不登“大雅之堂”的“野草闲花”，因此其早期状况大多是史不具载，辙迹微茫。广东音乐也一样。有一种最新的研究认为，远在明代万历年间，广东音乐就开始孕育，经历了近三百年，到1860年左右，粤乐正式具备了“特色曲目、群众基础以及代表人物”三大条件，从而形成单一乐种。而另一种比较传统的看法则认为广东音乐形成于清末民初，是以广东民间曲调和部分粤剧音乐、牌子曲为基础，发展和完善起来的。当时在珠江三角洲一带，兴起一种由乐队演奏的乐曲，又叫做“八音”“行街音乐”“座堂乐”。它适应着戏曲伴奏、街头卖艺或者婚丧喜庆的需要，风行一时。后来又出现“宝字”的名目，用以专指在唱曲间歇时丝弦乐队自行演奏的“过场” 一类的“小调谱”。这种演奏因同样受到听众欢迎，逐步演变成独立行当。广东音乐就是沿着“宝字”的路子发展起来的。

早期的广东音乐以琵琶或扬琴为主奏乐器，辅以箫、筝、椰胡、二胡、三弦等。民国初年逐渐形成三种基本乐器组合，一是二弦、竹提琴、三弦（或月琴）的“三架头”硬弓组合；二是以唢呐为主奏，配以打击乐器；三是洞箫、椰胡、琵琶（秦琴）的组合。到上世纪20年代演奏家们受到西方乐器的启发，把二胡的丝弦改为钢弦，创出粤胡（又称高胡），改良了扬琴，加入琵琶（或秦琴），形成软弓“三架头”组合。到上世纪20—40年代，广东音乐的演奏家们又尝试使用数十种西洋乐器与中式民族乐器合奏，从中筛选出小提琴、萨克斯管、电吉他、木琴等几种，使广东音乐音色变化更丰富，表现力更强。其中“滑指”是广东音乐最具特色的演奏手法，又分“小绰”“大绰”“小注”“大注”“回滑”等。主要弦式有合尺调（定弦为52）、上六调（定弦为15）、乙反调（定弦为37）、士工调（定弦63）、工乙调（定弦37），不同的弦式用以表现不同的情绪。

早期的广东音乐乐曲，音符较散，节奏也缺少变化，在长期的发展中，逐渐形成新的特色，如在曲调进行中加有多种装饰音型，称为“加花”，使音色清脆明亮，旋律流畅优美，节奏活泼欢快。

广东音乐早期的乐曲基本上是民间流传过程中的集体创作，到了20世纪初，出了一位严公尚，是广东音乐的代表人物。在他的带领推动下，创作日趋成熟。出现了《旱天雷》《连环扣》《倒垂帘》《三潭印月》《饿马摇铃》《小桃红》《汉宫秋月》《双声恨》《雨打芭蕉》等一批流传至今的优秀作品。

上世纪二三十年代，为广东音乐广泛流传与发展的兴盛时期。其主要标志是在早期演奏改编传统乐曲的基础上，出现大量民间创作乐曲，使广东音乐在旋法、节奏、调式、结构、演奏特点等方面得到进一步的发展和完备。涌现了许多优秀的专业作曲和演奏名家，如何柳堂、吕文成、易剑泉、丘鹤俦、尹自重等。代表曲作有《赛龙夺锦》《鸟惊喧》《醉翁捞月》《七星伴月》（何柳堂），《步步高》《平湖秋月》《醒狮》《岐山凤》《焦石鸣琴》（吕文成），《凯旋》（陈俊英），《惊涛》（陈文达），《华胄英雄》（尹自重）及《鸟投林》（易剑泉）等，一时远近争演，深入人心，并蜚声海内外。

抗日战争时期，珠江三角洲作为沦陷区，广东音乐的生存空间严重萎缩，发展艰难，创作力锐减，甚至出现了一些低俗的作品，如《甜姐儿》《私语》等。

1949年后，广东音乐重新获得发展动力。音乐工作者对广东音乐进行搜集、整理，并对广东音乐的和声、配器等方面进行研究改革，出版了不少的乐谱，创作并演出了大量优秀曲目，如陈德巨的《春郊试马》、林韵的《春到田间》、刘天一的《鱼游春水》和乔飞的《山乡春早》等等。

广东音乐据有乐谱可稽的创作乐曲，累计达千首。除了人们耳熟能详的《步步高》之外，这里不妨再介绍几首代表作品——

《雨打芭蕉》是早期优秀乐曲之一。乐曲以流畅明快的旋律，表现了南国生活的愉悦情绪。曲调运用顿音、加花等技巧，描写打在芭蕉上淅沥的雨声、芭蕉在雨中婆娑摇曳的形态以及人们旱热逢雨的欢乐。

《饿马摇铃》为何柳堂传谱，原以琵琶为主奏乐器，后改为弦乐主奏。乐曲以不稳定的节奏和采用顿音等多变的音型，突出运用si、fa两音级，惟妙惟肖地展现了饿马摇铃的形象。

《平湖秋月》是广东音乐名家吕文成的代表作，他曾于金秋时节畅游杭州，触景生情，创作该曲。曲中表现了作者对西湖秀丽景色的感受，曲调既采用了浙江的民间音乐，又有广东音乐的风格，它是中国器乐作品中最出色的旋律之一。

《龙飞凤舞》所表现的是民俗节日中挑着龙灯耍戏的长龙的情景。乐曲的主题音调采用切分节奏，富有极强的推动性，顿挫有致，若舞者的步态，前迈后撤，辗转腾挪。小锣的清爽音色，唢呐的声声鸣唱，弹拨乐器的整齐节奏，共同造成了欢乐的气氛。

《汉宫秋月》（又名《三潭印月》），中国传统器乐作品，有不少在长期的流传和改编后，与原来的曲名相差很远。《汉宫秋月》原为哀怨之曲，而《三潭印月》已将哀怨之情尽扫。在原传自北曲的旋律主干上，大量加入了广东音乐语言的细微装饰性华彩，从而使北曲的刚劲绵长，变为粤曲的细腻轻爽。

个性鲜明　别具一格

以上简略介绍了广东音乐的总体发展状况。下面谈谈它的艺术。

就广东音乐给人的总体印象而言，有三个方面十分突出鲜明：一，音响色彩清脆明亮、华美；二，旋律风格华彩、跳跃、活泼；三，乐曲结构多为短小单一的小品，很少有大型套曲。这三大特点，决定了它既不像西方音乐的壮观雄美、激昂刚健，且具外在超越的哲理省思，也不像我国中原古曲那样悠深空旷，充满历史苍凉感；既没有古代庙堂音乐的典雅庄重，也没有传统士大夫孤芳自赏的兀傲高深。总的来说，广东音乐是一种包含着强烈现世性、平民性和开放性的音乐。

先说现世性。广东音乐不存在宗教情怀和对彼岸世界的敬畏与崇拜，所关注的是活生生的现世生活，创作目的也在于满足现世民众的情感需要。因此，广东音乐无论作品题材还是创作灵感大都来源于日常事物，如《旱天雷》《三潭印月》《饿马摇铃》《小桃红》《雨打芭蕉》《赛龙夺锦》《鸟惊喧》《步步高》《平湖秋月》《华胄英雄》《鸟投林》《春郊试马》《春到田间》《鱼游春水》《山乡春早》等等，光从题目，就不难看出与现世生活的密切联系，而且这种联系还十分直接而具体。此其一。其二，既然所面对的是现世，并且目的在于满足现世民众的情感需要，那么努力揭示现实世界的美好，给人们的心灵以抚慰，鼓舞他们勇敢面对生活中的挫折与苦难，增强他们面对生活的信心，就成为广东音乐的基本价值取向。这也就不奇怪，为什么优美、乐观、和谐、向上的旋律会在广东音乐中显得那么鲜明突出，而且成为贯穿始终的一条主线。

再说平民性。作为诞生流行于民间的乐种，早期的广东音乐因其演出场合、演奏功用的不同，可以概略地分为四种表演方式：（1）戏剧中的过场音乐。（2）茶楼、街头卖艺。（3）一般民众私自组成的自娱性质的音乐社团。（4）农村的“八音会”，于婚丧喜庆场合表演（或加粤曲、说唱）。这种出身背景决定了它天生的平民性，十分注意与人民大众的情感息息相通。无论是在呱呱坠地的早期，还是已经成熟为一个名作迭出的重要乐派，广东音乐从来没有走向孤傲、艰涩和高深，变成曲高和寡的“阳春白雪”。它始终坚持雅俗共赏的方针。在历代名家的主持下，在把对音乐审美的思考提升到一种自觉的高度，努力拓展与提高作品的文化内涵的同时，坚持把人民大众的欣赏习惯和审美趣味放在第一位。因此广东音乐一方面越来越在专业圈内受到重视，另一方面仍旧一直为人民大众所喜闻乐见，有很强的亲和力。它正是在这一点上，表现出鲜明的平民性。

最后说开放性。这表现在两个方面，一方面是乐器的采用。其中唯有椰胡（以椰壳为槽，蠡壳为柱，最初流行于海南、广东、福建等省）出自岭南本土，其他如琵琶、箫、筝、三弦都属于中原乐器；而二胡（又称南胡），过去则主要流行于长江中下游一带，引入后改造为“粤胡”。还有扬琴，最早源于中东阿拉伯、波斯等地区，约于明末经由海上丝绸之路传入广东。上世纪30年代前后，又加上小提琴、萨克斯管、电吉他、木琴等西洋乐器。可以说是只要是合用有效的，广东乐人就不拘一格，大胆引进。另一方面是广东音乐构成本身，早期主要有三个来源：中原古乐、昆曲牌子、江南地区的小曲小调。这三种音乐都是由“外江班”（受邀来广州演出外省的戏曲班子）带来的，在漫长的流传岁月里，经群众业余实践和专业人士改造，才最终形成了具有独特地方风格的广东音乐。例如《平湖秋月》曲调显然采用了浙江的民间音乐，而《三潭印月》则在北曲《汉宫秋月》的旋律主干上，加以广东化的改造，成为现在的样子。需要特别指出的是，即使到了“功成名就”之后，广东音乐也从没有关起门来，自我封闭，而是继续坚持不拘一格的拿来主义。例如《春江花月夜》《江河水》《梁祝协奏曲》《胡笳十八拍》等都被改编成了广东音乐的乐曲。而《赛龙夺锦》《惊涛》等作品则明显吸收西方音乐的表现手法。从这一方面看，广东音乐同样不拘一格，务实敢变，表现出持续的开放性。

杂交文化 是其母体

广东音乐以上的几大特点，在中国音乐史上无疑别具一格，与众不同，显示出鲜明的个性。那么，它是怎样形成的？要回答这个问题，恐怕必须联系孕育它的母体——岭南文化来探究。

岭南古称岭表、岭外，是指中国五岭以南，包括今广东、广西、海南等在内的广大地区。岭南地区的文化，远古时期主要为当地百越族人创造的以蛇图腾、断发文身习俗和干栏式巢居建筑等为特征的原生态文化。到了秦代统一岭南，设南海、桂林、象三郡，向岭南地区屯兵移民，同时在今广西兴安开辟灵渠，联系湘江水系和珠江水系，岭南开始源源不绝接受中原文化的输入，从此再没有间断。此外，作为海上丝绸之路的发源地，来自西洋、南洋，甚至非洲、美洲等地的异域文化，包括佛教、伊斯兰教、基督教都由此登陆，特别是近代以来与西方文化的交流，更是开风气之先。大致说来，岭南文化就是由这么三个源头“杂交”形成，这是在中国文化发展的大格局中颇为独特的，为其他地域文化所少有。

当然，三个源头中，第二个源头即中原文化的影响毫无疑问是决定性的。因为这片地区虽然属于岭外，但自秦代起便置于大一统的中央政权治理之下，加上其后两千多年间，一次又一次的移民高潮使岭南不断接受中原文化的洗礼。而中原文化作为一种先进的高位文化，其渗透力和同化力之强自不待言。而最终成为主流，也是理所当然的事。这个事实，已经为一部广东文化史所证明。

不过，尽管如此，作为一种几个源头杂交融合而成的文化，岭南文化仍旧有着自身鲜明的特色。这就是与所谓“纯种”文化相比，它的内涵更为多样，个性更为独特，生命力更加顽强，适应性也更加广泛。这种文化个性可以概括为一句话：不拘一格，不定一尊，不守一隅。不拘一格，是指岭南人禀性十分务实，做人做事，没有太多条条框框，判断是非、决定取舍时特别注重实效，并且善于审时度势，权衡利弊，及时做出调整。当时中原人在交通十分落后的情况下，远涉千山万水，移民到岭南来，说到底就是为了谋生，为了寻找新的活路，这就决定了他们必须打破一成不变的旧有观念、放弃循规蹈矩的生存方式，想方设法适应新的环境，以图在激烈的生存竞争中站稳脚跟。另外，不断涌入的外来移民往往来自不同地域，再加上大量土著居民，观念和习俗的差异使彼此的关系变得格外复杂，也只有秉持不拘一格的心态，才能互相适应，相处共存。

不定一尊，指的是一种多元和包容的心态。我们说岭南文化是“杂交”生成的，本身就是多元的产物，这就导致它天然地具有包容性。而且这种包容性不是一种居高临下式的仁慈与恩赐，而更多地体现为一种横向的平民意识。说来这与其移民历史也颇有关系。就当时来说，所谓移民，说到底，绝大多数都是出于各种原因不得不远走他乡的“落难者”，而对于土著居民来说，他们又是毫无根基的“外来者”，因此谁也不比谁更优越、更显贵一些，于是自然就得用一种较为平等谦和的态度来处理彼此的关系了。事实上，移民离乡别井到了岭南，原有的一切都不复存在，也不被承认，一切都得从头开始。你想站稳脚跟，就得自力更生。而由于远离政治权力中心，门阀等级的防范限制相对薄弱，只要有真本事，也就容易有出头之日。在这种生存环境下，加上海外贸易的发展，民间的依附心理也随之淡化，相反催生出一种较普遍的平民意识和自立意识。

至于岭南文化的第三种个性，就是不守一隅。为了生存和发展，不惜经常变换生活的环境和方式。这可以说也是一种典型的移民心态——当年离开故土，就是因为不肯固守一隅，坐以待毙。因此为了活得更好，不断转换方式也是理所当然的事。如果在岭南活得不顺心，他们就干脆跑到海外去。

不拘一格的务实、不定一尊的包容、不守一隅的进取，明白了岭南文化的这几大个性，那么回过头来看广东音乐，可能就会获得更深一层的理解。事实上，广东音乐的现世性，正是体现了岭南千百年间积淀下来的移民精神。当时的中原移民，之所以不肯坐守一隅，冒着千难万险到岭南来找活路，就是出于对现世价值的强烈、执着追求。对他们来说，最有吸引力，最能让他们心情愉悦的不是虚无缥缈的冥思玄想，也是不穷途末路的绝望哀叹，而是现世事物的美好和现世人生的幸福。这是他们希望用劳动和汗水所换取的结果。这样一种群体心态，无疑会深刻影响着乐曲的题材选择和创作基调。

广东音乐的平民性，则是不定一尊的包容精神的体现，这里自古没有传统意义的高门望族，等级观念远不如岭北内地浓厚，人们的精神气质，也是不卑不亢，不讲究出身，也不太重师承和来历，信奉平等精神。平民化、大众化色彩极强。对于人也好，文化也好，天然地没有门槛，谁都很容易进来，进来以后凭自己的本事立足。好比一片阳光灿烂的沃土，最适合来自各方的种子普遍发芽，草木自由生长。岭南人甚至对“参天大树”有一种天然的排斥心态，似乎担心它遮蔽了阳光，剥夺了众多草木的生长权利。这样一种文化心态，同样导致广东音乐具有一种深入骨髓的平民特质。

至于广东音乐的开放性，则基于不拘一格的务实精神。岭南文化本来就是一种杂交文化，千百年来都处于一种兼收并蓄的开放环境之中。对他们来说， 抱残守缺是没有意义的，重要的是以不拘一格的心态和行动方式，在激烈的生存竞争中取得立足之点。明白了这种思维，也就不难理解岭南音乐对于各种音乐样式和演奏器材，何以会如此“放肆”地采取“拿来主义”。因为这也是岭南文化的一种精神：只有合不合用的问题，没有能不能用的问题。

魂系中华　不离根本

从以上分析可以看到，广东音乐无疑打上鲜明的岭南杂交文化的烙印。不过光是弄清楚这一点，还只能解释这株音乐奇葩为何会姓“粤”，却还不足以解释这样一个地方色彩极强的乐种，何以能风靡全国，流播海外，被其他地区的广大听众所接受和欢迎？因此，恐怕还应当从中国文化的共性和个性当中去寻找原因。

说到中国文化的共性与个性，有必要先谈谈自古以来的“道”与“器”之辨。所谓“形而上者谓之道，形而下者谓之器”。“道”是指本质的精神，是相对恒定的；器是具体的、实践的结果，是对本质精神的形式化，是可以在不同的历史条件下以不同的面貌出现的。我们传统文化的内涵，可以说由“道”与“器”两者构成。在“器”方面的变异，历史上有许多次，孔子就提到过：“殷因于夏礼，所损益可知也；周因于殷礼，所损益可知也。”从上古时期到三代以后，再到数千年后的今天，作为“器”层面的社会观念乃至制度都发生了巨大的变化。但是，中国文化的灵魂，就是基本的“道”始终没有变，五千多年一以贯之。中国文化中的这个相对恒定的“道”，根据近年来我与谭运长君共同研究的心得，包含三个基本点，即：价值观中的尚“用”准则，人生观中的尚“和”精神以及方法论中的尚“简”取向。

首先说尚“用”准则。由于中国文化当中不存在彼岸世界，是一种有着强烈现世性的文化。因此以儒家学说为主流的传统思想主张入世用世，在投身社会实践中实现人生价值。这种现世性，并不是自私的功利主义，也不是混世哲学，而是对人的生存状态的关怀，对世俗生活的热爱和进取；而由此确立起来的尚“用”原则，则使我们的文化崇尚实事求是，一切从实际出发，以实践作为检验真理的唯一标准，富于反省精神和包容精神，善于以灵活的进退应对复杂多变的外来挑战，这正是我们的民族得以保持悠长持久生命力的奥秘所在。这种世界观和价值观，经过数千年的实践积淀，已经成为全体中国人的共同文化基因。如果把广东音乐所表现出来的强烈的现世性和不拘一格的开放性放在这样的大背景里，就不难发现，两者其实是完全相通的。

至于人生观中的尚“和”精神，最初是从血缘观念生发出来的。它首先从个人人性出发，推己及人，己所不欲勿施于人，到与血缘、人性最为接近的家庭、家族，家庭家族要和谐，才能生存发展，由此进一步外推到社会、国家、民族，最终目的是世界大同。儒家讲礼乐教化，讲克己复礼，讲对个人人性的某种节制。这与尚“用”原则其实是互为制约、相辅相成的。在历史上，“和”作为恒定的“道”，在不同时代表现为不同的“器”（实现形式）。就国家治理而言，曾经先是“器”化为“禅让”制度，接着“器”化为“礼乐”的形式，后来更“器”化为三纲五常、三从四德的教条，在中国历史上发挥过维系人心，稳定社会的长久而强有力的作用。以上这些理念和制度，虽然在历史上，都曾经被言之凿凿地说成是恒定不变的“道”，其实全都仅仅是“器”而已，实践证明，到了近代，当社会生产力和生产关系出现飞跃性突破的历史要求时，三从四德、三纲五常作为服务于农业文明时代的“器”，就如同更早的“禅让”“礼乐”一样，成为社会发展的障碍，被断然抛弃了。近代以来，随着人民大众对自身权利的日益觉醒，中国文化中的尚“和”精神正越来越与自由、平等、民主、法制等理念和制度这种新的“器”联系在一起。作为产生于清末民初的广东音乐，可谓适逢其会，它所持的平民立场创作倾向，可以说是对时代潮流的一种积极回应。而直到目前，这种潮流还方兴未艾。广东音乐能够在短短一百年左右迅速传播，飞越五岭，拨动更广大范围的民众的心弦，也就毫不奇怪了。

我们传统文化的本质精神，还有一个“简”字，这指的是我们文化认识和把握世界的一种方法论。西方文化是科学主义文化，讲的是对事物本质规律的具体的、复杂的认识，用的主要是分析的方法。我们认识世界相对来说是整体的、综合的方法，看起来是简单的，实际上是寓繁于简。比如我们从《易经》里显示的哲学，就体现了这个“简”字；我们的汉语构成，相对就是简洁的。我们的艺术，如书法、绘画、音乐也是寓繁于简。这种方法论与我们文化精神中的其他两点其实是互相关联的——唯有简化，才易于掌握，才更实用；唯有易于理解和掌握，才能普及推广，从而有利于社会平衡与和谐。广东音乐是一种标题音乐，结构上以简驭繁。旋律优美而不复杂。乐曲结构多为短小单一的小品，很少有大型套曲。对不同的演奏场合和演奏需要有着很强的适应性。正暗合了孔子在《易·系传》里所说的：“易则易知，简则易从；易知则有亲，易从则有功。”这一点，无疑也是它能广泛传播，普及行远的重要原因。

有益的启示

综上所述，我们可以发现，广东音乐作为产生于珠江三角洲的一个文艺品种，之所以能够突破地域的局限，在不到一百年的时间里迅速走红全国，而且长盛不衰，原因有三点：一，具有杂交文化的鲜明特色，在民族音乐百花园中别具一格。二，始终根植于中华文化的土壤，体现了中华文化恒定的基本精神。三，不固步自封，从思想观念到表现手段都紧跟时代潮流，博采众长，勇于创新。

如果作更深一层思考，那么，广东音乐的现象还启示我们：中国幅员辽阔，民族众多，俗语说“百里不同风，千里不同俗”，不同地域自然条件、历史条件和人文气质的差异，就形成了性质不同、形态各异的地域文化。应该说，包括少数民族文化在内的各种地域文化，都是中国文化的组成部分，既丰富和发展了中国文化的内涵，也是中国文化在不同地域的具体体现。它们与岭南文化和广东音乐一样，都以其独特的内容和方式为中国文化的丰富发展做出贡献。因此，要用新的标准、新的眼光看待地域文化，舍弃单一的、静止的传统文化意识，运用发展的眼光与多样的观点，全面审视和充分认识地域文化的个性和价值。还要营造氛围，让各地域文化有充分的发展空间。只有当这一点实现之后，地域文化的个性与活力才能充分显示出来，才有利于我们充分整合和调动各地域文化的积极因素，促进中华文化进一步繁荣和发展，最终实现民族的全面复兴。

注：本文在准备的过程中，得到广东当代文艺研究所的大力协助，其中有关广东音乐发展历史的部分，参考采用了黎田、黄家齐著《粤乐》以及其他一些研究成果，特此说明并致谢。

2010年1月，原载《光明日报》

广州赋

古之楚庭，今号穗城，二千年之华夏名都，广州居岭表而峥嵘。地滨南海，秦皇一统宇内而开郡；中原逐鹿，赵佗割据百越以称雄。其后九州复合，梅岭路通。移民土著，交往频密；南北文化，汇聚相融。遂使勃勃生机，涌动于炎方热土；蓬蓬活力，创业于往古来今。

广州之形胜也，云山重叠障其北，珠水浩荡襟其南，水阔则盛产鱼鳖虾蟹，山深则广栖走兽飞禽。于是百姓来集，以渔以猎；炎风播雨，宜牧宜耕。所喜民情务实而进取，俗尚节俭而劬勤，衣食渐给，生齿日增。遂有跨羊五仙，持穗来降，祝愿此区，永无饥荒。广州之民也，乃奋鹰扬之远志，发独出之遐想，因其地利，业兼农商。更揽大海于怀抱，趁风举而帆扬，输瓷器丝绸于外域，采特产奇货于异邦，开跨海贸易之先河，握致富金钥而自强。于是南洋商贾，亦闻风随至。一时黄木湾头，帆樯云集；波罗庙内，香火熙攘。奇装异服穿梭闹市，嘲哳话语声动蕃坊[①]。又有花市龙船，疍歌飘色，摇神夺目，溢彩流光。宝玉易求，岑参诗篇称艳[②]；荔枝美味，东坡嗜之如狂[③]。主人宾客，饮馔游赏，其乐未央。若夫教化文明，亦蒸蒸日上。显宦大儒，光照青史；诗文书画，岭外名彰。更有达摩西来传法，于此登岸；六祖禅机深悟，开宗发扬。此自唐至清之事也，其间虽有南汉荒政，明末兵火，一旦疮痍洗净，仍是富庶之乡。

及至虎门销烟，史开近代。文明较量，骇浪惊涛。西来列强，船坚炮

① 白居易《琵琶行》诗："呕哑嘲哳难为听。"又：唐宋时于广州设"市舶司"，为我国历史上早之外贸管理机构。又在今光塔路一带设"蕃坊"，以居外国商客。

② 岑参《送杨瑗尉南海》诗："海暗三山雨，花明五岭春。此乡多宝玉，慎莫厌清贫。"

③ 苏轼《食荔枝》诗："日啖荔枝三百颗，不辞长作岭南人。"

利；老大帝国，风雨飘摇。当此之时也，广州士民，危机先觉，奋起救亡，上下求索。前则鸦片战争，戊戌变法；后则辛亥革命，国共合作。更有广州起义一声惊雷，尽显英雄气魄。至于不甘落后，追赶潮流，西方文明，率先吸收；远赴海外，孜孜营求，实业兴国，未雨绸缪。此又广州人之所以为广州人也。

于是乎，历百年沧桑，东亚之睡龙复醒；尽驱豺虎，人民之共和国成。神州再造，曾经几番曲折；改革开放，一朝石破天惊。广州之民，遇亘古未有之良机，负披荆斩棘之使命，倚得天独厚之地利，持务实求真之禀性，义无反顾，奋身先行。三十年间，经济腾飞，社会巨变，奇迹屡创，鹏举青冥。

广州今之为城也，有十区之设，二市之辖。①南抵海角，北接韶关，东邻惠州、东莞，西则清远、佛山。若夫凌高天而四顾，但见人居稠密，绵延何止百里；机场如砥，起落无数航班；厂房棋布，多是高新科技；巨舶排岸，货箱囤积如山。更有明湖开镜，绿树连云。丽日临空，灿比珠玉；华灯彻夜，光夺星辰。气象之繁华，观瞻之雄壮，信其为岭南首府无让矣！

广州今之居人也，常住者七百万，流动者五百万。籍贯则四海五湖环球万国，行业则文体科卫工商士农。或身挟长技，或坐拥财雄，或穷则思变，或梦想登峰。风从云聚，步履匆匆。藉广州之舞台，施展拳脚；视羊城为福地，跃虎腾龙。得固欣然，挫亦不馁，期以不懈奋斗，博取万一成功。

广州今之市面也，连云新筑，望衡接宇；八达通衢，入地盘空。滚滚车流如回翔雁阵，夜以继日；熠熠商场似琼楼玉宇，生意兴隆。琴棋书画，活跃社区文化；舞衫歌扇，繁荣艺术之宫。酒楼食肆遍于街巷，通宵达旦，无愧食在广州之美誉；姹紫嫣红百卉竞秀，四季不殊，尽显花城南国之情浓。若夫佳日闲暇，泛舟珠江，放眼处处木棉挺立，老榕低亚。兀兀长堤石凳，闪闪碧水晴空，昵昵红男绿女，嬉嬉白叟黄童。广州开埠至此，信知先人之血汗不负，人间之乐土可期矣！

祝曰：政府施政以人为本，社情民意在在关心，环保治安双管齐下，社会和谐共享太平。

2007年4月5日清明节

① 广州市十区为越秀、荔湾、番禺、天河、白云、海珠、黄埔、萝岗、南沙、花都，所辖二市为从化、增城。

道家伦理与当代中国的道德建构

社会道德建构与伦理体系的变革，从五四以来一直是中国人文学术研究的重要课题和社会改革，乃至社会革命的重要组成部分。因为伦理道德既是文化转型的寒暑表，又是社会变革的观念先导，它对于社会价值观念的优化与整合，对于社会有序发展和文明的进步都具有至关重要的作用。

当前中国道德建构的任务之所以迫在眉睫，是由我们所面临的复杂经济、政治和文化环境所决定的。一方面，全球经济一体化和我国社会主义市场经济体制的确立，使得总体社会环境具有了和以往计划经济体制下完全不同的新内容和新特点。新的利益关系和价值冲突日益突出与激化，原有的道德规范体系日益失去社会整合的效力。在市场经济条件下，过去依靠政治权威而形成的生活秩序正越来越向依靠经济原则和利益认同来维持的社会结构转变，经济—物质利益的驱动力无形中增强，造成了价值目标的多元化和道德失范，迫切需要构建新的理论层面的伦理体系和实践层面的道德范型，以适应社会转型的客观要求。

另一方面，道德危机的背后又隐藏着文化冲突、文化危机的深刻背景。从文化的视角看，当前我们所进行的道德建构和伦理转换，是近代以来中国文化回应西方严峻挑战的一个重要环节，也是五四以来民族文化自我反省、自我更新历史主题的延续与深化。与五四时期相比，当前我们民族所遭遇的外在存亡危机不再尖锐和直接，但所面临的综合国力竞争与文化挑战却日趋凸显和激烈。西方现代伦理价值观念与其所依托的社会文明一道，构成了某种强势文化和强势文明，迫使我们在迎接西方经济、政治、科技、军事挑战的同时，又不得不迎接西方现代伦理价值观念的冲击。在这种冲击面前，一味地移植搬用或深闭固拒都是不明智的，只有在应对中不断改造更新、充实完善自身，吸收古今中外一切合理有益的因素，建构起民族崭新的伦理道德体系，才能为中华民族在新世纪的繁荣发展提供强有力的精神和价值支撑。

在现当代中国，道德建构与伦理变革是一个问题的两个方面，它们都与一个世纪以来的社会革命和政治革命相伴随。早在20世纪初，陈独秀就指出："伦理的觉悟，为吾人最后觉悟之最后觉悟。"[①] 五四时期的伦理自省和伦理批判，从制度层面与思想层面否定了儒学伦理的正统地位，揭示了它的阶级实质，同时也开始了马克思主义对儒学伦理体系的变革与超越。

中国的马克思主义者在对传统伦理道德体系，特别是儒学伦理进行批判和解析的过程中，也非常重视社会主义新伦理道德的建构。从总体上看，现当代中国马克思主义的伦理变革和道德建构所取得的成就是巨大的，它通过政治革命与思想革命的形式，廓清了旧的封建道德赖以生存的环境，奠定了社会主义新道德的经济、政治基础，在全社会建立起了以集体主义、共产主义为核心的伦理精神和道德规范体系。但是，由于历史和现实的诸多原因，现当代中国伦理变革和道德建构的任务还远未完成：首先，五四以来的伦理道德变革是在救亡图存的特殊历史背景下展开的，基本上与动荡的社会政治革命同步，缺乏比较全面、细致、辩证的理论研讨和分析，否定多于继承、批判多于建设。特别是对于民族传统伦理道德资源的梳理和扬弃、转化方面，我们做的工作还不够。其次，长期以来，我们的马克思主义伦理道德建构受苏联模式的影响较深，计划体制的色彩较浓，受革命战争年代那样一种特定历史环境中形成的道德传统影响较大。应当说，上述这些因素在一定时期是具有合理性与必然性的，它们为马克思主义伦理道德观在中国的传播和发展，为我们革命和建设的成功都提供了强大的精神—道德支持，其中的一些优秀传统和原则仍然值得我们发扬光大。但在新的历史条件下，它们也面临转换与发展的新课题。最后，由于十年浩劫中的文化虚无主义和道德虚无主义，使社会道德结构遭到了严重破坏。拨乱反正以后，又迅速转入改革开放和发展市场经济，完全恢复原有的一套现已不可能，而新的伦理精神和道德体系又未能及时构建起来，结果造成

① 《陈独秀文章选编》上册，三联书店1984年版，第109页。

道德真空和道德滑坡，社会所付出的代价是巨大的。所有这些，都是我们在当前的道德建构和伦理变革中必须认真对待、积极解决的问题。

从20世纪80年代开始，随着文化研究和传统文化反思的不断深入，人们逐渐摈弃了多年以来对于民族伦理道德传统的激进批判和简单否定态度，认识到任何新的道德建构和伦理转换不仅必须在原有传统的基础上进行，而且民族伦理道德传统还应是我们创新的主要文化资源。无数的历史经验证明，不论我们主观上是否承认，传统始终是我们无法摆脱的天然纽带。中华民族在长期的历史发展中逐渐形成的思想文化传统，已经稳固地植根于我们民族的性格中，积淀于民族每一个成员的血脉里。即使经过了五四以来历次激进的文化批判和“文革”那样的浩劫，传统文化依然发挥着深刻而持久的作用。创新离不开继承，目前，有关传统道德的现当代意义和传统伦理思想的创造性转化等课题已成为理论探讨的热点。不过，综观近些年来的研究，我们会发现，人们在谈论传统道德资源的时候，关注得更多的是儒家伦理道德，是以儒家道德体系为立足点和基本资源进行伦理转换与道德建构，对儒家以外的，特别是道家伦理道德观的现当代意义、作用较少涉及，这不能不说是一种偏颇和疏忽。

众所周知，儒道的互补、互参和互融，不但共同构建了中国传统文化的主干，而且还构建了中国人人格心理中动与静、显与隐、入世与出世、有为与无为、进取与淡定相对待的基本格局。“入为儒，出为道”千百年来已成为中国传统知识分子的人生信念。宋明理学更是“援道入儒”，以道家思想改造儒家学说，推动了儒学的体系化进程。此外，道家学说不仅成为中国本土宗教——道教的核心思想，而且对于佛教在中国的传播和发展、对于中国化佛学“禅宗”的确立也起到了关键性的作用。可以说，道家思想作为中国文化的基本精神之一，已经深深地融入了我们民族物质生活和精神生活的各个领域，至今仍然具有重大的影响和作用。中国人日常的人伦关系、道德意识和思维方式、行为模式等等，无不渗透着道家文化的印记。世纪之交中国的道德建构与伦理转换，不能忽视这一重要的道德文化资源。

我们所说的道家伦理，指的是创始于春秋战国时代，贯穿于中国整个思想文化发展进程的道家学派的伦理思想，并不涉及道教的宗教思想，道教作为后起的世俗宗教，在其创立和发展过程中，吸收了黄老道家的一些思想观念，并使之神秘化，作为其宗教理论基础。不过，道教的思想内容异常庞杂，还包括鬼神崇拜和神仙方术等等，与道家学说并不是一回事，因此不在我们讨论的范围之内。

应当特别指出的是，道家伦理及其现当代意义之所以易为人们所忽视，主要有两方面的原因：其一，中国传统文化虽然以儒、道为一体之两翼，但它们二者在长期的宗法封建制社会中的地位却并不相同。儒家入世而重人伦，其一整套伦理道德和社会政治理念有利于封建君主秩序的维持与运行，因此多为历代封建统治者所倚重。宋明以降，儒家学说不仅加速了体系化进程，而且也最终完成了制度化、世俗化和政权化的过程，成为官方的主流意识形态和封建专制主义的思想理论基础。这样，在五四以后，儒家无可避免地成为了“反封建”的主要批判对象，同时也是文化论争和文化反省的焦点。人们往往把传统文化等同于儒家文化，无论是批判传统，还是卫护传统，谈的大都是儒家传统。最明显的例子莫过于以“返本开新”，努力开掘儒学现当代意义为己任的现代“新儒家”了。与儒家相比，道家避世而重自然，其理论学说更为抽象和超越，不易转化为制度化、可操作性的政治策略。虽然老子学说也被人称为“君人南面之术”，但它至多是一种韬略原则，而不是具体的政治权术。在中国历史上，道家学说也曾几度成为“官学”和“显学”，但更多的时候，它还是处于“隐”的地位，或通过道教流布于民间社会，或通过融入儒学而对主流意识形态产生潜移默化的影响。因此，其巨大的影响力和重要文化意义容易为人所忽视。其二是因为长期以来，大家都认为道家一向逃避道德和社会责任，对于社会伦理总持一种激烈批判与排斥的态度，谈不上有什么伦理学说。这是一种误解。实际上，道家所批判和否定的不是伦理道德本身，而是特定的宗法等级制社会的伦理道德规范，其中也包括儒家的“仁学”道德体系。道家在揭露和批判宗法制社会伦理道德弊端与虚伪性的同时，也表达了其顺任自然、崇生保真的伦理道德观，在客观上对奉儒家伦理道德为正统的传统社会起到了补阙求弊、平衡人心的作用。道家的许多伦理学说作为中华民族一种源远流长的传统，也同儒学伦理传统一样，对于当前社会转型时期的道德建构具有不应忽视的意义和价值。

也许有人会问，道家主张“无为”“无事”“无欲”，是否有悖于我们所提倡的开拓进取、奋发图强的时代精神呢？我们认为不会。固然，人类的发展、文明的进步都有赖于每一个社会成员发挥出积极主动、自强不息、不懈奋斗的精神，这是社会历史发展的主动力。但是，一个社会、一个时代的发展不仅需要有强大的精神动力，还需要有完善的制衡机制；不仅需要有理想和功利的追求，还需要有超越性精神和社会心理的平衡。否则，整个社会就会陷入恶性竞争和人际利益的无休止冲突之中，反过来又会影响与制约社会的有序发展。现阶段的伦理道德建设所要解决的一个突出问题，就是在利益主体日趋分化、利益矛盾日趋激化的情况下，如何引导大家超越眼前利益，追求终极目标；超越工具理性，追寻价值理性。道家思想从一定意义上说就是一种终极关怀的思想，它能够引领人超越日常吃穿住行的世俗生活和感生欲望，进入到对终极价值的思考中，从而化解人们日常的纷扰烦恼和无谓争端，达到个体心理与社会心理的平衡。由此我们认为，道家伦理显然不属于社会精神的主动力部分，但它是一种“制衡器”和“减压阀”，其功效是不能忽视的，其存在是必不可少的。我们应当重视和加强对道家伦理的研究，将其精华有选择、有目的地改造、整合到当前正在建构的有中国特色的社会主义伦理道德体系中：

第一，贵生保真，顺任自然的伦理原则。道家伦理主张摆脱不合理的社会规范和人性的异化状态，保持生命的自由与完善，遵从客观的、无所不在的自然之道，按照自由意志去实现人生的价值。庄子指出：“自事其心者，哀乐不易施乎前，知其不可奈何而安之若命，德之至也。”（《庄子·人间世》）要达到“与造物者为人，而游乎天地之一气”（《庄子·大宗师》）的自由境界，必须发扬个性，摆脱一切外在和内在的拖累与束缚，排斥虚伪、智巧、损生残性，为封建统治者所利用的假道德。这些思想充分体现了古典人道主义精神。道家提倡养生护生，引导人们珍视生命的价值和意义，重视身心的自我调节。他们认为世间只有生命是最可宝贵的，不应该为名为利而损害甚至牺牲生命：“今吾生之为我有，而利我大矣。论其贵贱，爵为天子，不足以比焉；论其轻重，富有天下，不足以易之；论其安危，一曙失之，终身不复得。”（《吕氏春秋·重己》）为功名利禄所累，不仅会残害自己的生命，而且会使人丧失原本淳朴的天性。这是一种反对异化，追求精神自由的生命伦理。当前我们正处于市场经济和社会转型期，物质利益原则日益凸显，拜金主义、享乐主义有所抬头，各种“现代病”和异化现象时有出现。道家贵生保真，顺任自然的伦理原则，为我们当前的道德建构昭示了人道主义旨归和向度，对全体社会成员完善自我心灵、提升道德境界，实现身心的自由和发展，避免异化现象出现具有一定的指导意义。

第二，“上德若谷”“为而弗争”的宽容精神。道家主张人应具有虚怀若谷、玄远博大的心态。老子提出的“上德若谷”是宽容和合之道，他认为人的胸怀要像空旷的山谷一样，化育万物、包容一切，不应受社会等级、贫富、亲疏、贵贱的限制。对所有的人都应一视同仁、平等施予、相互包容，以善良、平等、同情的态度和生共处。这就有别于儒家建立在宗法等级制基础上的“亲亲有术，尊贤有等”。道家还认为，人与人之间要想宽容共处，就应当“为而弗争”。老子说：“是以圣人执左契而不责于人。”（《老子》七十八章）即使自己有理有据，对人有所施予和恩惠，也不应追讨与责罚他人，而应当彼此宽待、避免冲突，在财富、利益和名禄上都不与人争，不为人先。庄子指出：“人皆取先，己独取后，曰：受天下之垢；人皆取实，己独取虚，无藏也故有余。”（《庄子·天下》）不与人争，则天下莫能与之争，这并不是消极的容忍与避让。道家认为“柔弱胜刚强”，“天下柔弱莫过于水，而攻坚强者莫之能胜，以其无以易之也”（《老子》七十八章），“上善若水，水善利万物而不争”（《老子》八章）。人际间的宽容、忍让也是一种维护社会稳定，达到长治久安的巨大凝聚力。因此，老子说：“知常容，容乃公，公乃全，全乃天，天乃道，道乃久，没身不殆。”（《老子》十六章）这一古老而深刻的道家智慧对于我们现实社会人际关系的调整，对于遏制恶性竞争、极端私欲都有重要的指导意义。人类的现代化进程，往往会付出道德的代价。现代社会中人与人之间的关系会由于宗教信仰、价值观念、思维方式、文化背景的差异，由于与他人发生各种权利、利益的矛盾而趋向紧张甚至冲突。损人利己、损公肥私、尔虞我诈、权力倾轧等现象较为普遍。因此，道家伦理所提倡的“上德若谷”“为而弗争”，宽容退让，和谐相处的精神是有其现代价值的，应当把它整合到我们社会主义市场经济的道德体系当中去。

第三，超越生死，化同大道的人格追求。道家认识到，人的生生死死是一种不可抗拒的自然规律，生命的出现与消逝受客观必然性的支配。庄子说：

“生者，假借也；假之而生生者，尘垢也。死生为昼夜，且吾与子观化而化及我，我又何恶焉。”（《庄子·至乐》）生死皆如自然的昼夜和四季的循环更迭。对于每一个个体而言，生命是短暂的，“人生天地之间，若白驹之过隙，忽然而已”（《庄子·知北游》）。面对死这一人生大限，任何恐惧、痛苦都是徒劳无益的。唯一的出路是从主体精神上超越它，使自我身心突破生死困境、世俗纷扰和名利角逐，神游于逍遥自由之境，顺从于自然之道，达到人与天地万物的圆融。“天地与我并生，而万物与我为一”“周与蝴蝶则必有分矣。此之谓物化”。（《庄子·齐物论》）人一旦在精神上渗透、超越了生死，一切世俗的烦恼、困顿和牵累就会烟消云散，生命本真的意义和价值才会显露。道家超越生死、化同大道的终极关怀完全可以作为现代人世俗生活的解毒剂，有利于调节与平衡个体的人格心理和物质欲求，疗救精神危机，抑制过度的哀乐之情、利害之欲。内可使身心怡乐、处事安然，外可使人际和谐、宽容共处。与其人格理想相联系，道家的道德修养论也具有与儒家迥然不同的特点。儒家讲道德修养，其旨归是入世进取，是建功立业。它意图通过“内圣”达到“外王”，通过“修身”达到“齐家”“治国”“平天下”。这是具有积极意义的。但入世进取、自强不息只是个体生活的一个维度。如前所述，过度地强调进取有为、谋利计功，不仅会走向私欲膨胀和恶性竞争的反面，而且也会使个人在遭遇挫折与失败时灰心彷徨、无法解脱，导致精神失衡。正是由于看到了这种偏差，道家的道德修养论才提出：“是以圣人去甚、去奢、去泰”（《老子》二十九章），“圣人不从事于务，不就利，不违害，不喜求，不缘道；无谓有谓，有谓无谓，而游乎尘垢之外”（《庄子·齐物论》）。道家认为“为学日益，为道日损。损之又损，以至于无为”（《老子》四十八章），进行道德修养必须抛弃世俗的名誉功利之想和人为的智巧机心，那些东西只会败坏淳朴的天性，妨害人的身心健康。“含德之厚，比于赤子”（《老子》五十五章），理想的道德境界就像婴儿一样，纯洁高尚又充满生之朝气和力量。应当说，道家的道德修养论也从另一个侧面表达了人类超越必然，追求自由的愿望。如果剔除其“绝圣弃智”“绝仁弃义”的极端性，是可以作为当前道德价值观建设的有用资源的。

第四，合理的个体主义理念。道家伦理是一种以个体为本位，追求自我生命完整自由，讲究自利避害却不损人利己的学说。这与儒家伦理的群体主义特征迥然异趣。儒家十分重视群体的社会功能，把群体性看作人的类本质。以此为基础，儒家伦理崇公贬私，倡导大公无私和先公后私，认为“君子之心公而恕，小人之心私而刻”（朱熹《论语集注》）。公心与私心是区分君子和小人的标准之一。儒家的这一主张是有正面意义的，它有利于引导社会成员树立个人利益服从集体利益、国家利益，局部利益服从全局利益的集体主义观念。但儒家伦理的群体主义也有忽视与贬低个体利益的倾向，这也是一种偏颇。道家伦理在长期的历史发展中，对儒家伦理的这一缺陷进行了批判。它还反对封建统治阶级利用儒家群体主义原则维护封建统治，对人民群众进行剥削压迫的虚伪本质，主张自利自处，远离严酷的宗法制社会。当然，道家消极避世、幻想取消人的社会关系的观点是不可取的，也是不可能实现的。杨朱那种“拔一毛以利天下而不为”的极端为我主义也应当加以批判。但道家伦理从总体来看，还是一种不损人利己的“合理的个体主义”。如上所述，道家主张超越物质利益，杜绝过分的感性欲望，认为权力、名誉和利益都是俗人所乐。“祸莫大于不知足，咎莫大于欲得”（《老子》四十六章），它强调“少私寡欲”“见素抱朴”，这就不同于以物质利益为旨归，以感官享乐为目的，为利己不惜损人的个人主义观念。我们认为，道家伦理的这种个体主义理念对当前调整和优化市场经济的基本道德规范，抵御极端利己主义思想是有一定意义的。在计划体制下，长期以来我们对社会主义集体主义原则的理解和运用是有误区的。集体利益被绝对化、神圣化，个人的价值、尊严和权利被贬低，个人的正当利益被忽视，甚至把个人利益统统当作“资产阶级个人主义”来加以批判，挫伤了广大人民群众的积极性与主动性。在社会主义市场经济条件下，公私观念、集体利益与个人利益的关系结构都面临调整的任务，初级阶段多种经济成分的并存格局，客观上也导致了价值观的多元化和利益冲突的加剧。针对这种情况，我们在强调集体主义原则的同时，也应尊重和保护正当的个人利益；在以社会主义集体主义精神教育广大群众的同时，也应重视对“合理的个体主义”的研究，以后者抵制和消解各种损人利己的极端个人主义、享乐主义、拜金主义思想的侵蚀，使我们的道德教育能在不同的层次上展开，从而与当前社会主义初级阶段的实际统一起来。

第五，倡导人与自然和谐发展的生态伦理思想。道家崇奉“人法地，地法天，天法道，道法自然”（《老子》二十五章）的理念，虽然这里所说的“自然”并不完全等于我们现在指的“自然界”，但从“道法自然”的原则出发，道家主张人与天地、生灵保持和谐相处的关系，人要顺任自然，不做违反客观规律、破坏生态环境的事。“高巢不探，深渊不漉，凤鸾栖息于庭宇，龙鳞群游于园池，饥虎可履，虺蛇可执，涉泽而鸥鸟不飞，入林而狐兔不惊”（葛洪《抱朴子·诘鲍篇》），人与生物互不侵害，和谐共生。这充分体现了道家对人与自然之间生态伦理关系的思考。不仅如此，老子还提倡“将欲取之，必固与之”（《老子》三十六章）的道德原则，这一原则同样适用于对自然的关系上，它提醒人类在开发利用自然资源时，不要只顾眼前利益，过度索取，以致破坏生态环境，危及人类自身的生存。而应当有计划、有步骤，合理地利用自然资源、保护自然资源。要采取各种措施促进自然生态的生息发展和良性循环。这些思想对于当今人类来说，尤为重要。由于人类以往无节制地利用和破坏自然生态，我们的地球正面临严重的生态危机。水土流失、土地荒漠化、环境污染、温室效应、臭氧层空洞等时刻威胁着人类。道家的生态伦理思想可以启发我们重新调整与自然的关系，指导大家从道德哲学的高度来认识人与自然和谐相处的重要性和必要性，从而更自觉地维护自然生态平衡。

毫无疑问，世纪之交中国的伦理道德建设，必须以社会主义、共产主义思想为核心，以集体主义为基本原则，提倡互助合作、诚实守信、公正平等的精神。在此基础上，我们应当吸收古今中外一切优秀有益的道德资源，特别是批判继承中国传统的以儒、道文化为主干的伦理思想，使促进中国传统伦理道德体系的现代转型与建构新伦理道德两方面的工作紧密结合起来，形成具有中国文化特色的社会主义伦理道德体系，为中华民族跨世纪的强盛发展和中国文化的繁荣进步发挥更大的作用。

注：本文与刘启宇合撰。

2000年

“新二十四孝”的理论思考

前不久，全国妇联老龄工作协调办、全国老龄办、全国心系系列活动组委会共同发布新版“二十四孝”行动标准。应当说，这是一个很有勇气、也有深远意义的尝试。因为“孝”在五四以后相当长的时间里，与血缘观念一道被列为批判的对象。近些年虽出现一些不同声音，但并没有成为普遍共识。笔者以为，这其实是一个十分重要的问题，直接关系到找回中国人的精神家园及当前道德建设。

祖宗观念是道德重建的根基

中华文化作为一种注重现世生存、讲究实用的文化，其伦理道德和价值观念体系是建立在现世实用基础上的。一旦社会发生剧变，建立于社会形态之上的道德价值体系也就随之坍塌。这种情形，中国历史上出现了不止一次。居于黄河中游的周代建立了完备鼎盛的礼乐文化，但随着群雄并起，旧有社会结构无法维持，周朝的礼乐规范随之崩坏。在这种情况下，孔子与儒家后学提出一套新的价值观念和道德规范，在其后两千多年间，以三纲五常、三从四德为架构的道德规范成为中国封建社会安身立命之本。

然而，到了近现代，随着中国社会又一次空前激烈的变迁，这一道德规范也因为传统宗法制度的崩溃而分崩离析。

今天重建道德的根基在哪里？中国文化中有没有一种相对恒定的观念？应该说还是有的，这就是建立在血缘纽带上的祖宗观念。绝大多数中国人不信上帝，但是信祖宗。西方人有教堂，中国人有祠堂。西方人认为上帝时刻都和他在一起，无论做什么事，都要想到上帝的眼睛在盯着他，这就是他们的良知意识。我们为人处世，也有一个意识，就是祖宗。要对得起祖宗，对得起父母，同时要积德，以福荫后人，这种由血缘意识决定的内心规范，就是我们的良知意识，也是道德和精神价值的一个底线。

从这个意义上说，中国人也有自己的信仰，也有自己的精神家园。外国人同样有血缘关系、家庭、亲情，但这种意识相对来说淡薄得多。注重现世生存的中国人不相信虚无缥缈的上帝，于是就把精神归宿寄托到实际存在的血缘关系上。

血缘意识和孝悌观念的现实作用

从古至今，血缘意识是中国人共同的精神家园。在相当深入和恒定的层次上，这种观念一直起着凝聚世道人心的作用。

同样是爱国主义，中国人的爱国主义具有更重大的意义，其和爱自己的祖宗联系在一起，就成为一种精神家园，具有宗教信仰的一般意义。

对于这个属于中国人的精神家园，我们的先贤很早就认识到了。古代讲“诚意、正心、修身、齐家、治国、平天下”，就是从生命个体和血缘关系出发，逐步扩展开去的人生理想。在中国古代社会，十分强调“孝”道，认为“孝者，人之天性也”，不少统治者都提倡“以孝治天下”，就是看到这是维系人心、安定社会的重要手段。而“孝”的基础就是祖宗认同，是从血缘意识中推演出来的。由儒家倡导的孝悌观念及三纲五常、三从四德，之所以能够长期存在并发挥作用的根本原因，实在于中国人对血缘意识的集体认同。

由此不难区分，血缘关系及其观念是一回事，由孔子开创和后代哲人发展出来的礼教规范是另一回事。儒家的礼教规范在周朝礼乐崩坏的形势下确立起来，而血缘意识在这之前就已经存在，建立在血缘之上的文化价值观念，同样是周朝礼乐文化的根基。五四健将所猛烈批判的其实只是儒家所建构的封建礼教，至于血缘意识则是一种恒定的客观存在，是否定不了、批判不倒的。而且，即使是儒家倡导的孝悌观念，也同样因其已经成为中国人共同的精神家园，是否定不了、批判不倒的。

事实证明，血缘意识和孝悌观念作为我们民族文化的根基，并没有随着封建时代的道德规范和价值观念的坍塌而丧失，还在继续发挥作用。

传统孝道观念焕发新的生命力

当前的道德建构作为一个系统工程，无疑有许多层面，政治的、思想的、经济的，但是，既然血缘意识是我们民族文化的精神家园和文化底线，而且作为拥有最广泛群众基础的、最恒定的一种信仰，从深层次来说，恐怕也还应该从这里着手。如果说，时至今日，我们已经认识到完全抛弃传统文化并不正确，那么就应该从传统文化里找出某个有生命力的精神内核，把基于血缘意识的孝悌之道这个客观存在的、还在对当今中国人发挥作用的精神家园发掘出来。

血缘意识的形成，最早可以追溯到氏族社会。农耕经济和渔猎文明不同，人们的经济活动开始和比较固定的土地联系在一起，社会活动也就形成了相对稳定的家庭单位，这才有了更为强烈的血缘意识和孝道。在当今的工业文明时代，人们对土地的依赖和农业文明相比已经完全不同了，因此孝道的内容肯定也将发生变化。但变化并不等于必须割断和抛弃传统，事实上也做不到。而明智的做法是加以改造更新，使之重新焕发生命力。

如何对起源、发展和成熟于农业文明时代血缘和孝道观念按照工业文明时代的需要，从质的意义上进行更新改造，使之成为中国特色社会主义道德体系中的组成部分，这是一个相当复杂的课题，不可能一蹴而就，需要从理论到实践进行长期深入的探索。

“新二十四孝”的提出，表现出令人钦佩的勇气和远见。笔者以为，应当将其落实到日常生活的各个方面。在这个过程中，五四运动以来所倡导的科学、理性的精神必须继承和发扬。事实上，如果缺乏科学眼光的审视，血缘意识就会成为一种绝对的东西，就不能在认同和坚守其恒定价值的同时，根据时代发展作出相应的调整，使之保持一种开放、包容的姿态，长久发挥其凝聚效应；如果缺乏理性精神的把握，血缘意识就会变成一种盲目的东西，人们就会被其原始的属性所支配，导致许多非理性的人间悲剧。只有始终高扬科学与理性的旗帜，才能顺应时代发展潮流，开创一条道德建设的新道路。

原载《中国社会科学报》2012年10月

“墓门深更阻侯门”析证

明末清初复社文人冒辟疆（襄）尝撰《影梅庵忆语》，以追述其与江南名妓董小宛（白）之姻缘而受到长久关注。其中董小宛之死一节，《忆语》中固已直言之，而同时友人以诗或文记其事者甚夥，均未有持异说者。及至清末民初，乃有罗瘿公、陈石遗等，据吴梅村《清凉山赞佛诗》、《题冒辟疆名姬董白小像》（下简称《题董白小像》）、《古意》诸诗，牵合清初顺治皇帝出家（1659年），因逢所宠董鄂妃之丧（1660年），旋亦亡故（1661年）之事，遂指此董鄂妃即董小宛，谓小宛并未死，实系被强取入宫，并深获顺治爱宠。而冒辟疆逼于征服者之威，惧且祸及，不敢明言，遂伪言其死云云。因罗、陈俱为当时名士，此说一度播传甚广，更有以《红楼梦》之宝、黛姻缘附会其说者。直至后来孟森《董小宛考》长文出，以翔实之考证指董小宛病殁时28岁（1651年），顺治皇帝福临才只14岁，年纪相差一倍，断无将小宛收充妃嫔之理，才将一度甚嚣尘上的流言平息下去。

然而，此事的考证也仍旧留有缺口，即吴梅村《题董白小像》组诗。其中第八首云：

江城细雨碧桃村，
寒食东风杜宇魂。
欲吊薛涛怜梦断，
墓门深更阻侯门。

引起关注的是后两句，意谓死者与活人固然已是墓门深隔，何况墓门之外还横阻着一扇王侯宅第之门。罗瘿公于《宾退随笔》中即据此质疑：“若小宛真病殁，则侯门作何解耶？岂有人家姬人之墓，谓其深阻侯门者乎！”

的确，这两句诗是回避不得的。首先，吴梅村写作态度严谨，向有“史诗”之誉。其次，他与冒辟疆为密友，洞悉冒董姻缘始末。诗中涉及情景纵属耳闻，但既获冒辟疆认可，则当系事实。因此，如果不将“欲吊薛涛怜梦断，墓门深更阻侯门”二句所隐藏的本事弄清楚，使这两句诗获得令人信服的解释，罗瘿公等人所引发的这一桩公案，仍旧无法画上一个圆满的句号。

也许正因如此，在接下来的近一个世纪内，这两句诗便作为一桩悬案，吸引着研究者的目光，并引发出各种各样的推测与解释。归纳起来，大致有这么几类：

一、回避类。如孟森先生。他在《董小宛考》中，虽然引用了吴梅村《题董白小像》组诗中的两首（“乱梳云髻下妆楼”“念家山破定风波”），并分别作了释证，但对第八首却完全回避不提。

二、猜测类。如陈寅恪先生。他在《柳如是别传》中，一方面认为孟森的论证是正确的，董小宛确实不是董鄂妃，但又认为：“亦是被北兵劫去。冒氏之称其病死，乃讳饰之言欤？”这个猜测的依据是《影梅庵忆语》中冒辟疆对董小宛死前两个噩梦的追忆，以及同时代人钱谦益的一首语义含混的七言律诗。但也仅仅是一种推测而已，因为始终找不到确凿的记载。相反，正如孟森所言：董死于顺治八年（1651），“当是时，江南军事久平，亦无由再有乱离掠夺之事”。加上此年董已28岁，据当时社会的标准，已经步入中年，非复少艾，而且有病在身，也不应该再是“侯门”猎艳渔色的对象，更遑论入贡宫廷了。事实上，陈先生对此也仅止于猜测，同样并未直接对“墓门深更阻侯门”进行释证。

三、曲解类。如果说，孟、陈二先生作为在历史考据和古典诗词两个方面涵养甚深的前辈学者，对“墓门深更阻侯门”都采取慎重的态度的话，那么，在接下来为数众多的释证文章中，却直接大胆得多。诚然，作者们的热情和努力无可厚非，无奈所运用的方法却颇成问题，难以得出使人认同的结论。

例如，有一种观点是把“墓门”和“侯门”分拆开来，认为“墓门”是说的董小宛之死，而“侯门”则是说的冒辟疆早年的情人，当时已成为清朝平西王吴三桂宠妃陈圆圆的事。此说的问题在于：其一，吴《题董白小像》八首，前七首全部都是咏董小宛的事，绝未涉及同时的任何其他女子，怎么会在全无铺垫或暗示的情况下，忽然在最后扯出个陈圆圆？这本身就不符合古体诗词的写作规则。其二，这种解释还无视“深更阻”三个字的语法表述，把前后的递进式关系，扭曲为并列关系。其三，此时董小宛虽然已死，但陈圆圆还活在人间，也没有将她拉进来一起接受“凭吊”之理。

又有一种观点则把“深更”，理解为“深更半夜”。认为“深更”实与诗的前句“梦”“魂”联系，意为深更半夜时，冒辟疆于“魂”“梦”中将董小宛葬身“墓门”，与当年陈圆圆被夺入“侯门”两事混而为一，对她们都离开了而深感悲伤。这种说法同样难以成立。盖“深更”绝不能理解为“深更半夜”。因为“深更半夜”的“更”为平声字，“更加”的“更”是仄声字。按照古体诗的格律，此句应为“平平仄仄仄平平”，又按一、三、五不论，二、四、六分明的定则，第四字“更”必须为仄声，因此只能是“更加”“更复”之意。至于认为“阻”字，古作“疑”解，故诗意即“疑为，以为”；因又“阻”字，古亦作“淹”解，故诗意即“淹入、埋入”云云。揆诸前贤之作，未见有如此运用者。吴梅村为清初大家，其诗作亦以典雅畅达为特色，舍此而旋折深求，实难称通允。

再有一种情形，是罗织拼凑材料进行论证。例如认为吴梅村《题董白小像》组诗中间其实还有两首，是因为怕触文网删去了。又说“所幸的是吴、冒不愿违背初衷，将被删的一首混编在紧邻的《古意》（之六）（吴梅村亲手编次的诗集）中，使我们今天还可以看到一些真相”。并认为“珍珠十斛买琵琶，金谷堂深护绛纱。掌上珊瑚怜不得，却教移作上阳花”说的就是董小宛。其实，认为《题董白小像》组诗中间还有两首，完全是想当然，毫无材料佐证。至于“珍珠”一诗，虽然是写被掳入宫的汉人姬妾的遭遇，但当时这种事情远非个别，明末清初作者多有以之入诗者。例如屈大均就有《大都宫词》组诗，其中写道：“佳丽征南国，中官锦字宣。紫宫双凤入，秘殿百花然。卓女方新寡，冯妃是小怜。更闻乔补阙，愁断绿珠篇。”可见被掳入宫的女子包括寡妇、王妃、宠妾等等，不一而足。只要细读吴梅村《古意》诗组，就不难明白，六首诗其实是分咏宫中身世遭遇不同的各种女子，与屈大均的《大都宫词》属于同一类型的作品。虽然未必没有一定的原型依据，但是着眼点却在于揭示一种共性的苦难，因此诗中并不提供独一性的细节（这一点，只要与《题董白小像》组诗对比便可了然），自然也就不能认定写的是董小宛。

那么，吴梅村这两句诗到底怎样理解呢？我以为，归根结底，还应该从当时的社会状况和冒辟疆本人的遭遇来寻索。

众所周知，17世纪中叶清朝取代明朝，是关外的满族入主中原导致改朝换代的一次大变局。与历史上一切政权更迭一样，必然伴随一个利益重新分配的过程。就新立的清朝来说，为安顿进入关内的大量满族移民，当时所采取的一大措施就是“圈地”，即圈占所谓无主之地，转由入关的满人拥有。这种使广大汉族民众深受掠夺之害的政策，虽然在顺治初年已宣告停止执行。但实际上仍在或明或暗地延续。而且尽管大规模的圈地停止，却并未能结束其他方式的巧取豪夺。而在这一场利益重新分配的变局当中，首当其冲的被剥夺者，必定是政治上的异己分子。这可以说是古今中外的通则。冒辟疆作为至死不肯改节仕清的明朝遗民，其命运遭遇可想而知。事实上，清兵平定全国后，入仕新朝的旧友陈名夏曾致信给他，透露当权人物曾夸他是“天际朱霞，人中白鹤”，表示要替他向新朝“特荐”。但冒辟疆以身罹痼疾为由，断然谢绝。康熙年间，清廷开“博学鸿儒科”，下诏征“山林隐逸”。冒辟疆也名列其中，但他仍旧坚辞不赴。这样一种“顽固”态度，加上他曾经又是如皋县的首富，于是注定他在新政权治下备受欺凌，不仅卷入“通敌”官司，更成为权势之家巧取豪夺的对象。由于这不是什么光彩的事情，所以在他的日常诗文中很少提及。直到行将就木之年，他才在一篇自述中沉痛地写道：

> 献岁八十。十年来火焚刃接，惨极古今！墓田丙舍，豪家尽踞，以致四世一家，不能团聚。两子罄竭，亦不能供犬马之养；乃鬻宅移居，陋巷独处，仍手不释卷，笑傲自娱。每夜灯下写蝇头小楷数千，朝易米酒。

在这里，“墓田丙舍，豪家尽踞”八个字十分值得注意。墓田，自然是指冒氏家族的墓地，所谓丙舍，则是指墓园中的房舍。董小宛死后葬于其旁的“影梅庵”，即属于此类建筑。正因为“墓田丙舍”已经被“豪家尽踞”，才迫使冒氏族人中的许多后死者不能入葬旧日的墓园，而只能分葬各处，这才造成“四世一家，不能团聚”的情形。至于董小宛，则因为死得比较早，因此所葬之地还是在冒家原先的墓园之中，而且在早期也还是可以凭吊的。这有冒辟疆的朋友陈贞慧之子陈维崧于董死后八年的1659年，写有《春日巢民先生挐舟约同务·诸子过朴巢并问影梅庵》一诗，题下自注“庵为董姬葬处”，中并有句云“有冢却愁人断肠”可证。然而，之后又过了十年，到了吴梅村写诗时，却是已经“墓门深更阻侯门”。为什么呢？如果联系冒辟疆自述“墓田丙舍，豪家尽踞”（这当然是一个渐进的过程）的背景，就不难醒悟：原来这时本属冒家产业的墓园，已经被势豪之家所霸占，划入其领地的范围。这样，董小宛的“墓门”之外，便又多了一重“侯门”，以致冒辟疆及其朋友们连进去凭吊的权利也被剥夺了。

这样来解释“欲吊薛涛怜梦断，墓门深更阻侯门”两句诗，既能够正面回应罗瘿公所提出“岂有人家姬人之墓，谓其深阻侯门者乎”的质疑，又不必节外生枝地作违反诗词创作规律的曲解；而且，还能更深切领会到这组诗所包含的沧桑之感，应该说是比较合理和确当的。

原载《中华读书报》2015年7月1日“国学”版

妙曼的周邦彦

北宋宣和三年（1121）在南京的一所道观——鸿庆宫里传出噩耗：该宫提举[①]、前徽猷阁待制提举大晟府[②]的周邦彦病故了。

这位北宋末期最杰出的词人、文人词的集大成者、著名的宫廷音乐家，经历了神宗、哲宗、徽宗三朝，以他优雅的、妙曼的、伤感的作品风靡了词坛，赢得了巨大的声誉之后，终于在66岁这一年，停止了他的歌唱。

也许，他死得正是时候。因为这一年，腐朽不堪的北宋王朝正被方腊等人领导的农民起义，弄得焦头烂额，只是用了极残暴的手段，才把起义农民镇压了下去。可是，这个腐朽的政权却无法抵御北方金人的进攻。六年之后，汴京陷落，徽、钦二帝被掳北去，北宋王朝就宣告覆亡了。周邦彦先此而逝，使他得以免于经历这惨痛的一幕。

也许，他死得太早了一点。因为国破家亡的深痛巨创，会强有力地影响他的创作，使他从偎红倚翠的残梦中惊醒过来，唱出更多一些时代之音、家国之恸。如果我们看到像宋徽宗赵佶那样一个荒淫腐败的皇帝，在亡国被俘之后，也写出了《燕山亭》《眼儿媚》[③]一类的哀歌，那么，对于周邦彦作出这

---

① 宋代设有提举宫观，为安置老病无能的大臣及冗官闲员而设，坐食俸禄而不管事，号“祠禄之官”。

② 宋徽宗崇宁四年八月置大晟府，政和四年以大晟乐颁布天下，六年召周邦彦提举大晟府（管理乐府的官吏）。

③ 徽宗赵佶《燕山亭》词云：“裁翦冰绡，轻叠数重，淡着燕脂匀注。新样靓妆，艳溢香融，羞杀蕊珠宫女。易得凋零，更多少无情风雨。愁苦！问院落凄凉，几番春暮？凭寄离恨重重，这双燕何曾、会人言语。天遥地远，万水千山，知他故宫何处？怎不思量，除梦里有时曾去。无据，和梦也新来不做。”《眼儿媚》词云：“玉京曾忆昔繁华，万里帝王家。琼林玉殿，朝喧弦管，暮列笙琶。花城人去今萧索，春梦绕胡沙。家山何处？忍听羌笛，吹彻梅花。”

样推测，也就不是没有理由的了。然而，过早的逝世，使他未能用这一方面的主题来充实、开拓他的创作领域。就他所应该取得的成就而言，这不能不是一种遗憾。

然而，不管怎样，作为一个词人，周邦彦无疑已经取得了巨大的成功。据陈郁《藏一话腴》记载："美成自号清真，二百年来以乐府独步，贵人、学士、市儇、妓女，皆知美成词为可爱。"

楼钥《清真先生文集序》载："清真乐府播传，风流自命，顾曲名堂，不能自已。"

张端义《贵耳集》："美成以词行，当时皆称之。不知美成文章大有可观，惜以词掩其它文也。"

沈雄《古今词话》："徽庙时，邦彦提举大晟乐府，每制一词，名流辄为赓和。东楚方千里、乐安杨泽民全和之，合为《三英集》行世。"

仅从上述点滴记载中，我们也可以知道，当时无论是在官场上，还是在市井民间，周邦彦的名声都已经很响亮了。

就是皇帝，对他的才能也十分赏识。让他提举（掌管）大晟府（全国的音乐总署）便是一个证明。据《历代诗余》引用《古今词话》的一条材料说："王都尉有《忆故人》词云：'烛影摇红向夜阑，乍酒醒，心情懒。尊前谁为唱阳关？离恨天涯远。无奈云沉雨散，凭栏干，东风泪眼。海棠开后，燕子来时，黄昏庭院。'徽宗喜其词，犹以为不尽宛转，遂令大晟乐府别撰腔。周美成增损其词，而以首句为名，谓之《烛影摇红》云。"这个王都尉，就是王诜。他是宋英宗的女儿魏国大长公主的丈夫，官为驸马都尉，诗、书、画都很有名。连他的词都让周邦彦修改，足见周邦彦在当时词坛上的权威地位。

至于后人对他的推崇，就更是不胜枚举了。

例如刘肃说："周美成以旁搜远绍之才，寄情长短句，缜密典丽，风流可仰；其征辞引类，推古夸今，或借字用意，言言皆有来历，真足冠冕词林。"（《片玉集》注）

沈义父说："作词当以清真为主，下字运意，皆有法度，往往自唐、宋诸贤诗词中来，而不用经史中生硬字面，此所以为冠绝也。"（《乐府指迷》）

《四库全书提要》说："邦彦妙解声律，为词家之冠，所制诸调，非独音之平仄宜遵，即仄字中上、去、入三音，亦不容相混，所谓分刊节度，深契微芒。故千里和词，字字奉为标准。”（《片玉词提要》）

周济说：“美成思力，独绝千古，如颜平原书，虽未臻两晋，而唐初之法，至此大备，后有作者，莫能出其范围矣。”（《介存斋论词杂着》）

陈廷焯说：“词至美成，乃有大宗，前收苏、秦之终，后开姜、史之始，自有词人以来，不得不推为巨擘，后之为词者，亦难出其范围。”（《白雨斋词话》）

今天的读者尽可以不赞同这些评价。但是，这至少可以说明，周邦彦在历史上曾经有过的地位。

那么，周邦彦究竟是个什么样的词人？他的作品有些什么特点？他为什么会在词坛上取得如此崇高的地位呢？现在，让我们从他的生平说起。

周邦彦，字美成，别号清真居士。仁宗嘉祐二年（1057）丁酉出生于钱塘，也就是后来南宋的京城临安，即今天的浙江省杭州市。早在北宋以前，那就是一个繁华美丽的城市。词人柳永曾经在《望海潮》词里描述：

东南形胜，三吴都会，钱塘自古繁华。烟柳画桥，风帘翠幕，参差十万人家。云树绕堤沙，怒涛卷霜雪，天堑无涯。市列珠玑，户盈罗绮，竞豪奢。重湖叠巘清嘉，有三秋桂子，十里荷花。羌管弄晴，菱歌泛夜，嬉嬉钓叟莲娃。千骑拥高牙，乘醉听箫鼓，吟赏烟霞。异日图将好景，归去凤池夸。

不难想象，这样一个山明水秀的地方，这样一个纸醉金迷的都市，对于少年词人的思想和气质的形成，会产生多么深远的影响。日后在他的词中所表现出来的富艳精工、珠鲜玉艳、淡远清妍一类特色，都有着这个江南都会的鲜明印记。可是在当时，词人却因为他那多情的性格、艳发的才华和浪漫的行为受到家人和亲族责备，把他看成是一个没有出息的败家子。[①]

不过，他的游荡是有限度的。在这个时期内，他实际上还在努力攻读

---

① 《宋史·文苑传》说他：“疎雋少捡，不为州里推重。”

“博涉百家之书”。[1]他于24岁这一年，离开钱塘家乡，到汴京进入太学读书。元丰六年（1083），他28岁，呈献《汴都赋》一篇，长达万余言（一说七千言）。据说，其中“多古文奇字”。宋神宗命左丞李清臣朗读，因不能尽识其字，有许多只能按偏旁来读。神宗因此大为惊异，把周邦彦召到政事堂去，提拔为太学正。[2]周邦彦一鸣惊人，他的得意心情是不难想见的。可是，三年之后，神宗死了，哲宗登位。又过了一年，刚好庐州（今安徽省合肥市）需要教授（掌管学校课试等事）一名，周邦彦就被派去充任。后来，又转到了荆州。一直住到哲宗元祐七年（1092）。

周邦彦在东京（汴京）的几年，政治上虽然没有得到更大的进展，但是京城的生活却进一步打开了他的眼界。东京作为当时全国最大的城市、政治和经济的中心，它那种格局和气派又是钱塘所不能比拟的。请看孟元老《东京梦华录序》中的一段记载：

> 仆从先人宦游南北，崇宁癸未到京师。……正当辇毂之下，太平日久，人物繁阜。垂髫之童，但习鼓舞，班白之老，不识干戈。时节相次，各有观赏。灯宵月夕，雪际花时，乞巧登高，教池游苑。举目则青楼画阁，绣户珠帘。雕车竞驻于天街，宝马争驰于御路。金翠耀日，罗绮飘香。新声巧笑于柳陌花衢，按管调弦于茶坊酒肆。八荒争凑，万国咸通。集四海之珍奇，皆归市易；会寰逼之异味，悉在庖厨。花光满路，何限春游；箫鼓喧空，几家夜宴。伎巧则惊人耳目，侈奢则长人精神。

这虽是写徽宗年间的景象，但与神宗年间也相去无几。周邦彦在那几年闲着无事。他又是一个爱玩爱乐的青年，自然是尽情地游荡着、感受着、吸取着，把京城生活的那种典丽深密、浑厚和雅的气息糅进了他的创作中。在京城，他还结识了一大群歌儿舞女，并且和其中的几位建立了较深的情谊。此

---

① 《宋史·文苑传》。

② 《咸淳临安志人物传》，《宋史·文苑传》。

后，他便常常地思念着她们。直到后来重回京城，他还去寻访她们。

应当说明，当时，东京城内还居住着大量贫苦的人民，而在朝廷里，围绕着坚持变法还是废止变法的问题，以王安石为首的一派官僚，与以司马光为首的一派官僚也正在展开剧烈的斗争。但是这些，年轻的词人却没有看到，或者看到了，却采取了回避的态度。的确，他的心灵太脆弱，容量也太有限，它装不下那些粗硬的、尖利的、爆炸力太强的东西。

在庐州和荆州7年，再加上到江苏担任溧水县令的4年，周邦彦在外整整漂泊了11年，期间还可能到陕西长安游历了一次。在这11年中，他过得似乎并不愉快。他常常怀念着东京，怀念着故乡钱塘，还怀念着他那些相好的歌女们。

在荆州的元宵节，他厌倦地唱道：

……因念都城放夜，望千门如昼，嬉笑游冶。钿车罗帕，相逢处、自有暗尘随马。年光是也，唯只见、旧情衰谢。清漏移、飞盖归来，从舞休歌罢。（《解语花》）

当他在汉水之滨，与一位女郎分手之后，他的心情变得那样孤寂、凄凉：

……情切，望中地远天阔。向露冷，风清无人处，耿耿寒漏咽。嗟万事难忘，唯是轻别……（《浪淘沙》）

在江苏溧水县，他的乡思越来越强烈了：

……纶巾羽扇，困卧北窗清晓。屏里吴山梦自到。惊觉。依然身在江表。（《隔浦莲》）

终于，他发出了深沉的怨叹：

……年年，如社燕，飘流瀚海，来寄修椽。且莫思身外，长近

尊前。憔悴江南倦客，不堪听、急管繁弦。歌筵畔，先安簟枕，容我醉时眠。（《满庭芳》）

这结末几句，梁启超曾评论说："最颓唐语，却最含蓄。"[①]事实上，在这十年内，周邦彦身上那种伤感、颓唐的气质得到了进一步的发展，并且在他的词中处处表现出来，成为贯穿他整个创作的一种特质。从大处观之，这又是同当时繁华已极，而又腐朽已极的社会相一致的。或者可以说，正是北宋社会行将凋谢衰亡的信息，在词人敏感的心灵中所造成的感应。是的，周邦彦不是敢于与潮流抗争的健儿，也不是遗世独立的高士。他只是一个与世沉浮的俗人，芸芸众生中的一名歌者。他摆脱不了周遭社会风气的包围；或者，根本没有想过要摆脱它。

大约在哲宗绍圣四年（1097），周邦彦被召回汴京任国子监主簿。次年六月，哲宗在崇政殿召见他，命他重进《汴都赋》，改任秘书省正字。三年后，徽宗继位，改授校书郎。以后，他的宦途似乎顺利起来，升任为考功员外郎不久，又当上了卫尉宗正少卿兼议礼局检讨；几年后，再升为卫尉卿；又以直龙图阁知河中府。后来河中府去不成，次年改知隆德府，徙明州府。政和六年（1116）他再度被召回汴京，入秘书监，进徽猷阁待制提举大晟府。这一年，他已经61岁了。两年后，出知顺昌府；宣和二年（1120）徙知处州，同年罢官，提举南京鸿庆宫。因值方腊起义，逃难至杭州，又到扬州。宣和三年（1121）返回南京，同年病故。

周邦彦这后半生的经历，比较平稳。他没有卷入当时激烈的党争，也没有受到大的挫折，他凭借资历一步步地晋升到列卿的地位，词名也一天比一天大了。这时，北宋的词坛，在一百多年当中，已经历了几番演变。仁宗年间，以晏殊、欧阳修为领袖，基本上承袭着晚唐、五代的风范，而主要师法冯延巳的雍容典雅的路子，虽不乏脍炙人口的佳作，到底个性未显，而且只有小令。柳永继起，因仕途失意，流连坊曲，应乐工和歌妓们之请，倾力作词。他精通音律，擅长铺叙，于是吸取民间音乐的发展成果，变旧声为新声，变短调为长

① 梁令娴：《艺蘅馆词选》。

调，使词的整个格局为之一新。柳词亦因此普遍风行。但也存在不够成熟的种种弱点，如空疏、直露、浮浅、俚俗等，真正完美成熟之作还不多。到了神宗朝，苏轼很不满意柳词，打算用极端的办法加以改革。他写词，立旨力求雅正高洁，用笔标榜清刚雄健。结果，词的境界扩大了，为南宋豪放派词的出现做了先导。可是终北宋之世，响应他的却少而又少；相反，以矫枉过正，不合音律来攻讦他的，却大有人在。这说明，就词在北宋这个发展阶段而言，苏轼只能是一个开风气的人物，而不是集大成者。这个集大成的任务，是由周邦彦完成的。

现在，我们就来谈谈，作为北宋文人词的集大成者，周邦彦作品的一些特点。

我们知道，文人写词的风气，早在唐代中期就逐渐出现。晚唐、五代有了进一步的发展，其中西蜀和南唐，词风尤盛。入宋以后，结束了安史之乱以来两百年变乱相寻的局面，社会出现了较长的相对稳定时期。随着经济的发展，城市的繁荣，词坛也出现了空前鼎盛的局面。纵观从晚唐到北宋末年这两百多年间的创作情况，除了苏轼等个别作者外，词的内容几乎全部都集中为两个方面——风月相思和羁旅行役。其所以会出现这种情况，自然同无论是晚唐五代，还是北宋时期，文人词都是作为歌筵舞榭上娱乐消闲的工具这一点，有着极大的关系。周邦彦作为一个集大成者，他的创作也同样表现出这种鲜明的特点。王国维在《清真先生遗事》中曾经谈到这一点。他说："境界有二，有诗人之境界，有常人之境界。诗人之境界惟诗人能感之而能写之，故读其诗者亦高举远慕，有遗世之意。而亦有得有不得。且得之亦各有深浅焉。若夫悲欢离合、羁旅行役之感，常人皆能感之，而惟诗人能写之。故其入于人者至深而行于世也尤广。先生之词属于第二种为多。故宋时别本之多，他无与匹。又和者三家，注者二家。自士大夫以至妇人女子莫不知有清真，而种种无稽之言，亦由此而起。然非入人之深，乌能如是耶？"事实正是这样，在周邦彦现存的近两百首词中，除了个别的篇章（如《西河·金陵怀古》）外，几乎全部都是抒发"悲欢离合，羁旅行役之感"的作品。他的集大成，从题材来说，就是集这一方面的大成。而这，又是为词的发展的一定历史阶段所规定了的。我们今天固然可以对周邦彦词的题材狭窄，内容贫弱提出批评，但是，如果我们联系整个词坛发展的历史，以及当时的社会状况来看问题，这一点也就比较容易理解了。

周邦彦的词从题材来说，基本上没有超出晚唐、五代以来的老范围。但是，这并不是说，在思想内容方面就没有任何有个性的东西。相反，周邦彦的词是有着鲜明个性的。这种个性并不仅是表现在个别的一首词或一个句子中，而是在他的整个创作中。这种个性就是前文提到的那种伤感和颓唐的气质。《皱水轩词筌》的作者贺裳把它比喻为“柳欹花亸”，可以说是顿为贴切。周邦彦的词给人的印象，确实像一束开到了尽头的鲜花，一树倦于飘拂的垂柳。它们的美，是一种颓废的美。在其中，固然没有愤怒，没有呐喊，没有慷慨高歌，甚至也没有希望和恐惧。有的只是迷惘的微笑，沉沉的鼻鼾和怀旧的伤感。他絮絮叨叨地告诉你，他如何受到命运的播弄，目的仅仅在于得到你的一声同情的叹息，而绝不会再多：

对宿烟收，春禽静，飞雨时鸣高屋。墙头青玉旆，洗铅霜都尽，嫩梢相触。润逼琴丝，寒侵枕障，虫网吹黏帘竹。邮亭无人处，听檐声不断，困眠初熟。奈愁极顿惊，梦轻难记，自怜幽独。行人归意速，最先念、流潦妨车毂。怎奈向、兰成憔悴，卫玠清羸，等闲时、易伤心目。未怪平阳客，双泪落，笛中哀曲。况萧索、青芜国，红糁铺地，门外荆桃如菽。夜游共谁秉烛？（《大酺·春雨》）

他还一再向你谈起他的种种艳遇，但并不是想夸耀。只是为了告诉你：后来他怎样失去了她，落得苦恼不堪，而又无可奈何……

夜色催更，清尘收露，小曲幽坊月暗。竹槛灯窗，识秋娘庭院。笑相遇，似觉琼枝玉树，暖日明霞光烂。水眄兰情，总平生稀见。画图中，旧识春风面。谁知道、自到瑶台畔。眷恋雨润云温，苦惊风吹散。念荒寒、寄宿无人馆。重门闭、败壁秋虫叹。怎奈向、一缕相思，隔溪山不断。（《拜星月·秋思》）

像这一类情调的作品，在《片工词》中绝不是个别的，偶然出现的。绝大部分作品，都是这样一种情调。如果说，晚唐以来把悲欢离合、羁旅行役作为题材的文人词，大都带有伤感、颓废倾向的话，那么这种倾向在《片玉词》中就表现得尤其集中而突出。这个方面，周邦彦也可以称为集大成者。

周邦彦的真正成就和贡献，今天看来，主要还是在艺术技巧和形式格律方面。关于这方面，前人有不少评语。除了前文已录引过，这里不再重复的之外，较重要的还有如强焕说："美咸抚写物态，曲尽其妙。"（《题周美成词》）陈振孙说："美咸词多用唐人诗隐栝入律，浑然天成。长调尤善铺叙，富艳精工，词人之甲乙也。"（《直斋书录解题》）张炎说："美成浑厚和雅，善于融化诗句。"（《词源》）先着说："美成词乍近之，觉疏朴苦涩，不甚悦口，含咀久之，则舌本生津。"（《词洁》）戈载说："清真之词，其意淡远，其气浑厚，其音节又复清妍和雅，最为词家之正宗。"（《七家词选》）王国维说："美成深远之致，不及欧、秦，唯言情体物，穷极工巧，故不失为第一流之作者，但恨创调之才多，创意之才少耳。"（《人间词话》）陈洵说："清真格调天成，离合顺逆，自然中度。"（《海绡说词》）朱祖谋说："两宋词人，约可分为疏、密两派。清真介在疏、密之间，与东坡、梦窗分鼎三足。" （朱评《清真词》）以上这些评语，分别指出了《片玉词》各个方面的特点。如果把这些特点综合起来，并把它放到宋词的发展历史当中来看，那么周邦彦所做的工作，就是最终完成了文人词的格律化，在词的艺术形式方面，起到了继往开来的作用。这是《片玉词》最主要的成就，也是周邦彦被认为是集大成者的最重要原因。

我们试看《兰陵王》柳：

柳阴直。烟里丝丝弄碧。隋堤上、曾见几番，拂水飘绵送行色。登临望故国。谁识。京华倦客。长亭路，年去岁来，应折柔条过千尺。闲寻旧踪迹。又酒趁哀弦，灯照离席。梨花榆火催寒食。愁一箭风快，半篙波暖，回头迢递便数驿。望人在天北。凄恻。恨堆积。渐别浦萦回，津堠岑寂。斜阳冉冉春无极。念月榭携手，露桥闻笛。沉思前事，似梦里，泪暗滴。

这首词写的是词人作客汴京期间，一次送别友人的情景。作者通过精美锤炼的语言，抑扬往复的音节，考究严谨的结构把写景、叙事、抒情三者有机地结合起来，使之成为一个法度井然，浑然无间的整体。全词显出一种典雅，含蓄、丰容的气派。

又如《瑞龙吟》：

章台路，还见褪粉梅梢，试花桃树。愔愔坊陌人家，定巢燕子，归来旧处。黯凝伫，因念个人痴小，乍窥门户。侵晨浅约宫黄，障风映袖，盈盈笑语。前度刘郎重到，访邻寻里，同时歌舞，唯有旧家秋娘，声价如故。吟笺赋笔，犹记燕台句。知谁伴，名园露饮，东城闲步？事与孤鸿去。探春尽是，伤离意绪。官柳低金缕。归骑晚、纤纤池塘飞雨。断肠院落，一帘风絮。

还有《六丑·蔷薇谢后作》：

正单衣试酒，恨客里、光阴虚掷。愿春暂留，春归如过翼。一去无迹。为问花何在？夜来风雨，葬楚宫倾国。钗钿堕处遗香泽。乱点桃蹊，轻翻柳陌。多情为谁追惜？但蜂媒蝶使，时叩窗槅。东园岑寂。渐蒙笼暗碧。静绕珍丛底，成叹息。长条故惹行客。似牵衣待话，别情无极。残英小、强簪巾帻。终不似一朵，钗头颤袅，向人欹侧。漂流处、莫趁潮汐。恐断红尚有相思字，何由见得？

这些词都是用一笔一笔的勾勒，一字一字的刻画，一句一句的锻炼，一层一层的渲染写成的。它们与那种只注重意象的写法不同，与以白描见长的写法也不同。把这些作品同过去词人同类题材的作品相比较，可以很明显地看出一种由疏宕变繁密，由直露变深曲，由真率自然，变得矜持文饰的趋向。这种以工巧精丽为特色的典雅作风，正是好些艺术形式发展到一定阶段都必然会出现的现象。而周邦彦的作品就是这一阶段的代表。

周邦彦还有一些为人传诵的小令，也同样表现出这种典雅工丽的特点：

燎沉香，消溽暑。鸟雀呼晴，侵晓窥檐语。叶上初阳干宿雨，水面清圆，一一风荷举。故乡遥，何日去？家住吴门，久作长安旅。五月渔郎相忆否？小楫轻舟，梦入芙蓉浦。（《苏幕遮》）

月皎惊乌栖不定，更漏将残，轳辘牵金井。唤起两眸清炯炯，泪花落枕红棉冷。执手霜风吹鬓影。去意徊徨，别语愁难听。楼上阑干横柄，露寒人远鸡相应。（《蝶恋花·秋思》）

周邦彦不但在语言技巧方面有着高深的修养和造诣，而且精通音律，有着出色的音乐才能。《宋史》称他："好音乐，能自度曲。"《咸淳临安志》说："邦彦能文章，名其堂曰'顾曲'。"此外，据周密《浩然斋雅谈》载："宣和中，朝廷赐酺，（李）师师因歌《大酺》《六丑》二解。上顾教坊使袁绹问。绹曰：'此起居舍人周邦彦作也。'问'六丑'之义，皆莫能对。召邦彦问之，对曰：'此犯六调，皆声之美者，然绝难歌。"他以这种才能，加上后来提举大晟府的机会，在词的音律审定方面，做了许多重要的工作。北宋时期，慢词到了柳永、苏轼手里，逐步盛行起来，但在音律字句方面，尚未达到完整严格的阶段。试观《乐章集》，同一调的词，字句长短不一的情形很不少。这种情形，到了秦观、贺铸，渐趋谨严。但最后完成这件工作，却是周邦彦的贡献。张炎在《词源》里说："自隋、唐以来，声诗间为长短句，至唐人则有《尊前》《花间》集。迄于崇宁，立大晟府，命周美成诸人，讨论古音，审定古调——沦落之后，少得存者。由此八十四调之声稍传。而美成诸人又复增慢曲、引、近，或移宫换羽，为三犯四犯之曲，按月律为之，其曲甚繁。"经过这一番审订、制作、定型、推广的工作，宋词在字句音律方面的严整化与统一化基本完成了。这是文人词格律化的又一重要方面，也是作为集大成者的周邦彦的重要贡献。从此，词坛上一个新的词派——格律词派出现了。南宋的姜夔、史达祖、吴文英、王沂孙、张炎、周密诸人，都继承着周邦彦的道路，竭尽雕琢刻画的能事，注重形式的风气因而大盛。内容的生动活跃因素，也越来越少了。此中的幸与不幸，又都是与周邦彦有着不可分割的关系。不过，这已经是后话了。

1978年11月

“情僧”苏曼殊和他的诗

苏曼殊（1884—1918）是我国近代文学史上的一位有特色的作家。他在辛亥革命的前后十余年间出现于文坛上。他那很重的浪漫主义气质，那飘零的身世和奇特的行为，连同他那些才华洋溢、妙曼伤感的作品，曾经吸引了众多的读者，特别是在一部分青年当中，产生过不少的影响。

诗人柳亚子，作为曼殊生前的知友和身后有力的宣扬者，曾经在49年前说过：“曼殊的思想，是没有系统、不健全的。在文学和艺术上，却有相当的天才，不可磨灭。现在的一部分青年很狂热地崇拜他，而一般的批评家不满意于他的却也很多。不过在中国文学史上，我想总不好把曼殊的名字抹去吧，要是一部完善的著作的话。”（《苏曼殊传略》）事实上，倘若我们从曼殊那个时代的历史条件出发，去客观地、实事求是地评判曼殊及其作品的话，那么应当说，苏曼殊不失为我国近代史上一位爱国的作家。他的思想和创作中的种种复杂和矛盾的现象，他对当时以及后来社会所产生的“好的”和“不好的”影响，是可以从历史发展的角度加以区分和说明的。

一

苏曼殊，名戬，字子谷，学名玄瑛，原籍广东省香山县（今中山县），出身于商人家庭，母亲是日本人。他本人于日本出生，6岁时归国。青少年时期留学日本，受到留学生中爱国主义思潮的影响，开始倾向资产阶级革命。1903年归国，同年出家为僧，不久离寺出走。此后保持着介乎僧俗之间的身份，往来于中国、日本、南洋等地，与革命党人密切交往。他是进步文学团体南社的成员，主要从事诗歌、小说的创作及中外文学作品的翻译，也写作随笔杂感。于1918年病逝，年仅35岁。有《曼殊全集》及单行本多种行世。

曼殊的一生，正处于中国资产阶级旧民主主义革命的风雨年代。自1840年鸦片战争以来，一方面，帝国主义对我国不断发动侵略战争，先后强迫封建统治者清政府订立许多不平等条约，把中国变成半殖民地；而清政府为了延续其腐朽政权，对外出卖领土和主权，成为帝国主义统治中国的工具，对内则变本加厉地压榨中国人民。另一方面，中国人民不甘屈服，一次又一次掀起声势浩大的反抗运动。在这一系列生死存亡的搏斗中，中国新兴的资产阶级为了自身发展的需要，也迫切要求改变现状，自甲午中日战争后发生的，包括辛亥革命在内的多次武装起义，标志着资产阶级革命派在人民斗争浪潮的推动下，终于冲破改良主义设置的死胡同，而通过武装夺取政权的道路，最后推翻了清政府，结束了延续两千年之久的封建君主专制制度，开辟了民主共和国的新纪元。但是，由于资产阶级的软弱性和妥协性，没有给农民以真正的利益，没有充分发动广大人民群众，在帝国主义和封建势力的压力下，中华民国临时大总统孙中山被迫于1912年2月宣布辞职，袁世凯窃据大总统地位，从此，政权落入北洋军阀手中，变成地主买办联合专政的反动统治。同时，帝国主义列强对中国的侵略和争夺进一步加剧，造成了封建军阀之间的竞相割据和疯狂混战，而革命势力则一蹶不振，中国人民重新落入水深火热之中。苏曼殊是在甲申中法战争这一年出生，当他踏进社会的时候，以戊戌变法为标志的资产阶级改良运动已经进入尾声；而作为新民主主义革命开端的五四运动，则在他逝世后次年，才轰然爆发。正是这样一个特定的旧民主主义革命历史阶段的政治和思想斗争状况，规定着曼殊作为一个爱国的、倾向革命的，但同时又是典型的小资产阶级作家的思想和创作。

曼殊有着强烈的爱国主义思想感情，他对于帝国主义列强侵略和清政府卖国怀着深刻的愤恨。早在1903年，他还在日本求学时，就参加了当地留学生反对帝俄侵略我国东北三省的斗争。同年，他回国后写的《呜呼广东人》《南洋话》《致邓孟硕书》等文章和书信，都一再表明了这种思想。在《呜呼广东人》一文中，他以饱蘸血泪的笔墨，痛诉了“把自己的祖宗不要，以别人之祖宗为祖宗”的崇洋媚外思想，以及“仗着自己是大英大法等国的奴隶，来欺压自己祖国神圣子孙”的西崽洋奴。他痛切地指出：接受西方的先进文明是必要的，“但‘开通’二字，是要晓得祖国的危亡，外力的压迫；我们必要看外国内国的情势，外种内种逼处情形，然后认定我们的位置。无论其手段如何，‘根本’二字，万万是逃不过，断没有无根本的树子，可以发生枝叶的”。与此同时，从爱国主义出发，曼殊接受了“革命、反满”的思想。在《以诗并画留别汤国顿》诗中，他满怀着“国民孤愤”，唱出了“蹈海鲁连不帝秦”和“易水萧萧人去也”的慷慨悲歌，表达了反对清朝统治的鲜明立场。1904年，他因愤于保皇党的猖獗，曾打算以手枪刺杀康有为。1906年，他又东渡日本，到了同盟会的所在地东京。他在那里同革命党人广泛交往，与章炳麟、陈独秀、刘师培等人成为密切的朋友。在这一时期，他还以岳飞、徐达、石达开、陈恭尹等历史人物为题材作画；收集明末清初广东人民的抗清事迹，编成《岭海幽光录》，以及把英国杰出浪漫主义诗人拜伦的作品翻译出版。这些都明显有借以宣传“革命、反满”的目的。

武昌起义成功后，接着是革命党人软弱妥协，把刚取得的政权轻易地交给袁世凯，辛亥革命归于失败。对此，曼殊深感痛心，曾经对友人气愤地说：“此时男子多变为妇人，衲（按，曼殊以和尚身份自称‘衲’）只好三缄其口。”（《答某公书》）借绘画题诗寄意，他唱出了“疏柳尽含烟，似怜亡国苦”（《为玉鸾女弟回绘扇》）的哀歌。到了1913年夏天，孙中山领导国民党人发动二次革命的时候，他立即奋起响应，以个人名义发表《讨袁宣言》，历数袁世凯篡权窃国，镇压革命的种种罪行，沉痛地疾呼：“上穷碧落，下极黄泉，新造共和，固不知今真安在也？”他激昂地表示：“衲等虽托身世外，然宗国兴亡，岂无责在耶？衲等虽以言善习静为怀，亦将起而褫尔（指袁氏）之魄！”二次革命失败后，他更东渡日本，继续同逃亡的国民党人密切往还。直到1916年护国运动开始后，他才返回国内，这些都体现了曼殊对政治上大是大非的鲜明立场。

但是，曼殊的革命热情是同他的小资产阶级浪漫主义幻想紧密结合在一起的。因此，他的行为往往表现出相当严重的软弱性、散漫性和流于颓废。作为一个有正义感的知识分子，他对社会现实黑暗和丑恶感到深恶痛绝，但是在多数的情况下，他却宁可掉过脸去，或用各种办法麻醉自己，而不肯去正视它；他本来由衷地（有时是狂热地）拥护革命，但终于对尖锐复杂的政治斗争感到厌倦；他渴望革命成功，却不愿意从事艰苦烦难的实际工作；他同革命党人密切交往，但害怕严格纪律的约束而始终没有成为革命党中的一员。他在革命高潮时期，总的来说是充当了“壮士横刀看草檄，美人挟瑟请题诗”那样的名士清客角色；革命失败后，虽然同情革命的立场没有变，思想却日趋颓唐了。凡此种种，都是小资产阶级知识分子的不良属性的反映。我们固然不应因此去深责乃至否定这位生活在旧民主主义革命时代的诗人，但指出其有害性质是必要的。

现在，我们打算谈谈关于曼殊思想的另外一个问题，即那种表现得异常强烈的所谓“个性主义”。

曼殊一生的思想和行为当中，有一个很突出，也是最引起争议的特点，就是对于个性解放和个人自由的那种近乎病态的执着追求。他曾经对人说过：“不慧（曼殊自称）性过疏懒，安敢厕身世间法耶？”为了摆脱“世间法”，他不惜诈称蹈海而死，以抗议阻挠他参加抗俄义勇队的表兄；他敢于不视父疾、不奔父丧（在当时这是大逆不道的行为），以报复家庭对他的压迫；他曾毫不犹疑地出家当和尚，希求精神的解脱；但是当发现佛教的清规戒律同样是对人性的束缚时，他毫不犹豫地离寺出走；最后选择了不僧不俗，亦僧亦俗这样一种奇特的身份。他既参与政治活动，又不愿受党派的约束；既是僧侣，又热烈地追求着爱情，然而又不肯落入家庭的“罗网”。为了按照自己的个性和意愿去生活和思想，他毫不理会社会的指责嘲笑，去做那些一般人因受到传统观念的束缚而不欲为，或因有所顾忌而不敢为的事情。对于曼殊的这种“奇人奇行”，不少人目之为痴呆疯癫；也有人说是“佯狂避祸”（陈独秀语）；更有人认为是“最能以意志支配行为”（罗建业语），而加以赞美。

问题到底该怎么看呢？

应当说，曼殊这种思想和行为的产生，并不是偶然的，也不是孤立的。它的产生是有其历史的阶级根源，而且是受到一定的思想理论指导的。

我们知道，在资产阶级革命高潮当中，小资产阶级常常会激发起一种主观主义的狂热。远者如法国、德国的资产阶级革命高潮时期，近者如中国近代的辛亥革命，都出现过主观唯心主义盛行一时的情况。这是因为现实物质力量的薄弱，常常使人转而求助于纯粹的心灵。虽然这种建立在主观唯心论基础上的狂热，只能持续一个短暂的时期，就会迅速消退（单凭主观精神和道德力量去进行战斗，到头来必然会碰壁破产），但它确实能够在某一个特定的时期内把人们的积极性急剧地调动起来，投入斗争。所以，这种办法，对于习惯耽于幻想而又常感力量不足的小资产阶级来说，每每具有吸引力。中国辛亥革命前后，在一部分年轻知识分子当中所掀起的拜伦热，以及著名资产阶级思想家章太炎所鼓吹的以道德作为革命动力的理论，就是这方面的具体表现。

拜伦是19世纪初期英国的浪漫主义诗人，出身贵族，学生时代即深受启蒙思想影响，一生憎恨封建专制制度，追求资产阶级的自由、民主。因用诗歌抨击贵族当局，被迫出国。他曾参加意大利烧炭党人的活动和希腊的民族独立战争。拜伦在诗歌中着力塑造那种带有强烈个人主义色彩的叛逆性格。他的《东方叙事诗》就是通过一系列个人反抗的英雄形象，来抨击英国贵族当局。代表作长篇讽刺诗《唐璜》的主人公，尤其是个性主义的文学典型。曼殊是拜伦的热烈崇拜者，曾“独向遗编吊拜伦”（《题拜伦集》），又宣称“丹顿、拜伦是我师”（《本事诗》）。他还是我国几个最先翻译拜伦诗歌的人之一。拜伦宣扬的个性主义和个人反抗精神，对曼殊无疑产生了深刻的影响。

至于章太炎，作为资产阶级旧民主主义革命时期的著名思想家和宣传家，他曾反复宣传过一个有名的理论，就是“用宗教发起信心，增进国民之道德”。这个主张的具体内容和途径就是：以道德作为革命的基础和动力，反对物质文明，反对追求幸福，反对一切权威的束缚，不怕困苦，敢于牺牲，凭借个人主观的精神力量和道德去进行战斗。用他本人的话来说，就是：“非说无生，则不能去畏死之心；非破我所，则不能去拜金心；非谈平等，则不能去奴隶心；非示众生皆佛，则不能去屈退心；非举三轮清净，则不能去德色心。”（《建立宗教论》）“尼采所谓超人庶几相近（但不可取尼采贵族说），排除生死，旁若无人，布衣麻鞋，径行独往，上无政党猥贱之操，下作懦夫奄矜之气，以此楬橥，庶于中国前途有益。”（《答铁铮》）我们不难看出，曼殊的那种个性主义的“奇人奇行”，更可以从章太炎的理论当中找到来源和依据。如果联系到章太炎既是曼殊的朋友，又是他的导师这种身份，就更可以明了曼殊的奇行绝不是“痴呆疯癫”，也不是“佯狂避祸”，而是他与社会传统势力斗争的方式。

事实上，以章太炎在当时思想界中的权威地位，加上“用宗教发起信心，增进国民之道德”的主张，又是作为他在辛亥革命准备阶段的重要理论反复地宣传，当时受到影响的远非只曼殊一人，不过多数人都着重于运用它去进行推翻清政府的政治斗争，而曼殊则自觉不自觉地运用它指向了传统的封建意识和社会习惯势力。而这又正是当时的革命派所无暇顾及，普遍忽视的。所以曼殊的行为才显得那样“特异反常”，耸动世俗。

应当指出的是，章太炎的那一套“道德动力主义”，是同绝对个人主义和极端虚无主义结合在一起的。章氏曾经在《国家论》《四惑论》等文章中大肆鼓吹“个体为真，团体为幻”。“盖人者……非为世界而生，非为社会而生，非为国家而生，非为他人而生，故人对于世界、社会、国家与其对于他人，本无责任”；“恶非人所当为”，“善亦非人之责任”等等。他还提出著名的所谓“五无”境界，即“无政府”“无聚落”“无人类”“无众生”“无世界”。总之，否定宇宙一切。这一类观点，对曼殊当然也是有影响的。

正由于曼殊以道德作为动力，向传统封建意识和习惯势力冲击的时候，几乎是处于孤军作战的境地，缺乏旗鼓相应的一批盟友，尤其缺乏正确的具体指导，因而他的斗争具有很大的盲目性和原始色彩。再加上被“四惑”“五无”一类的绝对个人主义和极端虚无主义的说教毒化之后，所形成的病态心理，他的行为往往显得幼稚可笑，甚至怪诞荒唐。他胡乱冲击的结果，除了在世俗人心当中激起一点惊诧和茫然的涟漪之外，并没有产生明显的效果。相反，他自己却因此失望颓唐，以至过早地结束了生命。而这也再一次证明：企图凭借所谓主观战斗精神去变革社会，终归是要失败的。

是的，曼殊是失败了。因为他当时没有找到正确的斗争道路。但是，正如拜伦的诗歌曾经唤起过西方和东方的自由民主主义者，推动他们去反抗封建专制制度和民族奴役而战；章太炎那个以主观唯心主义为基础的“道德动力主义”，也曾激励过当时的革命党人，使他们做到踔厉敢死，不畏牺牲，独立无前，道德高尚，向着反动腐朽的清王朝进行殊死的斗争；甚至他的那套“五无”“四惑”的理论，也曾发挥过促使人们怀疑和否定旧有的权威、秩序和传统观念的积极破坏作用。我们对于曼殊的个性主义，也应该作一分为二的考察和分析。历史的道路是曲折的，对于历史上所发生的现象也应当而且只能根据当时的政治经济的发展状况和斗争水平来进行评价。对于曼殊的思想和行为，我们除了明确地指出它的本质是小资产阶级的主观唯心主义狂热和个人主义、虚无主义的混合物之外，还从它的主观目的及产生的历史环境来考察，给予适当的积极评价，恐怕也是必要的。

至于说，曼殊的思想中还掺杂着不少旧传统的、属于封建意识的成分，那也是毋庸讳言的。中国近代人物的思想往往都比较复杂。这是因为社会解体的迅速，政治斗争的剧烈，新旧观念的交错，使人们的思想经常处于动荡、变化和不平衡的状态中。因此，同一个人物，某一部分的思想或行为也许已经很开通很进步了，另一部分却可能仍然很保守很落后。这并不是个别的现象。曼殊也是如此。但这毕竟不是其主流，这里就不一一论列了。

二

曼殊是一位文学家，尤其是一位天赋颇高的诗人。郁达夫说他的译诗比他自作的诗好，他的诗比他的画好，他的画比他的小说好。（见《杂评曼殊的作品》）这种排列是否恰当，自然还可以讨论。不过曼殊的诗（包括译诗），比之他的小说和文章，历来更受到人们的注意和称赞却是事实。曼殊生前并不专力作诗，又因他自己删汰和身后散失，流传下来的作品连译诗在内总共只有一百首多一点。曼殊是个浪漫主义气质很重的诗人，他的诗作全部是抒情诗，而且体裁比较单一（以七绝为主），题材也欠广泛。但是无论从思想内容还是艺术风格来看，都具有较鲜明的特色，颇能表现诗人的艺术个性。

关心国家和民族的命运，宣扬民主革命思想，是曼殊诗歌的一个重要内容。这类作品可以分为两部分，一部分写于辛亥革命之前，充满积极、进取的精神，具有较强的战斗性。另一部分写于辛亥革命之后，集中抒发了革命失败的痛愤和苦闷。如《以诗并画留别汤国顿》，是曼殊现存最早的一组诗。作者在诗中以战国时代的著名义士侠客鲁仲连、荆轲自许，表现了一种向清政府誓死抗争，义无反顾的革命豪情，是作者早年精神面貌的鲜明写照。又如长诗《耶婆提病中，末公见示新作，伏枕奉答，兼呈旷处士》，是作者1910年侨居爪哇时的作品。当时作者虽然远适异域，并且蒙受着某些革命党人的误解

（详见该诗笺注），但祖国的危亡、民族的苦难，仍然时时萦绕在他的心头：“……炎蒸困羁旅，南海何辽索！上国亦已芜，黄星向西落。青骊逝千里，瞻乌止谁屋？江南春已晚，淑景付冥莫。建业在何许？胡尘纷漠漠。佳人不可期，皎月照罗幕。九关日以远，肝胆竟谁托……”笔力刚健，音节苍凉，是曼殊集中的佳作。至于革命失败后的作品，虽然情调往往不免低沉，但也不完全是消沉的。其中《憩平原别邸赠玄玄》写道：“狂歌走马遍天涯，斗酒黄鸡处士家。逢君别有伤心在，且看寒梅未落花！”对于革命的前途，诗人始终怀着殷切的期待。以上这一类诗，数量虽然不算多（约占全部作品十分之一），却是曼殊诗的重要组成部分，无论从思想性还是艺术性来看，都达相当定水平；过去的评论者对之往往重视不够，无疑是不当的。

曼殊诗集中数量较多，而且历来最受推崇的，是一些爱情题材的作品。所谓“其哀在心，其艳在骨”（高旭语），所谓“却扇一顾，倾城无色”（柳亚子引语），“嚼蕊吹香，幽艳独绝”（周瘦鹃语）等等，大都是指这一类诗：

收拾禅心侍镜台，沾泥残絮有沉哀。
湘弦洒遍胭脂泪，香火重生劫后灰！

（《为调筝人绘像》）

碧玉莫愁身世贱，同乡仙子独销魂。
袈裟点点疑樱瓣，半是脂痕半泪痕。

（《本事诗》）

棠梨无限忆秋千，杨柳腰肢最可怜。
纵使有情还有泪，漫从人海说人天！

（《无题》）

碧阑干外夜沉沉，斜倚云屏烛影深。
看取红酥浑欲滴，凤文双结是同心。

（《东居杂诗十九首》）

曼殊以一个僧侣的身份，如此大胆而热烈地幻想和追求爱情，并且公然形诸笔墨。这在当时，是一种耸动世俗的行为。而他本人竟没有招致更大的迫害，相反还颇受到一部分人的称赏艳羡。这也只有在中国进入近代社会之后，才可能出现的现象。如果从这个角度来考察曼殊的爱情作品，那么我们从中看到的，就不只是什么“哀感顽艳”“缠绵悱恻”，而且还有严肃得多的意义。那就是他对于社会传统意识的挑战。不过，正如前面说过，曼殊为了追求个性解放，摆脱“世间法”以至“世外法”的约束，选择了一种不僧不俗，亦僧亦俗的身份。他一方面热烈地追求爱情，另一方面又把爱情关系视为精神束缚，而实行僧侣式的禁欲主义；一方面向往男女之间的美满结合，另一方面又把婚姻、家庭视为人生的牢笼。这种情况，就注定了他对爱情的任何追求，都必然以没有结果告终。而且这种追求越是强烈，越是真诚，到头来精神上受到的痛苦和打击也越大。曼殊就是这样，陷入了他自己设置的矛盾之中而无法自解——“还卿一钵无情泪，恨不相逢未剃时！”这是曼殊的爱情悲剧，也是20世纪开头至五四运动前，中国一个个性解放追求者的悲剧。如果说曼殊的爱情诗有些什么社会意义的话，恐怕也就是在这里。

《吴门依易生韵》是一组怀古性质的作品，集中抒发了作者游历苏州期间对春秋时吴国覆亡的历史感慨。这组诗写于1913年袁世凯上台之后。从诗中“独有伤心驴背客，暮烟疏雨过阊门”“故国已随春日尽，鹧鸪声急使人愁”等句子来看，是寄托了作者对于时局的某些忧愤在内的。其中也不乏为人传诵之作。此外，曼殊还写过一些风景小诗和思乡怀友的作品，大都情景真切，优美动人。其中像《过蒲田》《定江道中口占》《有怀》等，都是受到传诵的作品。

现在，我们来谈谈曼殊诗歌在艺术表现形式方面的特色。关于这个问题，柳亚子曾归纳为三句话：“思想的轻灵，文辞的自然，音节的和谐。”（《苏曼殊之我观》）郁达夫则进一步指出，“他的诗是出于定庵（按：即龚自珍）的《己亥杂诗》，而又加上一脉清新的近代味”，并认为“他的诗里有清新味，有近代性，这大约是他译外国诗后所得的好处”（《杂评曼殊的作品》）。这些话，无疑都有一定的道理。不过，如果就基本的艺术特征来考察，那么，主导着曼殊诗歌创作的，应当是那种浪漫主义精神。

曼殊诗歌创作中的浪漫主义精神，一方面固然可以上溯屈原、李白这样一个中国诗歌的发展传统；但就曼殊本人的主观意识而言，更自觉也更明显的是接受了以拜伦为代表的西方19世纪积极浪漫主义文学思潮的影响。因此，曼殊的整个诗歌创作，都表现出一种郁达夫所谓的“近代味”。同样是言情写景或伤时怀古的题材，到了曼殊的笔下，便很自然地呈现出与我国封建时代诗人的作品颇异其趣的风貌。这种“近代味”，不是靠生搬硬套新名词术语或西洋典故的哗众取宠，也不是借助奇思异想来耸人耳目，而是一种内在气质的天然呈露。作者未尝刻意求新，而读者自觉其新，概而言之，可以说它同作者所处那个时代的社会、道德、哲学、美学等方面新观念都有密切的联系，并且是以这些新观念为基础的。但就一篇一句求之，又颇为微妙，难以言传。读者只有在阅读的过程中把它与前人的作品进行比较印证，才能获得完整清晰的印象。

曼殊诗歌创作中积极浪漫主义的表现之一，就是着重运用抒情的手段来反映对人生美好事物的幻想和追求，在这个过程中，同时也否定和批判了恶。他不像现实主义的作家那样，着力于真实地再现现实生活，真切地描摹人物的形态、心理，借助于客观的描写来体现作者的思想倾向和褒贬态度。而是着重通过个人感情的抒发，来表现对人生的各种幻想与追求。他的作品散发着一种活跃的情绪和青春的气息。与此相适应，在艺术表现形式上，确具有柳亚子所说的“思想的轻灵，文辞的自然，音节的和谐”那样的特点。例如：

海天龙战血玄黄，披发长歌览大荒。
易水萧萧人去也，一天明月白如霜。

（《以诗并画留别汤国顿》）

孤村隐隐起微烟，处处秧歌竟插田。
羸马未须愁远道，桃花红欲上吟鞭。

（《定江道中口占》）

春雨楼头尺八箫，何时归看浙江潮？

芒鞋破钵无人识，踏过樱花第几桥。

（《本事诗》）

白水青山未尽思，人间天上两霏微。

轻风细语红泥寺，不见僧归见燕归！

（《吴门依易生韵》）

在这类诗中，作者通过色彩的配合，气氛的渲染，节奏的顿挫和变化，表达作者在不同场合当中的各种感情。而不管抒发什么样的感情，都始终保持着一种优美、和谐的基调，使人仿佛是在欣赏一首首轻音乐（如果可以这样比喻的话）。虽然缺乏大江激浪、崇山密林那样的雄大气魄和深广内涵，但就其灵动潇洒、轻清隽永而言，却的确别具神韵，具有一种青春的美的魅力。

这种活跃的情绪和青春的气息，不仅表现在作者前期的作品当中，同样也包含在作者经历了忧患的后期作品当中。其原因恐怕由于作者直到逝世那一年，也才不过35岁，还是一个青年人。像“碧城烟树小彤楼，杨柳东风系客舟。故国已随春日尽，鹧鸪声急使人愁”（《吴门依易生韵》），“水晶帘卷一灯昏，寂对河山叩国魂。只是银莺羞不语，恐妨重惹旧啼痕”（《无题》），“银河明灭夜悠悠，素女婵娟不耐秋。相逢莫问人间事，故国伤心只泪流”（《东居杂诗十九首》）等这样一些写于辛亥革命失败后的伤时之作，情调是不高的，悲观的思想也是有的，但是却并不绝望，也没有像一般学佛的人所常常做的那样，退缩到“四大皆空”的虚无境地里寻求心灵的慰藉。有人说曼殊是个厌世主义者，他的死是自戕的结果。这种说法颇值得怀疑，至少在他的诗歌中迹象并不明显。

曼殊诗歌中，积极浪漫主义精神的另一个表现是：他的作品具有较鲜明独特的艺术个性，敢于表现真思想、真感情。表现真思想和真感情，本来是一切艺术创作的要求。但是作为一个浪漫主义抒情诗人，却因为表现方式具有强烈的主观性质，这一点往往要表现得更加突出。曼殊就是如此。无论是鼓吹革命、讴歌爱情，还是怀古伤今、流连风景，他都能做到以一片赤子之心去直抒所感，不矫揉造作，也不虚夸掩饰，读之活脱脱如见其人。尽管读者有时会失笑于他的天真幼稚，却仍然感到其可爱；也有时会因其意识浅陋而不以为然，却未至于觉得他可憎。这固然因为他毕竟是一位爱国的诗人。但是这种敢于表现真思想、真感情的作风，比之那些专事涂饰，扭捏作态，把自己打扮得道貌岸然的作品，无疑更近于诗的本质，因而也更为读者所乐于接受。

曼殊诗歌的艺术性，还表现在善于捕捉美感和表现美感。他的爱情作品，不少都写得哀感顽艳，一往情深。不事涂饰雕琢，而丽色天然；不求曲折幽深，却真情自见。做到了艳而不腻，清而不露，颇有作者自己的独特风格。又如他的风景诗：

柳阴深处马蹄骄，无际银沙逐退潮。
茅店冰旗知市近，满山红叶女郎樵。

（《过蒲田》）

白云深处拥雷峰，几树寒梅带雪红。
斋罢垂垂浑入定，庵前潭影落疏钟。

（《住西湖白云禅院作此》）

前一首选取了柳阴、银沙、冰旗、红叶等景物，运用光的明暗与色的冷暖进行对比变化，再加上富于动态的马蹄、潮水、樵女等，把一幅“郊野秋行图”描绘得鲜明多彩、生机勃勃，确是不可多得的上乘之作。后一首的构思虽系脱胎于唐朝张继的名篇《枫桥夜泊》，却能于张诗的浓烈、跃动之外，另辟出一种疏淡、宁静的境界，并无蹈袭雷同之病。这主要是作者能从意境方面着力搜求，自出机杼的缘故。曼殊的不少诗都有这个特点，此是一例。

当然，曼殊的诗歌创作整个来说还未臻成熟。他接触的题材比较单调，思想也缺深度，所反映的社会面远不能说是广泛的，加上艺术表现的手段也欠丰富多样，所以思想性和艺术性都臻于完美的作品并不多。个别作品质量还比较低劣。不过，由于有前述的种种优点，曼殊仍不失为清末民初一位有特色的诗人。

最后，谈一谈曼殊的诗歌翻译作品。曼殊曾把中国古典诗歌的名篇翻译为英文，介绍到外国去；又把外国诗人的作品，翻译为中文，介绍给国内的读者。这在当时还是一件很新的工作，也是一件很有意义的工作。他曾把英国的拜伦、雪莱、彭斯，德国的歌德以及印度女诗人陀露哆等人的作品译成中文。这样做不仅有介绍外国文学作品、促进中外文化交流的作用，而且还有传播资产阶级民主自由思想的作用。由于当时我国现代的新诗体还没有诞生，这些诗都是用古诗的体裁翻译的。曼殊把“按文切理，语无增饰；陈义悱恻，事辞相称”（《〈拜伦诗选〉自序》）作为译诗的准则。从现存的译文看来，他有时还未能完全实践这一点。不过，他的确译出了一种迥异于中国传统诗歌的异国风味，无怪乎受到当时读者的欢迎和赞赏。至于译诗中好用古奥生僻的字眼，造成读者不必要的困难，也妨碍了诗意的流畅表达，确是一个缺点。据说曼殊的译诗曾经章太炎润饰，这类字眼就是章氏好古之癖造成的结果。虽然如此，曼珠作为中国近代最早开始介绍外国诗歌，而且较有成绩的译者之一，其功还是不可没的。

1981年2月

《快活的蝙蝠》序

七八年前，我给自己取了一个别号，名曰“蝠堂”。按照敝国民间颇为流行的“同音假借”习惯，这个“蝠”字，无疑可以当成“福”字来用来解。岂不见大名鼎鼎的“捉鬼进士”钟馗先生的画像，像主除了手执一柄寒光闪闪的宝剑之外，旁边往往都翩翩地飞舞着一只蝙蝠，就是暗喻着驱“邪”纳“福”之意。我自然不拒绝福星临门，而且很渴望它一旦来了之后，就不要再搬家。不过，若论当初我取这么个别号的用意，却并没有一下就达到那样高妙的悟境，而只是由于想起了一个老故事：据说，有一只蝙蝠出外找朋友。它去找走兽，但走兽们认为它会飞，属于鸟类，因此不肯接纳它。于是它只好转而找飞鸟，不料飞鸟们又认为它没有羽毛，应该属于兽类，也不肯接纳它。结果弄得这蝙蝠“毫无立场”，进退失据，颇有点茕茕孑立，形影相吊的狼狈。这个故事使我油然想到了自己：由于出生于一个普通的文化人家庭，受到父母的熏陶训诲，我从少年时代起，就迷上了写写画画，可以说乐此不疲。当时最大的“野心”，也就是要做一个文化人，能够用好老天爷赐予的那一点悟性，得其所哉地过上一生。不料世事的发展却大违所愿，命运之手鬼使神差地将我推入了从政之途。虽然多少年来我对于写写画画的兴趣始终没有消减，而且一直在为少年的梦想不懈地努力着，但是却连一天的“专业人士”也没有当过。结果情形就成了这样：在写作界的眼里，我是从政的（或者还是画画儿的）；在绘画界的眼里，我也是从政的（或者还是写作的）；而在从政的同事当中，我又是写作和画画儿的。这情形，十足就像老故事当中那只蝙蝠。正是这种同病相怜的感受，使我想到何不就以此为别号，也算好歹表达了一点人生的尴尬与无奈。

不过，近几年，也许由于“马齿日增”之故，对人生世事也变得随遇而安了许多。于是渐渐又觉得，搞不成专业，就当个业余人士似乎也挺好。好就好在既然只是业余的身份，做起事来就没有什么压力，也不用注重什么规矩法度。兴趣来了可以埋头写写画画一阵子，三天五天、一年两年，甚至一口气写上十五六年——就像创作《白门柳》那时一样。一旦兴趣没有了，就可以完全不写不画，甚至干脆宣布封笔，别人也没有理由责备你。同时，你还可以今天喜欢写作，你就写作；明天喜欢画画，你就画画；到了后天，你忽然对学术问题什么的产生了兴趣，也马上可以去弄。别人同样没有办法责备你。另外，还有最大的一个好处，就是“业余”其实是一面最好用的挡箭牌。事情闹成功了，会赢得别人加倍的称赞：“瞧，人家只是业余的，竟然也……”；事情闹失败了，却可以推搪说：“何必要求太高呢，我本来不过是个业余的……”要是换了一种身份，成了专业人士，可就绝对没有这种潇洒。到时候，恐怕不管是否写得出画得出，都得硬着头皮去写去画，否则就会被认为是“占着茅坑不拉屎”。而且你是写作的就只能一辈子写作，你是画画儿的就只能一辈子画画儿，你是搞学术的就一辈子搞学术。嫁鸡随鸡，嫁狗随狗，从一而终，否则就是不务正业。更要命的是一旦动笔，就得时时考虑着是否保持了“专业水准”？时时打听着同行圈子里刮什么风，下什么雨？什么东西最时髦最吃香？生怕落了伍掉了价。这样一种生存状态，神经特别健全之辈自然能够处之泰然，行若无事，“胜似闲庭信步”。至于像鄙人这样，心中旁骛甚多，兴趣经常转移，神经有点衰弱，喜欢无拘无束，率性而为的，一旦厕身其中，肯定会大受白眼非议，而讨不了什么好去。一旦想通了这一点，我就更加认定了自己确实只是一个业余的命，而且今后也打算继续“业余”下去。同时，也正因为有了这样的觉悟，我才有勇气动手来编这个集子。读者诸君自会发现，收入本书的东西可以说五花八门，什么都有一点，什么都不成系列。因此的的确确只能算是一批即兴而为的“余事之作”。当然，就写作态度而言，却都是认真的、用了力的。它起码反映了我在创作《白门柳》的那些岁月里，所有过的另一种写作经历。至于说到体例，恐怕就很难做到纯粹和统一。好在有前面所说的那面挡箭牌，那么，这本小书也许能获得稍微宽容一点的对待？

这样一想，我就愈加觉得做一只“蝙蝠”，其实也快活得很。

2000年8月

《无不忘斋稿余》序

我与树政兄结识始于1972年，那还是大学毕业分配到海南工作之初。虽说同在岛上，不过当时我的单位在定安县，他的单位在东方县。中间还隔着一两百公里，加上原先并非同窗，因此也很可能永远不会认识。但人生往往就是这么奇妙，由于一次全区性（当时海南还是广东的一个地方行政区）的写作任务，我们都以作者的身份被临时调集到海口市，于是便有了结识的机会。尤其有缘的是，在当时众多的作者当中，偏偏也就是我们彼此一见如故，一拍即合，几乎每篇作品都是一起商量，一起执笔，一起完成。这么一来二去，时合时分，前后也就共事了两三年的光景。无疑也因为如此结下的这番情谊，在接下来长达三十多年的岁月里，我们都一直保持着联系。这种联系，既有朋友的私交，也有同事的公谊；有时密切一点，有时松泛一点，但是始终未曾中断。这也应了“君子之交淡如水”的老话——唯其清淡，所以长久。

前几天，忽然接到树政兄的电话，说是打算把过去几十年间他在报刊上发表过的散篇文章进行整理选编，结集出版，并要我为之作个序。他当时说话的口气，有点像向我借钱的样子，生怕我表示为难。的确，这些年我甚少为别人的文集或著作作序，并非自抬身价，主要是没有时间读稿子。可是树政的稿子绝大部分我早就读过，好些篇章印象未磨；退一步说，就算从未读过，冲着数十年的交情，我也绝不敢生回绝之念。事实上，正如此刻，一旦在电脑前坐下，旧日的情景便纷至沓来，大有“文思泉涌”之势，竟欣欣然有点“下笔不能自休”的愉悦。这恐怕是树政兄所始料不及的吧？

不扯远了，还是回到书稿上来。树政兄的这部《无不忘斋稿余》，作为一个结集，所收录的作品，论体裁可以说相当全面，包括小说、散文、诗歌、报告文学、文艺批评、学术专论等等，应有尽有，由此可见作者的广博和多能；论题材也十分丰富多彩：有描摹世态、有采风记游、有情怀抒发、有记录变迁、有怀人忆旧、有学问探讨，足见作者阅历之多和兴趣之宽。至于时间跨度，则从“文革”结束，拨乱反正，直到改革开放三十年后的今天。在此期间，于国家民族固然是沧桑巨变；就树政兄个人来说，从文从政，最后以报业为归宿，担任的社会角色也几经转换。但业务繁忙之余，他始终不曾放下手中的笔，写得虽然不算多，却十分认真，锲而不舍，于是也就积累下来一批成果。除了这个集子之外，另有好几种著述行世。可以说，他是以真诚的心态和勤恳踏实的劳作，回应了这个时代。

我们这一代人，亲身经历了大半个世纪的风风雨雨，目睹了国家民族的沉浮复兴。对生活的感受是切实而深刻的。树政兄的这些作品，据我所知，都是被所历所见强烈触动而产生的真切之作，少有出于功利目的的稻粱文章和言不由衷的人情应酬，其中倾注了他对人对事的关切情怀，同时也发挥了他多方面的学养才情。作为同代人和多年知友，即使仅仅浏览篇目，都能勾起我当时初读作品时的记忆，从而油然生出一种亲切温馨之感。这是别的读者未必能够体验的。但是我仍旧想说：岁月如流，人生难再，能够留下的，也许就是一些用诚挚之心写下的文字。唯其诚挚，必然有存在的价值。这是我执笔为序的此时此际感受，也是我对树政兄这本集子出版由衷地怀着期待和欣喜的缘故。

2007年冬至前一日

《风之首》序

徐南铁兄送来一沓文章的复印件，是他主编《粤海风》杂志期间为每期所写的卷首语。今年是杂志改版十周年，作为一种小小的回顾与纪念，他打算把这六十篇短文结集出版，并让我为之写篇序。这些年，我极少为他人的书稿作序，主要是杂事太多，难以腾出时间来读稿子。而不读稿子就胡乱执笔，是对作者不尊重和对读者的不负责。因此每逢碰到这一类约请，我只能厚着脸皮婉辞。不过，对于南铁之命，我却无法拒绝。因为《粤海风》不仅是广东省文联的一份有影响的刊物，而且当年作如此改版，还是出于我的“冒险”建议。一转眼间，这份毅然以文化批评为己任的“圈子外”刊物，竟然就“含辛茹苦”地走过了整整十个年头。如今面对一篇篇《卷首语》，感慨之余，还真的有点“不胜唏嘘”。因此，尽管南铁说：“其实书稿看否无关宏旨，对于我的想法、我的情况、我的追求，您都是知道的。”但我仍旧止不住勃然而生的阅读冲动。抓紧时间一篇一篇地读下去。无疑，以南铁的学养、识见和才情，对付这一类文字，自然是得心应手，挥洒自如。虽然每一篇都着意压缩到最短的篇幅，写来却依然扎实灵动、文采斐然，使人有目愉心许之快。至于南铁认为我“都知道的”有关他的想法、追求，以及刊物十年来所经历的轨迹，其实已经清楚而充分地呈现在这一篇篇短文里了，因此也确实无需我再来隔靴搔痒地啰唆一番。此时此刻我想说的倒是：《粤海风》能走到今天，能走成如今这种格局，走出如今这样的影响，南铁作为主编付出了极大的努力和辛劳。特别是身处当今这种“天下攘攘，皆为利来；天下滔滔，皆为利往”的时世，没有一点精神、一种信念、一股子韧劲，是很难在这个冷清寂寞的精神之园里坚守下去的。更何况，南铁不只是坚守而已。他还在十分困难的处境下，月复一月、年复一年地披荆斩棘，垒石扶篱，竭力侍弄出一派超然于“圈子”之外的静水清阴、亭台曲径，向愿意进入者提供一个以文会友，潜思默想，高谈阔论，发挥灵性的场所。事实上，也正是凭着这种难能可贵的犯傻和执着，《粤海风》才得以从一本寂寂无闻的刊物起步，经过十年的奋斗，终于在全国文化界中变得广为人知，并越来越得到认可和支持。

南铁把这本集子定名为《风之首》，固然是因为所收的短文都是《粤海风》的卷首语之故，但其中又何尝没有一种隐藏的兀傲和自许？的确，近代以来，广东曾经不止一次领风气之先；而十年前《粤海风》打出“文化批评”的旗号，恐怕也多少属于领风气之先。当然，前路正长。一个万马奔腾的文化高潮正在来临，《粤海风》能否继续“首”领风气，则有待南铁和刊物同仁的努力。不过，这首先是我作为一个读者的殷切期望。

2007年11月20日

于羊城蝠堂

画 语

中国画如何面对世界

一、近百年中国美术的变局

（一）文明的转进与变革的必然

1840年鸦片战争以来的150多年，是中国历史的大变局。这个变局从短时段来看，是西方列强用坚船利炮轰开了中国的门户，使中华民族面临前所未有的危机。不过，就长时段而言，则是一次文明的涅槃，是已经落后于世界的中国农业文明，凭借鸦片战争的契机，向先进工业文明开始艰苦卓绝的转进。这种文明转进，除了在经济、政治、军事引发一系列变革之外，文化也无法置身其外。五四运动前后，掀起了一场席卷全国的新文化运动。由于在当时，西方文明被视为工业文明的唯一成功代表，因此那时的改革派不仅在科技、政体等方面努力效法西方，文化艺术也以西方为标尺。潮流所及，各种新的文艺样式被引进来，如现代诗、话剧、交响乐、电影等等。美术也是如此。除了引进西方式的油画、雕塑和版画之外，传统的中国画也出现了激烈的变革。以岭南画派“二高一陈”为代表的变革，以徐悲鸿、刘海粟为代表的美术教育的变革都是典型例子——他们的模式似乎有所不同，实际上都是折中中西、融会古今。只不过“二高一陈”取法西方是经过日本这个二传手，而刘海粟和徐悲鸿则直接移植西方早期的教育体系而已。总的来说，近一百多年中国全方位的、翻天覆地的变革，体现了中国人，包括艺术界在内，推动中国由农业文明旧时代向工业文明新时代跨进的巨大决心和非凡努力，为中国社会包括文化艺术的发展开辟了全新的、广阔的发展空间。其作用和功绩是不能抹杀也抹杀不了的。否则，就无法解释时至今日，中华民族为何得以终于迎来全面的复兴，实现令世界震惊的崛起。

（二）矫枉过正说得失

当然，如此规模巨大而且深刻的一场变革，既不可能一帆风顺，也不可能没有失误。特别是就文化来说，其中的成败得失，仍旧有许多问题值得我们反思。无疑，近百年主动积极向西方学习，尤其是引进和推行西方教育方法和体系的结果，的确彻底地打破了中国文化的原有格局，改变了许多传统的观念，极大地开阔中国人的视野，也丰富了中国文化的内涵。且不谈大的方面，就拿绘画来说，一个明显的积极成果是，中国传统的绘画不注重对人体结构、比例的深入研究，因此怎样把人“画准”，一直是困扰中国画家的一个难题，以至于在很长的时间内抑制了人物画的发展。自从引入西方解剖和写生技法后，中国画家对于人物的把握能力大为提高，中国画中的人物画创作也因之出现空前繁荣的局面。山水画也同样，清代开始，在“四王”的笼罩下，山水画坛一味拟古摹古，陈陈相因，萎靡不振，后来借鉴西方绘画重视写生、表现现实生活和对体面把握的方式，因而从创作观念到表现技法都催生了种种变革，使中国山水画面目为之一新。这些都是应该肯定的。但是另一方面，由于当时受到亡国灭种危机的刺激，变革的浪潮变得越来越猛烈而且急进，尤其是发展到对自身的文化传统也丧失了信心，认为一无是处之后，这种变革便不可避免地陷入了误区。

这个误区，在中国画范围来看，一言以蔽之，就是弃己之长，用己之短。这主要表现在以下三点——

1. 弃线条造型之长，用体面造型之短。从绘画发展的历史来看，一种绘画的发生，其特征的形成，与所使用的工具、媒材有密切关系。在中国，绘画和书法用的是同一种基本材料，那就是圆锥形的毛笔、宣纸或绢，再加上松烟墨。这种共同的工具导致了中国绘画与书法息息相关，都是以线见长。这根线，固然能够勾画形体，但又超越于形体。因为作为物象轮廓的那根所谓“线”，其实是不存在的，它只是人的主观感觉，因此与真实存在的“体”和“面”比较，它与人的心灵、情绪的联系更加直接。加上中国式的圆锥形毛笔与世界上其他的笔相比，表现力强大得多，也丰富得多。同样是一笔画出来的线，但是中国毛笔通过轻重徐疾、抑扬顿挫的运用，就能把书写者的个性、气质、修养、性别以及喜怒哀乐的情绪传达出来，引发读者的共鸣。在中国书法和绘画中，线条的表现力可以说发挥到了极致，也是其他绘画工具无法望其项背的。但是，近百年引入西方观念，使中国画转为追求用“面”和“体”去造型，结果，线条的运用被严重弱化，甚至被抛弃。无疑，无论是线还是体、面都是造型的手段。只不过，受工具和用材特性所限，中国画的画家无论如何努力，也绝不可能做到用油彩和棉布作画的西洋画家那样，把体和面画得那般逼真、具体和丰富。弃长用短的结果，只能使中国画降格为西洋画的笨拙学徒。

2. 弃以简驭繁之长，用以繁显微之短，以简驭繁是中国人把握世界的方式，用简单办法来把握繁复的世界，这是中国文化的精华所在。易经以六十四卦解释世界，以阴阳概括世界，易经的“易”包含着容易、简易的意思。就绘画来说，中国画强调用线造型固然是典型的以简驭繁的做法，另外用色也是以简驭繁。中国画讲究墨分五彩，用墨这种单一的颜色去表现丰富的色彩；又如浅绛山水，用最简单的赭石和花青两种颜色，一个暖色调一个冷色调就解决了问题。其实，用简的方式表现事物，并不比用繁复的方式容易。因为这要求简而不空，无能生有。作品的形式是简单概括的，但是内涵却是丰富饱满的。欣赏这类作品，需要读者有更活跃的想象补充能力、更主动的参与精神。这是中国人对艺术的一种可贵感悟。相反，通过巨细无遗、纤毫毕现式的繁复深入来再现客观物象，绝不是中国画的长处。仅仅是光与色的精细微妙变化，中国画的材料就永远无法追步西洋油画。盲目模仿的结果，同样只能使中国画降格为西洋画的笨拙学徒。

3. 弃形而上的写意之长，用形而下的写实之短。在古代相当长一段时间里，中国画家也是追求尽可能真实地再现客观事物的。不过，由于工具媒材的局限，即使像宋代院体画那样刻意求真，这个目标也始终未能达到，因此很早就发展出写意的一路。而且通过不断探索，创造出了一种与写实绘画完全不同的表现方式和风格，从形而下的具象把握，转向形而上的抽象表现。到了文人画时代，变本加厉，甚至把形体和笔墨两者的主次关系颠倒过来。形体再现不再是主要的，笔墨内部的节奏才是重要的。比如徐渭、八大山人笔下的花鸟，可以说彻底脱离了写实。他们是借助鸟和花的形体来表现笔墨的情绪。就像中国书法以正楷为标准，但写到行书，间架结构已经发生了相当变化，到草书就更是完全变了形。这类完全凭借主观感觉和笔墨的节奏来抒发情感的大写意画风，应当说是中国首先创造的。它所达到的审美高度丝毫也不低于西洋的写实作品。即使在西方，19世纪末叶在欧洲发端的印象派绘画，虽然从科学的角度探索光色的变幻，但在绘写的技法上却追求一种写意式的朦胧气象，也曾经成为一种时尚和潮流。

综上所述，以线造型、以简驭繁和侧重写意，这三个特点实际上相互联系，密不可分，共同构成了中国画的重要传统，形成了中国画独特的面目。它曾经在世界画坛占有备受尊敬的一席，并对东方乃至西方的美术产生过广泛影响。但是近百年来，这个传统却被我们自动放弃了。而放弃了自身的传统，也就失去了个性。但对于艺术来说，个性就是生命，就是价值，是赢得别人尊重的首要条件。

二、中国画面临的时代挑战

（一）文化复兴是民族复兴题中应有之义

纵观当前中国美术的现状，可以用“空前繁荣”四个字概括。随着近三十年国家政治趋于稳定，经济迅速发展，社会日渐太平，以及艺术市场的不断发育，在美术界，不管是从事创作人员的众多，还是举办展览之频密，都是前所未有的，而且还在逐年增长。举个例子来说，去年广东举办庆祝国庆60周年画展，收到的投稿就达到4000多件。其中还不包括老一辈画家和没有投稿的画家。这只是广东一个省的情况，全国的情况可以类推。另外在每年美术院校的招生都是门庭若市，踊跃异常。至于各地画廊也如雨后春笋，遍地涌现。可以说，中国美术目前的繁荣景象是历史上从来未有过的。然而，如果光是满足于这样一种状况，我认为是远远不够的。事实上，随着中华民族的全面复兴，包括美术在内的中国艺术，正在面临一个严肃而迫切的课题。这就是我们拿出什么成果去面对当今世界？怎样才能在世界美术的殿堂中重新获得受到尊重的一席？怎样做才能像我们杰出的祖先曾经做到的那样，在世界上引领潮流？这绝不是参与一些联谊性质的展览，或者跟着某些时髦流派后面摇旗呐喊一通，就能做得到的。关起门来自我陶醉，则尤其只会贻误时机。我们必须勇敢地面对现实，真正拿出让全世界惊异、着迷、服气的作品来。

（二）“前不巴村，后不巴店”的尴尬与困局

如果不盲目地自满于中国美术眼前的“空前繁荣”，如果将中国画的现状放在世界美术发展的大格局中去审视的话，那么我们就会发现，两者其实存相当大的反差。这种反差就表现在：外部世界在不断突破，不断发展；而我们却进退失据，故步自封。事实上，回顾人类艺术的发展史，我们可以发现有一条脉络越到后来越变得清楚，这就是艺术个性的不断解放。在西方神学统治的时代，教会对艺术本来是排斥的，后来觉得艺术也能宣传他们的思想，才渐渐接纳了艺术，但限制只能以宗教题材入画。到了文艺复兴时代，才渐渐出现人性的回归，有些艺术家开始把世俗的感情融入到宗教题材中。到后来个性进一步解放，于是出现印象派绘画，强调抒发艺术家对事物的主观感觉，从而打破了古典主义那一套审美规范，使绘画艺术出现了革命性的突破。当然，印象派也曾经受到排斥，进不了美展。接下来随着个性解放的思潮在西方越演越烈，于是涌现出现代主义、后现代主义的各种流派，终于形成了当今这种五花八门，蔚为奇观的局面。至于中国传统文化，跟西方文化并不一样，中国早在汉代后期开始，就逐步形成儒、释、道三家共存的局面，思想的束缚远比西方中世纪来得宽松，因此中国的美术很早就呈现出一种多元而相容的状态，这无疑是中国美术的一个十分值得重视的可贵传统。但自从百多年前引进西方的一套早期的学院教育方法之后，这个传统反而中断了。由于种种原因，中国美术固然没有跟着西方继续演变下去，但也没有从老祖宗的成功经验中获取灵感。于是，“前不巴村，后不巴店”的结果便是故步自封，停滞不前。应当说，当前美术界，事实上存在着一个异常强固的审美模式，这就是西方早期美术教育规定的那一套标准。一幅作品怎样才算完整、充分、深入等等，都按这套标准判定。展览、评奖也都是这套标准。这套行之多年的标准固然有其存在的依据和价值，其作用也不容抹杀，问题在于它正越来越趋于权威化、绝对化、固定

化，成为至高无上的唯一标准，这就颇值得担忧了。一种显而易见的局面就是：尽管这些年各种美术展览办得热火朝天，数不胜数，但创作模式都大同小异，很多综合展览的作品看上去如出一人之手；即便有一些在画法上似乎拉开了距离，但其精神实质仍旧是相同的，并无多少差别。而反之，那些不符合这个标准的、取径不同、追求有异的创作则被视为另类，得不到关注和重视。虽然有关部门这些年不断提倡，但百花齐放、百家争鸣的局面在美术界内部并没有真正形成。

可以说这就是中国画坛的现状，也是中国画面临的尴尬。由于这种状态是一百多年来因各种原因积累形成的，因此要加以改变绝不是一件轻而易举的事。虽然近年来不断有人呼吁，也有人试图加以突破，但由于尚未形成一种自觉的共识，至今成效甚微。

（三）繁荣表象下的世界席位缺失

这种状态所带来的后果很清楚。那就是中国画在世界美术殿堂中地位的缺失。其中道理也很简单，近百年中国画竭力追随仿效西洋画去“写实”，去表现体、面和光、色。自己觉得大有长进，甚至以为前无古人，但是在西方人眼里，始终就只是 “不到位”的素描、速写或者水彩，无论如何也难以让他们信服。即使近三十年，有一批画家受西方当代艺术浪潮的刺激，试图追随接轨，热衷于所谓现代水墨。但由于脱离自身的传统和中国的实际，只能流于肤浅的模仿，在国际艺术界中同样形成不了气候。这也说明，尾随别人，我们永远是学生，而且还是不合格的学生。而作为一个甘于继续充当别人的附庸和分支的画种，得不到承认和尊重，乃是必然的结果。

三、回归与重振中国艺术的“道统”

那么，中国画怎样才能有尊严地面对世界？重新确立其地位？这无疑是一个大问题，要靠有心之人和有识之士共同努力。不过很重要的一点，就是首先要认真总结近百年变革的经验和教训，不能再妄自菲薄，盲目唯西方的马首是瞻，继续充当西方文化的附庸，而是要回归与重振中国艺术自身的“道统”。重新发挥中国画以线造型、以简驭繁和侧重写意三大优长，沿着弘扬民族文化的独特个性的方向去寻求突破。另外还有很重要的一点，我认为不管是当前的中国画，抑或是中国当前的油画、版画、雕塑，乃至一切中国艺术，都必须认真解决和始终坚守住的，就是中国传统的审美理想。一个民族的审美理想，是一个民族的文化制高点。只有站在制高点上，才能真正与别人分庭抗礼。中国传统的审美理想就是中庸之道，是含蓄、内敛、不走极端，认为过犹不及；就是所谓温柔敦厚、怨而不怒、哀而不伤的诗教。例如写诗，中国传统观念认为，太愤怒或太悲伤时都不适宜作诗，因为会“失之大怒其辞躁”，而悲伤过度，则会撕心裂肺，写出来的诗都不会好。所以，主张“长歌当哭须在痛定之后”。又如绘画，在中国传统中，有很多东西是不入画的，如死亡、战乱、灾祸、杀人、流血都不画。因为人类社会或大自然的这些极端的、非正常表现，都不符合中国文化的重视现世生存的情结以及“和为贵”的中庸之道。这与以执着的宗教信仰为基础的西方文化有很大不同，西方艺术以激情之极度发挥，揭示之穷尽形相，表现之繁复淋漓为最高境界。西方主张愤怒出诗人。画画也是无所顾忌，战争、死亡、流血、砍头、解剖，这些揭示人类“原罪”及其救赎的事物，全都可以入画。这是两种截然不同的审美理想。我认为中国画——其他艺术品种也同样，应当始终守住自身的传统理想，从而在艺术表现上显得别具襟怀，大异其趣，才能真正使对方自觉不能，自叹不如，也才会在世界范围内赢得应有的尊重和地位。

2010年5月

注：本文原载《中国社会科学报》2010年7月1日，刊发时题目为《坚守传统审美理想，重拾中国绘画“道统”》。

且说文人画

中国的所谓“文人”，是一个历史概念。大体来说，是指在农业文明时代，以文化知识谋生的一群人。在当时科学技术尚不发达，社会分工并不细密和严格的情况下，他们的知识结构相应地呈现出一种思想、政治、经济交融，文学、史学、哲学贯通的态势。由于在当时，出仕、诗词、著述的地位要高得多，绘画对他们来说，更主要是出于业余爱好。因此他们并不像民间画工那样必需具体的师承和严格的技术训练；而悟性、才华和文化修养则成为他们作画的主要凭仗。其结果，就使文人画呈现出一种共同特征，即轻形重意、轻描重写、轻规范重个性。应当说，这是一个对作者资质素养要求非常高的绘画流派。事实上，风气所及，自元、明迄于清，文人画虽然享有崇高地位，为不少习画者所追随，但真正称得上大成者却凤毛麟角，寥寥可数。不过，这种画风倡导以精神和个性为艺术的至高标准，却并不过时，而是具有超前的、永远的意义。

近代以还，由于科技日新，知识日专，分工日严，古代的文人群体已经瓦解消亡。加上摄影、电脑技术的发展，世俗话语权力的膨胀，物质欲望的泛滥，都使文人画面临严重挑战，甚至被视为另类，受到质疑。不过尽管如此，文人画却仍旧顽强存在，它所开创的画风也始终被有识之士所继承。这其实并不奇怪。因为第一，尽管古代的文人群体已经消亡，但中国文化的传统却并未消亡。而以继承发扬这一传统为己任者，始终绵延不绝，何况随着其价值的重新被发现和弘扬，追随者必定会越来越多。第二，以细密和严格的分工来实现发展的工业社会，只是人类文明的一个发展阶段。而下一个阶段，即知识经济时代的来临，必将开启一个造就“通才”的时代。到那时，许多现在的“专业”，又会回到“业余”的状态。而对精神和个性的追求，又将成为艺术的至高标准。而这，恰恰是文人画当年赖以生成和发展的客观条件。

当然，历史不会重复，今天乃至将来的文人画不可能，也不应该与古人一个模样。借鉴吸取是必需的，仿古模古却不可取。因为时代发展了，生活、环境、观念都发生了巨变。盲目追步古人，只会弄成没有价值和生命力的假古董。今天的文人画要坚守的只是以悟性、才华和文化修养为出发点，以及以精神追求和个性发挥为艺术价值的至高标准。至于怎么画，画成什么样，则应当解放思想，大胆探索，多方尝试。说到底，要振兴文人画，必须创新和发展文人画，否则便只是一句空话。

2011年6月

谈谈“画二代”

人类艺术发展的历史，从精神层面来说，其实就是个性不断解放的历史。尽管当中会有停滞和反复，但并不能改变这一发展方向。个性解放有助于发挥人类潜能，也符合艺术的本质要求。

中国绘画由于文化传统的原因，在历史上“父传子受”（包括师徒传授）的情形比较常见，加上宗法观念的影响，守住“家法”更成了必须遵循的准则。这种观念甚至影响到现代的美术教育。久而久之，所谓“某家某派”就因此形成。门派中人固然以此为荣，视为成名之捷径，谋生之坦途；而世人也爱屋及乌，津津乐道。

但坦白讲，从古至今，虽然中国出过不少父子画家，但在艺术史上都有建树的并不多。这其中道理不难解释：父亲即便了不起，但儿子的性格和天赋都和你不同。如果只是模仿，那顶多模仿到二三流，甚至等而下之，因为自己的个性彰显不出来。无论是作为父亲还是老师，把儿子或学生教得像自己的翻版无疑是失败的。没有个性的作品其实没多少价值。

但对于许多“画二代”而言，选择一条和父辈相似的道路，或许不能够使得他们能够在艺术史上占据一席之地，但足以令他们在现世活得不错。市场总是保守的，一个年轻人选择走一条崭新的路，难免前途未卜；但“画二代”们有著名的父亲，他们又沿着父辈已经被市场接受的旧路继续往前走，当然比较安全。而且说到底，真正能开创一派画风，在艺术史上留下名字的画家本身就少之又少，是件概率相当低的事，而且它肯定是无法世袭的。但老天爷什么时候会成就这么一个人，谁也没谱。这条道路前景不明，而且走起来很寂寞，很艰辛。我们也不能奢望所有的画家都做这样的选择，成为这样的人。社会有不同的群体，对艺术也有不同层次的需要。“画二代”与父辈相似的画风和作品，也会受到很多人的追捧和喜爱。既然如此，这个群体的存在倒也无可厚非。

但有一些“画二代”，也许主观上并不多么想像自己的父亲，结果却还是越画越像。我觉得可能需要提醒一下：作为“画一代”，应该怎么教自己的小孩？作为“画二代”，又应该怎么对待来自父辈的影响和教育？将其视作“启蒙”足矣，作为自己的终身创作模式就大可不必。

我很“庆幸”自己的经历：从小喜欢画画，在不同时期也曾经接受过一些老师的指点，但始终没有承传关系的“恩师”。我坚持用自己的眼去看，用自己的心去感受。其实，只要具有天赋和艺术敏感，看看也就明白了，不用教也知道怎么做了。因为没有“恩师”，倒可以博采众长，贯通融会，形成自己独有的风格。

后来有了刘一行，他小时候也喜欢画画。但当时我在忙着写小说，自己还处于“玩着画”的阶段，也就没有一套成熟的、完整的技法理论灌输给他，只是在关键的地方点拨他一下，或者找一些好的画册给他看，让他自己去感受、琢磨。我对他最大的影响，可能就是家学素养。他读了不少书，中国的、外国的，文学、历史、哲学的；还用心去思考。慢慢地，这些都融入创作中，从而形成了自己的绘画风格。他的水墨作品，和我的画风完全不同，也和其他当代水墨画家不一样。个人风格强烈，根子又和中国传统水墨接得上，即内敛、含蓄、不张扬的传统审美观念。应该说，他在现代水墨的探索方面开始走出了自己的路子。

我历来主张艺术面前人人平等，不是因为你年岁大、官大，或者是父亲，就一定高明。我用这种心态和刘一行相处。我们彼此都可以给对方提意见，在一种互动的过程中走过来了。尽管我们不一样，但也彼此欣赏。他觉得我的画属于比较雅正的路子，我觉得他有点怪诞特异。就像杜甫和李贺的诗歌，风格不同，各有特点。

能在这个物欲横流的时代，坚守艺术的个体立场，不趋时不跟风，不迎合市场，这是刘一行非常可贵的地方。我尊重并欣赏他的选择，虽然我不知道将来他会获得怎样的艺术定位，但至少我确信一点：具有独创性、个人风格的艺术实践才具有意义，而时间最终会留下真正具有价值的东西。

2013年11月

“破门而出”展览前言

这是广东人文艺术研究会成立之后的第一个展览，也可以看作是“初试啼声”。

虽然是初试啼声，却喊出一个来势汹汹的口号——“破门而出”。之所以如此命名，倒不是为了哗众取宠。事实上，这个以打通各个学科、各种门类为其特色的展览，所呈现给观众的行动态势就是如此。

人类社会发展到今日，分工日趋严细，这固然是物质生产飞跃的必然要求；但就包括艺术在内的精神创造而言，此种生态环境却殊不美妙。艺术门类的分工过细，门户观念过严，导致艺术家所立足的文化基础过于单一和狭窄，心胸和视野大受局限，精神内涵渐趋萎缩，作品越来越流于技术化与工匠化。再加上大工业生产式的观念，又有意无意造成一个标准、一种师承、一条路子、一个面目、一统天下的局面。于是，争鸣视为反常、个性遭到质疑、独创遭到排斥。所谓“大师”“巨匠”的呼唤，始终是一句空谈。面对这种困境，以巨大的勇气打破门户之限，搬开樊篱之设，实现思想之空前解放，精神之自由驰骋，才华之全面发挥，乃是唯一出路。

在广东——其实全国也如此——并非不存在坚持或尝试运用多种形式和不同风格从事创作的艺术家，并非不存在热心提倡不同流派竞争的理论家。只是缺乏必要条件和氛围，使他们难以充分施展才华和推行自身的主张。同样，也并非不存在具有多方面文化艺术修养，在文学、美术、书法、诗词，以及学术研究等诸多方面都贯通擅长并取得成就的通才，只是缺乏必要条件和氛围，使他们的价值作用得不到应有的发挥。广东人文艺术研究会的成立，就是试图通过一定的组织形式，为这些人士提供一个联络、交流、切磋和展示的空间和平台，并本着以人为本，实现人的自由、充分发展这样一个至高的人文理念，从一种独特的文化结构出发，通过一系列活动，来探索一条新路，提倡一种风气。而眼前这个展览，就是会员们多种修养和能力的一次集体展现，一种价值取向的揭示。

无疑这仅仅是起步，但我们所秉持的宗旨很明确，那就是：旁通的、融会的、文化的、高端的。

无疑这是一种绝非轻而易举的追求，一个未必每位成员都能实现的目标，但我们仍旧愿意为此而努力。

2008年11月18日

“线与面的张力”展览前言

这是广东人文艺术研究会成立以来的第三个会员作品展，策展人钟耕略先生提出把这次展览定名为“线与面的张力”，这是一个好主意。因为目前不少画展都习惯以画种或题材来命名，如今这个名称，从一种哲思的高度来提出问题，起码具有一种促人探究的新意。

事实上，作为一个会员的集体展，本次展出的作品无论是画种、题材还是表现手法、艺术风格等方面都因人而异，各展所长。要用一句话来表述确实颇不容易。但一旦把它们抽象为“线”与“面”，便顿时具有了普适性。更何况，“线”与“面”又分别是中国绘画和西洋绘画各自的基本特征。曾经在上千年甚至更久远的期间互不相干，独立发展，而且都达到很高的水平，各自都具有很强的“张力”。不过到了近一百多年，这两股艺术流派终于觌面相逢，在相互惊艳的同时，发生了一系列的借鉴、模仿与融合，结果使双方都发生了不同程度的变异。这不仅在一部东西方美术史上可以看出来，同样可以在眼前这个小小的展览中看出来。不过，在过去的一百多年，出于众所周知的原因，在中国美术界，无疑是走了一大段轻“线”重“面”或者舍“线”求“面”的路。这也许是必然的，也是有益的。但过于一面倒的结果，其流弊也显而易见。历史走到今天，如何重新认识中国传统绘画中的“线”，充分地、高度地发挥其巨大“张力”，已经成为摆在我们面前的一个有待解决课题。同样，对于以“面”为主要表现手段的中国画家来说，也存在一个课题，即如何把这种外来的“长技”，进一步与我们的传统审美理想进行整合，使之具有更加鲜明的东方个性，从而产生出一种令中外读者为之耳目一新的“张力”。

也许，这都属于大问题、大目标。但是任何大问题、大目标都要靠有志之士齐心协力、一点一滴、锲而不舍的努力，才有解决和达于成功的希望。如果我没有领会错，那么，这恐怕也是钟耕略先生如此策展的初衷吧！

2010年3月23日于羊城蝠堂

《画堂灯影》序

广东画院自1959年成立至今，已经走过了整整45年的历程。

45年说长不长，说短也不算短了。更何况过去半个世纪，正是新中国几经曲折，求索变革的时代。广东画院作为服务社会的文化单位，自然也毫不例外地经历了与时代同步的各种洗礼。其中有欢欣的诞生，有蹒跚的起步，有激情的创作，有风雨的考验，有转型的焦虑，有改革的探讨，一步一个脚印地迎来了如今的晴空丽日，春风坦途。

这无疑是一段丰富多彩而又颇堪回味的岁月。唯其丰富多彩，所以我们难以忘怀；唯其颇堪回味，所以我们倍感珍惜。

而作为贯穿这段岁月的一条主线，则是党和政府始终如一的大力扶持，是历任领导的亲切关怀，是社会各界人士的热心相助，当然，更有赖于画院老中青三代同仁为着一个共同的目标团结一致，努力奋斗。事实上，正是凭借这些，我们才能在近半个世纪中，不断克服困难，勇于迎接挑战，义无反顾地走到今天。而可以告慰这些关爱和努力的，则是院内优秀人才的涌现成长、创作研究成果的丰硕喜人、生活工作条件的日益改善更新，以及工作思路和局面的不断开拓创新。一句话，广东画院在跻身于全国影响较大画院之列的同时，也为促进广东美术事业的繁荣发展、提升我省的文化形象方面做出了应有的贡献。

当前，广东正在步入在加速建设经济强省的同时，努力建设文化大省的全面腾飞时期。面对时代的召唤，广东画院全体同仁无不额手称庆，深感责任在肩，决心竭尽所能，贡献自己的一份力量。

因此，适逢今年院庆之际，便产生了通过一定的方式来回顾历史，缅怀前人，总结经验，发扬传统，鼓舞斗志，以激励来者的动议。

于是，便有了对过去历年积累图片的收集和整理。

于是，便有了对过去历年大事的逐一录列编写。

最终，也就有了眼前这本《画堂灯影》的编辑出版——“画堂”者，美室也，姑且借称作画之室；“灯影”者，撩人遐思之光也。集中所载，都属前尘影事，灯下披览追怀，意味倍觉深长。

也许，除了画院同仁之外，这本集子还会得到更多的知音?

2004年国庆日于广东画院

《不凋》创作感言

去年底，广东画院的同仁赴海南举办画展。这使我得以在阔别了十多年之后，再度重访曾经生活工作过五年之久的旧地，期间还畅游七子岭、五指山、三亚港等当年未曾到过的地方，既与海南的同行进行了交流，又圆了一个旧梦，更获得了一次深入生活的机会，可以说不虚此行。

所谓深入生活，对于我来说，最重要是去感受——感受场景、感受气息、感受节奏。这次海南之行也一样。在密林中，在沙滩上，虽然也拍了一些照片，画了一些速写，但使我长久激动的还是大自然巨大而原始的生命力，是天地间永不休止的深沉呼吸。正是基于这种感受，回来之后，便产生了强烈的创作冲动，结果就有了这幅《不凋》。

不必多作解释，读者也可看得出，《不凋》所描绘的是海南热带雨林的一角。这种景象在中国，可以说只有海南才有，而海南在历史上又属于开发得很迟的地区，因此古人几乎从未以之入画；近现代以来，虽然开始有画家，特别是海南的画家不断进行尝试，但表现方法远未成熟。更何况，我所要表现的是我个人对热带雨林的独特感受，那就更加没有现成的技法可资借鉴。碰到这种情况，怎么办？最简单的当然是知难而退。但是我觉得，对于一个有学术追求的艺术家来说，获得一种属于自己的独特感觉是最宝贵，也是最首要的。这是倾注激情，发挥个性的最根本的着力点。一定要把感觉放在第一位，牢牢抓住它进行创作，至于技法，并不是第一位的东西，有可资借鉴的就借鉴，没有的话，完全可以通过自行探索、创造技法去加以表现。其实我们的前人就是这样走过来的。也唯有这样，艺术才能实现创新，不断向前推进。正是基于这样的认识，我在创作时完全不去考虑前人的笔墨运用，只是一心一意要将自己对于雨林的感觉画出来。

这当然是一种尝试，到底成效如何，只能由读者去评判。旅美艺术家钟耕略作为最早看到这件作品的朋友之一，曾经写下一段话，姑且摘录于下：

> 《不凋》之构图更接近现代视觉的特色，刘君把三远法化为近镜取景，以空濛虚松之远景营造深度空间，从而产生一种现代视觉之光效，加强了景物之真实感。其树石穿插之安排，左右延伸之多元透视，疏密虚实之对照，仍然是传统水墨之精华，故谓其以今溯古。余以为此件力作之空间感与光感最为突出，是从传统水墨走向现代面貌的一个最好的例证。因为它并非强调形式或描绘方式上的变革，但是它又摆脱了传统中国画线条墨色的规范，与那些直接以西画光影透视法来作水墨者有着观念和本质上的区别。由此可见，水墨现代化并不在于形式，而是贵于精神；不在于刻意，而是贵于不知不觉间。

是亦一家之观感，聊作讨论之资。

2007年

国画研究会回顾展前言

文人雅士通过结社来切磋技艺，这种风气在我国可以说自古已然，到了近现代则尤为兴盛。不过近百年来，尽管各种艺术结社数量众多，不胜枚举，但绝大多数却是旋兴旋灭，能够被后人长久记住，并不断提起的实在寥寥可数，而国画研究会却是广东艺术史上无法忽视的一个存在。

以“癸亥合作画社”为前身的国画研究会，自1925年正式成立至1937年，前后活动了近十五年、参与的画家达数百人，是这一时期广东地区人数最多、影响最大的一个美术社团。但光凭这一点，恐怕还不足以使之成为历久不衰的话题。我们至今还感兴趣的，是她当年的主张。即认为：“降至今日，士多鄙夷国学，画学日就衰微，非急起而振之，恐文化荡然，将为印度之续。某等有见于此，于是联合同志，设立斯社，以研究国画振兴美术为宗旨。”也就是说，正当包括美术在内的整个中国文化急剧向西方倾斜，并形成汹涌之势的时候，他们却强调坚持中国固有的绘画传统，甚至以仿古、摹古的激烈姿态进行对抗。这在当时，无疑是一种反潮流的行为。事实上，到了后来，追步西方，彻底变革中国画的主张在相当长的时期内垄断了画坛的话语权，国画研究会也因其主张的“保守、陈腐”而备受质疑和贬斥，甚至一度淡出人们的视野。

然而，事物的价值却是不以潮流的一时走向为定论的。当历史终于走出民族沉沦的幽暗隧道，步上复兴的康庄之途后，人们才猛然发觉：我们可以学习西方，但我们不能也不应变成西方。而支撑我们重铸辉煌的，归根结底还是悠久而优秀的中华文化传统。而基于同样的理由，当年对此有过强烈主张的人们及其所做出的坚持，也必须重新认识，认真研究，并给予应有的历史定位。

今天，国画研究会纪念馆得以开设，这个历史回顾展得以举办，就是这种重新认识的结果。

2015年元旦

《独向白云归——黄君璧传》序

作为一位艺术家，其最终的历史定位，归根结底还是取决于他在创作上所取得的成就，而不是其他。这一点恐怕不会有什么疑问。事实上，纵观一部艺术史，那些被后人记得住的名字，若探究起各人的生平经历，不用说必然是贵贱殊出，顺逆异途，性情各别，不一而足。但这并不妨碍他们都并列于艺术殿堂的重要位置上。

既然如此，那么对于他们，是否就只需评论其艺术成就，而不必理会他们曾经走过一条怎样的人生道路呢？似又不然。因为作为人类社会的成功者，他们所留给后人的，除了艺术作品之外，无疑还有为实现其人生目标时所遭遇的各种艰难险阻，以及如何加以克服，为此付出过什么超常的努力，出现过什么曲折和变化，有过什么喜怒哀乐等等。恐怕正是由于不同的艺术家所经历的人生道路各不相同，其中所包含的经验甚或教训就呈现出极大的丰富性和深刻性，而这，无疑是世人和后来者同样希望追索了解，以从中获得启发和借鉴，汲取前行力量的。

正因如此，最近当鲁大铮君出版他的新著《独向白云归——黄君璧传》时，就理所当然引起我浓厚的兴趣。这无疑首先是因为黄君璧先生作为活跃于上世纪的一位画家兼美术教育家，对于我来说，是一位同省籍的前辈乡贤。他的名字，在广东可以说是闻之已久。其次，黄君璧先生饮誉中外的山水画创作，我虽然不敢说拜观过很多，但起码也有所了解。而对于其深厚的传统功力、不守一隅的创新精神和鲜明的个人风格有着深刻的印象。再次，我还多少听说过黄君璧先生颇富传奇色彩的人生经历：他作为一位平民出身的画家，由于时势推移的种种机缘际遇而从广州走向全国，然后又去了台湾，最终成为宋美龄女士的私人美术老师。以上这些，都使我觉得他颇不寻常，有异于普通画家，因此也时时存着一份别样的关注。不过，在很长一段时间里，黄君璧先生之于我，却始终停留在十分表面的了解上。这固然首先要归咎于我缺乏着力探求的虔诚。另外，长期以来，美术史界对于黄君璧先生的关注与研究十分不足，无疑也是重要原因。事实上，当今艺坛，宣传炒作之风正愈演愈烈，各种巧言夸饰的吹捧泛滥成灾，“巨匠”“大师”的廉价帽子满天飞，而像黄君璧先生这样真正值得重视和深入研究的艺术家却遭到冷落，这无疑是很不正常的。现在，《独向白云归——黄君璧传》的问世可以说在相当程度上填补了这一长期的空白，也是对上述不良风气的一种抗争。作者鲁大铮君穷三年之力著成此书，其态度无疑是十分严肃而且认真的。事实上，他为此曾多次往返于海峡两岸，深入采访了包括黄君璧先生的亲属、学生、朋友，以及专家学者在内的众多人士，获得大量第一手资料，在此基础上发隐抉微，力图详尽而真实地把黄君璧先生颇富传奇色彩的艺术人生揭示出来。不仅如此，作者还下了相当工夫对黄君璧先生绘画艺术进行认真研究，对其杰出成就进行了深度解读。正由于作者既具备一位资深传媒工作者的丰富经验和锐利眼光，又具备美术研究的专业素养，因此使得作为岭南乃至中国画坛代表人物之一的黄君璧先生的形象，得以立体地、全面地、丰富地，当然也是活生生地展现在我们的面前，使对此期待久矣的我读来兴味盎然，感受一新，获益良多。当然，也相信鲁大铮君这继《马思聪传》之后的又一新著，同样会获得广大读者的喜爱。

2015年5月于羊城蝠堂

优雅与精致的现代范例

——《钟耕略画集》序

钟耕略的画风与时下国内流行的画风无疑有颇大的距离，对于国内的读者来说，也许多少会感到有点不熟悉和不习惯。这是可以理解的。因为虽然钟耕略早年是在国内接受美术教育，其坚实而全面的基础也是在那时候打下的，但是后来他却移民到了美国，在纽约生活和工作了整整三十个春秋。三十年可不是一段短暂的岁月。特别是在中国，这期间社会变化之急剧和巨大，可以用“天翻地覆”四字来概括。不过到目前为止，无论是政治、经济还是文化，变化都还远未结束，还在不断的尝试和探索之中。这种状态，毫无疑问会直接影响和左右着美术的风尚和走向，从而形成了我们目前所习见的景象。这就是：一种社会急剧转型期间所出现的多元、杂乱、浮躁的状态。价值标准遗失，炒作之风盛行。无论以传统为标榜还是以创新为旗帜，都难以摆脱名声和利欲的强烈支配。当然，这样一种状态的出现有其不能超越的历史必然性，而且其作用也并非完全是消极的。事实上，如果没有近三十年“人欲”的极大释放，包括美术在内的中国，就不可能出现今天这种生机蓬勃的局面。问题在于，我们还必须有更高远的目标：使我们的文化和美术在向现代化迈进的同时，实现更高层面的升华。而在这其中，我以为，一种具有现代精神的“雅致”，应当成为需要关注的目标。

在中国的文化传统中，对于雅致无疑有着自觉而强烈的追求，优雅与精致一直被视为文化艺术的最高品格之一。但是近一百多年来，由于社会变革的急剧和猛烈，这样一个标准逐渐被舍弃、否定和遗忘。在某个特定时期，为了突破传统农业文明的桎梏，这也许是必需和合理的。但时至今日，雅致标准的丧失和遗忘，必然导致对草率、粗糙、恶劣、庸俗、轻滑之风的宽容和放纵，严重妨碍着中国当代美术品格的提升。正是面对这种日益显现的恶果，我读出了钟耕略作品的当下和长远的意义。

与国内时下流行的画风相比，钟耕略的画风确实很不相同。目前国内画坛可谓空前繁荣而又龙蛇混杂，五光十色而又良莠不齐。在这种情况下，力求具有强烈的视觉冲击力，就成为许多画家的重要考虑。于是或者借助于造型表现的怪诞夸张，或者借助于题材选择的刻意另类，或者借助模仿外国的时髦做派，或者借助画幅面积的成倍扩张，使自己的作品在观众的偶然一瞥中脱颖而出。然而，其价值也往往仅此而已。钟耕略却不是这样。他完全没有故作声势的张扬，就像一个文静的处子，悄然站立在灯火阑珊的长街一角。只有当你蓦然回首的时候，才会突然看到她，并且发现她是那样雅致，那样风致嫣然……的确，作为画家的钟耕略，当他把目光专注地投向墙上的斑驳树影，投向路边的整洁的阶砌，投向简朴无华的室内陈设，并从中发现别人不曾发现过的美的时候，他的心灵必定异常细致而敏感，并充满一种优雅情愫。我相信，当他沉浸在这种独特的感受中，并以超级写实主义的方式力求将之深入表现出来时，他满心想到的只是如何把自己的发现与别人分享，而无暇顾及更多的世俗念头（虽然他并不缺少欣赏者和市场，但那只是结果而不是初衷）。而正是在这一点上，他就把握住了艺术的真谛，使作品具备了一种内在的、本质的雅致。事实上，在过去数千年间的中国，正是由于始终存在着一个在价值选择上摆脱了政治功利和市场功利的群体，才使中国绘画得以承传和发展出自身雅致的品格，从而达至一种超凡脱俗的高度。时至今日，这种情形尤其值得我们深长思之。

当然，我们今天来谈论雅致，并非提倡对古人趣味的模仿和复制。事实上，当今的画坛，颇有一些人在热衷于制造这类假古董。其之所以假，是因为时空的巨大差异，注定了今天的画家根本无法具备古人的情怀。强自为之的结果，充其量也只是徒具外壳，灵魂则付之阙如。钟耕略的作品无疑是雅致的。但这种雅致却绝不是古代趣味的模仿，而是一种充盈着现代情怀和现代审美的雅致。例如，在“室内系列”中，他对那些平面化简约化的现代室内景的描绘；在“阶梯系列”中，他对那些几何图式的街道建筑的表现，以及在“树影系列”中所醉心的平面叠加趣味，都体现了一种现代都市之美的探究，一种出人意表的别样追寻。说白了，这是一种根植于当代社会生活和他个人独特感受的重新发现和创造。唯其如此，这些作品才体现出一种时代意义上的价值。

在都市题材之外，钟耕略还有一批作品是描绘山野自然景物的，像“尼加拉瀑布”“水石云山”“古柏峭壁”和“花果系列”等。这些作品除了保持着一贯的优雅细致作风之外，还显示了作者在努力探求东西方艺术在现代的交汇点。事实上，作为青少年时代一直生活在中国，并曾经以中国画为专攻的钟耕略，骨子里充满着东方文化的情愫。而三十年的外国艺术生涯，又极大地开阔了他的眼界和胸襟，使他兼具东西方文化的视野，因而他的艺术立场也显得更超然一些，少有东方或西方的迷信或偏见。这种特点也鲜明地表现在上述的作品中。品种是油画，画的也是异域的风物，却明显地糅合了东方艺术的元素。像线条的运用，浪花的表现，果和叶的造型，树和石的勾勒，都使人想起中国宋元时期作品的表现手法。整个气味显得既西方又东方，从而体现了一种文化精神的交融。的确，在信息时代，面对方兴未艾的全球化进程，定于一尊，拘于一格和守于一隅，恐怕都不足以应对深刻变化的世界潮流。唯有以更包容的心胸，更开阔的视野，更坚定的自信，去攀登时代的制高点，才是最终的出路。在这方面，钟耕略的艺术创作无疑给出了范例。虽然是一个有着鲜明个性的范例，于我们却有深广的启示。

2007年6月19日

《李国华先生画集》序

广东画坛及于近代，“二高一陈”高张融合中西之大旗，以绝大勇气突破传统樊篱，戛戛独造，令人耳目为之一新。流风所被，从者如云，岭南始有世所公认之独立流派。其后近百年间，薪火相传，名家辈出，影响巨远。

时移世易至于今，潮流更迭，观念翻新。岭南画派亦日形嬗变之状。其革新精神仍为广东画人所崇尚继承，唯“二高一陈”所开创之画法，已为百花齐放之局面所取代。此亦事理发展之必然，无可非责者。纵然如此，岭南画派之原创心法并未就此式微，仍由其嫡传弟子所坚守、推进、发扬，继续取得令人瞩目的成就。李国华先生即其代表之一。

国华先生以山水为专攻。早年师从粤中名家李凤公，后复拜于岭南派大师黎雄才门下，孜孜苦学，数十年间，尽得真传。其后更博采众长，自出机杼，功力日深，个性愈显，卓然而成当今岭南画派一重镇。

先生出身市井平民之家，自幼即倾情于绘事。虽迭经世变，沧桑陵谷，其志不改。可谓笃于情而诚于意者。故其所作，毫无矫揉造作之态，但觉一种真情，贯注其中，元气弥满，温厚和融，直达物我相忘之境界。

先生视生活为艺术之不二源泉，作画尤重写生，平生遍历名山大川，于中捕捉灵感，提炼技法，至老不息。故其画生气盎然，新意迭出，绝无陈陈相因之病。

先生于绘事之外，深喜古文诗词书法，涉猎研习不遗余力，故其画于平实中自饶雅意，文化底蕴具足，与时下浅薄无根之辈有云泥之别。

先生既视艺事为神圣，故作画态度极之严谨。九朽一罢，苦心经营，反复勾染，绝不惮烦，故其笔下每见狮子搏兔之全力，而罕有轻率苟且之态。

先生平生淡泊名利，不求闻达。虽达八十四之高龄，而名声反不及若干中青后进之彰显。每令识者为之不平。唯先生笑曰：“艺事者，但求尽吾才，得吾心，畅吾意而已矣！此外俱非所知也！”噫！此先生之画所以必传也乎！

2006年仲冬于羊城

《杨永权画集》序

永权兄是我的老朋友，屈指算来，相交已有40余年。他才情早发。相识时彼此也就20岁出头吧，他已经是诗、文、书、画，样样来得。当时正值“文革”动乱期间 ，记得我曾有诗赠他——“才人珠海说黎、杨，三日谈诗未举觞。何不放舟兵气夜，红醪浓注一壶霜。”诗中的“黎”是指另一位诗友，“杨”就是说他。身处“兵气满城”的肃杀之夜，竟然还有兴致抵掌谈诗，青年时代那一份豪纵情怀，今日回思真是恍如隔世了。

自那时之后，陵谷沧桑，国家固然经历了天翻地覆的巨变，而当年的朋辈，也流水浮萍，各奔前路，最终也各有所寄。永权因才干得李鹏翥先生的赏识，大约从上世纪90年代初开始，便被罗致进《澳门日报》，正式踏入新闻界，从此大忙特忙起来。不过，由于他任职于该报驻广州记者站，因此见面的机会仍旧不少。加上他又是个极重友情的人。对于旧友们所参与的一些文化活动，他总是非常关注，及时报道；而见报之后，又必定把报纸寄给我们。这件事，20多年来他从不懈怠，也从不假手于人。每思及此，我总是十分感动，同时也不由得想到，这些年他一门心思扑在跑新闻上，似乎把诗、书、画那一份才情都荒废掉了，未免可惜。也曾几次问起，他都有点含糊其辞，我也就只好把一份遗憾埋在心底。

没想到，前几天永权兄忽然打来电话，说是近期准备举办个人画展，作为配套，要出版作品集，想让我为之作序。我自然立即答应下来，不过却有点疑惑：前些日子还毫无动静，怎么一下子说办就办了呢？后来读到作品，我才恍然明白，这些年，永权虽然不再专心于书画，但其实没有放弃，一直都在坚持创作。只是他积大半辈子修为，已经定力十足，觉得还未到时候，便一直打着埋伏；现在终于积累了一批，才冷不丁破关而出，让我好吓一跳。

细看永权兄的这批作品，中国画77幅，书法兼诗作10幅。数量并不算多，尺幅也不很大。但毫无疑问，都是经过严格挑选的称意之作。其中除了我熟知的花鸟画而外，还有过去见得不多的山水画。此外书法作品，所录的则是他本人的诗作。永权早年师从岭南名家冯曼硕先生，刻苦研习，打下坚实的基本功。加上其他方面的才能，他在当年侪辈中已崭露头角。其后的这些年，虽然作画的时间少了，但经历、学养却不断积累，见识、胸襟早已迥非昔比。这种得自“画外”的功夫，是当今许多画人所欠缺的，而对于中国画来说，却又是最为重要的。事实上，永权这批作品给予我最强烈的印象，正是那种中国式的“风人之旨”——含蓄、文雅，空灵、蕴藉，温柔敦厚。这种源于内在修为的气息，使他作品乍一看并不抢眼，然而细读之下，却十分耐人寻味。那细腻雅致的用笔，那别具一格的造型，那奇正相生的构图，那工意兼用的手法，那无处不在的诗意，既综合构成了作品独特的面目，又透显出作者的严谨和老到。

永权早年受岭南画派启蒙，并以花鸟画知名。这从《岭南春》《红棉》《舞东风》等作品中获得印证。不过，他没有固守一隅，而是一直放眼南北，博采众家之长。因此画法亦因机而异，变化颇多。像《秋艳》《红杏枝头春意闹》一路的高古沉着，《柳阴》《春雨蒙蒙》《迎春》一路的轻倩柔美，《恬息》《海韵》一路的雅致空灵，都各擅胜场，也都达到相当的高度。

至于山水木石之作，则似乎是永权后来开拓的领域，也同样使我感到惊喜。这批作品难得之处，在于兼有传统的功力以及当代的意识。更渗透了作者的学养和胸襟，因此能于众多流派之外戛戛独造，自成面目，而且古格岸然，风调甚高。像《黄山春早》《古柏森森》《黄山云海》《月上柳梢头》《山间流泉》《出峡》《看爽气朝来三数峰》等等，都是值得再三玩味的佳作。

总而言之，过去我曾经深以永权兄放弃绘事为惋惜，现在看来担心完全是多余的。因为他其实一直在画，而且画得越来越好了。那么作为老朋友，我在欣喜之余，对他的祝愿自然就变成了：更多地画，以臻于大成。

2010年7月20日

王楚材的艺术与人品

屈指算来，我与王楚材相识交往已有20年，而知道他还要更早一些。这不仅由于我与他都出生于上世纪40年代中期，还因为自幼都生活在广州。当年我们这一辈喜爱诗文书画的少年，不满足于学校浅尝辄止的课程，往往都向社会上寻找深于此道的老先生，或者追陪问道，或者拜师受业。王楚材当年的老师是诗词和书法都很有造诣的阮退之先生，而阮先生与我父亲是过从颇密的朋友，我也就因此听说了王楚材。加之其名显然出自“楚材晋用”的典故，于是我还一下子就记住了。不过，由于那些年社会比较动荡的缘故，却一直没有什么来往。我们接触真正多起来，还是到了90年代中期。当时我与他都在广东省文联任职，提起旧日那一层缘分，自然就如逢故人。其后的相处，虽然始终保持着一种君子之交的状态，说不上有多么深密，但是却称得上情投意合，心思相通。推究起来，这恐怕应该归因于无论是对艺术追求的虔诚还是为人处世的坦荡，彼此都颇为契合的缘故。

王楚材早年曾入读中南美专（广州美院前身）附中，在绘画方面受过正规训练，后来又师从阮退之先生，专攻书法。阮先生的诗学晚清龚自珍，书法则取法乾隆年间的刘墉，他自己也以“石庵（刘）书法定庵（龚）诗”自况，但俱能参以己意，自成面目，两者都达到很高水平。王楚材的书法，深得阮先生的真传，但同样糅合了自己的个性与追求，而形成自己的鲜明面目。如果说，刘墉生当乾隆年间的所谓盛世，其书法讲究圆润丰腴， 骨格内敛，颇体现了他作为汉员而又身居高位的心态的话，那么阮退之由于早年曾投身革命，在国共第一次合作期间还是颇为活跃的一分子，其书法就多了一份桀骜飞扬之气。至于到了王楚材，虽然同样坚守绵里藏针的“墨猪体”风格，但作为一位纯粹的艺术家，他却分明少了前贤的那些政海沉浮的烙印，而更多的是对艺术本真的探寻。

说到“墨猪体”，当今已经不甚流行，能遵行此道而又卓然有成者更是凤毛麟角。因为此种书风要求墨浓势厚，貌丰骨劲，笔短意长，尤其讲究以稚拙求生动，以端严求变化。这几组要求可以说是既对立又统一，如果作书者没有相当的拿捏驾驭本领，是难以掌握的，弄不好，就会变成软弱无骨的一团“毛虫”；加上这种书风偏于高深，难入俗眼，不易为市场接受。因此不少书家都视为畏途。正是在这一点上，王楚材显示了作为一位有品位有追求的艺术家的勇气和才情。他在刘、阮两家都以行草擅长之外，转而专攻草书，但又舍弃常见草书那种讲究连带飘动，追求流畅华美的风尚，而是坚持每个字自成回合，劲气内敛，结体严谨而又舒展。如此一来，就使他的作品固然继承了刘墉、阮退之书风，但是却在草书方面开辟出自己的一片天地。更为难得的是，无论是盈尺榜书还是方寸小字，他都能做到真气贯注，意足神完，不温不火，通篇充盈着一股雅意，达到颇高的境界。我认为，他的书法不仅在岭南，而且在全国也堪称独树一帜，值得重视和研究。

除了书法之外，王楚材在绘画方面也卓然有成。他早年兼涉多个画种，后期则专攻山水，而尤其服膺黄宾虹，画风亦相近。这应当与他精于书法，坚持以书入画的自觉追求有关。事实上，坚持以书法的线条造型、讲究以简驭繁和偏重写意，乃是中国画三大优长。而黄宾虹则是把这三大优长发挥得最充分、最淋漓尽致的一代大师。王楚材以此取径，表明了他对中国画的深到理解。而且黄宾虹作品所体现出来的中国传统文化的那种含蓄内敛，平淡天真的中庸之美，在王楚材的创作中也得到相当体现。因此，他的山水画看似貌不惊人，缺乏时下流行的所谓“冲击力”，但是细读之下就会发现，无论是经营位置，虚实处理，乃至一根线条、一个墨点的安排都经过反复掂量，颇为讲究，包含着作者的匠心。加上高雅的格调，含蓄的诗意，使作品有如葡萄佳酿，虽不浓烈，却余韵悠长。

无论是书法还是绘画，王楚材的作品在当今艺坛无疑都属于阳春白雪一路。这一路走成功了诚然有其学术乃至历史的久远价值，但是由于曲高和寡，却远不比走下里巴人的通俗化路子来得有市场。然而，热心于追逐市场的作者虽然能够获取眼前的利益，却注定会失去未来。这也可以说是古往今来的一条

"通则"。王楚材既然立心要走阳春白雪的路，这就注定他在当下不会大红大紫。不过据我所知，他却有足够的恒心和定力，对名利得失做到坦然淡然，一门心思去追求自己的艺术理想。事实上，他的追求也并非没有回报，起码在艺术圈子里，认可乃至推许他的就并不乏人。对于一个真正的艺术家来说，这才是最重要的。因为这预示着一种可能——一种征服时间的可能。

作为一个老朋友，这些年我与王楚材交往的最强烈感觉，就是他的单纯、朴实、真诚甚至天真。他确实是一个艺术家，而且是一个心地好得出奇的艺术家，一个真心实意为大家服务的艺术家。也许很多人都不知道，他担任广东省书法家协会专职副主席那么多年，为会员们组织过数不清的展览和活动，竟然从来没有举办过自己个人的作品展。直到现在，他身罹重疾，已处于弥留之际，才由省书协的朋友们发起，为他举办这么一个书画展。这事说来真令人有不胜唏嘘之叹。也因此之故，我匆忙地写下以上的话，以表达我对他的一点微末的敬意。

2013年7月26日

《陈映欣画集》序

这几年看陈映欣的画不少，山水像他这样画的还真不多见。不过最早见到的是陈映欣的文章，一读之下，觉得画家而能写出这样文章同样不多。

当然，画画的并不一定要会写文章，但写评论美术的文章，如果作者自己不能画上两笔，按照我的个人体验，许多概念理解起来就有难以跨越的障碍——对于在实践中显而易见的事情，因为缺乏切身的体验，往往无法感悟，更别说理解和表达得准确了。在这种情况下，做史料的考据整理还是不成问题的，但讨论到创作理念技法心得之类的问题就不免有点儿隔靴搔痒。我怀着这样的“成见”头一次读陈映欣的文章，却没发觉有这种毛病，无论从哪个角度谈艺术，他的尺度分寸都把握得颇为准确到位，后来知道他是美院山水专业出身，而且一直创作不辍，我的“疑惑”才算找到了着落。

从陈映欣的文章里可以看出来，他是勤于思考的画家，而他的画作同样是深入思考的产物。本来美院的家数，是以写生为基础，创作来自写生。但过分着眼写生，则容易被生活实景所束缚，动笔之际过于刻画而不能解脱。笔画不能松脱则“气韵生动”的境界不能达到。陈映欣有意把构成物象的笔墨拆散铺开，再按照“节奏”加以重组。同时在视角的处理上继承中国画传统的散点透视，而又进一步向平面扩展。依照这一条思路，笔墨不再专一为刻画形体服务，转而为表现节奏和意念服务。节奏和意念也并非是单纯为了追求变化而制造不同的干湿浓淡效果，而是由主观情绪带动笔墨自然而然生成的变化，观众视线追踪着画面上的笔墨轨迹，心里自然就被煽动起指引这笔墨节奏生成的那一股情绪，所谓“气韵生动”也不外乎就是这么回事吧？

陈映欣按照这一想法创作了大批山水，效果到底怎样，我一个人说了不算，还是留待大家去感受与评价。看陈映欣作品得到的想法，在这里我只谈一点确实具有普遍意义的：现在画画的人肯动脑子的不多，很多人就是靠着从老师那里学来的一套习惯动作在画画，青春才情消耗光了，画也就开始走下坡。陈映欣用思想画画，这给大家做出了一个好榜样。我认为文士之作与工匠之作最大的区别就在于作品里有没有包含思想。文人文人，有思想才能发之为文，而通过写文章又能使思考进行得更加深入更加完整周到。中国画有一个很独特的现象：真正的好画都出现在画家的中晚年，原因就在于中国画的品位是靠思想学识支撑的，如果这方面的修为不到，则作品不可能达到淳厚。一个中国画家，既能勤奋创作，又能不断修炼自己的思维学养，他最终达到的艺术高度就一定是众人必须仰视才能看见的。映欣勉之哉！

2006年8月19日

《乐叔与虾仔》序

记得上世纪70年代末期，在岭南美术出版社新创办的《周末画报》上，开辟了好几个连环漫画专栏，其中一个取名叫《乐叔与虾仔》。作品塑造了一老一少、性格各异的两个普通人物，运用略带夸张色彩的喜剧表现手法，让他们与社会日常生活中的种种人和事直接遭遇，发生碰撞，作出判断，来达到扶正祛邪，除恶扬善的目的。这个栏目，由于注意直接取材现实生活，情感观念贴近广大群众，表现形式轻松活泼，因而迅速风行，大受欢迎。乐叔和虾仔的形象也变得街知巷闻，为人们所津津乐道，甚至还被搬上了电视屏幕。这种盛况，一直维持了十多年。后来，由于社会生活向前发展，更多的传播手段出现，人们的口味发生了变化，《周末画报》不得不一再改版，原来的几个漫画专栏因之被取消。乐叔和虾仔的形象也从读者的视野中消失，成为那一段岁月的一个美好的记忆。

我也曾经是这个栏目的热心读者。记得当时，还为在我国的漫画园地中，能够继张乐平的三毛之后，再度出现如此受欢迎的漫画形象而欣喜。当然，对于这一对形象的最终消失，我又颇觉遗憾。特别是近些年，眼见着来自日本的、欧美的外国卡通读物大举进入，几乎垄断了我国的漫画图书市场。不少青少年只知道有阿童木、蓝精灵、美少女、多啦A梦、史努比等等，而不大知道三毛——更别说乐叔和虾仔——的时候，我内心的失落感就更加强烈一些。的确，偌大一个中国，如此悠久的漫画创作传统，再加上庞大的美术工作者队伍，竟然把十分重要的漫画图书市场拱手让给别人来占领，而自己却无所作为，这种局面，是无论如何也不能令人心安理得的。正因为怀着这样的焦灼，不久前，当我收到华尘先生送来的一厚沓漫画新作，翻开一看，发现那一对久违了的漫画形象又赫然出现在眼前时，确实有一种意外的惊喜。不错，这正是那熟悉的一老一少——长着两撇小胡子，手中经常提着一柄黑雨伞的乐叔；圆脑袋，头上顶着一绺卷毛的虾仔。十几年不见，他们居然还是那样生猛精神，一点没变！不同的只是如今他们还多了一个同伴，一位英姿飒爽的靓女警花——奀妹。由于这一新角色的加盟，画面变得更加丰富，气氛变得更热闹。加上这些年作者思想越趋成熟，画技日益精进，作品也变得更加赏心悦目。我怀着极大的兴趣细看下去，发现它依然保持着当年的创作宗旨：贴近现实生活，除恶扬善，扶正祛邪。不过故事的取材似乎更加广泛，角度也更加新颖，因而也更加有趣。值得一提的是，直至今日，乐叔和虾仔作为本土文化的一个成功范本，始终受到广大读者，特别是广州读者的关注。提起这一老一少的形象，不少人仍旧记忆犹新。这就非常难得了。不过也说明，民族的、大众的、贴近现实生活的作品，特别是提倡健康、昂扬精神的作品，会赢得读者的长久喜爱。

现在，华尘在有关方面和热心人士的支持下，打算以展览的方式让乐叔、虾仔和奀妹直接同公众见面；同时编印出版，进一步扩大这一本土文化成果的社会效应。这无疑是一件好事情。事实上，我们中国的美术界和出版界，确实太需要创造属于我们自己的，为人民大众所喜闻乐见的漫画形象了。这不仅是一个市场竞争的问题，而且是一个弘扬我们民族的文化和价值观念的问题。因此，我相信这册作品的出版，对于推动我国当前的漫画事业，将会起到积极的有益作用。同时也期望华尘坚持把这件事继续做下去，获得更大的成功。

2007年9月

厚积薄发　渐入佳境

——《何俊华画集》序

何俊华正当不惑之年，画龄却已经有三十多个春秋。

虽然画龄不短，但是比起一些同龄画家，无论是出版个人专集，举办个人画展，他都可算是十分少的。并不是没有能力去做，只是他总觉得尚未真正到时候。

在当今以“包装”“炒作”为时尚的市场经济时代，能够如此沉得住气，这可以见出他对自己、对艺术的严谨和慎重。

仔细想来，这种严谨和慎重可能与他入道之初受岭南画派影响有关，岭南画派一贯以作风严谨，功夫扎实著称。它不仅重视传统的笔墨功夫，尤其重视实景写生的能力。它主张“笔墨当随时代”，主张艺术要贴近生活，表现生活，直接从山川实景中寻找素材，生发灵感，提炼技法，而力避笔墨的符号化和程式化。因此，但凡受岭南画派作风影响者，在写生能力和笔墨技巧方面都注重长期而严格的训练。由此我们也就不难明白，像何俊华这样聪明机敏，灵动活跃的人，为何一旦站到艺术面前，便立即变得如此严谨和慎重。

不过，何俊华又并非仅仅师承岭南画派。事实上，他自孩提时代起便进入广州市少年宫学习绘画，从素描写生开始认真打基础，曾经涉足过水彩、水粉和油画，还学习过工笔花鸟画，最后才选定山水画作为他的主攻品种。从作品中不难看出，他所掌握的技法是多方面的。无论是构图、造型、勾勒、渲染、设色、用水等等，都有娴熟的把握，而且运用起来不拘一格。可以说，在他这一辈年纪的画家中，技术如此全面的并不多见。当然，他在技术的发挥时又并不仅仅停留于对物象的简单再现，而是经过主观感受的过滤之后，对物象重新进行梳理和组合，而终归结为一种意境的追求，因此颇能体现出画家的主观意识和艺术个性。尤其值得关注的是最近几年，他通过广交师友和深入社会实践，博采众长，刻苦探求，无论是思想还是艺术都趋于成熟，已不再满足于岭南画派传统的表现样式，而越来越表现出一种“求变”的冲动。创作时一改早期稳扎稳打，严谨认真的作风，从侧重细致描摹转向侧重情绪的抒发，常以大笔渲染与率性勾勒相结合，在整体中力求变化，气象雄伟又不失细腻温雅，更加自觉追求共性与个性，客观与主观有机结合。作品的文化品位不断提升，开始呈现出一种的脱胎换骨的飞跃。所谓工夫不负有心人，他的创作正步入一个更新的境界。可以预见，一个丰盛的收获时期正在到来。

三年前，广东画院成立广东青年画院，何俊华兼任秘书长。现在，广东青年画院首期结业，并举办创作成果展览。何俊华准备把近年来有代表性的一批作品参展，并出版画集。我觉得这是一件值得做的事情，因此应他之约，欣然写下以上的话。

2007年12月

从回归中实现突破

——读方瑞人物画作品

方瑞日前到访，送给我一本作品集，还展示了她最近完成的巨幅历史画《留美幼童》的照片。前者是她近五年间的作品精选，后者则属于中国文化部组织的美术创作工程的选题。

算起来，我与方瑞认识也就五六年，因此集子里的作品过去也都陆续读过。至于《留美幼童》最后画成这个样子，我是初次见到，不过最早的草稿我也是看过的。正由于都不是“初次谋面”，因此披阅时我就忍不住用一种更深入，或者说更挑剔的目光去审视，同时自然而然地把两者作一个比较。之所以会更深入更挑剔，是因为我不仅知道方瑞早年在攻读广州美术学院硕士研究生时，对中国人物画就曾长期研习，打下坚实全面的基础；而且还知道这些年来，她并不以传承到的一套为满足，一直都在寻求自己独特的发展路向，而我则十分认同她的这种自觉与勇气。

事实上，引进于一百多年前的西方早期美术教学方式，对中国画，特别是人物画的变革无疑起过积极而有益的作用，其经验也值得继续借鉴。但是当年基于病急乱投医的文化心态，行事不免失诸偏激，把中国传统的优秀部分也一起革掉了。其中最明显的误区可用四字概括，就是“舍长用短”。即舍线条用体面，舍水墨用色彩，舍简括用繁复。不是说体面、色彩繁复不能用，但中国画的长与短是由其工具材质决定的，反之西洋画亦然。再加上两种艺术各有其文化传统作基础，中国画的变革者缺乏对西方文化的深入理解，只是盲目模仿对方的表现手法，所学到的其实仅仅是其外壳。虽然能自我陶醉于一时，但当到了要重新面对世界时，其邯郸学步、进退失据的窘态便会暴露无遗。时至今日，这一点仍旧未必为国内画界所广泛认识，有些人甚至大不以为然。但我发觉，方瑞却并非如此。起码，她一直在深入思考，在从各方面不断积累充实自己的基础上，坚持探索。也许正因如此，所以细观这几年她的创作，可以发现一个艺术灵魂在不停地挣扎、抗拒、奔突、迂回、尝试的轨迹。虽然在各种展览上一再地获奖，但都不能让她停住脚步。我认为，这正是一个艺术家最宝贵的精神。也是一个人最终能成大器所必须具备的精神。事实证明，就眼下而言，她的这种努力已经在《留美幼童》的创作中得到回报。

据方瑞说，这幅作品从准备到完成，前后足足花了她三年的时间。付出了巨大的心力，期间曾两度画完送审，都因某些原因未获首肯。最后一稿是她经过深入思考后，断然对画法做出大幅度调整的重新创作，最后高票通过。我比较了一下这三稿，欣喜地发现，虽然前面的曲折使她几经艰辛，但最后一稿的确最为成熟和完美。这也应了一句老话：精诚所至，金石为开。我不知道评委们具体如何评价，至于在我看来，对比起目前雷同成风、有点走投无路的中国画人物题材的创作，这幅作品有三个可贵的突破，不过所谓突破，其实又恰恰是通过对中国画传统的回归实现的。

首先，是舍弃张扬繁杂，回归含蓄简练。比较前后三幅作品，前两幅都采用了开放式的构图，试图打破传统的样式，将人物和背景连成一片。但开放式的构图看似比较现代，却消解了不同时间和空间的距离，失去了历史画所最需要的时代氛围。结果画面反而显得浮杂浅露，缺乏视角的深度和寄情的空间。在第三稿中，作者终于找回了历史的感觉，并把表达这种感觉作为追求的核心。于是整个构图也回归于含蓄简练和典雅明净，画面的层次变化也趋于丰富而细腻。于是历史的感觉因之得以升华，整幅作品洋溢着一种内在的诗意。

其次，是舍体面的表现，回归线的运用。在前两稿，特别是第一稿中，作者习惯性地致力于体面明暗的表现，但这确实并非中国画之长。结果尽管显示了作者多年研习的能力，但是笔墨一旦沦落为形体明暗的表现手段时，其独立的内在美感就必然大打折扣。而且脱离了内在节奏的笔墨还免不了相互冲突，结果造成画面的堵塞不畅。第三稿中，作者毅然从过往的惯性中脱身出来，而更多地侧重于线的运用。按照不同物体、不同材质的需要去挖掘线的特有表现力。同时更注意笔墨虚实的处理，为读者腾出更多想象补充的空间。于是，作为中国画一大长处的线的特殊魅力呈现出来了。整幅画更加富有张力，也有更高的回味价值。

最后，是舍弃块面用墨，回归墨分五彩。近代中国画的革新者舍墨重彩无疑是一大失误。方瑞以往作画，颇重用墨，无疑是正确的。不过她从前用墨，着眼点仍旧停留在表现形体，因此多以块面用墨为主，这也是多年来国画界的一种风尚，然而国画传统的用墨绝非只是为了表现形体，更重要的是以之代替色彩。所谓墨分五色——仅仅通过墨色的变化，就能让读者想象出色彩的无限繁富，这才是用墨的真谛和高妙之处。从《留美幼童》的第三稿来看，作者已经超越了以往的常见做法，而是致力于寓彩于墨，以墨见彩。试看窗外景物的处理，仅靠墨色节奏的微妙变化，就把一个异国的现代都市表现得不仅富有空气感，而且富有色彩感。不能不说这是她对用墨的一次可喜超越。

总的来说，经过《留美幼童》创作这么一次称得上颇为艰苦的磨炼，我以为方瑞所获得的绝不仅仅是一幅画成功入选国家重点文化工程，而是使她的整个创作实现了一次可喜的突破与飞跃。再接再厉，对她来说应是题中应有之义。而对于她的艺术前景，我则抱有更高的期待。

2009年9月1日于羊城蝠堂

《许裕长画集》序

说来惭愧，我与许裕长相识多年，但在相当长的一段时间里，他给我的印象只是一位颇为能干的实业家，而且是一位对文化情有独钟的实业家，我却不知道他会画画，尤其不知道他的画原来画得这样好！直到近几年，在一些展览会上，陆续看到他的作品，我才颇为惊诧，发现他的画不仅有才情，而且也有相当功力。不过何以能至此，却也未加深究，只是想当然地以为，大概是由于这些年，他同一些画界的朋友紧密交往，耳濡目染的结果吧？直到前些天，他带着一批新作来看我，彼此有了较为深入的交谈，我才知道，他其实学有家传——祖父、伯父都是教师，熟悉传统文化，而且能诗善文。裕长从小受到他们的熏陶教诲，11岁起即开始习画，从“芥子园”入手，继而反复临习诸多古今名家，可以说早就倾情于文化艺术，同时也打下了“童子功”。也许因为这个缘故，后来他参加工作也首先是进入文化单位。虽然接下来他又开始独立创业，但心中的绘画梦却始终不曾放弃，事务之余一直广交画友，砥砺研磨，却因为慎重谦抑，轻易不参加公开展览，以至于不太为人所知。也正因如此，才会一亮相，便使读者产生意外的惊喜。

展观裕长的作品，首先使人感到一种纯正的传统气息。这无疑根源于他对前人作品的深入临习，但可贵的是，这种气息并不是皮毛化的摹古拟古，而是做到精神层面上的继承。虽然从画面上看，无论是图像的构成还是笔墨穿插，都是豪迈奔放，纵横恣肆，显示出一种痛快淋漓的情绪宣泄。但细加品味，就会发觉，他其实又是往而能复，放而能收，纵而有序。因此就精神本质而言，仍旧是内敛、含蓄、蕴藉的，正暗合于传统的“温柔敦厚”诗教。我认为，一个从事中国画创作的画家，能够领悟和做到这一点很重要。因为基于中庸之道的诗教作为一种审美理想，乃是中国文化，也是中国画的制高点。只有把握住这一点，才能算把握住了中国画的精神本质，而不至于滑入嚣张空洞、追奇尚怪、鲁莽灭裂的歧途。而这，也正是裕长能够与时下许多同是大写意的作者拉开距离，也拉开了档次的重要原因。

当然，审美取向固然体现了作品的文化层次，但要实现这一点还必须有相应的技巧支撑。裕长的大写意花鸟画，特别是梅兰菊竹“四君子”题材，更接近于以书法入画一路，而且是以行、草二书笔法入画。事实上，中国书法作为纯线条的艺术，之所以能打动读者，全仗节奏之把握与运用。这较之于形体物象的描摹，对画家的艺术感觉无疑提出了更高的要求。说白了，就是更依赖于画家的先天禀赋。裕长对节奏感的把握，便显示出这种天赋的直觉，不必刻意经营，笔墨便于随机而发中做到行所当行，止所当止，开合顿挫，自然中节，在塑造形体的同时，兼具细腻的变化，使线条的独立审美价值更加凸显，正是这种点线面的贯通组合，大节奏与小节奏的叠加，使整幅画的情感表现更形丰富。而读者则从中感受到作者内心的律动，产生深切的共鸣。

裕长是专攻花鸟画的。在我看来，中国画中人物、山水、花鸟三类题材中，就临习而言，花鸟画也许属于最易入手的一种，但就拓展空间而言，花鸟画的局限其实又最大。因为对人体结构比例的认识，今人要深入于古人；而观察山水的视野角度，今人也比古人开阔。这些都可以成为今天画家开拓创新的着力点。至于花鸟题材，无论是形体还是动态，宏观还是微观，今人与古人的观察和认知，并无太大差别。至于表现技法，前人更是积累了十分全面也十分成熟的实践经验，想要有所突破，真是谈何容易！面对这种困境，出路恐怕只有一条，就是最大限度地发挥画家各自的个性。因为相比起题材和技法的完备、成熟，画家的艺术感觉却绝不会相同重复，这就给突破留出了空间。而裕长的花鸟画创作，不管自觉还是不自觉，正是从一点出发，不瞻前顾后，也不左顾右盼，忠实于自身的艺术感觉，充分地倾注内心的情感，努力做到以个性动人，以情感动人，这就把握住了艺术创作的根本。也是在洋洋大观的花鸟画园地中，他的作品依然能使人眼前一亮，显得别具风采的原因。

还值得一提的是，裕长虽然对绘事情有独钟，近年更致力甚勤，但是却并不以此作为谋生之计。他作画，纯粹出于将自身潜能充分发挥，以达到怡情养性的目的，故至今未出售过一张作品，只视朋友之间交流为第一乐事。正是这种超脱的态度，使他创作完全不受世俗趣味和市场取向的影响，而能做到更加独立和纯粹。这一点，与中国传统文人画的精神可谓正相契合。裕长虽然不持文人身份，但他曾多年从事文化工作，加上大半辈子积累下来的人生历练，所谓“世事洞明皆学问，人情练达即文章”，自有技术以外的丰富知识储备，加上大写意的画风，足以使其创作跻身于文人画的行列。这在当今，也是一个十分罕有的特例。如果说有什么建议的话，那就是如果他能不满足在目前已经相当圆熟的格局路子，而是生发出更大的“野心”去开拓创新，那么他在当代文人画的新格局中，必定会走出一个更远更高的境界。对此，我寄予厚望。

2015年9月6日于羊城蝠堂

革新的蚂蚁

——我观墨牛

中国画还需要改革么?

中国画是经历过改革甚至革命的。20世纪30年代开始进入高潮的“中西折中”、80年代中兴起90年代后走向冷清的“实验水墨”。这两段曾经引领潮流于一时的改革，虽然形式、程度各不同，但都遵循着“洋为中用”的思路，从而在它们身上折射出某些相似的本质特征——前者，要摆脱国家民族积贫积弱的境地而向西方借鉴；后者，要发泄“文革”中被蒙蔽欺骗的愤懑而向窗外的世界伸出脑袋大口呼吸。这实在可算是当时以艺术改革作为表现形式的两场社会运动。那么，现在呢？当国家走向繁荣昌盛，国人的心态充盈着自信和自豪，没有人再对“运动”的激烈与动荡感兴趣时候，“国画改革”似乎也成了个不合时宜的字眼。那些曾经由先辈们披荆斩棘开发出来的对旧传统的突破口，现在又被百倍于先辈的后继者们走成了老路，成了日渐沉重的包袱，而“回归传统”又开始成为时髦。之所以会如此，自然有其势在必然的、已经被解释得很多的道理。但细想之下，又总觉得那不应该是全部。

于是，在我们的视野中，出现了墨牛。

墨牛陈训勇以画蚂蚁名传遐迩，不过他却绝不是为了惊世骇俗才以蚂蚁入画。可以说，他是早就存有一颗虔诚的“蚁心”。只不过直到某一天，才天降灵感，自自然然地提起笔来，从此一下子就沉浸在物我两忘的状态中，终至欲罢不能。看墨牛的蚂蚁画，可以感觉到他“不知蚂蚁是我，抑或我是蚂蚁”的精神迷醉。这不能不算是一种奇缘巧遇。不过，如果仅仅着眼于题材来评说墨牛画蚁，则未免过于狭隘地理解了他这一行为的含意。墨牛画蚁，除了在蚂蚁身上寄托自己的性情，还包含有他变革国画画法，推动中国画发展的理念在。

如果说，此前的革新派本着“拿来主义”，向异邦借鉴艺术思维与方法来改进中国画，是为了突破长期封闭的文化壁垒而采取的造反行为的话，那么进入21世纪之后，中国与世界广泛的融合，则已经填平了当年令人裹足却步的文化鸿沟。中国画艺术现在就植根在一片“中西折中”的思想文化土壤上。当代中国的艺术家要推动国画发展，固然仍会从世界优秀的艺术传统中吸取经验，但却已不再需要为突破“传统的束缚”或“大门的闭锁”发起声势浩大的集体冲击了。对于纯粹的艺术追求来说，现在要做的，是把绘画重新还原为一种小众的、个人的活动，思考如何用中国画的语言来表达自己真实的感情。而这恰好是墨牛一直坚持的方向，是他从艺的一贯态度立场。正是因为他不随波逐流，坚持对绘画艺术进行独立的探索，才最终产生了真正属于自己的独特的艺术风格。

墨牛早已不是涉世未深年轻人。用他自己的话说，几十年来他做过很多事情，但一直没有放弃画画，因为绘画能够让自己的精神获得归宿。他是把绘画当作毕生志业看待的。按我对这“志业”的理解，就是上面所说的：用中国画抒发真感情。墨牛对蚂蚁情有独钟，恐怕就是在蚂蚁身上看到了自己精神的外在影照吧。不过国画传统中，却没有表现这“蚁情”的现成模式——国画有画蚁的技法，但那是为表达文人清玩的志趣准备的。墨牛画蚁是要释放对顽强生命力的热爱，传统模式不能完成这样的任务。而这其实也是当今中国画创作中普遍遇到的问题——当代人的情感，传统模式不能表现。然而克服这问题也就正应是国画改革的真正目的所在，到可以用笔墨语言细腻准确地表现时代情感的时候，国画艺术就已经向前迈进了一个新里程了。对于墨牛画蚁，我们应当看作是解决这一问题的一种个体试验。作为画家，墨牛是在摸索了很久之后，才最终发现只有蚂蚁的题材最能充分抒发自己的性情。一开始他从传统花鸟中借鉴模式，现在这批新作又从山水中拿来语言。路子走得越来越大胆，离他的理想也感觉越来越接近了。我对他的成功充满期待与信心，更为中国画界仍有这种独立探索的精神感到高兴。这是中国画真正的幸运与希望所在。墨牛画蚁启示了我们，解决艺术问题，最终不是靠一哄而上的“运动”，而是要靠真诚的艺术家终其一生的不断感受、抒发。于是，他这一生就算是给别人做了一次示范。至于是否成功，有无解决问题，就要看别人的态度与悟性，不是艺术家本人能够关心得了的。

2009年

花鸟画的新突破

——周正良《正果》序

在中国画中，花鸟画无疑为一大宗。千百年来经无数作手反复试验，深入探求，不断创新，到如今，不仅名作如林，蔚为大观，而且无论是取材立意，还是技法图式，都达到了十分成熟完备的地步，每每令人有观止之叹。在这种情况下，作为一个当代画家，想要别开生面，从中有所突破，真是谈何容易！

不过，近半年来，当我两次读到周正良的花鸟画新作之后，却有一种意外的惊喜。的确，这是一批令人耳目一新的作品。

首先，它大胆打破了常见的花鸟画模式，放弃对花卉的整体表现，但是又不仅仅是沿袭传统折枝花的样式，而是把枝、干、果、叶分解为一个个局部的、艺术化了的符号，再用现代构成的方式把它们重新组接起来，使之在一个平面上展现出节奏的变化。这就使画面在继承和发扬中国传统的同时，具有了当代艺术的审美意识和趣味。

其次，无论是质朴的造型、不求新巧的构图还是大红大绿的用色，都显然吸取了中国的民间绘画营养，但又绝不是民间艺术的翻版。因为民间艺术的一个很重要的特点是程式化和图案化，而正良的花鸟画则完全摒弃了程式化、图案化，直接从写生中获取素材和灵感，然后运用大写意的笔墨来表现，再加上颇具哲思的题记，力求赋予画面以最大的鲜活度和文人趣味。如此一来，他的作品就在中国民间艺术向雅化的发展方面摸索出一条自己的路径，具有学术上的意义。

最后，这批作品虽然都是二三平方尺的小品，而且目前还处于继续探索、不断成熟的过程中，但难得的是，已经呈现出一种重、拙、大的气象。众所周知，重、拙、大乃是中国画所推崇的至高境界之一。正良以尺幅小画而能臻于此，尤属难能可贵。这一点也许是画家本性使然，尚未完全自觉，但我认为今后应当坚持和发扬。

正良是艺术科班出身，曾受学院派教育的严格训练。然而这批作品却能从那一套已经陈陈相因，变得重复雷同的表现技法中解脱出来，自出机杼，别开生面。应该说，能做到这一点是很不容易的，其中不仅需要勇气毅力，尤其需要才情和原创能力。而原创能力乃是一种天赋，不是每个艺术家都具备的。鉴于这一点，我很看好他。

2013年6月29日于羊城蝠堂

《梁欣基画集》序

我与梁欣基虽有同乡之谊，不过却是先识其画，然后才识其人。说也奇怪，当我看到他的画作时，首先受到触动的还不是作品的具体表现，而是从画里隐约透露出的作者的某些品性。

看来欣基该是个很安静的人，这倒不完全是他笔下的题材大多是些空寂的田园小径、野渡溪头，或者花果瓶罐之类的静物，而是因为他的敏锐。许多粗看平淡无奇，细味却非常动人的光与影的景象，都引起了他深切的注视，并且被他成功地捕捉到画布上来了。一个人若不是以宁静的心态屏隔了耳边的喧嚣，让灵敏的神经末梢缠绕在他所关爱的生活上，是绝不能感触到物象这些微妙表现的。

欣基还该是个沉实而不拘小节的人。我看他的用笔，感觉很厚很重。画的虽然是水乡田园一类的轻盈灵动的事物，但是却表现得结实有力。画布上的笔触就像狠狠砸在墙上的泥块，或者像缓缓而行的泥流，而在这沉雄之上更有一种轻快潇洒的意味。这意味，就体现在画者对眼前事物洗练的概括上。无论是水波、阳光、晨昏、寒暑……他只花了些少的用笔就表现得相当准确、到位，隐隐透露出岭南人某种硬朗和精干的气质来。

欣基也许还是个寂寞的人。从这些反复不断地描述乡间平淡生活的作品中，我们可以体会到画者内心的执着。而执着于自己钟情的目标，在追求的旅途中努力前行的人，多半都是孤单寂寞的。其实能够拥有这一份寂寞应该是件幸事。这种寂寞只属于那种富有才气、不随流俗的人。而耐得住这份寂寞，就有希望攀登上更高的峰顶。

2002年11月4日于广州梅花村

节奏对形体的可喜超越

——读黎伟明的油画近作

黎伟明喜欢画建筑，深层的原因也许是他想用建筑表现一种对历史发展的思考。这在改革开放先行一步的珠三角地区，对于一个亲眼目睹家乡面貌日新月异的艺术家来说，该是一种十分自然的精神触动。不过，黎伟明画的并非高楼大厦，而是游离于都市化潮流之外的乡村旧居，或是具有某种纪念意味的历史建筑。如果他的确要抒发对现代社会飞速发展的感慨，那么这种看似反其道行之的题材选择，由于观感上的强烈反差，反而把作者的情怀传达得更为含蓄深沉，给观众的思考拓展了开阔的空间。

黎伟明不光描绘建筑物的“旧”，他还很注重发掘建筑及其环境的地方特色。如果说，时代社会的发展总会使新的取代旧的，那么在现当代全球化的趋势下，一个地区被“发展”所抹去的则不仅仅是旧有的城乡面貌，还很可能也包括自身的文化个性。不过，作为一个纯粹的艺术家，黎伟明并不预备用作品对这一现象大声疾呼些什么，他只是基于观察的立场，默默描绘出自己所关注的。但心怀乡土情结的观众，却能从画家细心表现的地方文化的气质当中，引发强烈的精神共鸣。

除了“思”和“情”，黎伟明的油画里还有“笔墨”。

是的，“笔墨”虽是中国画的概念，却不是中国画里才有的东西。笔墨其实就是“节奏”。节奏反映最真实的内心，一幅作品如果能够以作者的思想情绪打动人，它就必然是由节奏所构成。中国人最初接触油画，为其写实效果所震撼，遂认为西洋画的基础在于用形体构成画面，及后建立西画学习体系的一代人，更把如实刻画形体作为基本功。这实在是对油画的误解，也是对艺术审美最高境界的不了解。

艺术审美的最高境界就是精神得到最充分表现的境界。这在中国画——尤其是文人画——里早有体现。中国画进入该境界的手段就是"笔墨"。中国画用"笔墨"把描绘对象转化成形状与调子的节奏，而这一转化的依据，就是艺术家对客观世界的主观感受。有了笔墨节奏，绘画才能把对精神的表现力发挥到最充分。中国画用笔墨表现精神的创作理念，在西方大师的作品里也表现得很清晰。他们非常重视用色彩或调子营造局部的节奏变化，这和中国画注重用笔用墨的节奏如出一辙。所不同的只是西画喜欢用节奏构成写实的视觉效果，中国画则倾向于制造抽象的画面而已。

黎伟明的画法暗合艺术审美的这一境界，他的块状笔触，表面上是为了表现古建筑外墙的斑驳，深层的用意则是借这现成的观感来表现各种局部的节奏。他的画也正因为节奏细腻丰富，情感与思想的表达就显得特别充分。其实，选择乡土和历史题材的画家大有人在，黎伟明之所以能够脱颖而出，全在于他不把艺术表现的重心放在对题材本身的形体刻画上，而是着重于通过色彩和调子的节奏，来表达自己对题材的主观感受。如此一来，他的表达就不止于用题材向观众进行暗示这么单薄，而使对题材的每一笔刻画、画面的每一个局部都有了表现能力，作品也因而显得整体又有层次。油画进入中国已逾百年，对于这种"舶来"艺术的认识，新一代油画家应能超越前人"形体构成画面"的局限，进入到"节奏构成画面"这更深刻到位的理解中。而黎伟明的作品恰可看作一个标本，反映油画创作观念在中国的这一发展趋势。

这也正是我关注并介绍黎伟明的主要原因。

2009年8月26日于羊城蝠堂

《谢铿水彩画集》序

潮汕古称蛮荒之地，潮人中相当一部分的先人原为中原世族，因种种原因迁徙南下，在融入本土的过程中，坚守和发扬原来高位文化的优秀传统，催生出潮汕文化的独特色彩。其中，就包括对文化艺术的普遍向慕和尊崇。上世纪的三四十年代，尽管社会动荡不安，潮汕人家仍旧习画成风，有不少潮汕子弟到上海美术专科学校拜师学艺，并结合自身对生活的感悟，在艺术上多方探索，形成独具面目的粤东画风。

谢铿就是潮汕美术家群体中有执着追求的一位。他毕业于广州美术学院，曾任汕头大学美术系主任，前些年，又当选汕头市文联主席，还兼着一些其他职务。不过尽管事务缠身，他却始终没有停止创作。而且不如说，他颇懂得“世事洞明皆学问，人情练达即文章”的道理，善于把从事行政工作所获得的人生感悟和磨炼出的眼界、修为，熔铸到他的创作中，从而使他的作品显示出有异于一般画家的“画外功夫”，具有一种独特气质和风貌。

谢铿的画，水彩是其载体，写实是其风格，故乡是其主题。红头船、大海边、篱笆、老屋、小桥流水人家，乡村里的这些人、这些事，历来都吸引着爱美的人们的目光，也曾被无数画家描绘过。正因如此，怎样加以把握，用什么形式来表现，就成了对艺术家的挑战。碰到这种情形，想方设法求新求变，往往就成了许多画家的选择。不过，刻意求变，却常常会滑入形式有余而内涵不足，甚至装腔作势的歧途，只有利于捕捉眼球却不耐品味。谢铿没有这样做，他始终坚持发挥自身基本功扎实的优势，坚持写实的路子，而全力去挖掘隐藏在描写对象之中的诗意，并把由此而引发的强烈情感贯注于创作中。这话说来容易，其实要做到很不容易，它需要对生活和事物中的美有独特的、与众不同的发现。而这，又是对艺术家的思想、修养和才能的一次综合检验。所谓

“看似寻常却奇崛，成如容易却艰辛”。事实上，由于把握住了诗意和情感这两大要素，创作便有了本质的坚实的立足点。一切选材、取景、构图、色彩、虚实、节奏的处理都由此生发、展开，并被赋予了鲜明的主体个性。于是，这些船不再是原来的船，这片海也不再是原来的海，这篱笆前的小屋也非原来的屋子。作者的个人风格，也就在此不经意中自然形成。而且，由于把握住了诗意和情感这两大根本要素，他的作品也就显得深沉、大气、耐读、动人。

当今是一个变革的时代，也是一个竞争的时代。求新求变成为一时风气。但是什么是新，怎样去变，却是见仁见智。以我浅见，正如世界上不存在两片完全相同的树叶一样，世界上其实也不存在两个相同的人。一个艺术家，只要充分发挥自己的个性去做，并且努力在挖掘诗意和倾注情感这两方面下工夫，就一定能创作出与众不同并使读者怦然心动的佳作来。这种判断，在谢铿的创作中，我又一次获得印证。

2011年8月13日于羊城蝠堂

《广东省中青年美术家中国画丛书》总序

提笔作画也许是轻松的，如果只是游戏消遣的话，但一旦把这活计当作毕生的志业，情形可就倒了个个儿。志业者，目标和成就之谓也。目标一旦定下，接下来唯有拼尽全力去追求，否则压根儿别指望有实现的可能；至于成就的大小，则同个人的意志和毅力并不必然成正比例，相反，天分、悟性等先天因素，时势、机遇等客观因素，往往更起着决定的作用。对于一个准备为之托付终身的从艺者来说，这轻松得了么？

何况人类历史数千年，艺术的历史也大体与之相近，真可谓其源也邈远，其流也汪洋。回望无数像高峰般屹立的先辈，环顾身畔争先恐后的同行者，要想在这中间闯出一条新路，在艺术史上争得一个立足点，真是谈何容易！你说，这又怎么轻松得了？

真正的美术创作实在不是一项值得去“投资”的事业。唯其如此，以之为志业的人就不能有太多功利方面的筹算。支持和鼓舞他追寻下去的，应当是人对美本能的渴求，是一种近乎孩提般单纯的率真和任性。以我的感觉，收入这套选集中的17位年轻画家的作品，大都体现了这样一种“傻劲”。其作者的身份各不相同，有大学教授、专业画家、公职人员，还有美术编辑和大学生。从他们对艺事的那种认真和执着，从他们取径不同、风格各异的艺术追求，从他们已经取得的令人羡慕的进境，可以分明感到，他们的精神欲求正从对各自的艺术目标的追寻中得到极大的满足。由此看来，又有什么投资能够获得这样的回报？

点评（按姓氏笔画排列）：

1. 方楚乔的画，写实为其质，写意为其形。其质实，故具骨相；其形意，故得神韵。难在二者如魂附魄，浑然无间。其运用之妙，全在一心乎！

2. 卢中见的画，以意使笔，以笔驭墨，繁而不杂，简而不空，气韵酣畅，造型饱满。其居于岭表而生于中州，故虽取径灵动潇洒，仍不失水深土厚本色。

3. 羊草的画，笔精墨妙。既有具象又有抽象，既有传统又有现代。在当代艺术的二元对立中取一中庸立场。唯其中庸，便不平庸；唯其中庸，便有自家面目—— 一种中国味的现代面目。

4. 关伟的画，得岭南派之嫡传，拳拳以造化为师，功底扎实，笔墨精纯，法度严谨，气象开阔。其于作品用力之深，用心之细，俱为时辈所罕及。

5. 刘一行的画，兼及国画与漫画，国画专攻动物，漫画表达玄想。俱欲突破成法，自出机杼。时露可喜之苗头，每见天赋之才气。唯是其志既大，其途也自远。

6. 刘诗东的画，取材于外物，而不为外物所囿，强调主观感受与内心节奏，随机而发，因势赋形，寓奔放激情于静穆之境界，故能纵横恣肆，而不失蕴藉含蓄。

7. 朱光荣的画，沉着稳健，理路分明。无险仄狂怪之态，哗众取宠之心，于平实自然中，自饶一种可亲可近意味。画贵真诚，斯之谓欤？

8. 朱颂民的画，不唯致力于画地，尤其致力于画天。其取势也，天舒而地缩，天动而地静，天沉而地浮，遂于常式之外更辟一境界。莫非其数度深入西藏，于乾坤之互动，别有憬悟乎？

9. 陈少珊的画，功底扎实，笔法精严，师古而不泥于古，尤致力于意境之追求与生趣之捕捉，故气味沉厚而不失灵动，风度谨饬而每见亲切，自足动人。

10. 张东的画，逞才使气，豪迈俊爽，而笔墨足以济之。故横涂竖抹，不失法度，而生气凛然。至于点、线、面之组织处置，尤颇得节奏天成之妙。

11. 何俊华的画，秀润华滋，恪守岭南派家数，落笔俱有来历，而又不为真山实水所囿，每每参以己意。故严谨中逸气蓬勃，扎实中自饶变化。

12. 郭子良的画，任情使性，不拘成法，拙而实巧，丑而实媚，野而实文，自是文人画一路，又兼具现代审美意识者。虽未必见赏于流俗，而其格自高。

13. 涂国喜的画，用笔工致，设色精妍。布局构图常于大开大合中构成强烈对比，具见张力。读来常有“繁绿万枝红一点，动人春色不须多”之欣喜。

14. 林琳的画，取法金石，脱略浮华，用笔重而悍，构图简而拙，所作花卉木石，劲气盘秋，古貌俨然，令人几忘其为巾帼也。

15. 袁学君的画，能工能意，能巧能拙，能放能收。其面目也如水入险滩，左冲右突，因势赋形，莫测常态。然而一旦畅然入海，人将见其浩渺也。

16. 黄唯理的画，刚中见柔，拙中见巧，蕴藉深沉，气味醇厚。雄放处直抒胸臆，细微处不让毫发。初观如嚼橄榄，不甚适口，久而始觉其甘。

17. 林岚的画，力破成规，博取诸法。举凡水彩、版画、民间木雕以及中国水墨技法之撞水、撞粉，西画之构成意念，均奔集熔铸于笔下，故能从传统樊篱中大步走出，而自成鲜明面目。观其画，当悟天赋之外，积学、深思之断不可废。

2002年11月17日

精神的超越与升华

——《朱颂民画集》序

西藏，以其独特的风景、民俗和文化，长期以来一直吸引着世人，当然也包括艺术家们强烈关注的目光。近二三十年来，由于得天时地利人和之便，前往“朝圣”的国内画家更是络绎于道。而以西藏为题材的作品，也纷纷涌现，成为画坛一道颇为热闹的风景线。不过，就中国画而言，从事这一题材创作的画家还不是很多，而且大多数都以人物为表现对象；以西藏山水作画者则较少，获得成功者就更加是凤毛麟角了。这也并不奇怪。事实上，作为“世界屋脊”的西藏，其山川风景之奇之美，是独一无二的，非亲历其境者，根本无法想象，因此中国古代的画家从未以之入画。今天的画家想从传统中寻找借鉴，可以说全无可能。近世的画家，即使有过试图表现这一题材者，却远未谈得上成熟。因此凡是打算涉足此一领域的作者，都面临着对于自身感悟力和创造力的严峻挑战。

朱颂民作为岭南滨海之地的一介画人，对危乎高哉的“世界屋脊”却神秘地情有独钟。二十年间，曾经不止一次远赴西藏，其虔诚与执着固非常人可及；而他选定以西藏山水作为表现和寄情的对象，则尤其显示出一种艺术家的勇气与睿智。说勇气，是因为面对一种全新的景观，如何用中国画来表现，前人并未提供路径和经验，这就需要进行披荆斩棘的探索和创造。其经历必定十分困难而且艰辛，还必须承担挫折和失败的风险，没有相当的勇气，是难以应对和坚持的。说睿智，是因为艺术的真谛与价值，恰恰就在于创造与个性，且不说大成，就算在前人未经涉及的领域开辟出哪怕一寸一尺的新路，也就可能在历史上留下自己的足迹。而这，不正是艺术家所梦寐以求的吗？从朱颂民这些年所创作的西藏山水画来看，我们可以感受到一个强烈的信息，他的目标是明确的，决心是坚定的，努力是不懈的，进境也是明显的。从早期极力用中国画的笔墨去再现“世界屋脊”独特而瑰丽的景观，到如今转为凭借主观心象来构图造型，客观表现已逐渐退居其次来看，他正实现一种精神的超越与升华。这一点极其重要。事实上，西藏作为佛教的圣地之一，她的山水绝不仅仅只是奇特瑰丽而已，而是与其深厚的宗教传统紧密联系，互为表里，交融无间的一种人文结晶体。只有紧紧把握住精神这一层面来加以表现，才有可能使作品达到一种神圣圆融的境界。也许这就是西藏山水与其他地方山水的最大不同之处，也是一种艺术新境界赖以生成的出发点和归宿。朱颂民已经觉悟到这一点，并且以其多年的艺术修为和生活积累，探索着一种从形而下向形而上的飞跃。这是十分可喜的。相信在不远是将来，他的艺术必定会以一种新的境界和高度，呈现于我们面前。

2007年8月12日于羊城蝠堂

生活　传统　现代意识

——《刘诗东画集》序

自从西方的体面造型方法传入以来，中国山水画的面目也发生巨大变化。其中写实能力的提高是积极一面，而精神境界的下降则是消极一面。近年来，回归传统的呼声日高，实行者不乏其人，体现了国画界对近百年发展路向的反思和觉悟。不过，时代发展到今天，复古只能是一种行动策略和暂时的武器。中国山水画始终要从当代的审美格局出发，去寻找自身的出路。

广东的画坛是独特的。也许近百多年来一直处于开放和变革的前沿，更由于岭南历史所形成的包容和务实的作风，此地的文化一直呈现出一种杂交、多元和平和的面貌，对于各种口号和风潮也具有一种见怪不怪的定力。因此这些年来，现代艺术在广东固然掀不起多大的浪潮，而复古之风也同样未能在此间“吹皱一池春水”。相反，从自身的生活感受出发，按照自身的艺术悟性，去寻找属于自己的路向，一直是广东大多数画家的共同选择。刘诗东就是其中一个。

受科班教育出身的刘诗东，早年对作品的现代形式感追求较多，虽然已经显露出可喜的才气，但对传统笔墨则注重未够，从而影响了内涵的表达。近年来思想渐趋成熟，画风亦为之一变。形式感的追求没有放弃，但少了一份刻意，多了几许松活，更加自觉地从画面的内在节奏出发，去作意到笔随的发挥，故每有一种天然自得的妙趣。而具体笔墨的运用，则趋于经意和讲究。特别是在小笔墨方面，力求在浑然一体中包含多种的变化，故显得丰富而生动。尤其值得称道的是，当他这样做的时候，并不是对传统技法的简单搬用，而是始终保持着清醒的现代意识，由此出发，去借鉴化用前人的经验。因此他的作品虽然不失传统的笔墨韵味，却更充盈着一种新鲜活泼的气息，使人读来感到俊朗亲切。我特别欣赏他的“稻田系列”。这个题材看似寻常，其实很不好驾驭，但刘诗东却画出了新意，画出了情感。看得出这批作品来自生活，得力于写生，但又超越了生活和写生，因为其中赋予了作者一种独特的精神寄托，看似貌不惊人，却相当耐读耐品。当然，他的其他作品也体现着同样的探索，也不乏令人眼前一亮的成果，但就系列而言，当以这批作品为代表，故特别提及之。

总而言之，一是生活，二是传统，三是现代意识，再加上忠实于自身的个性，这是当前广东相当一批画家正在走的路，也是刘诗东正在走着的路。我以为，这是一条明智的，大有前景的路。谓予不信，何妨拭目俟之！

2007年8月11日于羊城蝠堂

《舒勇图集》序

地球是人类的母亲。她为人类提供了一个必不可少的生存环境——大自然。人类向大自然索取生活资源，发展自身，但是对大自然的回报却极其吝惜。结果，生态环境的破坏就成了与人类社会发展同步相伴的一种趋势。进入近现代以来，由于全球经济的加速发展，这种趋势有增无减。到如今，已经达到了极其严重和危险的程度。人类也反过来受到严厉的惩罚，不仅可持续发展的前景堪虞，甚至连自身的生存都正一步步陷入危机。终于，越来越多的人觉悟到：为了自己，也为了地球上的全体生命，必须立即行动起来，共同抢救只有一个的大自然。近年来，关于加强生态环境保护的问题，不仅在发达国家，而且在发展中国家中都日益受到重视，就是一个证明。

我国是一个发展中的国家。人口众多，整体生活水平不高，加速经济发展的要求同生态环境的保护构成了一对尖锐的矛盾。虽然从中央到地方各级政府不断强调环境保护的重要，制定了有关法规，加大了宣传力度，但是为了眼前的经济利益，不惜破坏生态平衡，严重污染环境的事件仍旧经常发生。这说明，牢固地确立环保意识，使之真正成为全民的自觉行动，还需要做大量的长期的工作。其中，自然包括宣传方面的工作。

舒勇是一位年轻的艺术家，而且是一位前卫艺术家。但是与一般从事前卫艺术活动的青年人不同，他并不以社会的“边缘人”和“另类”自居，恰恰相反，他十分关注社会发展的趋势和人类的生存状态，并以一个艺术家的良知和博爱的胸怀，注视着生态环境日益恶化的严重后果。正是出于对现状的深切忧虑，他毅然决定：运用行为艺术的形式向社会宣传环保意识。从1996年至今，他在哥哥——也是艺术家的舒杰的协助下，接连举办了“大地环保”“地球在流血”和“心系大自然”三个活动。通过迥异于常见的表达方式来向社会发出呼吁。应当说，行为艺术属于“舶来品”，在外国比较常见，至于中国，别说一般民众，就连艺术圈子里采用和接受它的人也很少。但是舒勇却坚持认为：用普通绘画的形式宣传环保不是不可以，但一来，只有爱好美术的人才会到美术馆里去参观，影响力有限；二来，普通绘画是个人化的活动，旁人无法参与，与当代群众的接受心理存在一定距离，因此有必要作出新的选择。只不过，日常的社会生活空间并不是艺术表演的舞台，在来去匆匆的人群面前进行“艺术”的“行为”，毕竟是一件奇特反常的事情。这需要有相当的勇气，甚至还要做好可能失败的准备，但是舒家兄弟却义无反顾地去做了。出乎意料的是，社会的反应竟然颇为强烈。首先是传媒，然后是群众，对他们的做法都作出了肯定的评价；一些老前辈也热心支持，有关的部门甚至采取行动予以配合。受到鼓舞的舒氏兄弟于是又举办第二次、第三次的活动，事情开始变得越来越引人注目，国内乃至海外传媒纷纷予以报道，人们也在谈论打听，可以说引起了轰动效应。从此以后，舒勇便被定位为“中国环保行动艺术第一人”，而他所从事的活动也成了一个知名度颇高的“品牌”……

这件事，听来似乎有点“传奇”，然而它又是完全真实的。它从一个侧面使我感到，环保意识在我国民众中确实正在逐步加强。这无疑令人欣慰。此外，它还使我再一次领悟一条道理：一个人想要获得社会和群众的关注，首先他自己就要关注社会和群众。不管从事什么工作，有着怎样的抱负，如果没有一颗与社会脉搏同时跳动，与广大民众的命运息息相通的爱心，那么，到头来只怕也是缘木求鱼，水中捞月，难有结果。

最近，中央电视台《焦点访谈》的主持人徐浩然出于对事情的关注和对舒勇其人的兴趣，主动提出要把这些写成一本书。这无疑是一件好事情。现在书稿写成，准备出版。舒勇希望我能为书写一篇序言。我心无窒碍，一挥而就。行文或不免草率，感觉却颇为愉快。话既说完，就此打住。

2000年8月18日于羊城蝠堂

天真质朴　书印相生

——读贾博鸿的写意花鸟画

元初赵孟頫提出“书画同源”之说。支持这一主张的后来者，更将诗、书、画、印一同列为画家的基本素养，从而开拓了文人画在元、明、清数代的鼎盛局面。其成就和高度，至今仍令人叹为观止。不过，及至近代以还，因历史和政治的原因，这一传统却受到严厉排斥，甚至打压摧残，纵然尚未完全灭绝，也已经奄奄一息，后继乏人。而显而易见，与自身优良传统愈行愈远的结果，已经造成当代中国画在世界画坛中的地位和竞争力的大幅下降。所幸近年来此种状况已经引起有识之士，特别是中青年一代的反思。一股重新审视和认识传统的风气悄然兴起。不少画家更是极力摆脱近百多年来所形成的偏见和成规的束缚，毅然通过自身的实践去追随前贤的脚步，并且做出了可喜的成绩。贾博鸿就是其中的一个。

博鸿出身行伍而酷爱艺事。早年主攻篆刻，同时又研习书法，都取得了不俗的成绩，后来更致力于大写意花鸟画的创作。可以说，走的正是传统文人画的路子。中国花鸟画通过青藤、八大之变革，在宋代院画之外，开辟出一片全新的大写意天地，它舍形似而重神似，舍客体再现而重主体抒发，舍描摹而重书写，舍技术审美而重文化审美，使中国画实现了从形而下向形而上的飞跃，同时也对画家的综合素质提出了更高的要求。博鸿因为在绘画之外，还同时具备了书法和篆刻的素养，所以较之那种只在独专绘画的作者，他就显示出自身的优势。首先，他的作品没有丝毫匠气、俗气，而是质朴天真，充溢着一种文雅气息。这一点很重要，但要真正做到却绝非易事，其中既是作者的天生气质使然，也同他上述的多方面修养有直接关系。其次，博鸿的作品十分注重发挥线条的审美功能，有意识地把书法用笔和篆刻的金石意蕴运用到绘画中去，力图体现书、印、画同源的思想追求。因而他的作品笔墨虽简，变化却颇为丰富，相当耐人寻味。此外，博鸿的作品在图式方面也力求打破成规，追求一种以意运笔，纵情率性的境界，使人每每想起傅山论书法“宁拙勿巧，宁丑勿媚，宁支离勿轻滑，宁直率勿安排”的名言。以上这些，构成了博鸿绘画鲜明而可贵的特色；而在当下，无疑也是一种值得称道和提倡的追求。加上博鸿对艺事的崇敬、谦逊、执着、聪敏，其前景必定更加可观。

2006年10月于羊城蝠堂

孙戈印象

孙戈，原籍哈尔滨，虽然移居广东已有30年，但每次同他见面，我却强烈地感到他仍旧保持着东北老玉米般的纯朴与直率。这种感觉让我舒服和喜欢。当然，长期与南国风日相伴，又使他平添了几许灵巧与温雅。这同样使我舒服和喜欢。而当相互交融的这南北气质，共同体现在他的绘画创作中时，便形成了鲜明的个人特色。的确，孙戈的绘画，既有北方汉子的认真执着、不肯苟且取巧的严谨，又有对南方式轻快简练的倾慕与追求。他功底扎实却绝不板滞，用笔灵动却绝不浮滑，作为人物画家，他对当下生活有着充分的关注和热情，对蕴含于其中的情趣保持着高度的敏感，并随时随地加以挖掘和表现。因此他的作品生活气息之浓郁，表现场景和人物之多样，在当今画家中并不多见。特别是近年来他画了不少以广州为背景的城市题材作品，极力去表现当代城市人物的百态。这件事看似容易，其实不然。因为今天的城市已经迥然不同于过去的城市，今天的广州人也迥然不同于过去的广州人。这都需要画家去深入感受，去重新发现。孙戈的这批作品，没有重复前人的技法，没有因袭旧有的图式，而是着眼于从当下生活出发的探索与出新，所以特别值得我们重视。

孙戈告诉我，今年他满60岁了。不过对于中国画家来说，60岁远不是一个止步的年龄，相反只是一个新的开始。如果接下来，孙戈能在形式感的探索方面迈出更大的步子，最终建立起属于自己的语言模式，那么到头来，必定会让我们又有一番新的惊喜。

2012年6月18日

心灵的歌舞

——《胡培烈花卉摄影集》序

今年春节期间，胡培烈兄过访寒舍，偕同他一起来的还有蔡时英兄。二位都是我多年的老同事，相见之下，自然言笑甚欢。只不过，茶叙之余，培烈还另有所命。他拿出一厚沓摄影作品，说是打算在广东美术馆做个展览，还出版集子，要我写篇序言。培烈浸淫此道数十年，曾经担任广东省摄影家协会的主席，在行内可谓成就显著，影响广远。至于我，却完全是门外汉。冲着多年的交谊，固然是却之不恭，但应承下来之后，如何着笔，却确实挠头了好几天。后来回心一想：既然不懂，那就不要硬充内行，老老实实把自己定位为一个观众，姑且谈点观后感好了。

由于同事的缘故，对胡培烈的作品，我一直颇为留心。记得他的镜头包罗甚广，囊括了生活的方方面面，而且多有令人惊喜的独到发现。可是这一次他出示给我的，却清一色全是花卉作品。而花卉中又主要集中于荷花、梅花、葵花和虞美人等少数几种。这使我有点意外。因为对于一个展览来说，题材的广泛多样无疑有助于调动观众的兴趣。现在胡培烈不这样做，相反把题材限制在如此狭小的一个范围内，那么，他显然是在有意挑战考验自身的艺术功力，打算通过作品的艺术深度和精度去感染、征服读者。光是这一点，就使我感受到这个展览的学术分量。更何况，对于艺术摄影来说，在各类题材中，花卉是属于最难讨好的种类之一。因为其体积小，在多数情况下，拍摄时必须近距离地采取微观态势，这就往往无法利用周围的宏观环境；而不同花卉尽管千姿百态，但其实包含的意蕴却比较浅白单一，难以挖掘出多么丰富深刻的内容。加上长期以来，花卉作为热门对象已经吸引过无数镜头，被无数人挖空心思地用各种方法表现过，可以说早已成了一种烂熟的题材。想要从中翻出新意，实在谈何容易！不过，如果把以上这些难题对照胡培烈的这批作品，我们却欣喜地发现，他正是在自我挑战中实现了令人耳目一新的超越。

在这里，我也无须对作品逐一加以品评，这自有专家和广大观众来助兴。我只打算指出最受触动的一点，即胡培烈的这种超越，是通过力求使艺术摄影从“形而下”的层面提升到“形而上”的层面来实现的。事实上，在当今的艺术诸门类当中，摄影是属于对工具器材依赖程度最高最直接的一种。这使得就“真实”地再现客观事物的能力而言，数它最强。而且随着科学技术水平的不断提升，这种能力变得越来越惊人。只不过，这也造成一种不容忽视的后果，就是作者的主观意识受到越来越严酷的挤压，越来越难以自由发挥。而客观事物的再现，哪怕再“真实”，说到底都只是属于“形而下”的层面；而艺术作品作为人类精神的产物，它与众不同价值却体现在“形而上”层面，即作者主观意识的追求。因为只有后者，才具有无比的丰富性和多样性，也才会使作品变得千差万别，并且显示出强烈的个性。从胡培烈的这批作品中我们可以看到，他正是向着这个方向努力的。在他那里，真实地再现花卉的自然形态已经不是他的目的。他所追求的，是心中的图像构成、心中的旋律和节奏，是一种带有强烈主观色彩的美感。事实上，也正是这种“形而上”有自觉追求，使他的这批作品鲜明地有别于一般花卉摄影，而向读者提供了远为广阔的遐想余地。

当然，类似的追求和突破，其实早已发生在别的艺术门类之中，但我要说的是摄影这个行当。因为对工具器材的强烈依赖，使得摄影要摆脱“形而下”的桎梏，实现向“形而上”的飞跃，要比别的艺术门类远为困难，也需要更大的勇气和更高的才情，而它的终极意义也更为深远。也许有人会说，在当前摄影界中，已经有越来越多的人意识到这一点，各种各样的试验也正方兴未艾。但就我所见，绝大多数试验都是凭借电脑去进行。这就更深地陷入对器材工具的依赖，后果如何，还有待观察。至于胡培烈的这批作品，作者始终坚持用“多次曝光”这种相对“原始”的手段来完成。这无疑要付出多得多的时间、劳动和耐心，但是却更大程度保留着生活的原汁原味。作者的主观情怀也得到更鲜活、更真切的体现。我想，这正是胡培烈的这批作品的魅力所在，而且也向我们提出了一个值得思考的学术课题。

2008年3月8日于羊城蝠堂

《徐卿雄自书对联集》序

徐卿雄多才多艺，正业而外，尤嗜文章书画篆刻。日夕陶醉其间，乐不知倦。其所作也，纵情率性，不囿于绳墨，故高逸脱俗，颇有奇气。斯亦天性之所然，非强求而可得者。戊子春，卿雄以新编书稿出示，披览之，则自书对联八十余帧也。犹记去岁彼方有篆刻集问世，不意数月之间，新作又将付梓。乃知其深耕厚积有年，遂有喷薄而出，不能自止之势。斯亦人生快事，余深为之喜。

观乎自撰联语且兼自书，于古人固属常技；唯时至今日，能为此道而不失法度者，盖已鲜矣。卿雄掉臂其间，兼擅二者而无难色，自足令人刮目。其撰联另辟蹊径，不求高古幽深，多以家常言语入句，务求质朴平易，通俗晓畅，却于立意处苦心经营，反复提炼，多有独得发明之见。是故通俗处理趣盎然，晓畅处耐人寻味，可谓颇得雅俗共赏之旨。至其书法亦融会各家，自出机杼。所异于流俗者，乃其以性情为骨，意气为神。性情生发处，傲然鹄立，不作倚傍之态；意气飞扬处，风神摇曳，如有鬼物来凭。虽间有生率之处，然独造之艺，正不得以生率为讥也。

余与卿雄相识于同道之中，虽疏于过从，唯其人其才，常蓄于心。知其固痴于艺而执于情者。而唯痴与执，复幸生逢清晏之时，必能申其志而有见于当世，可无疑也。

戊子寒食于羊城蝠堂

坚实　精致　秀逸

——读羊草的画

我大约一年前才接触羊草的画，一见之下，即和羊草的名字一样留下了印象。后来又与羊草本人会面，发觉他话不多，却谦和而周到。他是画山水的。他的山水，兼具传统与现代双重意蕴，风格鲜明而独到，但绝不张狂。远看，形势庄严、布局偏好坚实有力的结构，有阳刚之美，颇像他；近观，用笔精致、针脚细密，显出作者笔墨传统上的深厚修为。于此之外，更显出他性情中含蓄内秀的一面。这，应该也像他。没想到的是，羊草也画人物。羊草喜欢捕捉人物神态中的轻松幽默，或是淡雅飘逸，用笔却自他的山水画中化来，沉稳厚重。画阔袍大袖如老民夫开山凿石，狠且准。与传统的白描勾勒相比较，自有一番新意。羊草的花鸟、狸奴之属，笔墨酣畅淋漓，应是率性挥洒所得。由此也可想见羊草画山水时的凝神敛气。也许正是山水的凝重，才生成了花鸟的奔放。不过我颇为好奇的却是他的名字。我曾问他，“羊”是否本姓？他说，他真的姓是“杨”，“羊草”乃笔名。不过如今大家都已经是只知此“羊”而不知彼“杨”了——原来是名以画传，这也是一个想不到吧。

2003年6月于广州梅花村

访　谈

去留无碍　挥霍余生

——答《羊城晚报》记者问

当年，历尽十六载劳作终至完成长篇巨著《白门柳》后，刘斯奋吁出一口长气，立马去刻了一方印章：挥霍余生。那年他才53岁，便将往后岁月视为可供挥霍的“余生”，这是一种何等的萧疏闲淡，闲淡中有一份傲然。刘斯奋说：“人生最难得的是可进可退，无碍于心。”放逸潇洒，去留无碍，这也许正是他能在不同领域不同场合进退自如的原因。穿过周末的阳光，我们坐在了刘斯奋古色古香的画室里，对着这位刚从领导岗位上调任广东画院的院长，笑语声声中，感觉他更像一个从他的文人画中走出来的传统文人，可以领略到他“书生意气，挥斥方遒”的本色。

一、画院改革：影响社会风气

记者：请谈谈广东画院的改革？

刘斯奋：五月我被任命为画院院长，6月20日才到任。这项改革绝不是个人意志，完全是按照民主程序去做的，开座谈会，征求各方面意见，包括创作人员、行政人员、院外人员、离退休的老画家，研究形成思路，又拿回去给他们讨论，大家认可了，才推出来。

记者：您的改革措施中，最引人注目的一项就是要求每个画家学习一门基础知识。您真的认为这能够提升他们的智慧吗？会不会又是流于形式？

刘斯奋：你问得尖锐了一点。这个事情应该是这样看，画家能不能成为大家、大师，因素是很多方面的，首先是天赋，没有画画才能，再学习技术、文化，也成不了大师；有深厚学养的，也不一定能画画，但没有深厚的学养绝对成不了大师。现在的问题是为什么当代产生不出大师来？近百年来，也产生了一些影响比较大的画家，齐白石、徐悲鸿、潘天寿，改革开放20多年来是太平盛世，反而冒不出这样的人来。这值得我们思考。

改革开放以来，市场经济对画家形成了压力、诱惑、干扰，没有了政治压力，却有经济压力。在这种状况下，美术界（其实也包括其他艺术门类）都相当浮躁，许多人只关注短期行为，着眼于制造轰动效应，出点名，卖点钱。各种评奖越搞越多，自封的“大师”满天飞。这种状况的存在，也许是市场经济发展的一个阶段里不可避免的，但对于有才华、有理想、有追求的艺术家来说，总是希望在艺术方面能够上台阶，攀上艺术的制高点。

画画画到一定时候就是画素养了。一些画家到了五六十岁就走下坡路，这说明他的文化底蕴不够。这道理大家都明白，都这样说，但一直停留在口头，并没有切实去加强。所以，我们下决心通过这个平台，采取一定的措施，在画院内部提倡，形成制度，同时也希望通过这个去影响社会风气。

记者：也就是说，这只是您的一种提倡，至于是否真能产生大师，却是未知之数？

刘斯奋：艺术不同于生产一个杯子、一个电视机，把原理搞清楚了，你想生产就能生产出来。我们通过画院实行这样一种做法，推动大家各自修行。从而形成一种风气，构筑一定基础，造就较深厚的文化土壤。虽然能否产生大师谁也说不准，但没有这种风气和土壤，“呼唤大师”肯定是一句空话。其实，风气的提倡很重要，不仅直接影响画家，而且还直接影响市场。在初级市场阶段，画家跟着市场走，市场又跟着那些买得起画的人走，但他们对画的理解不深，他们只是想通过这个画来保值什么的，这个画的好坏、文化含量高低，他们一概不清楚，只凭自己的爱好和画家的名声来买画。这样不利于市场的发育，也不利于真正有才华的画家的成长。我们提倡文化最终要影响市场，通过一帮有水平有名气有才华的画家提倡这么个东西后，就会回过头来影响市场，这种情形历史上屡见不鲜。例如，宋代以前一直是院体画，宋以后一批有修养的文化人进入了画坛，整个风气就变成要强调文化了，书画市场也跟着这个风气转。于是，回过头来又影响着画家的创作取向，最终推动整个中国绘画水平的跃升。

记者：你到了画院后，有没有为自己确定一个创作方向？因为我觉得您的诗书画文各个方面的创作都是比较关注传统、古代（尤其是清初明末）？

刘斯奋：我起初画的是古代人物题材，后来转为兼画当代市井人物。用大写意水墨的方法来画当代人物，有造型的转换和笔墨的转换等一系列难题要解决，应该说这是富有挑战性。但如果解决得好，对传统文人画来说，是一个有力的推进。我打算在这方面作出努力。

记者：对于传统中国画来说，强调文化容易理解；但对于像“卡通一代”等一些当代画作来说，文化也很重要吗？

刘斯奋：文化的定义很广，传统文化只是其中一部分。文化也是与时俱进的，它也随着时代发展不断产生新的增长点、新的样式。中国绘画不能故步自封，要善于广泛吸取古今中外的一切文化营养来充实自身，变革自身。当然，侧重点可以不同，但广阔的视野和包容的胸怀是共同需要的。

记者：在您的画院院长任内，有什么样的期许目标？

刘斯奋：广东画院应该成为广东美术创作、研究的一个制高点。具体来说主要是两个方面，一个是硬件建设，一个是软件建设。硬件建设就是搞一个新的广东画院院址，创作基地也在筹划之中；软件建设就是要出人才出作品，这就需要有明确的思路，现阶段就是充实画家的文化底蕴，要有一系列配套措施；还打算搞一个不入编制、不领工资的广东青年画院，加强对后续人才的联系和培养。

二、回到民间的感觉：安身立命文化人

记者：您现在算得上是从官场回到了民间，感觉有什么不同？有没有失落？

刘斯奋：没有失落，而是非常高兴。早就想退了，早就想离开，因为我很明确我的安身立命的基点就是当文化人。从来没有在仕途上有太多的想法、奢望。从年轻的时候起，对艺术创作算是有一点感觉，乐此不疲。鬼使神差，把我推到行政岗位上，命运这样安排，我就尽力把它做好。但我从来不觉得这个职位多么不得了。写《白门柳》第二部的时候，曾有一个升迁的机会，我就

没有动心。在一个职位上干久了，难免会有倦意。我干了十年，自己觉得工作激情大不如从前，我们搞艺术的人做事情特别讲究激情。既然如此，退出来换一种活法，对工作对自己都是一件好事。岂不闻“羁鸟恋旧林，池鱼思故渊”嘛！

记者：您跟陶渊明不同，您是来去自如，陶渊明是没办法才归隐园林。您给人的感觉是潇洒。

刘斯奋：谈不上潇洒，其实我想做的事情很多，总感到忙不过来。不过我确实没把名位很认真地当一回事。我觉得人生最重要的就是可进可退。这样子心态才比较松弛，不会无端紧张，同时还能保持自己的尊严。

记者：您刚才说“没太当一回事”是指一种心态，而不是指做事。但现在这样的人不太容易，有的人从某个位子上退下来后，他就没事干了。

刘斯奋：所以就要预先准备好将来可进可退，可上可下，不要老盯着一个目标不放。

记者：可这个需要天赋啊，我想画画，不行啊。

刘斯奋：人与人的情况当然不同，但都会有不同的长处和短处。一个人要弄清自己的长处和短处，扬长避短，按照你的擅长去努力，就有成功的希望。

记者：您在从政的时候，有没有矛盾冲突的时候？

刘斯奋：做工作肯定有矛盾冲突，有时候意见不一样。但我觉得我相对比较少，有一点冲突也是很快就消解了。因为与我直接共事的几任上级领导，都是很能理解人和很有包容性的，特别对我。

记者：除了外在的矛盾，内心里有没有冲突？

刘斯奋：当然，本来是喜欢干这个却去干那个，但幸亏我干的还是文化这一块，如果干别的，可能内心冲突更大一点。文化这一块我还有点兴趣，还有点内行，还是能够协调。但还是要花很多时间在里面，应酬，各种会议，这是肯定。但后来我找到一种平衡，因为干任何东西，艺术也好，画外功夫或者文外功夫实际上很重要，不是光关起门来整天搞技术就能解决。世事洞明皆学问，人情练达即文章。

三、《白门柳》：冥冥中有“才鬼”在支持

记者：算起来已有20多部小说荣获茅盾文学奖，但感觉《白门柳》的后劲最足，如今已被改编成许多种文艺样式，这与您分管文艺工作，所处位置有关系吗？

刘斯奋：不知道有没有关系。不过我可以给你举个例子，“朝阳文化”这个理论，在国内引起较大关注。但由于文章是我写的，我一直不敢去大力宣传它，就是为了避嫌。如果换了是你写的我的做法就会大不一样。这篇文章连中宣部“五个一工程”奖，我都没有送，因为我负责该奖项的报送，我不送自己的东西。另外，如今电视剧、话剧、粤剧、汉剧，都在改编《白门柳》，除了汉剧之外，其他都没有在省委宣传部扶持的项目中立项。

记者：应该说，这种密集的关注是与小说本身强大的文化张力、深厚的文化内涵密切相关的。

刘斯奋：我只能说，我自己感到比较欣慰的是，过了这么些年，这个书还不过时，阅读起来还有新鲜感。这有多方面的因素，其中最重要的是思辨能力，也就是立意，历史的考证、历史的思考、历史的结论，要具有一种永恒性。任何作品的价值都离不开思想层面的永恒性，但不是那种拔得很高，很政治化的。举例来说，为什么对人类命运的终极关怀是文艺永恒的主题？因为只要有人类存在，其与外部世界和内部世界的冲突、磨合、协调、归宿，就会受到永远的关注。立足于这点进行思考，至少取向就不会过时。《白门柳》立意于文化，文化的承传、文化的守护、人类对民主理想的追求。

记者：我很佩服您在《白门柳》里对明清社会细致入微的描摹，我觉得很恐……觉得不可想象。

刘斯奋：你是想说“很恐怖”？哈哈哈。这个东西呢，我想作家有两种，一种是他非得经历过他才能表现；也有一种是千面人，也就是说他能够通过想象来写作。当然是在充分占有资料素材的基础上，深入研究，去发挥想象。在进入这种状态后，有时连自己都觉得很可怕，写完后自己也弄不明白为什么能写出来，觉得冥冥中有一批“才鬼”在支持你。

记者：再回头看，《白门柳》有没有让您觉得遗憾的地方？

刘斯奋：如果说有遗憾的地方，就在钱柳情爱方面，大概我原来更着重从社会学的角度去描写他们，也就是说他们这种老夫少妻的结合功利性考虑比较多，当然这种结合不排除功利，但作为红颜白发的恋情，恐怕还有人性的一面，也不是那么纯粹功利的东西。特别到了一定程度的时候，它就应该进入感情方面，这方面着墨比较少。

记者：《白门柳》前后写了16年？

刘斯奋：实际上如果全力以赴去写，也不用16年。第一、二部基本上每部都花了两年半的时间，当然中间也要喘一口气。第三部是到了宣传部以后才写的，实在太忙，只能拖着。前面那两个两年半是实实在在两年半，根本没有心思去交游，没有时间去跟人家来往，就是躲在家里，非常珍惜时间，我什么条件都不要。做专业艺术家既可以拿补贴又可以评职称，我因为是业余的，什么都不敢要，只要时间。晚上写到四点钟，睡觉，睡到中午，起来又写，拼搏。写完一部赶快去检查身体。

四、人生感悟：我超额了

记者：能不能谈谈您现在的日常工作和生活？

刘斯奋：在党委部门各方面要求比较严格，日常事务也比较多，经常准备听候派遣。退下来了，相对来说自主权大一点了，自己管自己了，可能更符合我的性格吧。当然，应该说更忙了一点。因为一个是文联，文联通过这些年的工作，上路了；现在的精力主要放在画院，头三脚要踢得像样点，我想把思路搞清楚，几件大事都有眉目了，分工让他们去做，我又超脱起来。从来我是放权，想潇洒就放权，事必躬亲就潇洒不起来了。

我本来一辈子包括搞那本书的时候，都是非职业化状态，混到最后，变成专业画家。现在在本身的业务上也得加把劲努力一下。

记者：您现在创作上还有什么计划？

刘斯奋：创作上，很多人说你应该再写小说。但是我想，人生不过就是几十年，如果有机会还是分几段来过，这段过过这种生活，那段过过那种生活，应该说这样子更丰富一点嘛。过去写小说，现在画画、写字为主。

记者： 您觉得比较理想的人生应该是怎样的？您达到了吗？

刘斯奋： 我已经超额实现了人生目标，真的，超额了。

记者： 看来您还是容易满足的。

刘斯奋： 你说还要怎么样呢？到这个岁数啊，我有一种感悟，一切都不是那么重要了，像身后名啊，即使有，你也是看不到的。再一个，太多的钱可能对你们年轻人有用，我也用处不大。钱够用就行了，只有自己用的那一块才是自己的。作为生命个体来说，自己感觉过得还称心，对社会还能做出一点贡献，这就应当很满足了。

记者： 您觉得自己有什么弱点吗？

刘斯奋： 一个人啊，如果太全面了，往往难有大作为。特别是搞艺术的，他肯定有一方面是很强，有些方面很弱，如果太平衡他未必适合搞艺术。我呢，有些东西是最笨的，学外语总是学不好，硬背的事我都不行。另外，对音乐也缺乏鉴赏能力。

五、对年轻人的忠告：守住一个目标

记者： 现在的年轻人如果要做文化人，您有什么忠告？

刘斯奋： 我们那辈人20多年前，还处在一个社会不是那么稳定的年代，各种各样政治上的干扰、冲击，精神上压力比较大，所以我们一般都比较循规蹈矩，不那么张扬。现在的年轻人没有这种压力，思想比较解放，爱怎么说怎么说，爱怎么写怎么写。但现在这辈年轻人有另外一种压力：经济压力和竞争压力。但不管怎么样，人在社会上生存，总会有压力，有压力才迫使你去奋斗。作为青年人，不管有什么压力、干扰，都要守住自己，守住自己的目标。一方面创造实现目标的条件、环境，一方面要抵御不利于目标实现的干扰和诱惑，最后才能到达人生比较好的境地。同时，在人生精力最充沛、创造力最强、最成熟的时候，做成一件事。很多人就没抓紧，一晃悠，就把机会和光阴晃过去了。我就是抓住三十来岁到五十多岁这一段。三十岁以前也成熟不了，三十五岁以后应该相对比较成熟了。人到了四五十岁的时候，心里就会觉得很安心了。当我写完那部小说之后，我就刻了一方印章：挥霍余生。这个余生可以用来挥霍了！

记者：没有几个人可以学您，很难学得来。

刘斯奋：千万不要这样想问题！每个人都有不同的禀赋、不同的长处，你不要老看着别人的长处，你自己有自己的长处。年轻人特别要发现自己的长处，扬长避短地去做事情。我做人的一条根本原则就是扬长避短。

六、文化大省：建一个有“磁场效应”的平台

记者：您主管文联、画院，现在广东提出要建设文化大省，对此有什么考虑？

刘斯奋：建设文化大省的事现在主要是在省委和省政府这个层面操作。因为牵涉到方方面面，范围很广。我们只从一个角度参与。我觉得文化建设也和其他建设一样，对形势的准确估计很重要，其中很重要的一点就是要弄清现在广东的文化发展到什么阶段？我们的文化市场发育到什么阶段？

这个问题之所以重要，首先是因为我认为建设文化大省，关键是要大力发展文化产业。要使我们的文化具有强大的经济活力，这样才能持续发展，经久不衰，发挥巨大影响，反过来又促进其他产业的发展。文化传统的底蕴固然是一个方面，但是更重要的是，使之成为一种经济实力。历史地看，汉唐文化之所以如此辉煌，就是强盛的经济实力作后盾。美国只有两百年历史，它现在的文化辐射力如此巨大，同样以强劲的经济活力为内涵。所以文化大省建设归根到底如果不把文化产业作为支柱产业立起来、做活做强，文化大省就始终是一句空话。

另外，正确估计广东的文化市场发育在全国格局里已经走到哪里，要在这个格局里形成我们的思路。文化人原来都是有单位有组织的，随着市场的发育，这些文化人开始越来越频繁地在全国到处流动，哪里有好的待遇好的机遇他就往哪里去，甚至跑到国外去。面对这种形势，我们的人才观也得随之改变，并不是说不要培养本地艺术家，但视野还要更广阔一点，要营造一种氛围，要营建一个平台，有利于本省、全国、全世界的人才到我们这里来发展，到我们这里来贡献力量，来去自由，只要我们这个平台形成一种“磁场效

应”，那就不愁没有人才可用。文化产业和文化人才，这两点解决好了，文化大省就有希望了。

原载《羊城晚报》2003年8月13日

“蝙蝠侠”刘斯奋

——答《日本留学生》记者问

这不是一个趋附时髦的题目。“蝙蝠”一词源于刘斯奋自号“蝠堂”之故。他自言：“取义为身属公务人员而醉心文学、绘画、书法、学术，有如蝙蝠之似鸟非鸟，是兽非兽，恐难免见笑于方家识者。”称其为“侠”，一是因为在三个小时的访谈过程里，刘先生回答之爽快，语言之犀利和淋漓，加上不时伴以出自真情的朗笑，直让人感觉到他仿佛刚从传统的文人画中飘然而至，更令人领略到一种“书生意气，挥斥方遒”的率真本色。二来是刘先生的经历——他是广东唯一一位获得“茅盾文学奖”的大作家，还曾经是主管广东省文学艺术工作的宣传部副部长；他在“文革”刚结束的上世纪80年代初，许多人还心有余悸时，就公然开始创作以古代士人为主角的历史小说《白门柳》三部曲；期间还路见不平，凭着一股与生俱来的胆气与境外的学术权威展开了一场精彩的、让人印象深刻的辩论；他不仅在仕途里进退从容，去留无碍，更随心所欲，自由穿梭于文学与书画的天地里。那份轻舟已过万重山的自在和淡定，也让笔者陡然感到侠气扑面而来。

记者：刘先生您从1981年开始创作《白门柳》三部曲，当年37岁的您怎么想到要写一部以明清两个朝代交替当口的知识分子的历史足迹为切入点的长篇小说？

刘斯奋：我们国家在相当长的一段时间里，由于极左思潮的影响，知识分子有时被看成改造对象，有时又被当成批判对象，如何对待知识分子的问题一直未能处理得好。从中国的历史来看，任何一个时代、任何一个政权，如何对待“士”也即知识分子都是十分重要的问题，若处理不好，对国家和民族都是悲剧。在粉碎“四人帮”，拨乱反正之后，如何将知识分子放在一个恰如其分的位置上，正确认识他们的长处与短处，对他们的作用、价值做出恰如其分的判断，这个问题尤其显得突出而迫切。正是基于这样的感悟，我开始创作《白门柳》。

记者：这部小说还特别突出以黄宗羲为代表的中国早期民主思想的产生。这种立意，在上世纪80年代初的中国文学创作中，同样是需要相当胆识的。您当时是出于怎样考虑？

刘斯奋：我觉得文学创作有责任揭示和表现体现历史前进方向的东西。就17世纪中叶那一场使中国社会付出了惨重代价的巨变而论，如果说也曾产生过某种质的意义上的历史进步的话，那么恐怕既不是爱新觉罗氏的入主中国，也不是功败垂成的农民起义，而是在“士”的阶层中，催生出了以黄宗羲、顾炎武、王夫之为代表的我国早期的民主思想。在经历了“文革”的深痛巨创之后，这一点对我的触动更加深切。

记者：《白门柳》虽然长达130万字，但其实只写了三年时间的事情，即崇祯十五年（1642）三月到当年的十二月；李自成农民军攻入北京之后，南明弘光政权在南京建立及其崩溃的崇祯十七年（1644）四月到次年的五月，以及同年六月到次年五月，南明鲁王政权在浙东建立到全线溃败。您为什么只截取明朝覆亡前这短短的三年历史？

刘斯奋：之所以把时空跨度作如此的紧缩，固然是因为这三年当中社会的变动极其急剧，对立的各方短兵交接，矛盾冲突异常尖锐激烈，十分符合艺术创作必须高度集中的要求；同时也因为与之相关的主要人物的性格、行为、思想和面目，在此期间也暴露得最为充分而彻底，可以追溯来龙，预兆去脉。就完成人物塑造而言，已经具备了足够的运作空间。

记者：虽然只是三年的历史，但其中出现的人物，发生的事件却非常多，那您又如何把对一些史料的体会提炼成为小说中的表达呢？

刘斯奋：所谓历史，就是已经过去了的事情，现代人无法亲身回到那个时代去经历体验。作者只能凭借史籍记载以及其他资料，去设想、揣摩当时人们的生存状态和思想状况。这就要求作者具有丰富的想象力和进入不同人物内心的能力。就像一位高明的演员，能够进入并演绎各种不同的角色。写历史小说，我还有一个体会就是要处理好历史事实与艺术创造的关系。基本的历史事实和人物生平是不应随便更改的。但历史事件发生的具体经过，以及人物在其中的活动细节，却完全可以而且必须通过艺术虚构来补充。这就给予作者很大的发挥创造力的空间。如《白门柳》第二卷写到黄宗羲和老师刘宗周到南京赴任，途中住在寺庙，有刺客来行刺未果一事。关于此事，史料记载说刘宗周的政敌“遣刺客数辈往”，刺客向寺庙的和尚打听刘宗周，“询其生平，不敢加害而去”。就这么短短的几行记载，我把它敷衍成为一段上万字的颇为曲折的故事。事实上，只要善于腾挪和铺展，这种点滴记载较之向壁虚构，往往更能引导和激发想象。投入《白门柳》的创作时，我常感自己凭借这些散布于史料之海中的“小礁石”，得以穿越巨大的时空，进入当时的场景，亲近各种角色，与之同行同喜同悲，写来很是过瘾。

记者：我想也是，一写就16年寒暑，如果不过瘾，估计很难有动力坚持下去。

刘斯奋：那些年，外界的诱惑比较少。我们也比较能静下心来创作，不会那么浮躁。现在的年轻人就比较难了，要买房买车……哪坐得下来呢？

记者：1983年，《白门柳》第一部《夕阳芳草》完稿时，您卷入了与余英时对陈寅恪晚年心境研究的争论。那时，作为海外学术权威的余英时所撰写的《陈寅恪的学术精神和晚年心境》经香港的《明报月刊》发表后，流传甚广。您以“冯衣北”的笔名与余英时进行学术讨论，为此，您写了两篇文章，余先生写了五篇。这场论争把您推到各种舆论的浪尖上，甚至余英时后来也说：“生平文字闯祸，事已多有，而未有甚于此者，尚在红楼梦争议之上。”（《余英时：我为什么写陈寅恪？》）当时身处内地同时又正在着手创作《白门柳》第二部《秋露危城》的您，为何主动投书《明报月刊》，与余英时进行学术上的商榷？今天回顾起来，您又怎么看这场讨论的影响后来竟不断地扩大，直至把您和余英时都推上了舆论旋涡的中心？

刘斯奋：坦白讲，也许与学术界交往不多，我至今也不大清楚它究竟产生了多大的影响，因此也没感到落入了舆论旋涡中心。我写《也谈陈寅恪的晚年心境》之前，一直埋头《白门柳》的创作。写历史小说需要掌握相关的史料和著作，陈寅恪先生的《柳如是别传》作为晚明历史研究的最新成果，自然是我必须钻研的；加上陈先生又是我的母校中山大学的著名学者，他的学识和人格都令我们后辈非常景仰。因而对于一些纪念陈先生的文章和著作（例如汪荣祖先生的《史家陈寅恪传》）也比较关心。但当我读到余英时先生的《陈寅恪的学术精神和晚年心境》时，就觉得与其他文章不同，这并不是一种单纯的学术研究。虽然它洋洋洒洒说了很多，绕了很多弯子，却是学术其表，政治其里。归根结底是试图把陈寅恪先生说成是一个钱牧斋式的人物，一个因为未能“扈跸”又未能“殉节”，从而对国民党政权充满愧悔和眷恋的孤臣孽子。如果余先生真的拿出确凿的证据，证明这种结论也就罢了；偏偏他对陈先生晚年一些诗文的释证，又是完全经不起推敲的主观臆测。如果不加辩明，任其流传，必然使陈寅恪先生在世人心目中的形象蒙上不实的污垢。这无疑是不可以的。正是出于这种考虑，所以我才写了《也谈陈寅恪的晚年心境》，发表于《明报月刊》1984年8月号上。

我不理解余英时先生关于他写《陈寅恪的学术精神和晚年心境》等文章是“文字惹祸”的说法。更不明白这件事于他何“祸”之有？当时他在海外，我在广州，大家各自发表意见。在这场商榷中，我写了2篇文章，余先生写了洋洋洒洒的大文5篇，都发表了。直到现在，作为学者的余先生在国内仍有着很高的知名度，著作照样出了一本又一本，而且似乎也没有人再与他“商榷”。我也照样按我的意愿过生活。所以说，我不能理解这个“祸”之所指，不过是一场不同观点的辩论罢了。我说清楚自己的观点之后，又回到了小说创作中去。后来虽然余先生还不断提起这场“公案”，但因为始终没有提出新的论据。所以我也就不再理会。如此而已。

记者：有说与余英时的辩论让您更加全面、多角度、立体地去观察明末清初的那段历史，从而对《白门柳》的创作有补益？

刘斯奋：那是完全不了解情况的人的想象。就我而言，正因为先有创作《白门柳》的学术准备，才有后来去辩论的底气。而且，在这场辩论里，我只针对问题写了《也谈陈寅恪的晚年心境》和《陈寅恪晚年心境的再商榷》而已，与小说所要表现的内容根本是两码事。

记者：您倾16年之功完成了《白门柳》三部曲的创作，在此期间您同时也是一位政府官员。出版了第一卷后，在准备第二卷时，您曾经有从副处级升为正处的机会，但为了集中精力写小说，您自愿放弃了这个机会。这种选择当时让不少人都以为您更希望把自己定位为一名大作家。不过，您在仕途上的发展后来颇为引人注目。1992年，您调任为广东省新闻出版局副局长。随后，省委向人大提交建议任命您为广东省文化厅厅长。没想到，省人大常委会在开会审议的时候把这一建议给否决了。据悉，否决的理据是“官员易得，作家难求”。这一下子在全国引起了轰动，当然也免不了各种似是而非的传闻与猜测了。您儿子当时在学校上课，老师还把这事儿在课堂上作为例子来讲解。刘斯奋的“知名度”竟以这样一种意想不到的方式，又一次地处于言论的浪尖上。您还记得自己当时在这种八面来风的中心里，心情是怎么样的吗？

刘斯奋：当时不是让我觉得尴尬，而是让我儿子有点尴尬，毕竟上课时被老师说了嘛。这件事在当时可能涉及一些人事博弈的背景。事实上，当时我已经担任新闻出版局副局长一职，并不是专业作家。本身就是官员而非作家，谈什么“官员易得，作家难求”呢？不过，此事对我而言，又是“塞翁失马，焉知非福”。文化厅厅长是一个重要的职能部门的一把手，要做相当多的事务性工作。若到这个位置去，再要写小说恐怕真要困难许多了。就算能分身写作，最后完成的时间也要大大地推后。另外，就我而言，我属于思想型的人，出观点、想办法比较在行，行政事务不是我的所长。所以，我当时就想得很开。

记者：也不觉得没有面子？

刘斯奋：不觉得。

记者：命运再次向您做了一个调皮的鬼脸，您虽然没做文化厅厅长，但却于1993年起担任广东省委宣传部副部长，主管全省的文学艺术工作。90年代里，您把更多的精力放在了从政中。这样，您从事创作的时间和精力只能相应地减少，因而《白门柳》第三卷《鸡鸣风雨》用了7年时间才写完。对此，坊间又出现了各种议论，比如有暗笑您“作家从政”的，也有说您写《白门柳》的目的就是为了让政府发现您的才华让您当官，等等。对于各种各样的声音，您怎么看？

刘斯奋：俗语说，“谁人背后无人说，哪个人前不说人”，所以我向来只问做事是否有违本心，而不大关心外界的闲话传闻。命运将我安排在行政机关单位里，单位对我从事文学创作给了很大的支持。我也不是没有想过调离行政单位，专心去做一个专职作家，但是有关方面挽留。自己受国家培养多年，做人做事不能够只是一味地想到个人。而且无可否认的是，我的确深受中国传统文化影响，传统文化人那种“家事国事天下事，事事关心”的烙印在我身上是很深的。所以，我觉得有责任，也很乐意为公家服务，尽自己的一份心意和力量。

如前所言，我比较擅长出主意、想办法，这个岗位有利于发挥我的特长，所以做来比较得心应手。加上上级的信任支持，同事们的同心协力，整整十年下来，总算对各方的期望和厚爱多少有所报答。

记者：作为一名读者，我读完《白门柳》的第三部《鸡鸣风雨》后，有一种很直接的感受：书里对很多“士”阶层的心理、行动的把握以及描写让人印象深刻。如果作者不曾深味仕途的话，恐难表现得这么细致、拿捏得如此到位。这也是《白门柳》这部历史小说的一个特点。我不知道这样的读后感您是否同意？

刘斯奋：我不觉得有这样的直接关联。因为我们所处的时代毕竟与明末清初有着质的不同。引发你所提到的那种阅读体会可能源于两方面的因素。一来是我创作的成熟过程引致的结果。写《白门柳》之前，我没有怎么写过小说。因此这16年里，自己在写作上也经历了一个不断成熟的过程，越写到后来越豁然开朗，有一种水到渠成的感觉。另一方面从人情世态来看，16年不是一个短日子，自己的生活阅历在不断地丰富，这种情况恐怕多少也会反映到作品中去吧。

记者：在《白门柳》的《跋》里有这样的一段话：“我的小说试图再现的那段历史……它正值明清两个朝代更迭的当口，阶级矛盾、民族矛盾、统治集团内部的矛盾都空前激化，再加上新旧观念的对立和激荡，不同文化的冲突与融合，交织成一幅色彩斑斓、惊心动魄的图景……我所选择的仅仅是其中一个横切面。即从当时的知识分子，也就是所谓‘士’的阶层来楔入，试图通过他们在这一时期所走过的坎坷曲折的道路，从一个侧面记录历史的一些足印，揭示某种发展线索……”其实，在创作《白门柳》的这16年间，中国也经历了全面的深刻变化。您觉得自己书中所描写的那个转变时期的知识分子图景与上个世纪八九十年代中国社会转型时期的知识分子有无可比之处？或者说书中所描写的那幅知识分子图景，对于今天社会转型中的知识分子来说，有何现实意义？

刘斯奋：首先要声明一个观点：我写小说从来没有借古讽今的打算，不惜扭曲历史来影射现实的做法，我一向排斥。因为历史本身的无限丰富性决定了它对后人的启示也是无限丰富的，没有必要把它变成一幅简单的漫画。我写《白门柳》就是尽可能客观地挖掘那段历史多方面的认识价值和审美价值，并且在此过程中展现人性的纷繁复杂。至于小说写出来以后，读者有什么的感受，那是读者个人的阅读体验，我管不了，也没想过。如果说历史是一面镜子的话，各人都会在镜子中照出自己的样子，我做的就是摆一面镜子在那里，别的管不了。

记者： 80年代以来，作为改革开放的前沿，广东经济的迅猛发展在全国有目共睹，与此同时，发展中的广东该展现出什么样的文化景观也成为很多人谈论的话题。在这期间，您是主管全省的文学艺术工作的省委宣传部副部长，有压力吗？您上任不久就点了一把火，1994年您的《批评标准和广东文学》首先在广东产生了很大的影响，到1995年10月，《朝阳文化、盛世传统和巨人精神》在《南方日报》全文发表后，随即于《人民日报》转载。您从批评标准的问题展开，就现代化建设背景下的文化发展，如何调整自身的价值趋向和行动模式等进行了深入论述。您的观点在当时引起全国文艺界的关注，不过，时至今日广东文化仍然受到一些人的质疑，这似乎已经是一种观念。您认为这到底是什么原因？

刘斯奋：作为在改革开放中先走一步的地区，广东的经济发展引起了全国的高度关注，在这个快速发展起来的地方产生了什么新的文化现象，当然也成了备受关注的一个话题。当时还有广东将会变成文化沙漠的危言。其时，作为分管全省的文学艺术工作的省委宣传部副部长，我必须和同事们一起面对这种质疑，做出自己的判断，并预测其发展，以此建立我们的信心和确定相应的对策。事实上，当时我们就认为：广东出现的文化滑坡，是社会由计划经济向市场经济转型过程中不可避免的一种“阵痛”过程。广东先行一步，所以先遇上了。文艺界不能因此丧失信心，自乱阵脚，而应知难而进，勇于创新，积极探索适应市场经济体制的生存方式和发展方式。事实证明，这种判断和主张是符合实际的。不只是文艺的批评标准，而且是整个文艺界的状况；也不只是广东，而且在全国，与十多年前相比，已经发生了多么巨大的变化！

当然，从更深层次来说，持什么样的观念来评判文化的问题，并没有完全解决。一元的、静止的观念在不少国人心目中还是根深蒂固，总习惯于用历史的、过时的标准来排斥已经极大地变化发展了的文化现实。这对于我国当代文化的建设其实是不利的。事实上，文化的生成、存在和发展变化，是受到一定的时间和空间制约的。时代在推移，评判文化也要相应有一个变化的、发展的观点。就空间而言，不同地域的存在、不同生成环境的存在，决定了文化的格局也不可能是纯粹的、划一的，因此评判文化还要相应有一个多元的、包容的观点。当代中国对于世界各种不同文化的个性与价值抱有充分的认识与尊重，在国际交往中倡导和谐和多元的理念，从而获得越来越广泛的好评。这使我受到启发：对待世界各国不同的文化，固然应当用发展和多元的观念作为评判的出发点；同样，对待我们自身文化的内部结构时，恐怕也需要这样。如果这样来看问题，那么对于广东和其他地域文化，恐怕就会有完全不同的观感和认识。

记者： 1994年4月广东省作家协会召开“广东文学创作座谈会”，您提出在工业社会的进程中，人民群众不需要对苦难的渲染和描述，不需要发泄、哀叹、颓废的消极诉求，而是要用快乐、向上的基调，激励他们积极面对现实生活的矛盾，实现人生的理想。为此，文艺工作者应该面对群众这种生活的要求。在深圳举办的关于打工文学的座谈会上，很多打工文学作家以及研究者都提到了您对打工文学发展的支持。这给大家的感觉好像是您的思考发生了一种转变，您也这么认为吗？您认为广东当代文学对社会底层话语权的重视和关注意义何在？您对这些表现社会底层呼声的文学的作者们有什么期待？

刘斯奋： 坦白讲，我比较喜欢那些关注当下、关注时代的文学作品，而关注当下、关注时代的作品当然也包括底层写作。在西方的文学史上，现实主义取得了相当高的成就，涌现了很多优秀的作家与作品，这些作家作品不少都与底层写作有关，他们写出了在时代变迁、社会转型过程中底层生活的人生百态，写得很大气，很有档次。因此，在当下中国社会巨大的转型过程中，打工文学作家们若能够从底层的命运转变来反映出这个时代变革，不仅仅是弱势群体的呼声，而是站在更高、更有历史感的角度下去记录、去表现、去思考这个大时代，是有可能出大作品的。因此，文学界、批评界都应该给予他们更多的关注和支持。这是从艺术创作的角度来看。同时，从构建和谐社会的角度来看，社会各界关注底层呼声当然是很重要的。

记者：2000年，由于提倡干部的年轻化，您主动提出自己任副部长8年了，应该轮岗。2003年，您从宣传部的领导岗位上完全退下来，任省文联主席和画院院长的时候，说自己是“去留无碍”，又说从今往后是“挥霍余生”。在大家都以为您会来一个转身重拾小说创作之笔的时候，您举起的却是画笔。您为什么不写了？

刘斯奋：人生毕竟有限，精力更加有限。我写《白门柳》从37岁写到53岁，可以说将人生最好的时光都奉献给这个三部曲了，写得很认真、很痛快，也真的很累，今后恐怕很难再有这样的精力来投入小说创作了。就我自己的标准而言，既然是创作，就应该能有突破，如果做不到，即使在原来的水平上踏步，也已经没有意思。那么又何必浪费自己的精力和读者的时间呢？演艺界的人不是喜欢说，在最灿烂的时候退出就成为永恒吗？我也认为这样，免得江郎才尽时才离开，大家都没有意思。

记者：您进入书画界后，引人注意的动作也不少啊。您举办了多次书画展，不仅深受书画界的好评，还深得读者和观众的喜爱。例如旅美艺术家钟耕略就赞扬您的现代都市系列画作“已然跨入了一个现代艺术的领域”。又表示：“刘斯奋描写的是21世纪之都市女士风情，他那敏感的都市掠影，留下了现代人生活的特有片断，比如打手机、拖着行李车、等候巴士、遛狗、背着时髦挂包等，都是中国水墨艺术尚未广泛涉足的领域。

“如何让现代生活走进中国水墨艺术，正是中国画求新求变的一个重要环节。刘斯奋不斤斤于严谨的传统中国画的笔墨线条，使他能自由随意地绘出他对现代都市生活的感受。故此他的现代人物作品虽稍欠传统笔墨的历练，但却换来了活生生的意象，那既现实又写意的人物形象与观者产生共鸣，从而映照出作者热爱生活的真意。

“刘君不拘泥于传统笔墨的画风，或不见容于科班出身之规矩尺度，然而它的立意在于以简朴纯真之笔法，捕捉住现代都市人的灵魂。正如西方的波普艺术一样，以现代生活之平庸题材入画，重情而不重法，让艺术回归大众。然而刘君的画与波普不同者，乃是于通俗之中，保留了一种文人的雅逸趣味。那疏宕而温婉的书卷气，以及洞悉世俗文化的心象。

“正因为刘斯奋的现代人物作品打破了传统笔墨的桎梏，在意念与境界上开拓了一片新天地。所以从他的作品中，可以找到更多与现代艺术相关的元素。譬如在《沙发》一画中，其粗犷率意的线条，以及构图运笔的感觉，几与野兽派的马谛斯（Matisse）作品有共通的韵味。当代美国油画名家阿里卡（Arikha）的宣纸毛笔素描作品，以焦墨皴擦捕捉人物形象见称。虽然与刘君苍润朴拙之线条有别，但若然将两者作品安排在同一展览里展出，则会有相得益彰的协调感。可见大家从不同角度跨进了一个东西文化的现代交汇点。

“中国画的现代化问题，困扰了我们一个世纪。如何寻求突破，如何建立一个有时代气息的现代体系，尚有待我们不断实践和努力。可以肯定的一点，就是必须开拓我们的视野，西方艺术的借鉴不可或缺；而中国文学的素养，以及文化层次上的升华，更有助于我们的创作达至一个深厚高超的艺术境界。而刘斯奋的绘画艺术正是朝着这个方向所折射出的一道奇光。”

钟耕略对您的评价不可谓不高了。

刘斯奋：那就承蒙他的抬爱了。

记者：您说自己：“在写作界的眼里，我是从政的（或者还是画画的）；在绘画界的眼里，我也是从政的（或者还是写作的）；而在从政的同事当中，我又是写作和画画的。这情形，十足就像老故事当中那只似鸟非鸟、似兽非兽的蝙蝠。”我觉得这话透出了您对自己的独特的自豪。同时拥有这些不太一样的身份，这些身份会不会产生一些矛盾？在遇到一些问题的时候，您会不会很自然就产生各种跨界的视点和思考？

刘斯奋：古人云“世事洞明皆学问，人情练达即文章”。也就是说，各种素养其实是相通的，可以相辅相成，关键是如何将人生的经历内化为自我的素养。就我的个人体会而言，“入仕”的确影响了艺术创作的时间和精力，但对拓宽自己的眼界、胸襟，以及提高我协调人际关系的能力无疑会有很大的帮助。这样的历练，会在写文章、画画的视野、格局和内涵上呈现出来。

同时，也正因为不对自己身份作明确的界定，让我的兴趣和潜能的发挥有了更多选择自由。这对于保持创造的个性和激情来说，是很有好处的。

记者：从官场到民间，从作家到画家，是基于什么样的基点让您在每次进出转身时总能如此淡定？

刘斯奋：这可能是出于一种典型的岭南文化人的心态，就是喜欢自由自在，不拘一格，不定一尊，不守一隅。不刻意拒绝名利，但也不受名缰利锁的束缚，只管在人生旅途上率真随意地行走。屈指算来，我可算已经一一圆了少年时的梦，就连从来未曾做过的梦也变成现实塞给了我。还想怎么样呢？命运已经对我很好了。人生到了这份上，应该知足了，真的。

记者：今后，您这位快乐的“似鸟非鸟、似兽非兽的蝙蝠”还有什么计划吗？

刘斯奋：主要还是用画画写字来“挥霍余生”吧。而且刚刚也说过了，我在探索着一个主题，就是用传统中国文人画的手法描写现代生活、现代人物。我正兴趣盎然，劲头十足呢。

厚积薄发　鱼跃鸢飞

——答《南方企业家》记者问

在广州最大的画廊“太和堂” 的展厅里，记者与温文尔雅的刘斯奋主席相对而坐，隔着透明的玻璃桌，俨然一副谈判的模样，只是刘主席朗朗的谈笑声，才使得相对的形式如沐和风般润泽；面对着一位真正意义上的文人画家，记者仿佛感受到古代文人画家黄公望、倪云林、徐渭、董其昌、八大山人的气息……

一

记者：您的长篇小说《白门柳》曾获得中国小说最高奖“茅盾文学奖”，后来又作为经典作品收入《中国文库》。我们一直认为您是广东文坛的榜样，但您在绘画上的成就更令我们非常吃惊，您是家学还是有师承关系?

刘斯奋：有人对我说，你写小说，怎么突然画上画了？其实我从小就喜欢画画，总想当个画家。1962年中学毕业就想考美院，可惜碰上国家经济困难时期，许多学校下马或停止招生，广州美术学院油画系和国画系都停止招生，只招工艺系。我觉得没有兴趣，转考中山大学中文系，于是画家梦变成了作家梦。“文革”期间毕业，分配到了海南岛。后来调回广州，进了党政机关，就变成从政了。

我从小好动调皮，做过画家梦和作家梦，唯独没做过当官梦。从政后，心里始终也没放弃少年时的梦想，于是就“不务正业”地写起小说来。前后16年的跨度，把巨大精力都投入到历史小说《白门柳》上，130万字写下来，就像长征一样，到跋涉完了那一刻，回想起来直觉得后怕。

一般情况下，别人会认为你得了大奖，就应该抱住它继续往上垒，以便成为“权威大师”，但这不符合我的性格。而且我不是专业作家，可以不按这种“游戏规则”走棋，比较自由。码文字的激情一过，兴趣一转，画画了。从中国文人的传统来说，这种状态本来是很常见的，用分工严格的现代观念看，反而有点不正常了。其实就我对自己的感觉，也许画画的天赋才是最高的，因为驾驭起来最不费力。我认为中国画，特别是文人画，最重要的是灵性和妙悟，因此有意不拜师，也不像通常学画人那样临摹，只是广泛读古人的画，用心去感受、领悟，然后充分按照自己的个性去发挥。

记者：绘画是您的终极理想吗？

刘斯奋：也很难这样说，只是在我的天性里，有那么一种执着，就是一旦决定做一件事情，总要全力以赴，并且定下目标，尽自己的能力把它做好，而不想仅仅满足于“票友”的身份。这是我目前的想法，但最终能达到怎样的高度，只能留待以后去验证。

国画，特别是文人画，绝对需要文学、思想及传统文化积累的支撑，没有这个支撑，是不可能达到一定高度的。我的前半生，做学问、写小说都是一种积累，恰恰是这种积累，日后显示出它的作用和优势。许多画家画到五六十岁就开始往下走了，年轻时还可以靠点敏锐和激情，一旦上了年纪，这些方面不可避免会消退，又没有文化积累和修养的支撑，画就越来越空洞了。有人对我说：你怎么还能往上走啊？我想，其中很重要的原因，也许与我在前半辈子中，有意无意地一直在做画外功夫，这方面的积累比较充分有关吧。

记者：您的人物画格调高雅，有着很浓的文人气息，从造型和用笔上非常专业，丝毫感觉不到是政务繁忙后的业余之作，这又让我们很吃惊。您是怎样解决这个矛盾的？

刘斯奋：这也牵扯到素养的问题，中国古代的文人画家绝大多数都不是专业的，有许多是当官从政和做学问，他们从来就是一种业余状态，那时候专门画画的人地位反而不高，譬如王维、苏东坡、董其昌都做过官，还有许多画家也是把从政和做学问作为人生的主要追求。这可以说是美术史上的一种常态。只是由于现代分工越来越细，将其掰开来了，从中国传统文化出发，它并不利于中国画的发展。文化品位应该是中国画欣赏上的一个重要基点。从中国文人画传统来说，本来我这种状态是很正常的，现在看反而变成不正常的了。

其实，做行政也好，做业务也罢，不要把它看成是与绘画的冲突和对立，应该能将其包纳进来，看成是一个互相补充促进的有机整体。这也是一种胸襟，所谓“读万卷书，行万里路”，这就是行万里路，与各种人和事打交道，见识广了，眼界提高了，胸襟开阔了，再回过头来画画，不是挺好么?

我始终是个文化人，真正情有独钟的还是艺术。我从没有把做官当成安身立命的归宿，既然命运有如此一段的安排，那就尽自己的能力去做了，也是从另一个位置上对国家社会承担义务。

二

记者：人物画在中国画领域里历来是被人们公认的难题，特别是写意人物画，而你知难而进，取法中国文人画之舍形似重神似，舍客体再现重主体抒发的审美传统，使作品达到一种“移形就意”“随意造形”的艺术境界，这种艺术观是怎样形成的?

刘斯奋： 画什么，不画什么，画家首先要有感觉才行，我从小就对人物画有感觉。应该说，中国传统的山水画、花鸟画的发展比较充分了，而中国传统人物画是最弱的，也许是过去没有解剖、比例、结构的概念，古人把握起来困难一些。正由于其弱，发挥的空间就大，不比山水、花鸟，什么方法都用尽了。同时，画人物大写意的画家也不多，拓展的余地也大。

我们生活在当代，一定要有当代的风貌。就衣冠而言，古代的大写意人物也只能画到明代。清代的衣冠已经没法表现，这也许是传统大写意画法的一种局限，但没有发展就不能前进，就会死亡。所以，我一直试图将大写意的人物画法推进到表现当代的生活。这个问题，目前美术界还没有解决。古时候是宽袍大袖，笔墨表现起来很好看，而现代人穿的是短袖短裙，露胳膊露腿，笔墨表现起来是个难题，如果能突破，对于大写意人物画的发展无疑是很有意义的。而我当前努力的一个点，就是尝试用大写意的办法来表现当代人物。

记者：这个难度确实非常大，但您画的人物结构是很准的，画之前会起稿吗？

刘斯奋：我的画全不起稿，信笔就画开去，包括很大的画（指着展厅墙壁上悬挂着一幅丈二匹的山水画）也没起稿。我还画了十四五米长的山水画，也不起稿，这与写文章一样，确定一个开头之后，就随形就势地生发开去，风行水上，自然成文。这与写书法同一个道理，你不能想象写书法也起稿，那样笔墨就会拘谨呆滞，毫无生气。所谓书画同源，文人画是用书法的线条结构来表现对象的，把线条笔墨的独立审美价值视为生命和灵魂，形体的准确表现已经是第二位，乃至第三位的事情。

记者：欣赏您的画作，除了感受以书法入画行云流水般的舒畅，其人物独特的神采也深深打动了我们。

刘斯奋：现在的美院对毛笔的训练不太强调，更多重视形体和结构，对毛笔运用的掌握不够深入，是体味不到顿、挫、提、折等转换韵味的。古代在相当长一段时间里，譬如十八描啊，以及常说的曹衣出水、吴带当风等等，它们都是为表现形体服务的，现代很多画家也仅仅把线条视为表现形体的手段，其实中国画发展到大写意时主次已经倒过来，是借助形体表现笔墨。形体不是主要的，笔墨内部的节奏才是重要的。

比如说，宋画的花鸟还是很具象的，到了徐渭、八大山人，真实的鸟和鱼并不是那个样子的，葡萄、荷花也不是那个样子的，他是借助鸟和花的形体来表现笔墨。正因为如此，笔墨独立的审美价值很重要，这类作品借以动人的不是形的真确，而是物象的神韵和笔墨本身的节奏和情绪。像中国书法以正楷为标准，但写到行书，间架结构已经发生了相当变化，到草书就更是完全变了形，它只是借助汉字的形来表现线条笔墨的情绪节奏。

中国绘画艺术审美的最高境界是不走一端，太柔美和太阳刚都不对，它应该是中庸，是一种过犹不及，要内敛和含蓄。

记者：我看过您1994年出版的《刘斯奋人物画选》，正如香港大学周锡复先生所说，您的作品是“建立在深厚文化素养和妙悟基础上的，一种纵逸不羁的个人风格正在形成……形成了简练雄放、韵味悠长的大写意风格，在近世岭南人物画中注入了难得的阳刚之气”。岭南艺术素以灵秀著称，能在这样的氛围中张扬阳刚之气，确实难得；对于阳刚，您是怎么理解的？

刘斯奋：其实中国绘画艺术审美的最高境界是不走一端，太柔美和太阳刚都不对，它应该是中庸、内敛和含蓄。过了头就不好，因为过犹不及。就像书法中的“一”字，随手一横毫无韵味可言，起笔时必须先回锋、转折、折行后再回收，整个走势是守住中间，也就是“执其中”。这个“一”字的写法其实大有学问，因为它包含着中国传统文化的精华和要义。说到阳刚，如果说是对柔弱的一种纠正，自然是必要的，但最终的境界应当是刚柔并济。

记者：听说您最近在潜心于中国山水画的创作，您的写意人物画已经具有独特语言、独特的面貌和风格。我们很想知道您在山水画上的追求。

刘斯奋：我更强调写心中的山水。如果你去外面走走看看，会发现真实的山水没有心中的山水那么美，只有经过内心的感悟和艺术提炼的山水才能达于理想。山水画也同样不是简单的技巧的问题，为什么我们常常画不到古人的那个程度？主要不是技巧不如他们，而是你缺少古人的一种胸襟气象，一种诗意的感悟和把握，没有这些就谈不上境界，你的山石和树木画得再好也没用。就像黄公望、倪云林，他们淡泊功名，生活在与世无争、宁静平和的精神世界里，才会自然而然地创造了一种“平远山水”的画法，使人感到一种远离尘世，静谧超脱的高妙境界。

现代山水画的毛病，就是缺少这种东西，以为加点雾气和飘渺，就有了诗意，哪有这样简单啊！

记者：这是否与现实生活中画家本身的浮躁有关？

刘斯奋：对，作者本身的素养和精神境界很重要，素养越深，精神境界越高，就越能抵御外物的诱惑。古人说“大隐隐于市”，就是这个意思，但必须有定力才行。我们现在是处在文明、和平的年代，过去，在明末元初，战乱纷纭，那些文人也没地位，甚至随时要逃难，但倪云林、黄公望等人照样开辟出一种宁静的艺术境界。只要你的内心够强大，你就能创造一个思想与精神世界的家园，让读者进入你的作品中去接受洗礼，安顿心灵，所以说到底决定因素还是作者自身的胸襟境界。

三

记者：您称自己是“快乐的蝙蝠”，身份常在“是与不是”之间；很多时候，您的艺术创作都处在一种“非职业”状态，但作品又具有一流的专业水准。您是怎样把握创作激情，来完成诸如文学、绘画等艺术个性的挥洒？

刘斯奋：在艺术创作上，我崇尚的一是个性，二是激情。艺术作品的价值就在于独一无二，与众不同。而工业文明时代的生产方式却是寻找事物的共性，然后成批量地制造，覆盖市场。现代的画界受其影响，致使作品的趋同性太强，包括教育和各类评奖，都有着自身的某一个共同标准，这些都不利于个性的发挥。作为艺术家，你一定要明白你的价值就是其唯一性，并通过作品的激情来打动人，让人们能感受到你心灵的律动和情绪的变化。

当然，我所说的激情绝不是表象化的猛烈敲击，而是一种很深厚的情感贯注。记得我曾经看过一个画展，抗战时期，广东有个叫符罗飞的画家，用铅笔在很小的纸片上画当时人民受苦受难的情景。那幅名为《七个警察和一个妇人》的作品，这么多年过去了，现在想起来还是那么动人，就是因为他画的时候倾注了激情。

对我的艺术创作来讲，业余的状态更能保持一种激情，为了延续这种状态，我尽量使自己在多个领域里遨游，艺术创作的最佳状态的应该是“非职业化”的状态。

记者：古代有些大书画家也是身居官位，如苏轼、王安石、白居易、米芾等，和您有许多相同之处，这是否是您对文人画得以更深理解的原因？

刘斯奋：我从小就喜欢传统文化和古典的东西，诗词、文章接触多了，人生的价值观就会受其影响，身上的士大夫气息就比较重。关于文人画，我们前面已说了不少，但有一点还没有说清楚。真正的文人在写文章赋诗时，是绝不能雷同的，因为这不仅毫无价值，而且会贻笑大方。这种创作习惯就拉开了文人字画与书匠、画匠的距离，现在有不少画家，可以将一批画画得几乎一模一样。我没这个本事，让我画两幅相同的画，心中这道坎就迈不过去。这就是文人的经历给我形成的一种规范，不能重复。现在很多画家还不明白这个道理，画来画去成画匠了。

四

记者：在欣赏您的画作时，我们会想到南宋写意人物画家梁楷，对继承传统和艺术创新，您是怎么看的？

刘斯奋：干什么事情，我都会想清楚再去做，这样才能事半功倍，创新也不要去愣想，那会是刻意的，不自然。在中国审美观里，刻意为之，痕迹显露，就掉到二三流的档次了。艺术的创新应该是艺术家天性的自然流露。

譬如我看达利的作品，有许多就是愣想出来的，因为西方写实绘画艺术已经走到顶峰了，要想突破很难，达利就冒了出来，用顽童的心态来寻求突破，迎合了当时的潮流，于是引起轰动。但他不是真顽童，到了一把年纪，只能扮顽童，因此总缺乏真顽童那种率真和自然。

记者：您提出的"朝阳文化"理论，对广东文化发展起着积极的推动作用。您认为文化理论在艺术创作上具有什么样的意义和价值？

刘斯奋：实际上那并不是文艺理论，只是谈当代中国文化发展的一种大趋势。现在的许多所谓文艺理论和文艺批评，是工业社会催生出来的产物，它的最大毛病是像工业生产一样，寻求一种共性的规律。精神产品和物质产品其实并不一样，它不是新、旧淘汰的关系，也不能大批量地"复制"和"生产"。《诗经》《楚辞》永远是"独一个"，也永远不会被淘汰和替代的，其价值也在于永恒的个性魅力，而所谓共性的规律对它是没有用的。当一种有突破性的审美样式横空出世时，现成的技巧对它就会变得没有用。你看，宋画的技法对八大（山人）有用吗？对青藤（徐渭）有用吗？传统的写实画法对毕加索有用吗？所以，真正的巨匠应当是创造出一种新的审美样式（同时也创造了新技法）的人。当然，这是极而言之，能做到这点的人，一百年也未必能出现一个，但我们一定要明白这个道理。

五

记者：您曾经用"三不"来概括岭南文化的风格——不定一尊，不拘一格，不守一隅，并提倡艺术家应该用本民族的文化来演绎艺术。您认为岭南文化应该怎么继承和发扬光大呢?

刘斯奋:从中国美术格局来看，有许多的地域流派。而每个地域都会举出一面旗号、一个旗手。如徽派黄宾虹、海派吴昌硕、京派李可染、皖派石鲁等等，广东的情形不大一样，尽管有“二高一陈”，有关山月、黎雄才，在画坛享有很高声誉。但是亦步亦趋地跟着走的人并不多，而更多是博采众长、匠心独运地从事创作，这就是不定一尊；广东一向有开放包容的传统，对各种风格流派都能接纳，这就是不拘一格；此外也不自我封闭，只固守广东一角地盘，大胆走出去的同时，也接纳许多外地艺术家，这就是不守一隅。从艺术发展繁荣的角度来说，这种环境和氛围可能更有好处。不过“三不”之外，有一点却是必须坚守的，就是民族文化传统的“根”。这是中国艺术和艺术家在世界上赖以生存、自立和赢得别人敬重的基石。把这两者有机地结合起来，岭南文化人就能做出自己独特的贡献。

记者:人们说，您是画家中的一个很特别的“另类”，因为您有多种的身份——画家、作家、诗人、学者和官员，并在各领域都卓有成就，这是十分罕见的。在众多的身份中，您最满意的身份是哪种?

刘斯奋:也有人说，你如果一样东西搞到底就能成大师了。我的性格还是受岭南文化的影响。中国人讲实用和理性，而岭南人尤其突出，岭南文化崇尚自由自在，潇洒适意，不太愿意受名缰利锁束缚，因为那样会活得很累。其实人生不过百年，能够把自己的潜能尽情发挥，就很“过瘾”了。能走到什么高度其实倒不太重要，而且往往也不是自己所能决定的。

记者:对待后学，您有什么建议和忠告?

刘斯奋:这一代的年轻人与上一代所处的社会环境不完全一样，所面临的人生课题和生存压力也不完全相同，但有一点恐怕还是适用的，那就是一定要从实际出发，更清楚地认识自己，扬长避短地发挥天赋和潜能，才能有所作为。

2006年7月24日

中国文化要有大自信

——答《中国文化报》记者问

2008年9月24日，台风“黑格比”在广东登陆。碰巧在同一个日子，广东省文联第六次代表大会隆重召开了。潮湿闷热大雨连绵的天气，似乎完全没有影响800多位与会代表的洋溢热情。在为广东的文艺事业努力奋斗了六年之后，他们又齐聚一堂，共商大计。德高望重的广东文艺界领军人物刘斯奋先生，兴致勃勃地参加整个会议，并且毫无悬念地第三度当选广东省文联主席。

记者：在岭南的艺术家中，您的声望很高，被称为“真正的现代文人”，您的多卷本长篇小说《白柳门》写的是古代文人士大夫的生活，获得了第四届茅盾文学奖；您的绘画被评为“真文人画”；您的古典诗词作品才情横溢，书法也颇有造诣；更为特别的是，您还曾经担任广东省委宣传部副部长。这方方面面都处置得潇洒自如，很像地道的传统文人。您是如何把握与社会的关系并且很好地融入于社会的？

刘斯奋：世上有各种各样的文化人。在中国传统文人的思想中，儒道佛的影响往往都有，其中儒家思想占主流。儒家主张积极入世，参与社会的实践，努力推动社会的进步。所谓天下有道，君子行其道。这种传统，对我无疑有很深的影响。我生于上个世纪40年代，所经历的苦难艰辛虽然远不如我们的前辈那样多，但也身历目睹了种种曲折和反复，深知今日的局面来之不易。中华民族终于进入了全面复兴的时代。这是一百多年来整个民族前仆后继，艰难奋斗，不断求索的结果。面对这个时代的主潮，作为中华民族一分子的文化人理所当然要充满热情投身其中。固然，绝对理想的社会是不存在的，任何时代任何社会都有它的各种问题，但对于我们来说，有一些很根本的问题一定要判断清楚：当前社会要解决的根本课题是什么？是否处于解决的过程中？整个社会的主流是前进还是倒退？而后，确定我们的基本态度和立场。有些文化人往往容易盯住某一方面的支流问题，忘记了对总体的把握，只盯着小道理，不去看大道理，只盯着局部，看不到全局，于是悲观失望，甚至离心离德。我认为这种态度是不可取的。这其实也是我写《白门柳》时，对文人弱点的一种重要思考。当然，作为社会的良知，文化人还应当承担起对现存的种种弊端进行揭露、针砭的责任，这也同样是十分必要的。

记者：说到判断，近些年国内当代艺术发展呈现越来越多元化的倾向，有一些作品甚至消解了艺术和非艺术的界线，以“丑”“怪”为取向，对长期以来人们认同的崇高品格、伟大人物加以消解、扭曲的表现。您怎样看待这些作品？

刘斯奋：这是两个问题。艺术的多元化是大势所趋，有利于艺术发展，要鼓励。后一个问题比较复杂，有西方推行其文化战略的因素，也有国内某些“艺术人”从追逐名利出发加以迎合的因素。我认为艺术就是艺术，搞那些哗众取宠的东西对艺术的发展毫无意义，更谈不上有什么前途。其实所谓现代艺术思潮曾经覆盖整个文艺领域，但在文学、戏剧、音乐、电影等方面由于很多作品突破了艺术的底线，早就退潮了，最简单的原因是没有读者和票房。剩下美术因为还有某些买家在炒作，所以还撑着。但还能撑多久？不妨拭目以待。

中国文化发展到现在，应当走出鸦片战争的阴影了。一定要抛弃“弱国穷民”心态，要有大自信、大定力。要有我们自身的文化战略，不能自惭形秽，更不必老看外人的脸色，认定该怎么干就怎么干。当然与西方对话也需要，但必须是平等的对话；学习借鉴也需要，但必须是在守住根本前提下的学习借鉴。要知道，无论我们怎么做，无论怎么讨好外国，一些外国媒体也不会说你好，因为我们走的发展道路和他们的不一样，而且取得了空前成功，他们的心态如何能平衡？明白这一点，就应当理直气壮地发展自己，坚持自己的艺术方向。中国有五千年不中断的文明，这在世界上是独一无二的，而且成果辉煌。凭着这种强大的传统和根基，我们完全有资格有能力在文化方面建立自己的一套标准。一些在国外已经退潮的所谓当代艺术现在跑到中国找市场，如果那些东西根本不是艺术，我们为什么要批准他们进来呢？我们要制定自己的艺术标准，这件事可以由高端的专家组成的艺术委员会来做，还可以组织大家来讨论，看看有些东西是不是艺术。不符合我们艺术标准的东西，我们有权力拒绝，这在哪个国家都是如此。现在有些人把抽象艺术吹得神乎其神，而近百年来，由于我们对自身的文化丧失了信心，结果习惯了外人怎么说我们就怎么信。再加上一批“借洋自重”的人帮着起哄，我们的心中就没底了。其实要说“抽象”，中国才是鼻祖。世界上只有中国把文字发展成了一门高妙的艺术，书法作品就是高度抽象的线条和笔墨。再如戏剧，四个小兵往台上一站就是千军万马，一根马鞭就代表了追风赤兔，开门上楼都是虚拟的，不是抽象是什么？还有八大山人笔下的花鸟鱼虫，真实的哪是这个样子，都是经过了抽象处理。而且中国的抽象艺术老百姓都能看得懂，不像西方艺术作品，艺术家和观众很难建立起共同的欣赏语境。与中国相比，他们那些才发展了一百多年的所谓“抽象艺术”其实还很幼稚，很不成熟。在好好吸收了传统的基础上，想办法建立自己的文化评价标准，并且借助市场手段和日益强大起来的资本力量，制定我们自己的规则，中国的当代文化才能有更广阔的天地。

记者：您作为一位文人无疑是成功的，不但自己的事业和谐兴旺，而且与社会、与他人都能够和谐共进，很想听听您对成功人生的感悟和提炼。

刘斯奋：我觉得一个人做事首先要明确自己安身立命的是什么东西，我一向以文化人来安身立命。我当过官，但是没有把做官当成安身立命的东西，我当年写小说写到第二部的时候，有一个升官的机会，为了小说，我放弃了这个机会。有了人生的定位之后，一个人第一要能够控制自己，不受各种名利的诱惑，人生可能会遇到各种机遇和诱惑，但绝不能够东一榔头西一棒子，最后什么都没有抓住；第二要控制自己的目标和对自己进行道德约束，特别是在判断自己的目标时，一定要扬长避短，一个人的长短往往是天生的，重在扬长，少去补短。一定要分析清楚自己的长处何在，长处是天赋，发挥长处，才可能事半功倍。当然人生不可能是随心所欲的，一方面你的长处一定要符合社会的需要，另一方面无论你处境如何，只要心中不要放弃自己的目标，勤奋地朝着目标迈进，天赋加勤奋，就一定能够取得成就。当年我想考美术学院，因为不招生，上了中文系，想当作家，却被分配到宣传部，但我知道自己的目标何在，从不放弃努力，先后圆了文学梦和画家梦。一部小说整整写了16年，那种投入现在都难以想象——我曾经一个月没有下楼，废寝忘食地写作。

记者：您的一番话使人对您这位蝉联当选的广东省文联主席有了更进一步的了解，让人深受启发。您在这届广东省文联主席的任职中，将有哪些工作方面的考虑呢？

刘斯奋：着力弘扬中国的文化自信。中国有悠久的传统文化，当然，任何文化的发展都与经济发展相辅相成，国力强盛就会吸引外国的目光，不然中国几千年的优秀文化怎么在近代变得一文不值了呢？经济发展起来了，我们的任务是对传统文化进行梳理和研究，在守住根本的同时，向全人类的优秀文化学习借鉴，进而发展创新，努力建设与这个伟大时代相适应的、属于现代文明的新文化。

“秦淮八艳”应该更疯狂

在演出之前，《北京晨报》记者在保利剧院采访了专门从广州专程来看《白门柳》的原著作者刘斯奋，他凭借该书获得了茅盾文学奖。刘斯奋见到记者时虽是面带笑容，却是一张口就说：“别问我对舞台剧改编满意不满意这类常规的问题，没什么意思。”这倒让人心生了几分顾虑，还好，随着话题展开，采访还算顺利。

关于编剧：适合改编的小说，不是好小说

虽然小说《白门柳》已经被搬上话剧舞台，而同名电视剧也已经杀青，由伊能静扮演柳如是，巍子扮演大名士钱谦益。刘斯奋还是说：“适合改编的小说，不能算是好小说。因为你在写作的时候必须找到最适合这种文学艺术形式的表现方法，这也是我为什么不亲自改编的原因。”

限于篇幅，舞台剧未能让所有观众满意，比如有观众提出董小宛、顾眉同为秦淮八艳中的名妓，为什么笔墨却那么少？刘斯奋认为：“要是我来改编，也会把笔墨都重点留给钱谦益和柳如是这一对。董小宛身上只是一个文人妓女的爱情故事，而钱谦益这个人物身上，集中了家事、国事和天下事，他是矛盾的焦点。但顾眉对柳如是有女人之间的嫉妒，还是可以适当表现一下的。”

人物理解：不求出身贵贱，但求心路历程

对韩再芬扮演的柳如是，多数观众都认为演得比较好，而扮演钱谦益的

杜源的表演也堪称精到。刘斯奋却认为："演员的表演其实还可以再疯一点，因为剧本背景是明末清初，这段历史本身就是非常独特和复杂的。当时既有复杂的外来敌人入侵的民族矛盾，又有明清新旧势力的阶级矛盾，还有统治阶级的内部矛盾，因此可以说是一个乱世，乱世人的心态跟和平时期的人心态有很大不同。乱世中人都是很疯的。"

至于剧中柳如是、钱谦益和阮大铖，刘斯奋用三句话解释："柳如是出身婊子，想立牌坊；钱谦益是既想当婊子，又想立牌坊；阮大铖是什么都不怕，不管婊子和牌坊。"现在观众看到的，似乎表现柳如是的才气更多一些，但毕竟她是出身烟柳巷，在遇到钱谦益之前，她也曾女扮男装登门拜访，钱谦益用八抬大轿迎娶她，这是与柳如是交往的公子都做不到的。但最后她的精神幻灭，是因为看到钱谦益在明清之间摇摆不定，不知投奔哪个主子，将要在历史上留下遭人唾弃的千古骂名，柳如是一直追求的气节上的清白也保不住了。这就是这个女人的心路历程。

导演方式：不求看完整故事，只领略人物群像

对王延松的导演，刘斯奋非常满意。大概有些观众觉得很多故事的来龙去脉还没有交代清楚，但导演就是向观众展示一个横断面，"展现天崩地裂、国破家亡状况下的人物群像，是在整体上意念上对原著有把握。如果都是按照一个模式排话剧，那就不能进步了，所以总要有探索，有探索才会有突破，有突破才能进步"。

创作原则：不求关照现实，但还历史原貌

和很多人创作历史题材不同，刘斯奋对"观照现实"一说持非常强烈的否定："历史本身就非常丰富了，我从不想影射现实，因为迁就了现实就难免不真实了。我就是要把最真实的历史写出来，用历史本身的丰富来说话，这样反而辐射力更强，至于个人能从历史中得到什么就是自己的感受了。"

原载《北京晨报》2004年6月14日

刘斯奋谈《白门柳》、余英时、文人画

他的名字对文坛而言既是熟悉的，又是陌生的。

17年前，刘斯奋的《白门柳》脱颖而出，获第四届茅盾文学奖，一鸣惊人，《白门柳》一版再版，并被改编为多种艺术样式。然而在风头正盛之际，刘斯奋却毅然封笔，全面转向书画，并于去年在中国美术馆将其成果作阶段性展示，大获好评。

北京大学艺术学院教授丁宁说："把几种才华集于一身是一种文人现象，是古老的现象。刘斯奋的出现让我们确信中国文化的精神之脉仍然是活态的。"

近日，回顾《白门柳》的获奖、文人画的耕耘，以及他与余英时的论战，刘斯奋向记者娓娓而谈。

记者： *您当年与余英时的论战在学术界引起很大反响。现在回顾，您怎么评价当时的论战？*

刘斯奋： 这是学术界的一桩旧公案了。

当时余英时的《陈寅恪的学术精神和晚年心境》在香港《明报月刊》发表后，一时引起众多议论。我因为主业并非学术，当时又正埋头于《白门柳》的创作，对此可以说是浑然不知。直到有一天我的父亲刘逸生先生把《明报月刊》给我，问我对余英时的文章有什么看法，才得知此事。

我看后认为，余文是以学术研究为包装，达到为国民党的统治张目的目的。本来，余先生自有其政治立场，加以表达是他的自由。但他偏要抬出已故的陈寅恪先生来，对其诗文进行任意曲解，致使陈先生的形象蒙上虚假不实的尘垢。这显然是很不应该的。

我父亲便说这是王匡（时任国务院港澳办公室顾问）从北京带来的，想请他写文章反驳，但他已没有精力写，问我是否愿意写。我觉得反驳并不难，便答应下来。

记者：后来呢？

刘斯奋：于是，一商榷，再商榷，总共写了两篇文章，与余英时的五篇文章都在《明报月刊》发表了。结果余先生挂起免战牌，但又宣称他已经取得全面胜利。

此后好些年，虽然余先生不断在各种场合提起这件事。但因为一直未见到他对我所提出的商榷论点进行正面回应，所以我也就未加理会。

由于我不是学术界中人，尤其没有以陈寅恪先生作为长期研究课题的打算，加上余英时是个名人，我更不想落个借“骂名人出名”的嫌疑，所以就借“胡马依北风，越鸟巢南枝”之句，用了“冯衣北”的笔名。又由于我当时只是个无名之辈，文章写成便交给我父亲代转，对于王匡其实是向胡乔木请缨，同时此事还涉及钱锺书先生等情节，我是事后才知道。

其实，我作为局外人，当时愿意写文章，主要是对陈寅恪先生被人无端污蔑于身后，感到不平；另外，也是有愤于余英时的文章口气极其傲慢，视国内学人如无物。

不过，使我略感遗憾的是，文章发表之后，始终未见有参与论辩的文章出来。倒是钱锺书先生曾致信王匡先生，认为：“刘文甚好！”

还有，1988年，“纪念陈寅恪教授学术讨论会”在广州中山大学举行，我有幸见到季羡林先生。他对我说：“由于年事已高，近年已很少看完一本书，但你的《陈寅恪晚年诗文及其他》我是看完了的。我同意你的意见。”他还告诉我当年北平学人撤离的一些旧事逸闻。

两位前辈当时的表态，至今对我仍旧是有力的鼓励和持久的慰藉。

记者：还记得当年获茅盾文学奖的情况吗？

刘斯奋：第四届评奖因为与上一届隔了八年，压了一千多部作品，竞争非常激烈。历史小说中有二月河的《雍正王朝》、唐浩明的《曾国藩》等，当时的名气都很大。而我的《白门柳》当时只出版了两部，第三部虽然写完却还未出版；加上我并非专业作家，此前也未发表过有影响的作品，在全国的文学圈乃至社会上缺乏知名度。

再就是我十几年间全力以赴写作，和文学圈很少打交道，在文坛中的关系交情都很浅。作品能获奖可以说完全是出于那一届评委们的公心。虽然一度引发质疑，但也由此受到关注，越来越多读者表示认可这部作品，后来又入选中国出版集团“20世纪中国文库”和“中国新文学大系”，先后一共推出11个版本。

记者：作为非专业作家，您是如何想到写《白门柳》的？写作时如何应对面临的挑战？

刘斯奋：那是1980年，我赴广西出席一个学术会议，途中结识了编辑邢富沅。交谈中他发现我对历史有想法，便建议我写历史小说。当时既未定题材，也没计划写三部，这都是后来的事。现在回想起来，艺术创作这件事，确实不能完全用常情常理测度。

现在的文学研究，基本上都是研究规律，研究共性，但是其实起决定作用的因素却是艺术家的个性，就《白门柳》的写作而言，我的主要感悟是一个人无论做什么事，都一定要扬长避短。如果写当代题材的小说，我未必写得好。因为我的生活经历并不特别复杂曲折，虽然经历过“文化大革命”的动乱岁月，但总体来说并不比其他作家丰富，对群众的生活习惯和语言也不够熟悉。这无疑是我的短处。

我的相对优势在于：由于家学传承，我从小受传统文化熏陶。特别是在古典诗文方面有过较深的钻研，对于古代文人的生活习惯、喜怒哀乐、价值取向比较熟悉。这样一种“童子功”，使我在接触明末清初江南文人史料时，有一种如历其境，如温旧梦，如对故人的感觉。这也许又是我的长处，使我避免像有些缺乏准备的作家，忽然要写历史小说，只好临时抱佛脚地进行恶补，要做很多未必真正有成效的准备。

当然，与历史研究家相比，写小说除了对素材的熟练驾驭，还必须有很强的形象思维能力和过人的想象还原能力，这也是不言而喻的。

记者：《白门柳》后来被改编为多种文艺样式，流传很广。自己回过头来看，您觉得有什么遗憾之处？

刘斯奋：如果说有遗憾，就是在钱柳情爱方面，大概我原来更着重从社会学的角度去描写他们，也就是说对他们这种老夫少妻结合的功利性考虑比较多，作为红颜白发的恋情，恐怕还有人性的一面，也不是那么纯粹功利，这方面我着墨较少。

记者：《白门柳》获奖之后又是什么状况？为什么没再写小说？

刘斯奋：写完《白门柳》前两部后，我先后去广东省出版局、宣传部任职，无法集中时间写作，因此第三部拖了七年才完成。

写了十几年小说，可以说还是相当辛苦的。从37岁到53岁，是我精力最饱满、艺术感觉最敏锐、创作力最旺盛的一段岁月，全都投入到《白门柳》的创作中。的确，壮盛之年才能出佳作。所谓“美人自古如名将，不许人间见白头”，到了老年，恐怕没有几个作家能把长篇小说写好。

献丑不如藏拙，聪明的办法是见好就收。不妨学玛丽莲·梦露，把形象定格在最美好的时候。非得到了江郎才尽才下场，又何必呢？

另外，我也想换一个活法。我的少年时有两个梦，一是当作家，一是当画家。《白门柳》完成后，算是有始有终地了却人生的一个梦，心里踏实了，剩下的“余生”就可以“挥霍”了。于是我想重拾画笔，后来有机会担任广东画院的院长，就更加促使我把精力转向绘画和书法，屈指算来，到如今也将近20年了。

记者：这两个梦都基本实现了。您对自己的生活状态比较满意吧？

刘斯奋：确实，自从去年春天把近十多年的创作成果在中国美术馆举办的“贯通融会：刘斯奋书画诗文艺术展”展出之后，这第二个梦也算了却了。回想起来，确实要感谢命运的厚爱。

人生最快意的莫过于自身的潜能得到充分的发挥，至于是否能获得历史的认可，那是身后的事。生前一切吹捧炒作其实没有太大意义，最终的定位还得靠实实在在的作品。

记者：当下文人字画盛行，如何判断？

刘斯奋：中国画有三个源头，一是工匠画，一是宫廷画，三是文人画。前两类因为要受制于雇主或皇室的意志，不能随心所欲发挥自身的天赋才情，于是转而在技术上精益求精。文人画则是饱读诗书的读书人，有美术的天赋和兴趣，发而为之。由于不是以此来谋生，所以更忠实于自身的文化理念和审美追求。

文人画当然也要技术，但更强调发挥个性与激情，从而推动中国画迈向更高的精神层面。文人画强调精神自由，加上工匠画、宫廷画的技术专精，共同构成中国画今天的整体格局，可以说各有功劳。

但是有多少是真正的文人？真文人是文化素养比较高，不以市场为价值取向，追求精神的自由解放，追求形而上的。

记者：我还有一些属于题外的好奇：您对网络的应用多吗？如何评价网络对自己的影响？

刘斯奋：就我个人而言，不像年轻人那么敏锐地全方位拥抱网络时代，只是在某些方面参与一下。比如在网络上浏览新闻，QQ、微信、网购之类，我都参与。

至于写作，《白门柳》的前两部我还用手写，1990年电脑在我国开始普及，当时还是速度极慢的286，我立即学习五笔字型输入法。《白门柳》第三部就是在电脑上完成的。后来，也利用网络做点学术研究，觉得方便之处不少，起码不用像老一辈那样大量做卡片来积累材料，因为很多材料网上都能找到线索，查找起来就方便得多了。

记者：您的作品在网络上流传很广，您会介意自己的电子版权吗？

刘斯奋：对于一本书的作者来说，最大的快慰莫过于能有尽可能多的读者分享。写书时付出的劳动当然应该有所回报，但我觉得不是第一位的。因此，签约的时候我也不重视电子版权，我觉得这不太妨碍图书销售。

原载《中华读书报》2015年7月29日

我不当“靶子”谁当“靶子”

——答《新快报》记者问

刘斯奋自号“蝠堂”，自喻“快活的蝙蝠”。蝙蝠非鸟非兽，亦鸟亦兽；什么都不是，又什么都是。这恰如刘斯奋的一生——跨界，不断地跨界。

在政坛，他有画家与作家的身份；在画坛，他又有从政与写作的履历；在文坛，他又兼具官员与画家的角色。远远不止如此，他又是书法家、学者与诗人。每一次转身，他都去留无碍，从容自如。

历尽十六载劳作，终于完成长篇巨著《白门柳》后，刘斯奋吁了一口长气，立马刻了一方印章“挥霍余生”。那年，他才53岁。刚过知天命之年，他便将往后岁月视为可供挥霍的“余生”，这是何等的闲淡，而闲淡中又有几分傲然。

在从事艺术线报道的这几年，仅仅就专人专版而言，对刘斯奋先生的采访可以说是最多的。简单梳理了一番，相关文字就有17000字之多。这当然不是源于记者与他有多么深密的私人交情，而只是因为，他对很多艺术与文化问题的思考总能显示出深度，且往往独标一格。

除了工作上的接触，记者有时会走入他的“蝠堂”，听他讲解与艺术有关或者无关的事情，也的的确确见识了他的闲淡与傲然，而最直接的印象便是，他从来不摆什么架子。他不会正襟危坐，更不会以高高在上的样子警告年轻人什么。他桌子上的卷烟可以随便取来抽，而不必拘什么礼数；咖啡与茶摆在那里，想喝什么就自己动手泡；高高的一摞报刊放在桌子一角，想看什么就径直取来看，甚至还可以和刘先生就某些话题争论一番……

当然，刘先生的言谈是有智慧的，对异见也足够包容。假如有人对他的艺术做一番毫不客气的“攻击”，他也能把手轻轻一挥，将“冷箭”挡出，而他气定神闲，毫发无损。

尤记得2011年的11月20日，《新快报》收藏周刊刊发了一份读者来信，点评了刘斯奋、许钦松、卢延光、陈永锵等岭南诸家，顿成艺坛焦点。其中，对刘斯奋的评论更是惹起坊间热议，说“刘斯奋的画虽不属伪文人的画，不过我认为他的画还是过于草草而缺少耐看逸笔……这就显得文气有余而画功不逮……”

而彼时，他在任广东省文联主席，有“岭南文坛一哥”之誉。很多人为收藏周刊捏了一把冷汗，也为刘斯奋捏了一把冷汗，觉得这一桩“文坛官司”，委实让刘先生下不了台。

就在深陷舆论危机之时，刘先生出人意料地主动联络收藏周刊，愿意就此事发表个人见解。他回应称，虽然该文的观点有待商榷，但健康的、真诚的文艺批评值得大力提倡。为了推动艺术批评成为常态，他表示：“我不当‘靶子’谁当‘靶子’！”

好一个“我不当‘靶子’谁当‘靶子’”！这是雅量，是气度；更是自信，更是智慧！

中国文化应“反俗复雅”

记者：2014年3月，您在中国美术馆做了一个“贯通融会”的书画展，引起了很大反响。现在您又有何新的打算？

刘斯奋：我的小说《白门柳》获得了茅盾文学奖，书画作品也进入了中国美术馆展出，应该说，这辈子的人生目标大致完成了。从今年开始，在写作与书画这两块之外，我又有一些新的关注点，例如对中国文化的现状与走向进行更深入的思考。为此，不久前我提出汉语写作或书面语 ，应该“反俗复雅”。

记者：您提出这个倡议的出发点是什么？

刘斯奋：必须看到我们的语言面临很严峻的问题。比如，汉语写作的某种低俗化、粗鄙化、暴力化的倾向，已经十分严重了。再者，网络上的语言暴力、语言粗话化已经蔓延到日常生活与写作中。你看“屌丝”这样的词语就堂而皇之地成为公用语言，真是岂有此理！而语言的堕落，就是文化精神的堕落。而我们古代的文言文，是具有源远流长的“雅”传统的。回归“雅”传统，就是希望现代汉语不要继续低俗化。

记者：但是，汉语写作也不能完全回到文言文时代吧？

刘斯奋：当然，正如鲁迅所说，人不能拔着自己的头发离开地球，我们也不可能回到文言文时代。但是，文言文的精神气质，这种语言背后所代表的思想、风度，以及那种文化理想与审美品位，我认为，却可以成为反俗复雅的一种资源。而现代汉语书面语的传统，如鲁迅、朱自清的语言，之所以能成为新的传统，说到底就是因为继承了我们民族的文化基因与血脉，而不是相反。我认为，当前的汉语写作，都必须始终坚守住中华民族传统的审美理想，也就是孔子从中庸之道出发所提出的“诗教”，其中的“温柔敦厚”观念，应成为文学重要的审美原则。

记者：再回到您在中国美术馆的展览，诗、书、画以及文字著述都展示出来了，这样的综合性展览并不多见。而就您个人而言，如何评价这个展览？在开幕式及研讨会听到了各位专家的观感发言，这对您这一年来的创作有何影响？

刘斯奋：这个展览是对我大半生艺术生涯的一个回顾。坦白地说，所收获的评价既符合此前的自我判断，也在相当程度上超出我的预期。这让我更相信我此前所走的路子没有错，今后也将坚定地路走下去。我从来不追求、不强求什么风格，我以为，只要把自己真正表达出来，就是一种新的风格。从这展览的反响来看，证明我的这种认知是对的。

记者：记得在您的艺术研讨会上，理论家陈绶祥指出您用印不太讲究，您作何回应？

刘斯奋：陈绶祥先生说得很坦诚，我应该感谢他。我的确用印不怎么讲究，不太细分朱文、白文的使用，以及盖印位置的经营。中国书画的用印自有其传统，形成了一套方法，这在花鸟画中更加讲究。但我不太画花鸟，而且平日更注重绘画的气韵。用印主要取其平衡的作用，太细的讲究对于山水画似乎并不是那么重要。至于人物画与花鸟画有相近之处，今后倒是需要考虑改进。还有人说我画面题字少，我不是不能题字，主要还是考虑画面的需要。所谓画不够、字来凑，便是一种说法。

记者：薛永年先生对您的山水画赞赏有加，但认为您的山水画面目较多，不够统一。您又是对此如何认识的？

刘斯奋：我很感谢薛先生的指正，但应当看到，这是一个跨度十年的展览，出现不同的画法是难免的。另外，还有一个无可否认的事实，很多展览，我们都是看了前面三幅，就等于把所有画看遍了。为什么？就是因为画面太统一、太雷同，变化不多、面貌太单一。所以我觉得，就一位艺术家的创作来说，画法不同和面貌多少应该不是问题，作品好不好才是问题。就一个展览而言，面目多些反而可以避免沉闷。

记者：对于文人画，您曾这样定义，就是“个性解放的绘画”。您的绘画面貌多变，是不是也与这一理念息息相关？

刘斯奋：纵观人类艺术的发展方向，就是个性不断解放的过程，这一特点与文人画的精神是相符的，也是当代文人画存在的意义。应该说，正是文人的禀性促使我在创作中力求不断保持新鲜感，宁可“常带三分生”也不能忍受自我重复。事实上，每次求变，都是一种探索。而只有在探索中，才能保持激情的倾注，这比之可以不断复制的所谓“完善成熟”，恐怕更接近艺术的本质要求。

记者：但不可否认，文人画家中也不可避免图式的雷同与艺术语言的整齐划一。

刘斯奋：中国画的确很容易走向程式化，一不小心就会让创作成为复制。你看连齐白石，都有这种倾向，比如他画的虾画的鸟，画花画草，总是那么几笔。而黄宾虹就不一样了，他是中国的印象派。他是不太注重理性的章法的，几笔成山、几笔成树，全凭自己当时的感觉，随机发挥，恐怕连他自己事后都无法重复。正如诗中的李白，他可能有若干粗疏甚至不成功之作，但他的精品所达到的艺术高度，却是一般技术型作者所不能达到的。所以，就真正的文人画而言，没有很高天赋是不能搞的。

记者：您期望后人怎样记录您？

刘斯奋：这个不是我考虑的。有些人、有些作品该留在历史上，自然留下来；不该留在历史上，活着的时候再怎么炒作也没有用。

借助线条来探索中国画

记者：您最早是在什么时候接触中国画的？

刘斯奋：我生于一个普通文化人的家庭，受到父母的熏陶，我从少年时代起，就迷上了写写画画，可以说乐此不疲。当时最大的“野心”，也就是要做一个文化人，能够用好老天爷赐予的那一点悟性，得其所哉地过上一生。不料世事的发展却大违所愿，命运之手鬼使神差地将我推入了从政之途。虽然多少年来我对于写写画画的兴趣始终没有稍减，而且一直在为少年的梦想不懈地努力着。我虽然曾任广东画院院长，但我从不认为自己就是一个严格意义上的专业画家，甚至不愿将自己仅仅定位为一个画家角色。

记者：据说，您18岁那年欲报考广州美术学院，但因当时除工艺系外，其他各系均停止招生，故不得入其门。最终您报考了中山大学中文系。没有读美院，您后悔吗？

刘斯奋：说句实话，我并不后悔。但不能否认，以徐悲鸿、蒋兆和艺术思想为底色的中国现代美术教育体系，有重要价值与历史地位。我虽然没有进入美院，但也接受了一年的西式造型训练。1970年前后，我在台山参与围海造田，结识了毕业于南京艺术学院的郝嘉贤先生，得以进窥西洋技法。那个时候，都是画“红画”，要么是毛主席，要么是工农兵形象，主要是为政治宣传服务。跟着郝老师，我了解了西方造型中的明暗对比以及人体比例结构。这是基本的观察方法，我学得很认真，画得也很投入。

记者：您后来又为何没有沿着这条路走下去？

刘斯奋：我们中国人画油画，再怎么画都画不过西方人。你看西方古典主义油画，造型之精准、手法之高明，恐怕后人难以企及，而我们中国人更没有必要与此相比。再者，我有书法基础，想借助线条的作用来探索自己的中国画创作。

记者：上世纪70年代至80年代，从西洋画转入中国画，可以说是一代人的艺术选择，彰显了一个时代的转向。比如梁照堂、李醒韬、郭莽园、张绍城，都是艺术转型的典型个案。在东西方艺术理念碰撞的大背景下，人物画可以说是挑战最大、评价标准最复杂的门类。而您为何选择人物画作为艺术转型的第一站，且首先从古代人物入手？

刘斯奋：在中国美术史中，相比于山水画与花鸟画，人物画是弱项。中国人宽袍大袖，且讲礼，对人体的了解深入不够，这是中国人物画的局限。而我多少算个“半路出家人”，沿着古代及美院体系那两条路走，我可能都不太合适，就决定以大写意的方式做出自己的探索。我当时正写作《白门柳》，对古代文人特别倾心，就选择了古代人物作为我中国画创作的第一站。

记者：就在您起步时，历代哪些人物画家对您的影响特别大？

刘斯奋：我从不崇拜任何人，但我可以去欣赏他、辨别他、吸收他的特长。当时，梁楷、石恪、苏仁山、苏六朋对我的影响很大，特别是苏仁山。他在美术界一直没有得到足够的重视，但其实他的造诣非常高，那种线条、那种对神态的把握能力，在岭南独树一帜。

记者：在古代人物方面，您的探索得到了同行认可。但后来又为何将画笔伸向当代生活，画了一批都市人物，比如时尚女郎等。这种转型又出于怎样的思考？

刘斯奋：艺术家或者文人介入当下，表现当下，这是理所当然的事情。如何将笔墨与现实生活、当代人物相结合，我觉得是一个很重大的课题，若用大写意写出，就更少有人这样去做了。只要是新的，我就愿去尝试，这是性格使然。

记者：在您看来，您用大写意的形式表达当代人物的探索，走到了哪一步？该如何自我评价？

刘斯奋：著名评论家尚辉曾对我说，我的当代人物探索最有个性，也最有价值。我比较认同这个观点。但随着年岁的增长，对都市人物的感悟与观察没有那么敏锐了，表现起来不再像过去那样得心应手。这只能交给后人去发挥了，探索的空间仍然巨大。

记者：您是什么时候涉入山水画创作的？

刘斯奋：这要感谢广州画院院长方土的“逼迫”了。大约是2003年，我参加一个活动，方土给我铺好纸、放好笔，硬逼我去画。当时没有太大感觉，但后来磨炼越多，兴趣越浓，就将创作的重心转入山水画。人物画的创作有一定的局限性，如姿势无非是站着、坐着诸种。而山水画就不一样，节奏变化太多了，可供发挥的空间要广阔得多。

记者：中国山水画体系博大精深，您从中主要吸取了哪些营养？

刘斯奋：说实话，我从古人那里吸收得并不多。古代山水画以农业文明为依托，所表现的情感今人很难复制。当然，现代人的生活与情感，也是古人画法所难承载的。当代山水画家要比肩古人、超越古人，只能在美学形式上撕开探索的角度。

记者：具体来说，您做了哪些表现形式上的探索？

刘斯奋：现在交通工具先进，对山体可以360度全景俯瞰，对山体的描绘方式也随之发生变化。你看我的山水画，格局宏阔得多，这就是当下视角。当然，意境的营造、情怀的抒发，是与古人一脉相承的。山水画要表现画家的心胸与气度，那种与世无争的胸襟、那种沉静淡然的格调，仍需要现代人去发掘、延续。

记者：您曾言，从未正式拜过老师，跟随某一或某些固定的老师学习。果真如此？

刘斯奋：我看过很多画册、很多书，我有自己的感悟。我只要表现自己的情感，只要有美的发现与表达，管我从哪里学来，又管我用了什么方法？真正的艺术家，必须有原创的能力。

记者：您对古代文人有过深入的研究，在您心中，哪些人是您最心仪的形象？

刘斯奋：对先人干吗要顶礼膜拜？就像写《白门柳》，涉及了那么多优秀的文人，但我并不仰视他们。正因为不仰视，我才能真正和他们对话，真正写活他们。但不崇拜，不代表不欣赏。在我眼中，梁启超是个大人物。真正有作为的文人，应该有深厚的学养、独立的思想，对历史之势、现实之境有自己的关切与思考，做人坦荡、慈悲为怀。简单说，就是人品、学问与文化成果。这又回到老祖宗那里去了——立德、立功、立言。

“曾经失去的中国式审美，文人画能帮我们找回”

记者：在您看来，文人画有哪些本质特征？

刘斯奋：在元、明、清以后，相对于民间画工与宫廷画家，文人画占据了主流，它集中体现了中国古代绘画所达到的高度。文人画主要有四大特征，即轻形似重神似、轻客观再现重主观抒发、轻描摹重书写、轻技术审美重文化审美。由此，从质的意义上把中国画从形而下的层面提升到形而上层面。

记者：文人画的精神实质到底是什么？

刘斯奋：鲜明的个性与原创能力。文人画的着力点不在技术，支撑其艺术的元素是天赋的才情、深厚的学养与独特的精神追求。这一点与人类发展的潮流是一致的。从总体来看，一部世界美术史就是艺术家的个性不断解放的历史。中国如此，西方同样如此。我甚至认为，西方的当代艺术，其实也是他们自己的“文人画”。谈文人画的价值首先要认识到个性解放这个趋势，舍此便不得要领。比如我画画，我是有感觉才去画，爱怎么画就怎么画。而我主张文人画，也不过是借“文人画”这面传统旗帜去推动创作的个性解放。理念是前瞻性的，而非“复古”。

记者：但经典文人画还是提供了一整套的审美理念与笔墨程式，比如气韵生动、淡雅飘逸、笔墨情趣等。这些审美标准在当下的适用度有多高？

刘斯奋：相比于个性与激情，我倒并不十分看重这些经典的审美标准。比如题款与钤印，倒没有必要死守古人那一套去做。我认为，传统的文人画所以用印章、题诗之类，无非为了使画面达到一种完整性而已。如果一张画已经实现完整性，用印和题诗并不是必备的。

记者：在当下的审美格局及市场中，就像很多人所说的那样，文人画并非占据主流。您对文人画的地位是怎样看的？

刘斯奋：市场都是保守的，因为有保值增值的需要；而带有实验性质的创作，得不到主流美术界及市场的重视，是必然的事情。坚持原创与个性，注定会在一定时期内会受到主流和市场的冷落，但是真正有价值的东西，最终总会被时间发现和肯定。

记者：近代以来，随着国运式微、革命高涨，文人画也成了备受质疑的对象，开始出现舍弃文人画，走中西融合路子的理论主张与艺术实践，比如陈独秀、徐悲鸿、岭南画派等。

刘斯奋：在民族救亡图存的大背景下，革新中国画也是一种文化探索，有其积极意义和历史功绩。但由于弱国穷民心态在一百多年间笼罩着国人，造成深重的文化自卑感，导致在艺术创作上形成唯西方马首是瞻的风气，却把文人画原来所开创的形而上发展取向舍弃了，中国画又被拉回到形而下层次。当然，民族文化在发展变革过程中走了一些弯路很正常。但随着民族复兴，文化自信心回归，我们要重新审视我们的艺术传统，重新发现自我，找回自我，在这方面文人画可以提供丰富的、有价值的经验和启示。

记者：不过，在当今社会，“文人”这一阶层几乎消失，怎样才能复兴文人画呢？

刘斯奋：传统的士大夫文人群体是不复存在了，但由古代文人画家开创的“轻技术审美重文化审美”的风骨，应该被继承发扬。有志于此的画家只要按照这条路子走下去，注重体现自己的文化修养与自由人格，就算得上文人画。其实，文人画也要创新。以我之见，今天提倡文人画，不应只是复制传统文人画的面貌，也无须恪守诗书画印合一的形式，而应该吸收传统技法精华，结合当今社会实际，突出精神层面的追求与中国式的审美理想，强调个性解放。

记者：有人说，您是岭南画坛唯一的文人画家。

刘斯奋：也许他们是根据我的出身、经历、知识结构、绘画作风和非职业化状态，而做出这样的判断吧！其实，到了清末民初，文人画家的身份确认已经不再那么严格了，到了今天，就更宽泛了。只要是继承了传统文人画路子的，都可归入文人画家之列。如果这样来归类，那么不管是岭南还是全国，文人画家还是不少的。当然，还没有形成很大的声势，更远没有发展成主流。事实上，时代不同了，艺术的多元化已经成为必然的趋势，任何一种流派都不可能再一统天下，但文人画要作为一个不应缺席的品种而存在。

记者：在古代，文人画是士大夫的业余创作，没有功利性。但在如今物质化社会，不少画家追逐市场而创作。您怎么看？

刘斯奋：画家进入市场无可厚非，不过画家自身的价值取向不同，结果也可能不同。眼睛只盯着市场、极力迎合市场的画家可能会走红于一时，却未必有真正的未来。道理很简单，艺术作品历史地位，是由作品的独创性和开创性决定的，这与一个时期的世俗趣味毫无关系。强调个性与文化的文人画从本质来说，是属于曲高和寡、非功利性的东西，但历史却已经证明了它的价值。

更愿意称自己是一个文化人

记者：在诗人、书法家、画家、小说家、学者等这么多称呼之间，您更喜欢哪种身份？

刘斯奋：我更愿意自己是一个文化人，一个深受岭南文化哺育、熏陶的文化人。

记者：再回到古代，经典文人画家们也往往是“跨界”的高手，不局限于一种职业。这种创作主体上的特征给今天的文人画家们什么启示？

刘斯奋：古代的文人画家绝大多数都不以画画为职业，他们首先是饱读诗书，通过科举谋求入仕的士大夫，只是因为对绘画抱有浓厚兴趣，也有这份天赋与才情，才涉足画坛。因此他们的生存状态与画工、宫廷画家大不相同，审美取向也很不一样。而我们当下，社会基础发生了变化，文人的阶层已经瓦解了，已经没有严格意义上的古代文人，但文人画的精神我们完全可以继承。

记者：30多年来，文人画复兴的主张被艺术界反复提及，这预示了什么样的文化思潮？

刘斯奋：文人画勃兴了几百年，但到了20世纪日渐衰微。近年来，随着文化自信心的恢复，包括文人画在内的传统文化受到重视，这无疑是好事。但是，文人画的复兴、传统文化的复兴，不可能一步到位，还要经历一个较长的过程。这当中，出现模仿与复古的情况是难免的，甚至是必要的。因为这样才能把传统的遗绪接续起来。

记者：您对广东乃至全国文人画创作的状况是如何评价的？

刘斯奋：文人画是农业文明时期的一个突出的艺术品类，近现代以来，日渐式微。现在这面旗被重新竖起来，甚至有一哄而起之势。这就难免泥沙俱下，鱼龙混杂。其实文人画对艺术家的天赋和素养要求极高，绝不是乱画一气所能蒙混的。

记者：我们这个时代的文化底蕴大大相异于文人画繁盛的古代，社会基础、艺术家修养都发生了巨大变化，在您看来，文人画还能否取得曾有的辉煌？

刘斯奋：就目前而言，我不期望大师及大师之作的涌现。这是不可能的事，我们对此应有这份平常心。但以后文人画的景况如何，就很难说了。历史是后人写的，就让一切交给后人评述吧。

记者：当前很多人批评文人画主张者过于“返古”与“复古”。对此，您如何看？

刘斯奋：一味地临摹与复古现象太普遍了，这种照旧模式没有出路，被人批评是对的。但“复古”“假古董”也有它存在的理由，至少让人知道什么是古董，没有必要过于指责。

也许有一批“才鬼”在冥冥中支持我

记者：您的《白门柳》曾获得茅盾文学奖，这是广东第一位也是迄今唯一的获得此项殊荣的作家。您能否介绍一下写作背后的故事？

刘斯奋：说实话，回过头来看《白门柳》，我自己都感到诧异，当时对那些历史场景怎么能如此历历在目？也许是有一种神秘的力量在引导着我，带我走进历史的隧道，也许有一批“才鬼”冥冥中在支持我。从37岁写到53岁，这部小说耗掉了我人生精力最充沛的16年光阴。到现在，我感到比较欣慰的是，这部书似乎还不过时，至今共推出了11个版本，其中光是人民文学出版社的“茅奖版”，5年中就重印了12次，说明一直还有人在看。对作者来说，这才是最重要的，获奖倒还在其次。

记者：您通过写这部小说，总结出哪些创作经验？

刘斯奋：这可不是三言两语能说清楚的。在我看来，一切艺术的最后抽象都是节奏，音乐、绘画、书法如是，文学也是如此。长篇小说最难经营的是结构，但其实节奏就是结构，所谓起承转合。我在写《白门柳》的时候，并没有精心考虑情节设置，而是确定一个大概的走向，然后笔由心使，行所当行，止所当止。

记者：在这之前，您应该写过不少文学作品吧？

刘斯奋：说来惭愧，在《白门柳》之前，我仅仅搞过几本诗词注释，短篇小说也只与别人合作写过两篇。至于读书，我偏重古典诗词和历史哲学一类，小说只限于一般涉猎，看得并不多。直到要写《白门柳》了，觉得要“恶补”一下。但又心忙意躁，往往只选取其中十来页去读，大概了解那部名著的语言特征和叙述方式。这种“全息读书法”，其实是偷懒的办法，不能作为普遍的经验。

记者：您最喜爱的作家是哪位？

刘斯奋：就小说而言，俄国的托尔斯泰是我所最服膺的，他的作品有很高的审美品位和深厚的人文情怀。

记者：自《白门柳》之后，您不再有长篇小说问世。您还会不会再写一部长篇小说？

刘斯奋：我感觉，自己再也写不出《白门柳》那样的作品了。再说，年岁已高，体力有限，这都成了挑战。

记者：您上面提到您的父亲刘逸生先生，他既是知名报人，又是古诗词研究专家；而您的弟弟刘斯翰是知名诗人、学者，妹妹刘圣宜是大学教授；您的儿子刘一行是新锐画家、青年美术理论家。一堂三代出了多位文化人，在广东是一个比较罕见的文化现象。您能谈谈您的家风是怎样的吗？

刘斯奋：我家并非是什么望族，也没有显赫的家学渊源。我父亲早年流落香港，全靠自学成才。后来成了《羊城晚报》的筹办人之一，1959年出版的《唐诗小札》印数近百万册，主编的诗文作品达50多种。他对于我们的教育一向非常宽松，从不为我们设定目标与模式，而是让各人按自身的天赋和兴趣去选择和发挥。还有很特别的一点，就是他为家庭营造了平等、自由的氛围，我们可以一起在学术上讨论，争论激烈时儿女对父亲甚至会出言不逊。这种身教重于言传的作风，使家庭形成很浓厚的文化氛围。我也就将父亲的教育方式延续下来，对自己的孩子也按这种方式去做。

在我创作《白门柳》第三部的时候，刘一行已经能够帮我看稿子了。当时他虽然才20岁出头，但他的观感，我会认真倾听，并与他讨论。在画画方面也是一样，经常在一起讨论切磋。与其他人相比，我甚至更加重视他的意见。这不仅是因为他不会讲假话，而且也相信他的艺术判断力。

记者：刘一行也从事美术，您有没有在具体的技法方面教过他？

刘斯奋：他小时候画动物的时候，我做过一点指导，但他长大后，就没指导了。我们俩的画风完全不一样，他拿画让我看，我只是在大方向上谈一下，不会具体到技法层面。

记者：上世纪80年代，您和著名历史学家余英时的那次论战，已成学术界一桩有名的公案，但公众还了解不多，能不能简单介绍一下论战的具体经过？

刘斯奋：1983年，余英时先生在董桥主持的《明报月刊》上发表《陈寅恪的学术精神和晚年心境》，把陈寅恪说成一个没有追随国民党政权去台湾而充满悔恨的"遗老"。我就以笔名"冯衣北"写文章《也谈陈寅恪先生的晚年心境》与余英时商榷。其后，我们又展开了一轮论战。之后，余英时再也没有写长文继续讨论，只发表了一篇《弦箭文章哪日休》，单方面宣告"论战的胜利"。

记者：余英时先生果真"胜利"了吗？您有没有继续回应？

刘斯奋：有没有胜利，学术界自会做出公论。其实我始终认为，对一个问题持有不同认识，是十分正常的事。继续讨论，使之深化，对于陈寅恪先生的研究也是必要和有好处的。可惜余先生这些年来，虽然在各种场合提起这件事，但又始终拿不出能反驳我的论点的新凭据，却不厌其烦地继续给我扣上各种帽子。考虑到余先生的学界耆宿身份，这确实令我感到难以理解。

记者：事实上，也有学者从论战中臆断您是某"部门"的工具。

刘斯奋：应该说，这场论战无疑是有背景的，但我参与其中却是很偶然的事。因为当时我只是一个30来岁的无名之辈，而且正埋头写《白门柳》第一部。原中南局宣传部部长王匡将余英时的文章交给我父亲刘逸生，问他能否发表点意见，结果我看到了。我觉得余的文章是学术其表、政治其里。加上余的文章口气异常傲慢，视大陆学人如无物，也使我颇为反感，于是才代父上阵，参与了进去。这件事后来竟成了一桩学术公案，是我始料不及的。

艺术家面对批评应自信坚强

记者：2011年的11月，《新快报》收藏周刊发表了一篇读者来信，对您的画艺做了批评，称"在笔墨上也没达到传统文人画的艺术高度，造型上又与传统的线描和现当代学院派（素描）两不搭边”“文气有余，画工不足”……您如何看待这个观点？

刘斯奋：这个问题留待后面来说。我想先表明一个态度：任何一个艺术家的创作，一旦公诸社会，就同时把评判的权力交给了读者，必然会受到读者的褒或贬。而由于不同读者所持的立场、标准和眼界、水平不同，看法也会不同，在评判中也就产生不同的声音。这本来是很正常的，完全不必大惊小怪。

为什么现在有人对我的创作提出批评，而贵刊把它发表出来，就引来议论纷纷？这恰恰说明我们目前的批评风气不够正常。事实上，新中国成立以来，曾经有一段时期，所谓“大批判”之风是刮得很猛烈的，上纲上线，而且不准反批评，使很多艺术家深受祸害。拨乱反正之后，这种做法遭到摒弃，是完全正确的。但是又慢慢发展出另一种风气，就是只说好话，不说坏话，不少艺术家也变得很脆弱，只能听好话，不能听坏话。更有甚者，利用金钱或权势，去“购买”和“强迫”讲好话。这同样是很不正常的。对于真正实现“百花齐放，百家争鸣”的局面可以说同样没有好处，对于艺术家的创作和艺术市场的成熟也没有好处。这其实也是我与文艺界打交道多年来一直希望改变的。现在出现了对我的公开批评，而贵报又敢于加以发表，我觉得是一件好事。为了推进健康的、正常的艺术批评，我想说一句话：“我不当‘靶子’谁当‘靶子’？”事实上，由于我在美术界中的“另类”身份和艺术上所走的“另类”途径和追求，可供批评和讨论的话题或者更多，也会更“热闹”一些，从而有助于把争鸣引向深入。当然，这就看批评界和广大读者对我是否能“厚爱有加”了！

记者：非常赞赏您这种舍我其谁的精神。那么，面对理性的艺术批评，艺术家抱有什么样的心态才算正常的心态呢？

刘斯奋：艺术家要对理性的艺术批评怀有充分的自信，同时，保持一份平常心，应该明白存在不同的意见是正常的。如果自己被批评，也应该宽容待之。你接受或者不接受，都有权选择；不接受的话，完全可以拿起笔反驳，但不能不让别人说话。

记者：既然如此，作为争鸣，您现在是否可以对那位批评者的意见作一点回应？

刘斯奋：当然可以。不过我认为，读者对于一个画家和他的作品看得顺眼还是不顺眼，喜欢或是不喜欢，那是很主观的事情，所谓“萝卜青菜各有所爱”，实在无法强求。因此，作为争鸣，在此需要讨论的并不是我本人的作品好与不好，而是这种意见中所触及的学术问题，那就是评判标准的问题，由于篇幅有限，也只能点到为止。

这位批评者提出了两个标准，即学院标准和传统标准，无疑都是可以成立的标准。问题在于具体到我本人，就有了可以讨论的余地。首先说学院标准，这种以素描训练和写实能力为基础的评判标准，是100多年前从西方早期美术教学中移植过来的，自然有其不容否定的积极作用。但显然不应作为至高无上的标准，否则中国美术就将作为追随仿效者，永远充当西方美术的小跟班。事实上，中国美术在几千年中的辉煌创造，自有其完全不同于西方的路子。至于传统标准，这是一个历史概念，不能笼统地说。因为传统也是在发展变化的，不同时期标准也不同，例如青藤、八大的绘画，就不能用宋代院体画的标准去评判。而即使是青藤、八大等人兴起的文人画风到了今天，也在发展，也要创新（例如传统的大写意，就没有提供表现现代衣冠的技法），这是十分浅显的道理。

至于我本人，一贯认为艺术的价值和生命就在于个性与激情。而要实现这两点，就不能陷入某种“套子”中去，就要在适当借鉴吸取前人经验的同时，全力寻求基于自身个性的路子，哪怕被世俗时流讥为不合某种标准也罢。这一点，杨之光先生倒是眼界开阔，他曾有诗赠我：“行家莫问哪家法，派系不沾独自尊。”

那位批评者还认为我说了不少大话和过头话，具体观点就不在这里讨论了。我只说一句：谨小慎微，墨守成规，连半句“大话”和“过头话”都不敢想不敢说的艺术家，恐怕充其量只能有“钱途”，而绝不会有“前途”。

记者：画家孙戈称，艺术批评或者学术讨论是艺术界自己的事情，而大众媒体不应该介入。对此观点，您如何看？

刘斯奋：大众媒体的艺术批评文章只要能讲出道理，并自圆其说，有何不可？况且，大众媒体也有自己的优势，即传播广、影响力大，对推动风气的形成颇有好处。开始时大家可能不习惯，形成风气后心态就会平和下来。也有人说，大众媒体介入艺术批评会影响艺术界的稳定，其实是认知误区。百家争鸣本身就是达至和谐的有效途径。相反，当面不说，背后乱说，才会引发矛盾，导致不团结。我再次寄语艺术家们，应该自信起来，坚强起来。

“广东是文化沙漠”这种观点完全落伍

记者：近年来兴起国学热等文化复古思潮，甚至一些中小学生会穿上汉服，诵读典籍。您如何看这样的现象？

刘斯奋：历史表明，许多社会大动乱之后都会有一股文化复古思潮，比如唐代的古文运动、明代的诗歌复古思潮。文脉由动乱中断，后人模仿前人，将文脉承接、延续下去是积极的事情。我们的文化经过“文革”，气脉又一次被斩断了，承接的必要毋庸讳言。但是，对于传统文化，不能完全复制，一味模仿就成了假古董。对于国学热，也不必大惊小怪，有一部分人感兴趣，去促进一下风气不是坏事。

记者：现在，广东在号召建设文化强省。而在北方学者看来，广东文化缺少厚度。您如何评价这样的观点？

刘斯奋：现在还有人说“广东是文化沙漠”，这个观点是完全落伍的。在我看来，古代文化在中原，可分为精英与民间两种；而广东文化是近代文明，在精英与民间之外又多了一个文化产业。据统计，广东文化产业份额占到了全国的5%，这是非常厉害的。从发展趋势看，广东美术的亮点也许在动漫。

记者：广东的文化产业是强项，但艺术品市场却异常低迷。今年广东春拍总成交额仅6.7亿元，仅是全国的2.4%。对于这样一个尴尬的数字，您怎么看？

刘斯奋：广东艺术市场低迷，主要还是人们消费习惯的问题。相比于上海人讲面子，广东人爱吃，注重肚皮的享受，不喜欢戴花，喜欢吃烧鹅。要改变这一现状，就需要媒体引导大家喜爱艺术，欣赏艺术，收藏艺术。

商业气氛影响了艺术家的文化用功

记者：“现在大家都不缺技术，不缺交流，不缺小聪明，唯一缺的是文化、大智慧！”2003年，您甫一上任广东画院院长，便宣布第一条“施政纲领”——硬性规定画家要上文化课、要多读书。据了解，这条规定在当时广东画院内外都引起了热议，甚至有人对此不服气。十多年时过境迁，您如何看当年的倡议及艺术家的反应？

刘斯奋：这只是我的一个建议，至于艺术家想不想读书、有没有去读书，那就是自己的事情了。你多看一些书，说不定对你画画有用，这是你的收获，别人掠不走，与我也没有多大关系。但有些艺术家就是不服气，我也没有办法。艺术家要多读书，要加强文化修养的修炼，这是以前再普通不过、不言自明的一个常识，现在却成了一个很大的问题，对此，我只能哭笑不得了。

记者：艺术家读书在当下为何成了大问题？

刘斯奋：现在学科划分过于细密，专业化程度过高，学科之间的壁垒非常明显。你看国画里有工笔与写意之分，山水、人物、花鸟之别。比如，有些山水画家只专注山水技法的钻研，不会去或者不愿去画人物、花鸟，怎么可以奢望他再去看书、读诗词？还有一点便是艺术家过于贪恋市场，只顾着画画卖钱，哪去管艺术境界的提升，最多也是技法上的锤炼罢了。

记者：有业内人士表示，广东书画家的读书生活相比于北方可能还要更薄弱一些，您有同感吗？为什么会是这样？

刘斯奋：有时候一本书几天都看不完，但画一张画可能还不到一个小时，且还能换酒换茶喝，艺术家在面临这样问题的时候，价值观就出现了倾斜。这可能是因为广东的商业气氛过于浓厚了，影响了艺术家在文化上的用功。

记者：您最近在看什么书？

刘斯奋：社科类的图书看得多一些。宋鸿兵的《货币战争》与弗里德曼的《世界是平的》是我印象比较深刻的两本书。它们不一定让我学到多少知识，但会给我提供观察世界与社会的不同视角。

记者：能否再向艺术家及民众提供一些读书的建议？

刘斯奋：读古典诗词是全面了解和掌握中国传统文化的一条捷径。诗词里面有学问，有才情，有文化，审美趣味、人际关系、社会形态、历史兴替、军事战争、缠绵情爱、深邃哲理，应有尽有。孔子说，诗可以兴观群怨，说的就是这个道理。

记者：能否再向读者推荐一些书目？

刘斯奋：读书一定要注重经典性，特别是那些已经有盖棺定论的典籍，更值得一读。比如孔孟老庄、四大名著，这都是绕不过去的书。而不少新书、畅销书因为作者生活在浮躁社会中，难免也染上了浮躁气息，建议抱着审慎的态度去甄别、去选择、去阅读。

原载《新快报》2011年12月11日

本土化创作也要有不守一隅的文化视野

——答《羊城晚报》记者问

《白门柳》：用岭南精神创作出的江南小说

记者： 您文艺生涯的奠基之作是长篇小说《白门柳》，当时为什么会选择这么一个非本土的题材来创作？不担心这样一个非本土的题材不好把握？

刘斯奋： 作为一个广东人，我对广东、广州有深厚的感情，但是我的文化视野从来都没有局限于广东，我一向是从整个中华民族的历史、文化来观察和思考问题的。既然我想从自身的修养、积累出发去写中国的文化，就不能拘泥于广东；而明清之际的江南是中国经济、文化最发达的地区，并开始出现资本主义萌芽。要揭示中国文化在某个历史发展阶段的最新动向，明末清初的江南是一个很好的选择。

另外，历史小说和现实小说不一样。历史是已经过去的岁月，时至今日，可以说江山依旧，但人事早已全非，地形地貌固然需要考察，但当年的人和事则只能凭借历史资料去想象揣摩，就这一点而言，不论是江南作家还是岭南作家其实都是一样的。当地作家会有地利与人和的优势，但外地作家却是旁观者清，受成见成说影响更少些，创作起来更加自主。

记者： 但毕竟您是广东人，长期受到岭南文化的浸染，这对您创作这部小说有什么影响？

刘斯奋： 岭南文化的特质据我的总结就是：不拘一格，不定一尊，不守一隅。因此，我在创作中所恪守的，一是要敢于有所突破。古代的精英知识分子阶层，古代的大思想家，以这些人物作小说的主角，前人似乎未有范本，应该说是一个有相当难度的新尝试。二是以平视的角度对待这些大名鼎鼎的历史人物。把他们作为一个有血有肉的平常人来探究、来描写。之所以能够这样做，也许都是源自岭南文化的创新传统和平等精神。

记者：《白门柳》写的是江南题材，有很浓的江南味道，而您是广东的作家……您认为这部小说是属于岭南文学还是江南文学？

刘斯奋：我觉得它属于中国文学，这是由我的文化视野决定的；或者说，它是用岭南文化的精神去写出的一部关于江南的历史题材小说。这本身也已经跨越了地域。

美术创作：不管这派那派，画好就行

记者：您在美术创作审美上有没有自己的追求目标？

刘斯奋：这和文学创作类似，还是我对岭南文化的那三点归纳。我没有明确的师承，但人人又都是我的老师，也许就是所谓博采众长，然后自成面目吧！我很强调走自己的路子。因为在艺术创作中，共性是没有多少价值的，只有独一无二的个性才是有价值的。所以我根本不想归入哪一派，能够充分发挥自身的艺术感觉，努力把画画好，才是最重要的。写完小说，不想干了，就画画，先是画古代人物，再画现代人物，现在又画山水……当然，每样都有一定的目标和追求。

记者：加上诗词、书法创作及文化理论的提出，这种跨界确实可以看成是岭南文化精神的一种影响。

刘斯奋：工业文明之后，从家庭小作坊生产到大工业的流水线生产，这在物质生产上极大满足了社会对消费的需求，是人类社会一次大飞跃，功不可没。但严格的专业分工，也对人的精神创造产生负面影响，严格的专业分工，压抑了人的多种潜能的发挥，标准化的大批量生产，则扼杀了精神创造的个性。岭南文化精神也许有助于突破这种后现代困境。

记者：虽然您强调了不守一隅的精神，但在您的这些画作中还是隐约可以看到岭南的影子，比如画中的山水总是温润的。

刘斯奋：这只是表象，造成这种面貌也许是我更崇尚中国传统的审美理想，即含蓄、圆融、内敛。而且，中国传统的绘画也倾向于表现人生美好的一面，不像以原罪、救赎为核心的西方文化那样直接表现死亡、血腥、战乱。至于整体画风，我则是继承了中国文人画的写意传统，这次到中国美术馆搞展览，就有评论家认为我是最大限度地去西方化，并纠正了岭南画风中某些功利和媚俗的偏颇。当然，由于我生长于岭南，平时所见都是青山绿水，这自然会强有力地影响着我的心境和创作。不过重要的是，同样是青山绿水，如何画出自身的个性和特点，画出自身的文化情怀，而不是盲目地模仿和跟风，才是最重要的。也只有这样，广东绘画才会突破岭南一隅的局限，真正走向全国。

本土性：岭南文化就是杂交文化

记者：您怎么看文艺创作过程中对于本土性的强调？

刘斯奋：如果本土性是指题材，特别是现实题材，自然无可厚非。因为一个艺术家，对于生于斯、长于斯这片土地，无疑有着先天的生活优势，表现起来会更加得心应手。比如在上世纪90年代，广东涌现出一批直接反映改革开放的电影、电视剧，像《雅马哈鱼档》《公关小姐》《外来妹》《情满珠江》《英雄无悔》《和平年代》等等，都曾经引起全国轰动。而这些作品的作者，基本上都是长期生活在广东，是广东改革开放先行一步的亲历者和见证人。不过后来，这种广受关注的效应就失去了势头。原因是多方面的。我想其中重要的一点，是这些本土作者的创作观念未能跟上时代的发展。事实上，随着时间的推移，观众和读者的品位已经发生了很大变化，已经不再满足于对生活作原生态的再现。而是要求从题材、观念到表现形式都有更大的开拓，更高的提升。而我们的作者，却仍旧只满足于原来的一套，变得止步不前。他们最终失去观众和读者，就是不可避免的了。事实上，即使是现在，广东有很多生活形态、思想观念，都仍然是走在全国前列的。问题是我们的文艺家如何使自己对这种现实生活的认识和表现，从原生态的层面上，提升到一种新的审美高度和思想高度，从而给观众和读者以更深刻的启迪和更高层次的审美愉悦。而这，实在是当前本土性创作所共同面临的一大课题。

记者：您如何看待近些年来广东所谓新移民作家的现象？

刘斯奋：我从来都不狭隘地强调本土性，广东文化的本土性从来就不是封闭自守。广东是历代移民大量地、不断地迁入的地区，不同地域的文化在这里“杂交”，其强大活力也恰恰体现在这里。也许可以说，广东文化的本土性就是杂交性，也是这个社会开放包容的原因。我注意到一个现象，对岭南文化感兴趣而且去研究的，大多是来自外省的新移民。作家也是一样，他们来到广东，发现这里和家乡不一样，马上产生研究和创作的兴趣。有时候本土人习以为常，见怪不怪的生活形态，他们反而能发现其中的不寻常。这也有点像我写江南风物时的情况。当然，也不能满足于浮光掠影，需要真正沉下来，慢慢地去深入琢磨体会，包括广东的现状和历史。如果说，我作为广东作家，尚且能写出《白门柳》，那么对于新移民作家，就没有理由怀疑他们能写出一部更加出色的关于广东的作品来。

记者：如何看待有些评论家呼吁广州文艺创作要对诸如西关风情的再现？

刘斯奋：广州西关是一个广府地区习俗比较集中的地区，加以关注和表现当然有必要。但西关风情涵盖不了整个岭南的文化，如果只强调这一点，倒把本土性理解得狭窄了。

原载《羊城晚报》2014年8月10日

互联网时代做与众不同的“独一个”

——答《羊城晚报》记者问

文艺创作与评论的价值在于个性

记者：您如何评价当下的文艺批评现状？

刘斯奋：时下流行的文艺评论样式是近百年前从西方引进来的，并不是中国传统的文艺批评样式。这种评论的最大特点在于，它首先是将原本活生生的作品“杀死”，然后进行“尸体解剖式”的批评，试图凭借一堆七拆八卸下来的“五官四肢”，找出所谓的共性经验来。这其实是将工业化时代的物质生产方式套用到精神创造的研究中来，是与精神创造的本质和特点相违背的。精神创造的价值在于个性与激情，在于不可复制的“独一个”。所谓“共性研究”对真正的精神创造来说是没有意义的。另外，这种批评方法还把读者当成“傻子”，以为要把“活儿”做得越繁复越琐碎，读者才能理解、弄懂，完全不承认读者自有其审美能力和人生经验。他们所需要的只是一些眼光独到的发现和要言不烦的指点。但是，把读者当成“傻子”的结果，读者也把我们当成“傻子”。于是，发展到今天，这种“尸体解剖”甚至“檀香刑”式文艺批评，对文艺创作的促进作用越来越小，读者也变得越来越少，甚至成为小圈子里的自娱自乐。这不能不说是一个值得严肃思考的问题。

记者：这种文艺批评的问题似乎显而易见，为什么还是有人趋之若鹜？

刘斯奋：原因很多，习惯的思维方式，既得利益的格局。但有一点必须说破：这种文艺批评虽然在当下能换取某些利益，但最终会变成废纸，这是应当引起有志于文艺批评事业的朋友们警觉的。

记者：您认为真正的文艺批评应该是怎样的？

刘斯奋：文艺创作与评论的价值就在于它们的创造个性，在于与众不同的“独一个”。尤其是在这个互联网时代，云计算、大数据等技术手段将取代专家的作用，人类下围棋下不过机器人，宣布了专家的时代即将过去。今后，真正高端的、有价值的是创新的、创造性的思维，这是电脑无法取代的。所以，在旧的批评样式失效的情况下，要摆脱批评的困境，只有重新审视从西方引进的那套与大工业生产共生的批评套路，将各种样式的文艺创作、文艺现象当作独一无二的贯注了生命激情的有机生命体来研究，检讨过往研究的得失，寻找新的突破，才能探索开创出适合当下的一种新型的批评样式。

粤派评论：无派就是一派

记者：您对近来成为文化热点的“粤派评论”有何看法？

刘斯奋：粤地和其他地方有很大的不同，从来都是开放包容的。比如，岭南画派发展到今天，其实已经以一种开放包容的态度，形成了一个多元的格局。文艺批评也同样。近30年来，随着各地文化人才的涌入，广东迎来了新一轮的广东文化大融合。与历史上历次融合相比，这次文化杂交人数更多、范围更广、层次更高，从而给岭南文化注入了更强的生命力，也令广东的文化越趋活跃、开放和多元。从全国的范围来看，广东文化不拘一格、不定一尊、不守一隅，也因此更独具一格，更趋于个性化，这也正符合互联网时代文化的发展方向，这些是建立“粤派评论”的文化背景。但这不同于传统意义上封闭的某一家某一派，要容许它以开放的多元的形态存在。其实，“无派”也是一派！

当然，这绝不等于说可以放任自流无所作为，而是要把粤派评论的方向转移到创新上：一是要有文化自信，对传统资源进行挖掘与继承，比如中国曾经风行的诗话、词话、文章点评，就是充分尊重读者的主观能动性，相信读者具有举一反三感悟能力的一种好方法。其中不少作品，如王国维的《人间词话》，都成了脍炙人口的名篇。而且短小精悍，颇适合互联网时代的传播。事实上，只要重新把文化自信树立起来，就能发现中国传统中可资借鉴的东西其实不少。二是创新要立足于当代，要把文艺批评的重心转移到对作品的个性研究的基础上。要敢于打破一个方法、一个套路、一个标准的文艺批评旧格局，真正形成一种勇于创新、百花齐放的粤派评论新面貌。

记者：这种期盼与您几年前倡导改造岭南文风、学风有些类似，但这种呼吁有用吗？

刘斯奋：总要有人去说，说破它，点醒它，“有一句话，说出来就是火”，呼吁总还是有作用的。

记者：后来您还与令弟斯翰先生主编出版了一套十卷本的《今文选》，目的是什么？

刘斯奋：这和呼吁改造文风、学风有关，指出当今文风、学风的弊病是“破”；《今文选》则是选编一些好的文章作为范例，是一种“立”。有“破”还须有“立”。

记者：这种呼吁本身也就是在培养一种“气场”？

刘斯奋：是，有呼吁，有培养，也许就会有萌芽；有人走在前面，也许就有更多的人跟着走，慢慢就形成更大的气场，成了气候。

突破创新应当成为粤派评论的努力方向

记者：自近代以来，“粤派”屡屡有特出的表现，这与粤地文化有很大关系。

刘斯奋：与别的陈陈相因的、固化封闭的流派不同，他们是有师承有世袭的“派”，我们是不拘一格、不定一尊、不守一隅的“派”。广东人至少从近代开始就一直表现出这种敢为人先的精神——敢于从实际出发，另辟蹊径，寻求突破。

记者：但无论怎样，一个派别总要有一些标杆性的人物，有很多广东籍的学界名人似乎并不认同自己是“粤派”，粤派评论因此似乎还缺少这种代表人物。

刘斯奋：是否广东籍并不重要。重要的是要换一种眼光，换一种标准，重新审视，重新梳理，从中发掘挑选出一批符合这种标准的创新性名家大家，为粤派评论树立标杆。

记者：从管理的角度来看，可以做些什么？

刘斯奋：提倡创新，鼓励突破。比如，可以召开一系列研讨会，集思广益，探讨文艺评论的继承与创新问题，达成共识；可以在报刊上开辟专版专栏，开展讨论，形成氛围，还可以设立“文艺评论创新奖”，加以提倡等等。

原载《羊城晚报》2016年7月10日